Der Jade-Sauropsid

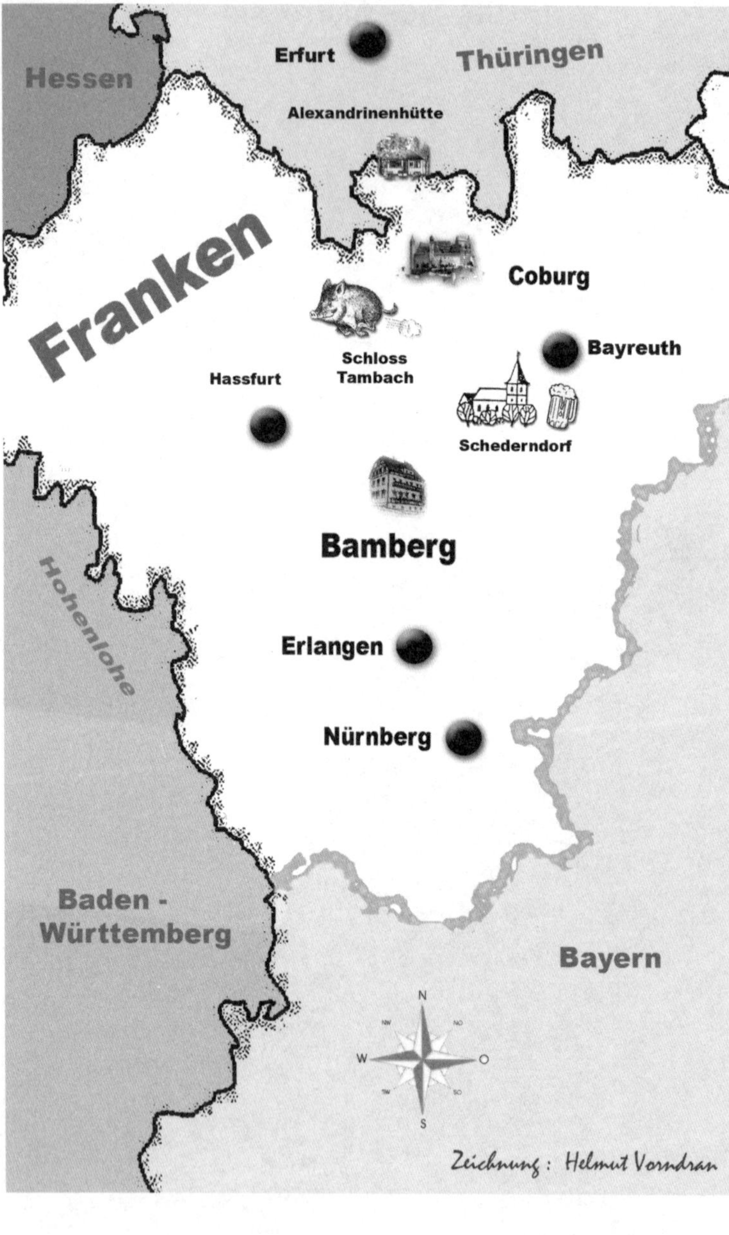
Erfurt
Thüringen
Hessen
Alexandrinenhütte
Franken
Coburg
Bayreuth
Schloss
Tambach
Hassfurt
Schederndorf
Bamberg
Hohenlohe
Erlangen
Nürnberg
Baden -
Württemberg
Bayern
N
W
O
S
Zeichnung : Helmut Vorndran

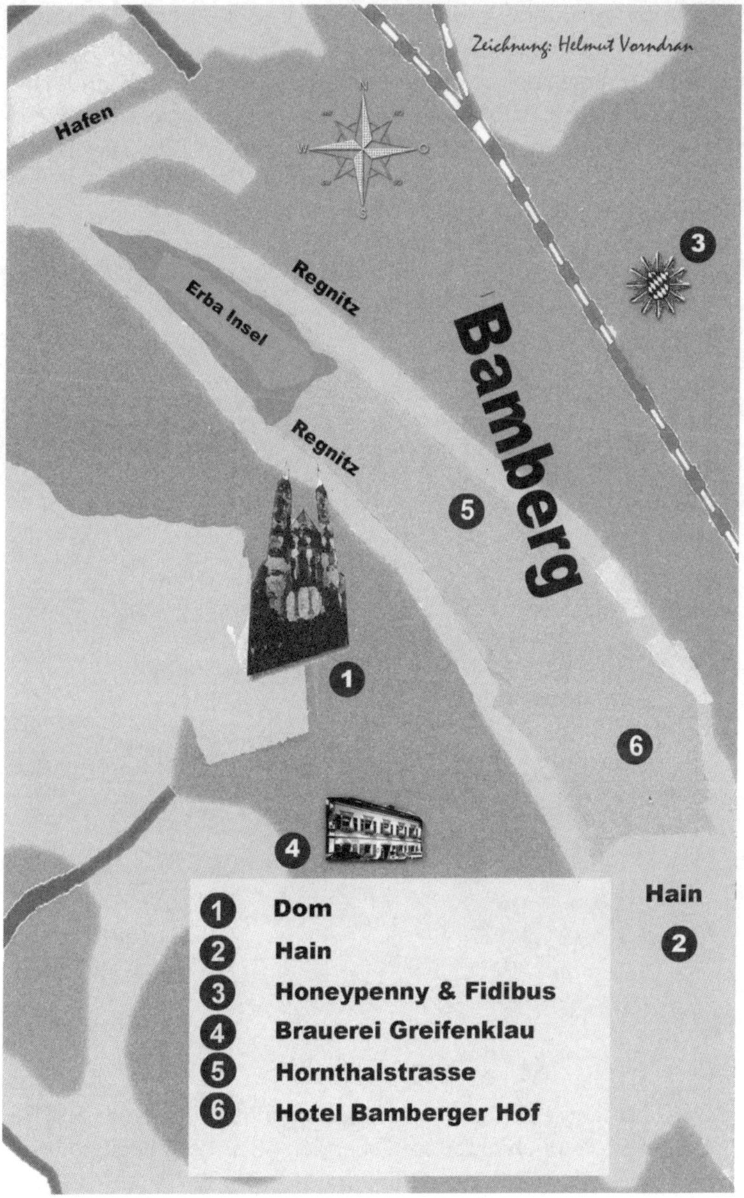
Zeichnung: Helmut Vorndran
Hafen
Regnitz
Erba Insel
Regnitz
Bamberg
Hain
1 Dom
2 Hain
3 Honeypenny & Fidibus
4 Brauerei Greifenklau
5 Hornthalstrasse
6 Hotel Bamberger Hof

Helmut Vorndran, geboren 1961 in Bad Neustadt/Saale, lebt mehrere Leben: als Kabarettist, Unternehmer und Buchautor. Als überzeugter Franke hat er seinen Lebensmittelpunkt ins oberfränkische Bamberger Land verlegt und arbeitet als freier Autor unter anderem für Antenne Bayern und das Bayerische Fernsehen.
www.helmutvorndran.de

Dieses Buch ist ein Roman. Handlungen und Personen sind frei erfunden. Ähnlichkeiten mit lebenden oder toten Personen sind nicht gewollt und rein zufällig.

HELMUT VORNDRAN

Der Jade-Sauropsid

FRANKEN KRIMI

emons:

Bibliografische Information der Deutschen Nationalbibliothek
Die Deutsche Nationalbibliothek verzeichnet diese Publikation in der Deutschen Nationalbibliografie; detaillierte bibliografische Daten sind im Internet über http://dnb.d-nb.de abrufbar.

MIX
Papier aus verantwortungsvollen Quellen
FSC® C083411
FSC
www.fsc.org

Umschlagmotiv: mauritius images/Science Faction/Seth Resnick
Umschlaggestaltung: Franziska Emons, Tobias Doetsch
Gestaltung Innenteil: César Satz & Grafik GmbH, Köln
Lektorat: Marit Obsen
Druck und Bindung: CPI – Clausen & Bosse, Leck
Printed in Germany 2017
ISBN 978-3-7408-0216-5
Franken Krimi
Originalausgabe

Für dich,
Anam Cara.

Tá grá agam duit.

Something in me, dark and sticky
All the time it's getting strong
No way of dealing with this feeling
Can't go on like this too long

Digging in the dirt
Stay with me, I need support
I'm digging in the dirt
To find the places I got hurt
Open up the places I got hurt

Aus: Peter Gabriel, »Digging in the Dirt«

Prolog

Er legte die Augen beziehungsweise das, was von ihnen noch übrig war, in den runden gläsernen Zylinder. Dann hob er den großen Kanister vom Boden, schraubte den Deckel ab und fing an, die durchsichtige Flüssigkeit in das Glas zu schütten. Sofort begann es, in der kleinen Stube nach Medizin und Krankenhaus zu riechen. Es zogen Bilder von sterilen Werkzeugen vor seinem inneren Auge vorbei, von grün gewandeten Ärzten, die mit Mundschutz und Handschuhen vor ihren betäubten Patienten standen, bereit für die anstehende Operation. Und so verkehrt war diese Assoziation auch überhaupt nicht. Was er hier tat, war im Grunde nichts anderes. Eine Operation am befallenen Körper der Menschheit.

Jedem Ende wohnt ein Zauberer inne

Die Vorstellung war vorbei, endlich. Hätte es besser laufen können? Das war die eindeutig falsche Frage. Denn nach oben hin hatte die Qualität seiner Darbietung noch sehr viel Luft gehabt. So viel, wie man sich nur irgend vorstellen konnte. Dafür war der Raum nach unten sehr begrenzt gewesen, fast nicht mehr wahrnehmbar. Seine künstlerische Fallhöhe tendierte nunmehr gegen null. Auf gut Deutsch: Er, der hochbegabte Freizeitzauberer Markus Wild alias »der Große Spiratelli« war am absoluten Tiefpunkt seiner Bühnenlaufbahn angelangt.

Schon die letzten Vorstellungen in Kronach, Bad Rodach und Bayreuth waren nicht besonders gut gelaufen. Was heißt »nicht gut gelaufen«, sie waren absolute Katastrophen gewesen. In Kronach war nach der Pause nur noch ein Drittel der Zuschauer im Saal verblieben, weil er in einen Fünfhundert-Mann-Saal hatte ausweichen müssen, obwohl nur siebenunddreißig Karten für seine Vorstellung verkauft worden waren. Da konnte ja keine richtige Stimmung aufkommen.

In Bad Rodach hatte eigentlich alles gepasst. Ein wunderschöner Saal in einem alten Jagdschloss, über achtzig Leute, fast ausverkauft. Natürlich war er da nervös gewesen, vor so vielen Leuten hatte er noch nie gestanden. Und es lief auch eigentlich ganz gut. Bis zu dem Zeitpunkt, als draußen im Moment der größten Spannung der ortseigene Nachtwächter mit seiner bescheuerten Führung vorbeigekommen war und angefangen hatte, mit seinem Horn lautstark durch die Gegend zu tröten. Vor Schreck hatte er die Utensilien seiner kompliziertesten Trickanordnung, der verschwundenen Geldbörse, einfach fallen lassen. Lautes Gelächter und höhnische Kommentare waren die Folge gewesen. Er hatte das Fenster aufgerissen und sich aus dem ersten Stock ein wütendes Wortgefecht mit diesem Idioten von einem Nachtwächter geliefert, was den Mann aber nicht weiter beeindruckt hatte. Als er das Fenster wieder geschlossen und sich zu seinem

Auditorium umgedreht hatte, war er mit einem Schreckensszenario erster Güte konfrontiert worden. Mehrere Kinder hatten sich seiner Zauberutensilien bemächtigt und spielten Fangen damit, während der Großteil des Publikums bereits im Gehen begriffen war. Er hatte die Vorstellung daraufhin eilends abgebrochen, um Schlimmeres zu verhindern.

Tja, und Bayreuth? In Bayreuth war er von einem Buchladen engagiert worden, der allerdings fälschlicherweise Karten für eine Kafka-Lesung verkauft hatte. Zwar machten der Große Spiratelli und sein Publikum gute Miene zum bösen Spiel, im Versuch, den Abend noch irgendwie zu retten. Aber der gemeine Kafka-Leser hat nicht wirklich einen Sinn für die Niederungen des Darbietungsalltags irgendwelcher Hinterhofzauberer. So musste er während der Vorstellung mehrfach Fragen zur Problemstellung seiner Zauberei beantworten und die Tiefgründigkeit seiner künstlerischen Tätigkeit erläutern. Der Gipfel der Absurdität war dann die Feststellung einer Oberstudienrätin, dass er, der Große Spiratelli, ja gar nicht richtig zaubern könne. Das, was er hier tue, habe mit Mystik, mit der Transformation des Hier und Jetzt unseres Daseins gar nichts zu tun. Das seien ja nur Tricks, alberne Taschenspielereien eines Laiendarstellers.

Als er dann völlig frustriert und unter den mitleidigen Blicken der Buchhändlerinnen zu seinem Auto in die Tiefgarage des Rotmain-Centers geeilt war, hatte er auch noch feststellen müssen, dass dieses Parkhaus nur bis neunzehn Uhr geöffnet war, man hatte ihn ausgesperrt. Somit war die sauer verdiente Gage sofort wieder für ein überteuertes Hotelzimmer in Bayreuth draufgegangen.

Wie war ein solches Desaster nun noch zu toppen? Ganz einfach. Er hatte beschlossen, sich sein Publikum das nächste Mal einfach nicht anzuschauen. Sich vorgenommen, heute einfach da rauszugehen, sich auf die Bühne zu stellen und sein Publikum mit seiner Zauberei so gut zu unterhalten, wie er es eben vermochte. Zumal der Veranstaltungsort durchaus vielversprechend war: Jugendzentrum Coburg. Ein alteingesessenes Haus zur Jugendlichenbespaßung in einem alten Ziegelbau, großer Parkplatz gleich gegenüber. Hier würde es erstens einigermaßen voll werden, und zweitens roch das richtig nach Familien im Zuschauerraum. Familien mit vielen Kindern, die mit großen Augen und erstaunten Gesichtern seinen kunstfertigen Übungen beiwohnen würden. Endlich einmal eine befriedigende Vorstellung, eine runde Sache. So seine Annahme, so der Plan.

Als er auf die Bühne des Jugendzentrums getreten war, hatten da aber keineswegs Kinder mit ihren erwartungsfrohen Eltern gesessen, sondern die Teilnehmer der gerade eben zu Ende gegangenen Demonstration der Coburger Pegida-Gruppe »Cogida«. Es war Montagabend, der Alkohol floss in Strömen, und keiner der anwesenden AfD-Sympathisanten interessierte sich auch nur einen Deut für seine Zauberkunststückchen. Im Gegenteil, im Parkett unterhielt man sich immer lauter, der Künstler wurde fleißig ignoriert.

Zuerst hatte er ebenfalls lauter gesprochen, um den Lärm zu übertönen, bis er seine Performance schließlich schreiend vorgetragen hatte. Entnervt und wütend war er erst geworden, als irgendwann gar keiner mehr auf ihn geachtet hatte. Aufgebracht war er zum Gegenangriff übergegangen, hatte die Cogidaristen zunächst mit Kraftausdrücken belegt und schlussendlich mit Titulierungen wie »braune Idioten« und »Nazipack« beschimpft. Was natürlich nicht zu einer Beruhigung der Gesamtsituation geführt hatte. Im Gegenteil. Man hatte begonnen, mit Flaschen, Gläsern und sonstigen Dingen nach ihm zu werfen, in etwa mit allem, was halt so auf den Tischen herumstand. Woraufhin er fluchtartig die Bühne verlassen und die Tür zur Garderobe hinter sich geschlossen hatte. Noch immer konnte er draußen die wütenden Gesänge der alkoholisierten AfDler vernehmen.

»Wir sind das Volk!«, drang es lautstark und fortlaufend seit über einer halben Stunde zu ihm herein, an eine Fortführung seiner Darbietung war nicht mehr zu denken. So saß er nun auf einem alten zerschlissenen Sofa in der Garderobe des Coburger Jugendzentrums und entschied, verzweifelt, wie er war, so lange ein Bier nach dem anderen zu trinken, bis der Krach dort draußen aufhörte.

Eine Stunde und fünf Bierdosen später war das Geschrei im

Saal nicht wirklich leiser geworden. Ein völlig überforderter Student der Sozialpädagogik hatte ihm zwischenzeitlich seine von ausgelaufenem Bier triefenden Utensilien gebracht und ihm seine Gage in die Hand gedrückt. Seither war er zusammen mit den Leiterinnen dieses Irrenhauses hier vollauf damit beschäftigt, einen ungebetenen Cogidaristen nach dem anderen aus dem Jugendzentrum hinauszubefördern. Markus Wild beschloss, sich ein Taxi kommen zu lassen und von hier zu verschwinden. Er wollte nur noch weg.

»Na, wo soll's denn hingehen?«, fragte ihn der Fahrer fröhlich, als er sich leicht wankend auf den Beifahrersitz quälte.

»Schönleinsplatz Bamberg, Hotel Bamberger Hof. Und zwar so schnell wie möglich«, entgegnete er frustriert und steckte die Schnalle seines Sicherheitsgurtes in den dafür vorgesehenen Schlitz. Mit einem metallischen Klicken rastete der Verschluss ein, was dem erschöpften Zauberer beinahe ein beruhigendes Gefühl vermittelte.

»Kommen Sie aus Jugendzentrum?«, erkundigte sich der fremdländische Taxifahrer, während er ausparkte und sich auf den Weg in Richtung Bamberg machte.

»Ja, allerdings.« Markus Wild verzog den Mund zu einem schiefen Lächeln, in der Hoffnung auf ein mitfühlendes Gespräch. Er schaute zu seinem Chauffeur hinüber, der aber nur mit halbem Ohr bei der Sache war, schließlich musste er sich auf der Stadtumgehung durch den Verkehr schlängeln. Trotzdem versuchte er sein Bestes, um den Fahrgast zu unterhalten.

»Kann ich verstehen, dass du wollen weg. Bist nicht der Einzige, der heute gefahren mit mir, weil wollen weg aus Jugendzentrum«, tönte der Mann, während er sich geschickt mal links, mal rechts in den Verkehr einfädelte.

»Ach«, bemerkte Wild beiläufig, der sich jetzt eigentlich nur noch seinem Selbstmitleid hingeben wollte. Er hoffte auf irgendetwas Aufmunterndes.

»Ja, hatte ich vorhin Fahrgast von Cogida, der war auch in Jugendzentrum. War wie du total mies drauf«, meinte der Taxifahrer.

»Weil sie ihn rausgeworfen haben?«, erkundigte sich Markus Wild neugierig. Vielleicht hellte es seine Stimmung ja etwas auf, wenn er von Menschen erfuhr, denen es noch schlechter ging als ihm selbst. Vor allem, wenn es sich um so ein braunes Cogida-Arschloch handelte.

»Nein, nein«, entgegnete der Taxifahrer sofort. »Mann war mies drauf, weil eine Zauberer zugeschaut, der wohl war unheimlich schlecht und langweilig. Eigentlich Schlechtestes, was er jemals gesehen auf Bühne irgendwo. Dann hat er noch geschimpft über Ausländer und Flüchtlinge und so, darum ich ihn rausgeschmissen an Schlossplatz. Hat aber trotzdem bezahlt, der Mann.« Der Taxifahrer blickte grinsend zu Markus Wild, aber der saß mit eingefrorenen Gesichtszügen auf dem Beifahrersitz, schaute nach draußen in die winterliche Kälte und sagte gar nichts mehr. Der Große Spiratelli wollte nur noch nach Hause in sein kleines, behütetes Bamberger Hotelzimmer.

Carolin Metz packte ihre umfangreiche Fotoausrüstung zusammen und kam wie meistens schon nach kurzer Zeit ins Grübeln. Sie musste mehrmals überlegen, was sie denn nun mitnehmen oder besser hierlassen sollte. Ihre Tagesaufgabe war nicht ohne. Ein Shooting der Königsberger Rosenmesse. Das hieß, auf alles vorbereitet sein, von morgens früh bis Sonnenuntergang. Linsen und Brennweiten für alle Eventualitäten sowie Fotoausrüstung und Hilfsmittel, die beim Fotografieren unentbehrlich waren. Kameras und Objektive hatte sie genug, die waren nicht das Problem. Das Problem war wie jedes Mal das Gesamtgewicht. Bei kompletter Ausrüstung kamen schnell mal über zehn Kilo zusammen, und die wollte sie nicht den ganzen Tag über den Platz schleppen. Carolin Metz war zwar leidlich sportlich, aber doch eher schlank, fast zierlich gebaut. Und was nützte einem die beste und teuerste Vollformatausrüstung, wenn man sie irgendwann nicht mehr heben konnte? Das war ihr schon einmal passiert, das brauchte sie nicht wieder, es war mehr als peinlich. Ihre Wahl fiel auf eine Pentax-Vollformatkamera mit zwei Zooms, um damit die Weitwinkelaufnahmen und die großformatigen Bilder zu schießen. Für Porträts nahm sie ihre Fuji-Systemkamera und zwei Festbrennweiten mit. Die machte auch wunderschöne Bilder, war aber sehr viel leichter und vor allem nicht so auffällig wie das Vollformatmonster. Dazu ein Stativ, Ersatzakkus und Speicherkarten, und fertig war die Ausrüstung. Das müsste hinhauen. Zufrieden verstaute sie ihre Auswahl in den Fototaschen und hob diese probeweise auf ihre Schulter. Schwer, aber nicht zu schwer. Das würde schon gehen, befand sie entschlossen.

Als sie ihre Haustür abschloss und ganz in Gedanken auf die Straße hinaustrat, wäre sie fast mit einem Mann zusammengestoßen. Hastig entschuldigte sie sich und machte sich auf den Weg zu ihrem Auto. Das stand ein ganzes Stück weit weg. Das Parken in der Bamberger Innenstadt wurde von Jahr zu Jahr anstrengender. Gerade hier in der Hornthalstraße, zwischen Stadtzentrum und Konzerthalle, musste man inzwischen lange suchen, um einen Parkplatz in der Nähe zu ergattern. Die verdammten Touristen, dachte sie immer häufiger verärgert und wünschte sich wehmütig in ihre Studentenzeit zurück, als es in Bamberg noch weit beschaulicher zugegangen war. Vor fünfzehn Jahren hatte es zwar auch Amerikaner und Japaner gegeben, die in Bamberg vorbeischauten. Nach dem Motto »Ganz Europa in sieben Tagen« waren sie allerdings schon nach wenigen Stunden wieder verschwunden. Schließlich mussten sie schleunigst weiter nach Würzburg oder Rothenburg ob der Tauber. Aber jetzt war ja bald die halbe Erdbevölkerung in der Weltkulturerbe-Stadt zu Gast. Die Zeit bleibt nun mal leider nicht stehen, dachte sie mit einem leisen Seufzen.

In wenigen Monaten wurde sie vierzig, ein schreckliches Ereignis. Aber dafür war sie ja auch keine Studentin der Betriebswirtschaft mehr, sondern eine außerordentlich erfolgreiche und gesuchte Fotografin. Also weg mit diesen düsteren Gedanken ans Altern, Falten und Orangenhaut. Ein äußerst lukrativer und ebenso anspruchsvoller Job auf einem großen Gartenmarkt wartete auf sie, da konnte sie sich keine Sentimentalitäten leisten.

Endlich stand sie neben ihrem BMW Mini, öffnete die Heckklappe und versenkte ihre Ausrüstung in den Tiefen des

Kofferraums. Als sie ausparkte, war sie mit ihren Gedanken schon wieder ganz woanders. Auf der Rosenmesse erwarteten sie Schaustellerbuden, Rosen und viele gut gelaunte Menschen. Und was am wichtigsten war, das Wetter würde ihr keinen Strich durch die Rechnung machen. Es sollte heute den ganzen Tag über eine nur lockere Bewölkung geben; das Licht der Junisonne würde ihr somit zu einer grandiosen Stimmung auf ihren Bildern verhelfen. Mit einem Lächeln im Gesicht startete sie den Motor.

Erleichtert ließ sich Markus Wild in die Kissen seines Hotelbettes sinken. Endlich Ruhe. Zu guter Letzt war dieser Höllenauftritt, dieser grausame Tag vorbei. Und wieder einmal fragte er sich verzweifelt, was ihn eigentlich dazu trieb, sein Hobby zum Beruf machen zu wollen. Seine Familie verstand es schon lange nicht mehr, er selbst im Grunde auch nicht. Warum wollte er den Leuten dort draußen unbedingt nahebringen, was sie offensichtlich gar nicht sehen wollten, zumindest nicht von ihm? Er wusste es nicht mehr, und vielleicht hatte er es nie gewusst. Morgen hatte er noch eine Veranstaltung mit anderen Hobbykünstlern im Bamberger E-Werk. Diesen letzten Auftritt würde er wie geplant absolvieren und danach erst einmal eine Pause einlegen. Er würde Zylinder, Kartenspiel und Zauberkisten in den Keller stellen und die Zauberei für eine Weile vergessen. Nur noch eine weitere Nacht, die er hier im zweiten Stock seines Hotels mit Blick auf den Bamberger Schönleinsplatz verbringen würde, und dann nichts wie nach Hause. Vielleicht musste er einfach einsehen, dass sein Talent nicht …

Tock, tock, tock. Leise, fast zaghaft klopfte es an der Tür. Markus Wild hob mit ungläubigem Blick den Kopf. Wer in Gottes Namen wollte denn jetzt noch etwas von ihm? So spät am Abend konnte das eigentlich nur jemand vom Hotel sein.

»Hallo, wer ist denn da?«, rief er in Richtung Tür. Bevor er sich von dieser wunderbar weichen Matratze quälte, musste gewährleistet sein, dass sich eine Erhebung von derselben auch wirklich lohnte.

»Ein Fan«, hörte er jemanden durch die Tür hindurch sagen. »Ein Fan des Großen Spiratelli«, fügte derjenige noch gedämpft hinzu.

Markus Wild konnte es nicht glauben. Ein Fan? Es gab Menschen, die seine Zauberei tatsächlich dermaßen bewunderten, dass sie ein Autogramm von ihm haben wollten? Hektisch sprang er vom Bett und richtete seine Kleidung, so gut es ging. »Moment!«, rief er und strich sich die Haare nach hinten. Sein allererstes Groupie, da wollte er doch einen wirklich guten Eindruck machen.

Er setzte das freundlichste Lächeln auf, zu dem er fähig war, und öffnete die Tür.

Carolin Metz parkte ihren Mini auf dem Parkplatz für Schausteller, der sich direkt neben dem großen steinernen Eingang zur Burg Königsberg befand. Dann holte sie ihre Ausrüstung aus dem Kofferraum und hängte sich die Fototasche und den kleinen Rucksack um. Von unterwegs hatte sie mit der Veranstalterin telefoniert, man ließ ihr heute völlig freie Hand. Da dies nicht ihr erster Job auf dem Rosenmarkt war, kannte sie sich aus, und ihre Auftraggeberin hatte offensichtlich größtes Vertrauen in ihre Fähigkeiten.

Obwohl sie schon zum dritten Mal hierherkam, war sie doch immer wieder beeindruckt von der herben Schönheit der Burganlage, die, etwas außerhalb, hoch oben über dem romantischen Ort Königsberg in Bayern thronte. Das Städtchen war so romantisch, dass es schon fast kitschig wirkte. Ein Ort, der vor allem dafür bekannt war, dass dort im Spätmittelalter ein gewisser Hans Müller gelebt hatte, besser bekannt als Regiomontanus, genialer Mathematiker, Astronom und der berühmteste Sohn der Stadt. Seit dessen Ableben war in Königsberg allerdings nicht mehr viel passiert. Vergessen von der Welt lag die Stadt am Rande der Haßberge, verschont von Aufregung, Krieg und der Zerstörung der Welt.

Nur die Burg Königsberg machte einmal im Jahr von sich reden, indem sie eine große Rosenmesse ausrichtete, im Grunde eine Gartenausstellung für Besserverdienende und ein Einkaufsparadies für FDP-Wählerinnen.

Die Motivation für das Hiersein der Besucher war Carolin Metz aber reichlich egal. Ihre Aufgabe war es, die Stimmung einzufangen und auf Bilder zu bannen. Da auch auf der Rosenmesse genug Eitelkeit durch die Welt spazierte, war es normalerweise sehr einfach, willige Objekte und Objektinnen zu finden, die bereit waren, sich von ihr ablichten zu lassen.

Sie beschloss, sich diesmal zuerst in den Burggraben hinunterzubegeben; dort war es zwar eng, aber es gab perfekte Motive für ihre Kamera. Und so früh am Tag waren noch nicht allzu viele Besucher im Burggraben, die ihr den Blick verstellen konnten. Guter Dinge betätigte sie die automatische Türverriegelung des Minis und schritt auf den Eingang zu.

Als Markus Wild aus seiner Ohnmacht erwachte, fiel ihm zuallererst auf, dass sein Kinn wehtat, und zwar gewaltig. Als er sich an die schmerzende Stelle fassen wollte, bemerkte er, dass seine Hände irgendwo festgebunden und dass sein Mund mit einem Klebeband verschlossen war. Er lag der Länge nach auf seinem Hotelbett, wie es schien. Als er sich aufzurichten versuchte, um das Klebeband irgendwie zu entfernen, stellte er zu seiner großen Verblüffung fest, dass auch seine Füße gefesselt waren. Er konnte sich nicht wirklich gut bewegen. Ein Schwall panischer Gefühle überschwemmte ihn. Was zum Teufel war hier los? Verzweifelt versuchte er, sich zu erinnern. Dann fiel es ihm wieder ein: die Tür, der Fan, das Autogramm. Schemenhaft erinnerte er sich auch an den Faustschlag. Er war so plötzlich, so unvermittelt aus dem Nichts gekommen, dass er überhaupt nicht gewusst hatte, wie ihm geschah. Danach war es sofort dunkel um ihn geworden. Wer ihn niedergestreckt hatte und vor allem warum, lag außerhalb seines Erinnerungsvermögens. Er hatte überhaupt keinen Schimmer, wer ihn da an der Tür bewusstlos geschlagen hatte. Unstrittig hingegen war, dass er nun an allen Gliedern gefesselt auf dem Bett seines Hotelzimmers lag.

Wild hatte keine Zeit, weiter über sein Schicksal zu grübeln, denn er hörte klappernde Geräusche, die aus der geöffneten Badezimmertür zu ihm herüberdrangen. Als er mühsam den Kopf drehte, sah er, dass neben seinem Bett eine mittelgroße Lampe stand, die zuvor nicht dort gewesen war. Ihr metallener Schirm, der aussah, als wäre er aus einem nagelneuen Kreißsaal entwendet worden, hing direkt über ihm, die Leuchte war aber nicht eingeschaltet. Sie hatte einen Fuß aus Edelstahl und sah sehr teuer aus, fast wie ein Designerobjekt.

Hinter der Lampe konnte er jetzt eine weiß gekleidete Gestalt erkennen, die mit leicht schlurfenden Schritten aus dem Bad heraustrat und sich ans Fußende des Bettes stellte. Er hatte keine Ahnung, wer da vor ihm stand, denn die Person war in ein weißes Ganzkörperkondom gehüllt und trug zudem noch eine Art Taucherbrille über dem Gesicht. Hinter dem ovalen Glas waren zwei kühle Augen zu erkennen, die ihn emotionslos musterten.

Schweigend und ohne sich zu rühren, betrachtete ihn die Gestalt, während Markus Wild allmählich der Schweiß aus allen Poren drang. Etwas kam ihm an dem Kerl bekannt vor, er konnte es nur nicht richtig greifen. Aber vielleicht nahm der Spinner ja irgendwann seine Maske ab, dann würde er es schon erfahren. Eines war jedenfalls klar: Der da am Fußende des Bettes war ganz sicher kein Fan seiner Zauberei. Eher schon jemand, der seine Vorstellung in den falschen Hals gekriegt hatte. Spätestens jetzt schwor Markus Wild tausend Eide, in diesem Leben nie mehr eine Bühne zu betreten, um Kunststücke, und zwar egal welcher Couleur, aufzuführen.

Unvermittelt gab die Person im weißen Kondom ihre meditative Haltung auf und trat ans Kopfende des Bettes. Mit einem metallischen Klicken flammte die grelle Birne der Designerlampe auf, und Markus Wild musste erst einmal geblendet die Augen schließen. Er hörte ein Klappern, als ob jemand in einem Werkzeugkasten wühlte. Blinzelnd konnte er gleich darauf weiß behandschuhte Finger über seinem Gesicht ausmachen. Sie schoben ihm mit festem Griff das linke Augenlid nach oben. Nur schemenhaft konnte er die metallisch aussehende Klammer erkennen, die von der anderen Hand über sein Auge geführt wurde und sein Augenlid in der gewählten Position fixierte. Hektisch keuchend stellte er fest, dass es ihm nun nicht mehr möglich war, mit diesem Auge zu blinzeln. Er versuchte, seinen Kopf zu bewegen, was ihm aber nicht gelang, denn die weiß behandschuhten Hände hielten ihn wie in einem Schraubstock fest.

Mit geübten Bewegungen wurde von dem Unbekannten auch sein rechtes Augenlid auf die gleiche Art und Weise fixiert. Panisch bewegte er die lidlosen Augäpfel hin und her, sein Körper wand sich unter dumpfem Stöhnen. Aber er war so bombensicher ans Bett gefesselt, dass er die Chancenlosigkeit seines Unterfangens schon nach kurzer Zeit einsehen musste und mit schweißnassem Körper seine hektischen Bewegungen einstellte. In kurzen Intervallen hob und senkte sich das Klebeband über seinem Mund, pfeifend fuhr die Luft durch seine Nase.

Seine wilden Befreiungsversuche schienen dem geheimnisvollen Fremden dennoch zu missfallen, denn er gab es auf, ihn festhalten zu wollen, und wühlte stattdessen wieder in seinem Werkzeugkasten. Kurz darauf spürte Markus Wild einen Stich in seinem linken Unterarm. Er drehte den Kopf zur Seite, konnte aber nicht sehen, sondern nur erahnen, was dort passierte. Anscheinend wurde ihm etwas in seine Vene injiziert. Sekunden später begann eine lähmende Kälte langsam durch seine Glieder zu kriechen. Er verlor jegliches Gefühl für seinen Körper, schließlich spürte er gar nichts mehr. Er konnte noch atmen und die Augen bewegen, mehr jedoch nicht. Still und reglos lag er da, hilflos und unfähig, sich zu rühren.

Die fremde Person, das unbekannte mysteriöse Kondom, das geduldig wartend neben ihm auf dem Bett gesessen hatte, beugte sich nun zu dem zweiten Bett hinüber, griff sich von dort einen kleinen Alukoffer, öffnete ihn und legte den Inhalt sorgsam neben Wild auf die Matratze. Um was es sich handelte, konnte Markus Wild nicht erkennen. Erst als die weiß behandschuhte Hand erneut über seinem Kopf auftauchte, sah er das Skalpell, das sich entsetzlich langsam näherte und schließlich direkt neben seinem linken Auge in die Haut eintauchte.

Er verspürte keinen Schmerz, er bemerkte nur, dass das halbe Zimmer auf einmal in Dunkelheit getaucht wurde, weil er nur noch auf seinem rechten Auge sehen konnte. Seine Brust krampfte sich vor lauter Panik zusammen, allerdings im übertragenen Sinn, denn er war immer noch so bewegungsunfähig wie ein Stück Holz. Mit seinem unnatürlich aufgerissenen rechten Auge sah er, wie sich die Gestalt über ihm aufrichtete und die Augen hinter der Taucherbrille etwas Blutiges, Rundes in der erhobenen Hand interessiert betrachteten. Der Unbekannte legte das blutverschmierte Etwas in einen durchsichtigen Plastikbehälter, dann beugte er sich wieder zu ihm herunter, und die Hand mit dem Skalpell näherte sich seinem rechten Auge.

Markus Wild versuchte in seiner unendlichen Verzweiflung erneut, sich loszureißen, um sich zu schlagen, den Kopf wegzudrehen oder wenigstens laut zu schreien, was ihm natürlich alles nicht gelang. Das Letzte, was er in seinem Leben sah, waren die weiß behandschuhten Finger seines Peinigers. Dann erlosch auch das Licht in seinem rechten Auge, und Markus Wild war allein in einer absolut empfindungslosen Dunkelheit. Diesen grausamen Zustand musste er eine gefühlte Ewigkeit ertragen, bis ihm die Droge in seinen Adern einen letzten Dienst erwies und sein Herz von einer Sekunde zur anderen aufhörte zu schlagen.

Der Betriebsausflug der Bamberger Kripo war an seinem Ziel angelangt, dem Wildpark im Tambacher Schloss nahe Coburg. Da Honeypenny in diesem Jahr vorschlagsberechtigt gewesen war, hatte sie sich, auch im Hinblick darauf, Riemenschneider etwas Gutes tun zu wollen, kurzerhand für den Wildpark ausgesprochen. Schließlich gab es hier nicht nur Menschen, denen das kleine Schwein sowieso rund um die Uhr ausgesetzt war, sondern auch haufenweise andere Tiere und sogar ein Wildschweingehege. Das Ermittlerferkel wäre dann sozusagen endlich einmal unter seinesgleichen.

Es war ein wunderschöner Februarmorgen und früh, weshalb die Ausflugsgesellschaft spontan beschlossen hatte, sich zunächst einmal im Biergarten des Wildparks gleich neben dem Eingang der angebotenen Kulinarik hinzugeben. Im Gras glitzerten in der Morgensonne immer noch die letzten Eiskristalle einer frostigen Nacht, was der Grund dafür war, dass Robert Suckfüll, der Leiter der Dienststelle, seinen Mitarbeitern den Besuch des Stehimbisses dringend ans Herz gelegt hatte. Erstens waren Tiere in halbfreier Wildbahn sowieso nicht sein Ding, und zweitens, ein Punkt von noch größerer Bedeutung, hatte er Angst um den guten Zustand seiner teuren schwarzen Lederschuhe. Sie waren neu, sie waren sauber, und das sollte bitte schön auch so bleiben. In einem Gelände voller Tiere, Schmutz und Dreck, noch dazu um diese Jahreszeit, war die Gefahr groß, dass seine edle Fußbekleidung in Mitleidenschaft gezogen wurde. Das jedoch durfte unter gar keinen Umständen geschehen.

Am liebsten hätte er sich schon bei Aufkommen der Idee strikt geweigert, in diesen Wildpark zu gehen. Schließlich war er der Chef, und außerdem musste er kraft seines Amtes den ganzen Ausflug auch noch bezahlen. Aber da er von lauter willensstarken Mitarbeitern und Mitarbeiterinnen umringt war, die bei derlei Entscheidungsfindungen keine Gnade kannten, hatte er schon bald einsehen müssen, dass er mit seinem Ansinnen, das Ausflugsziel zu korrigieren, auf Granit biss.

»Könnten wir nicht einfach in ein Museum gehen?«, hatte er seine Belegschaft angebettelt. »Oder zum Nürnberger Flughafen vielleicht?«

»Nein, wir gehen in den Wildpark, wie Marina es vorgeschlagen hat«, stellten seine Mitarbeiter beharrlich fest. Der Ton, in dem sie das sagten, hatte jeden Einwand zunichtegemacht. Es würde ihm außerdem guttun, sich einmal draußen an der Sonne und der frischen Luft zu bewegen, anstatt dauernd in seinem gläsernen Büro Akten zu wälzen, hatten sie gemeint.

Nachdem er also keine Unterstützung für seine Gegenvorschläge gefunden hatte, war der Ausflug so beschlossen worden, mit einer – seiner – Gegenstimme.

Nun gut, jetzt galt es, das Beste daraus zu machen. Sie saßen hier so schön in der wärmenden Sonne, vielleicht konnte er den Lauf der Dinge ja so geschickt lenken, dass sich die Zeit im Biergarten immer mehr verlängerte und der Gang durch die unwegsame Flur sich entsprechend verkürzte, vielleicht sogar komplett ausfiel. Dann wäre der Ausflug für ihn persönlich wenigstens halbwegs gerettet.

»Also, es ist wirklich schön hier, das muss ich schon sagen«, meinte er beflissen und streckte sich etwas theatralisch. »So lässt es sich aushalten. ›Da bin ich hier, Mensch darf ich sein‹, wie der alte Schiller zu sagen pflegte.« Er gab einen zufriedenen Seufzer von sich.

Aber seine Absichten der faulen Art wurden leider sofort durchschaut. Zu durchsichtig sein Begehren, zu aufgesetzt seine Begeisterung. Robert Suckfüll war nie begeistert, schon gar nicht überschwänglich.

»Erstens stammt das von Goethe und heißt doch auch ganz anders«, wandte Marina Hoffmann alias »Honeypenny« ein, während sie die Riemenschneiderin zwischen den Ohren kraulte.

»Und zweitens ist das doch nur ein billiges Ablenkungsmanöver, damit du nicht mit deinen heiligen Schuhen durch den Park laufen musst«, ergänzte Eleonore, seine Frau, mit einem bissigen Unterton in der Stimme. »Andere Menschen haben verschiedene Schuhe für verschiedene Zwecke zu Hause stehen. Nur du hast sieben Mal das gleiche Paar, egal ob Sommer oder Winter. Selbst schuld, kann ich da nur sagen. Aber bei so vielen Schuhen ist es andererseits überhaupt nicht schlimm, wenn ein Paar davon dreckig wird, selbst wenn es aus Italien stammt und fast vierhundert Euro gekostet hat.« Mühsam beherrscht schaute sie zuerst auf ihren Göttergatten, dann auf dessen schwarz glänzendes Schuhwerk.

Robert Suckfüll ärgerte sich zwar mehr über sich selbst und sein klägliches Scheitern als über seine Frau, aber er war nicht bereit, kampflos aufzugeben. Er hing sehr an seinen italienischen Schuhen, mindestens so sehr wie an seinen Zigarren. Gerade hing er an ihnen sogar mehr als an seiner Frau.

»Also wirklich, Eleonore, das ist überhaupt nicht wahr«, entgegnete er aufgebracht. »Ich habe gar nichts dagegen, ein bisschen zu laufen. Es muss aber doch nicht unbedingt zwischen so vielen schmutzigen Tieren sein. Außerdem finde ich es richtig schön an diesem kleinen Ausschank. Hier gibt es warmen Tee, Glühwein oder was auch immer. Ich glaube, du hegst heute ganz einfach irgendeine, äh, Antisympathie gegen mich. Das Laufen durch all den Mist und Dreck mag dir ja vielleicht gefallen, mir aber nicht, Eleonore.« Fidibus holte tief Luft. »Du musst das auch einmal von der negativen Seite sehen, also von meiner«, setzte er nach, ohne jedoch wirklich an einen Erfolg seiner Argumentation zu glauben.

Der Blick seiner Frau verdüsterte sich langsam, aber konsequent, woraufhin er sich hilfesuchend den anderen Anwesenden zuwandte. Irgendjemand musste ihn doch verstehen, musste seine Gemütslage nachempfinden können. Verzweifelt sah er von einem zum anderen. Lagerfeld versuchte mühsam, seine Mimik im Griff zu behalten, während Haderlein sein legendäres Pokerface für die ganz schwierigen Fälle aufsetzte. Die beiden waren heute frauenlos unterwegs, da hatten sie offenbar keine Lust, sich in den Kampf der Geschlechter einzumischen. Ergo konnte Fidibus bei keinem seiner untergebenen Kommissare irgendeine Art von Zuspruch ernten. Sollten sich mal schön die anderen fetzen. Als ihm in letzter Instanz auch vonseiten seiner Dienststellensekretärin nur ein strafender Blick zuteilwurde, langte es ihm aber wirklich.

»Frau Hoffmann, was erlauben Sie sich? Jetzt schauen Sie mich bitte nicht in diesem Ton an, ja!«, krakeelte er ungehalten. »Zumindest von Ihnen hätte ich ein bisschen mehr Beistand und Mitgefühl erwartet. Sie wissen ja, halbes Leid ist gemeinsam geteilt oder so ähnlich«, lamentierte er in der Hoffnung, Honeypenny möge sich nun endlich seiner Notlage annehmen.

Ihre Reaktion war jedoch eine andere, als Fidibus im Sinn gehabt hatte. Honeypenny sprang ihm mitnichten zur Seite, nein, sie solidarisierte sich sogleich und zu einhundert Prozent mit dem weiblichen Teil der anwesenden Ausflugsschar.

»Wir hatten ausgemacht, dass wir heute Riemenschneider zuliebe durch den Tierpark laufen. Und das heißt, dass wir heute durch den Tierpark laufen werden. Es ist fast März, die Sonne scheint, es gibt keinen Grund, es nicht zu tun. Nicht wahr, mein kleiner Liebling?« Honeypenny kraulte das kleine Schweinchen, das zwischen ihr und Eleonore auf dem Boden saß und schon seit Längerem ein ferkeliges Grinsen aufgesetzt hatte.

Den Chef beeindruckte allerdings weder die Argumentationsreihe seiner Bürokraft noch das freundliche Wesen Riemenschneiders. »Ja, aber diese unpassenden Wege sind –«, hob er zur Gegenrede an, konnte den Satz jedoch nicht beenden, denn er wurde sofort und energisch von seiner Frau gemaßregelt.

»Es gibt keine unpassenden Wege, nur unpassende Schuhe. Und jetzt sei bitte endlich still, Robert, du versaust uns sonst noch den ganzen Ausflug. Wenn du dich weigerst, angemessenes Schuhwerk für gröberes Gelände zu kaufen, ist dir nun mal nicht zu helfen. Dann musst du eben mit deinen Designerschuhen durch den Dreck laufen, basta!«, rief seine bessere Hälfte erregt, woraufhin ihr Mann sie nur noch erschrocken anglotzte.

Betretenes Schweigen breitete sich aus, denn es lag ein handfester Ehekrach in der Luft. Und das war ja wohl das Letzte, was man sich auf einem Betriebsausflug wünschte. Zäh verstrichen die Sekunden, ohne dass sich irgendjemand dazu aufraffen konnte, die angespannte Situation aufzulockern. Schließlich erhob sich mit einem leisen Grunzen das kleine Ferkel, schüttelte sich und machte sich gemächlichen Schrittes auf den Weg. Es mochte der plötzliche Stimmungsabfall gewesen sein oder dass sie sich durch den Terminus »versaut« angesprochen fühlte, wie auch immer. Jedenfalls begab sich die Riemenschneiderin zu dem mit verschränkten Armen und bockig verdunkelter Miene dasitzenden Dienststellenleiter und fing, dort angekommen, an, ihren Kopf an dessen rechtem Hosenbein zu reiben. Dabei schaute sie immer wieder mit treuherzigem Blick zu Fidibus hinauf. Es war ihr Spezialblick. Ein Gesichtsausdruck, der eine so fröhliche Unschuld emittierte, wie sie sonst nur Neugeborene zuwege brachten, wenn sie ihre Mutter in der Hoffnung auf reichliche Zuwendung anstrahlten.

War es wirkliches Mitgefühl oder nur eiskalte Berechnung des kleinen Schweins, das endlich zu seinen wilden Artgenossen wollte? Egal, es half. Suckfülls Bitternis schmolz dahin wie Vanilleeis in der Sommersonne und ebenso der Ärger seiner Frau. Als Riemenschneider zu guter Letzt auch noch einen Fussel von Suckfülls Beinkleid in die Nase bekam und erst einmal herzhaft niesen musste, war der Bann gebrochen, und die ganze Runde brach in ein schallendes Gelächter aus.

»Da hast du wieder mal Schwein gehabt«, beschied Eleonore Suckfüll ihren Mann mit versöhnlicher Miene.

Auch der Schuhträger beschloss, erst einmal alles auf sich beruhen zu lassen und sich in sein Schicksal zu fügen. Er gab sich sogar einen Ruck und verkündete lautstark an die Bedienung gerichtet, dass er bitte zahlen wolle, da sie ja noch einen langen Weg durch den Wildpark vor sich hätten. Wenig später machte sich der Betriebsausflug der Bamberger Kriminalpolizei auf den Weg durch den Irrgarten des Tambacher Schlossparkgeländes.

Irgendwann fiel ihr der Mann auf. Sie hatte eine geraume Zeit im Burggraben fotografiert und auch durchaus sehenswerte Motive erknipst. Das Licht war wirklich wunderbar und zeigte sowohl die Buden mit ihren ausgestellten Sachen wie auch die dazugehörigen Besitzer und die immer zahlreicher werdenden Besucher von ihrer besten Seite. Als die Sonne jedoch nach oben geklettert war und ihr Licht immer steiler fiel, hatte sie beschlossen, erst einmal eine Pause einzulegen. Über Mittag war das Licht nur noch hell und hart, die romantische Stimmung war vergangen und hatte der grellen Wirklichkeit Platz gemacht. Auch unter diesen veränderten Umständen konnte man gute Fotos machen. Aber dazu musste sie zuerst den Standort und vor allem die Kamera wechseln.

Sie war einmal um die Burganlage herum und dann wieder nach oben gegangen, um sich einen schattigen Platz zu suchen. Ihr Equipment hatte sie erst einmal zur Seite gestellt und damit begonnen, sich ihre fotografische Ausbeute auf dem klappbaren Display ihrer Kamera anzusehen und offensichtlich missratene Aufnahmen zu löschen. Bild für Bild zog der Vormittag erneut an ihr vorbei, bis sie auf einmal stutzte und wieder zurückblätterte.

Tatsächlich, sie hatte sich nicht getäuscht. Da stand ein Mann, der geradezu provozierend in die Kamera lächelte. Das war an und für sich nichts Besonderes, das taten die Menschen des Öfteren, wenn sie merkten, dass sie fotografiert wurden. Aber der Typ war nicht nur einmal zu sehen, auch nicht zweimal. Nein, er war zum Schluss auf beinahe jeder Aufnahme drauf. Immer grinste der Idiot von irgendwoher in die Kamera.

Das war nicht nur lästig, das war richtig scheiße. Dopplungen auf den Bildern konnte sie überhaupt nicht brauchen, die konnte sie wegschmeißen. Sie brauchte verschiedene Menschen, nicht nur einen. So ein Mist. Wer war der Kerl, und was sollte das? Wollte er sie anmachen? Auf den Fotos hatte er zwar gut ausgesehen, aber sie war nicht zum Flirten hier, sondern zum Arbeiten. Verärgert schaute sie sich um und versuchte, das Gesicht des Unbekannten irgendwo zu entdecken, aber er war verschwunden.

Resigniert schnaufte sie einmal laut und beschloss, sich dadurch den Tag nicht verdrießen zu lassen. Es waren wirklich schöne Fotos dabei. Und bei den anderen konnte sie diesen Affen ja vielleicht irgendwie retuschieren oder gleich ganz rausschneiden. Wozu gab es denn Computer, nicht wahr?

Sie stopfte die Fuji in den Rucksack und holte die Pentax mit dem Porträtobjektiv heraus. Hundertfünfunddreißig Millimeter. Bei der Brennweite waren jetzt erst einmal viele schöne Gesichter in Großaufnahme angesagt. Keine Chance für männliche Komiker, sich irgendwie ins Bild zu mogeln.

Mit einem grimmigen, entschlossenen Gesichtsausdruck mischte sie sich auf der oberen Etage des Schlossgeländes unter die Leute, auf der Jagd nach geeigneten Motiven.

Das war jetzt das letzte Zimmer gewesen, beinahe jedenfalls. Denn da war immer noch die Nummer 217. Das Zimmer, an dessen Tür unverändert das Schild »Bitte nicht stören« hing. Aber inzwischen war es elf Uhr dreißig, und selbst bei der allergrößten Toleranz den Hotelgästen gegenüber war es nun langsam an der Zeit, dass die Gäste da drin ihr Zimmer endlich räumten, damit sie ihre Arbeit als Putzfrau auf diesem Stockwerk beenden konnte. Wie lange sollte sie noch warten? Unschlüssig stand sie vor der Tür und horchte, aber aus dem Zimmer drangen keinerlei Geräusche, keine Anzeichen, dass die Bewohner vielleicht im Aufbruch befindlich waren, da rührte sich überhaupt nichts.

Jetzt hatte sie genau zwei Möglichkeiten. Entweder sie ging runter und fragte an der Rezeption nach, was sie tun sollte, oder sie stellte sich blöd und gab vor, das Schild draußen an der Tür nicht gesehen zu haben. Sie musste nur einen vollkommen überraschten Gesichtsausdruck aufsetzen, wenn die verpennten Gäste erschrocken aus den Laken hüpften, sobald sie mit Staubsauger und Wägelchen ins Zimmer kam.

Ein heikles Unterfangen, denn ebendas war erst letzte Woche gehörig schiefgegangen, als dieser prominente Komiker hier übernachtet hatte. Marius Bard oder so ähnlich hatte der geheißen. Angeblich war er total bekannt, aber ihr hatte der Name überhaupt nichts gesagt. Jedenfalls hatte sie den Kerl etwa um die gleiche Zeit aus dem Bett geschmissen, zusammen mit seinen geschätzt siebenundzwanzig Gespielinnen, mit denen er gerade zugange war. Logisch, dass da Zeit draufging, wenn die alle zu ihrem Recht kommen wollten.

Jedenfalls hatte es hernach ein Riesentheater gegeben, dieser Herr Bard hatte sich massiv bei der Geschäftsführung über sie beschwert. Was bei den Oberen im Haus anscheinend mächtig Eindruck gemacht hat. Denn sie war angewiesen worden, bei weiteren Fällen der prominenten Art besser unten bei der Leitung nachzufragen, mindestens jedoch dreimal zu klopfen, bevor sie unangemeldet ein Zimmer betrat, an dessen Tür ein »Bitte nicht stören«-Schild hing. Das Zimmer hieß seit diesem unerquicklichen Vorfall bei ihr und ihren Kolleginnen wie auch bei der Geschäftsleitung bloß noch »Künstlerzimmer«. Und jetzt hatten sie bestimmt wieder so einen Durchgeknallten im Künstlerzimmer einquartiert, der seinen Tag etwas anders einteilte als der normal arbeitende Mitteleuropäer.

Sie hob die Hand und klopfte vorsichtig an die Tür. Aufmerksam lauschte sie und erwartete irgendeine Reaktion, die aber nicht kam. Also klopfte sie wieder, diesmal mit etwas mehr

Vehemenz, aber auch jetzt ließ ihr Klopfen jegliche Reaktion vermissen. Vielleicht waren die Gäste ja auch einfach schon ganz früh gegangen und hatten nur vergessen, das Schild zu entfernen? Das kam vor. Aber in diesem Fall hätte ihr die Geschäftsleitung Bescheid gegeben. Wieder klopfte sie, diesmal so laut sie konnte, und wieder war aus dem Zimmer absolut nichts zu vernehmen. Na gut, also bitte, sie wollen es ja nicht anders, dachte sie verärgert, schob ihren Generalschlüssel ins Schloss und drehte ihn nach rechts. Egal wen oder was sie da drin noch vorfinden würde, jetzt wurde geputzt.

Sie hatte die Tür kaum geöffnet, da überkam sie so ein komisches Gefühl. Irgendetwas stimmte hier nicht, das sagte ihr die langjährige Erfahrung als Reinigungskraft, ihre innerste Putzfrauenempfindung. Die merkwürdige Beklemmung wurde noch stärker, als sie, im Türrahmen stehend, auf einem der Betten am anderen Ende des Zimmers die beiden nackten Füße erblickte. Das, was noch zu den Füßen gehören mochte, war für sie aufgrund der L-Form des Raumes erst einmal nicht zu sehen. Aber etwas war oberfaul, denn obwohl sie sich einigermaßen geräuschvoll verhalten hatte, rührten sich die Füße nicht, und auch sonst blieb alles merkwürdig still.

»Hallo!«, rief sie hoffnungsfroh ins Zimmer hinein, doch es geschah nichts, absolut nichts. Ihre Zuversicht sank. Sehr viele Möglichkeiten gab es nicht, wenn jemand auf dem Bett lag und sich trotz lautem Rufen nicht bewegte. Entweder derjenige wollte nicht, oder er konnte nicht. Die letztere der beiden Alternativen mochte sie sich lieber nicht vorstellen. Aber irgendetwas musste sie tun, hier herumzustehen brachte sie nicht weiter. Sie fasste sich also ein Herz und ihren Wischmopp und ging vorsichtig in das Zimmer hinein.

Die Füße immer im Auge behaltend, umkurvte sie die Nasszelle, bis sich ihr Sichtfeld weitete. Halb bewusst registrierte sie, dass die Füße des Mannes am Fußende des Bettes festgebunden waren, dann nahm sie der Anblick des Ganzen gefangen.

Sie stellte sich erst gar nicht die Frage, ob der Mann tot war, denn das war offensichtlich. Sie stellte sich eigentlich gar keine

Frage. Das Bild, welches sich ihr bot, war einfach zu entsetzlich, als dass sie noch irgendeinen klaren Gedanken fassen konnte.

Interessanterweise wurde ihr Blick nicht zuallererst von dem Getöteten und dem ganzen Blut, sondern von dem Schriftzug angezogen, der breit und rot an der Wand über dem Bett prangte. Erst danach konnte sie sich dem Toten auf dem Bett zuwenden. Überall war Blut. Der Mann, das Bett, die Wand, der ganze Fußboden, alles war voll davon. Aber am schlimmsten war der Anblick des Gesichtes. Ein menschliches Gesicht, dem der Blick fehlte. Irgendjemand hatte die Augen des Mannes entfernt, sodass der Tote sie aus leeren blutigen Höhlen zu betrachten schien. Was sonst noch mit diesem Menschen angestellt worden war, wollte sie gar nicht wissen. Sekundenlang stand sie wie angewurzelt da, unfähig, sich zu rühren, dann begann ihr Körper zu reagieren.

Flucht war der dringende Befehl, den das Stammhirn mittels Hormonausschüttung befahl. Susanne Schmittlutz, dienstälteste Reinigungsfachkraft im Hotel »Bamberger Hof«, gehorchte auf der Stelle und ohne jeden Widerstand. Sie ließ ihren Wischmopp und den Schlüsselbund dort, wo sie sich gerade befand, auf den Boden fallen, und rannte hysterisch schreiend aus dem Zimmer.

Die ersten fünfzig Meter des Rundweges im Tambacher Wildpark waren völlig dreckfrei und somit ganz in Suckfülls Sinn verlaufen. Ein trockener, geschotterter Weg ohne jeglichen Schmutzansatz. Allerdings wurde Fidibus das Gefühl nicht los, dass er sich auf diese trügerische Sicherheit besser nicht verlassen sollte. Es war wohl eher so, dass er sich in der gleichen Lage wie der berühmte Mann befand, der gerade von einem Hochhaus stürzt. Nach fünfzig Metern freien Falls am ersten Stockwerk angekommen, denkt er zufrieden: Na ja, bis jetzt ist ja noch alles gut gegangen.

Auf welcher Etage sich Fidibus gerade befand, zeigte sich in dem Moment, als Honeypenny, die mit Riemenschneider an der Leine an der Spitze des kriminalen Konvois ging, laut ausrief: »So, jetzt müssen wir nach links!« Denn dieses »links« bedeutete, einen ausgetretenen, ungeschotterten, vor allem aber feuchtlehmigen, frisch aufgetauten und versifften Waldweg entlanggehen zu müssen. Der Sturz vom Hochhaus war zu Ende, der Aufschlag hart und schmerzhaft.

Eleonore sagte nichts, sondern schaute ihn nur mit einem dunklen, warnenden Blick an, dann ging sie mit ihren knöchelhohen Wanderschuhen Honeypenny hinterher. Auch Haderlein und Lagerfeld stapften schon fröhlich durch den Dreck, während Robert Suckfüll immer noch missmutig auf das Schild starrte, das die Parkleitung am Zaun angebracht hatte. »Wildschweingehege«, stand groß und deutlich darauf zu lesen.

Noch einmal betrachtete der Leiter der Dienststelle der Bamberger Kriminalpolizei seine Schuhe im Urzustand, dann schlich er, staksig wie ein Storch im Salat, dem Rest der Gesellschaft hinterher.

Honeypenny und Eleonore hatten zwischenzeitlich das Heft des Handelns in die Hand genommen und liefen nun voraus, den zunehmend schmaler werdenden Weg entlang, der sich wenig einladend den leicht ansteigenden Hang hinaufwand. Eleonore hatte Riemenschneiders Leine übernommen und sich mit dem Hausschwein an die Spitze des Grüppchens gesetzt, gefolgt von Marina Hoffmann. Franz Haderlein und Lagerfeld marschierten quasi im Windschatten hinterher, ihrerseits intensiv in Männergespräche vertieft.

»Macht Ute jetzt eigentlich Ernst mit eurer veganen Ernährungsumstellung?«, fragte Haderlein seinen jüngeren Kollegen, was bei Bernd Schmitt sofort ein merkliches Zusammenzucken des ganzen Körpers auslöste. Haderlein nahm dies schmunzelnd zur Kenntnis, verkniff sich aber jedweden Kommentar. Der liebe Lagerfeld würde schon mit der Sprache rausrücken, wenn er Redebedarf hatte.

Den hatte er, und das nicht zu knapp.

»Ja, macht sie. Sie zieht die vegane Nummer gnadenlos durch«, presste Lagerfeld mit gesenktem Blick zwischen zusammengebissenen Zähnen hervor. »Und das ist noch längst nicht alles. Das Essen ist inzwischen nicht mehr ihre einzige Spielwiese, was ihren Planungswahn anbelangt. Sie macht jetzt auch Zeitpläne, wann und wie unsere Tochter bewegt werden soll. Darin steht nicht nur, zu welchem Zeitpunkt, sondern auch, wo und wie weit. Papa Bernd kann sich also nicht einfach den Kinderwagen inklusive Tochter schnappen und das Teil mal hierhin oder dorthin schieben, nein.« Lagerfeld kickte mit seinem Wanderschuh einen mittelgroßen Stein in hohem Bogen ins Gebüsch. »Es ist vielmehr so, dass ich jetzt jeden Montagmorgen einen genau ausgetüftelten Wochenplan bezüglich meiner väterlichen Arbeitspflichten vorfinde. Die Zukunft unserer Tochter wurde von ihrer Mutter im Prinzip schon für Jahrhunderte im Voraus durchstrukturiert – und meine gleich mit.«

Wieder flog ein unschuldiger Stein krachend ins Gebüsch, während der erst kurz vor Weihnachten zum ersten Mal Vater gewordene Kollege weiter seiner gequälten Seele Ausdruck verlieh.

»Und natürlich legt Ute, um auf deine ursprüngliche Frage zurückzukommen, mein lieber Franz, trotz dieses zusätzlichen Aufwands auch weiterhin eine einhunderttausendprozentige Konsequenz an den Tag, was die gesunde Ernährung der Familie Schmitt/von Heesen anbelangt.«

»Doch so schlimm?«, stellte Haderlein mehr fest, als dass er fragte. Da schien ja gerade so richtig was am Dampfen zu sein in der Loffelder Mühle. Aber anscheinend war es gut, dass er gefragt hatte, denn Lagerfelds Gemüt glich einem gewaltigen Frustpickel, in den Haderlein gerade hineingestochen hatte. Der Inhalt desselben quoll jetzt ungehindert heraus. Die Seelennot war so groß, dass Lagerfeld sprachlich nicht mehr an sich halten konnte und spontan ins Fränkische verfiel.

»Dofu, die ganze Woche nur so a Sojascheiße. Ich frage dich, Franz. Wozu macht mer a Wurscht aus Soja, wenn die nacherd gar net nach Wurscht schmeckt? Gräuterbradlinge, Sellerieschnidzel, Lauchcordonblö. Und als glanzvoller Höhepunkd letzta Wochen: a Sojaschäuferla. Stell dir das amal vor, Franz. A Schäuferla aus Soja, mit am Gnochen aus gepressdem Bioholz!« Erst jetzt hob Lagerfeld den Kopf und drehte ihn in Haderleins Richtung. Sein Blick irrlichterte regelrecht vor veganer Verzweiflung. Ein schlabbriges Tofu-Schäuferla tanzte in jeder von Lagerfelds Pupillen einen feurigen Tanz.

Dass es so schlimm um ihn stand, hatte sich Franz Haderlein bisher nicht vorstellen können. Andeutungsweise hatte er zwar schon ein paar Bemerkungen von Honeypenny mitgekriegt, aber das hier neben ihm, das war doch gar nicht mehr sein schnoddriger, lebenslustiger Kollege Bernd Schmitt, das war eine tickende Zeitbombe.

Den Tofu- und Beziehungsterror, dem Lagerfeld allem Anschein nach ausgesetzt war, konnte sich Franz Haderlein allerdings sehr gut vorstellen. Natürlich war kein Lebenspartner auch nur ansatzweise neutral, wenn er über seine bessere Hälfte lamentierte. Aber der Kommissar kannte Bernds Lebensgefährtin inzwischen ziemlich gut und wusste, wie verbissen sie manchmal war. Alles planend, mit der ihr eigenen Akribie. Kein Wunder bei ihrem Beruf. Wenn man Leiterin der Revision in einem großen Unternehmen wie der HUK Coburg war, musste das ja irgendwie aufs Privatleben abfärben. Und auch wenn sein junger Kollege bekanntermaßen einen eher lässigen Lebensstil pflegte, weshalb ihm ein bisschen mehr Ordnung durchaus guttat, so schien es die liebe Ute, wenn auch nur die Hälfte von Bernds Schilderungen der Wahrheit entsprach, mit der mütterlichen Brutpflege doch gewaltig zu übertreiben.

Aber was sollte er sagen? Franz Haderlein war zwar keinesfalls ahnungs-, jedoch kinderlos. Da war mangels Eigenerfahrung bei eventuellen pädagogischen Ratschlägen Vorsicht geboten. Aber sein vom Beziehungsleben gebeutelter Kollege wirkte dermaßen verzweifelt, dass Haderlein ihm motivierend unter die Arme greifen wollte.

»Also, ich kann ja nicht wirklich mitreden, Bernd, an mir ging der Kelch der Elternschaft, wie du weißt, vorüber. Aber eines hat mich das Leben als Mann auf dieser Welt inzwischen gelehrt: Versuche um Himmels willen nicht, Utes Verhalten als Mutter zu verstehen. Sie ist nun mal eine sehr eigenwillige Frau, die Planungssicherheit braucht. Außerdem ist es ihr erstes Kind, genauso wie für dich, Bernd. Da spielen die weiblichen

Hormone schon mal verrückt. Ich will damit nicht sagen, dass man alles entschuldigen muss, aber ein bisschen Nachsicht ist vielleicht angeraten.«

Wenn Haderlein jetzt gehofft hatte, Lagerfeld mit seinen Worten ein wenig aufmuntern zu können, so täuschte er sich gewaltig. Nichts dergleichen geschah, im Gegenteil, der junge Vater redete sich erst richtig in Rage.

»Was soll ich ihr nachsehen? Die weiblichen Hormone? Das is ja wohl ein Witz, oder? Immer wenn Frauen nicht erklären können oder wollen, warum sie gerade sind, wie sie sind, müssen irgendwelche Hormone herhalten. Ich habe es langsam satt, mir diesen Mist anzuhören, Franz. Sind Mütter demnach keine selbstständig denkenden Wesen mehr, oder was? Vom eigenen Körper ferngesteuert? Nur noch armselige Sklaven ihrer Säfte?« Rot traten die Halsschlagadern des echauffierten Papas hervor, der sich immer mehr aufregte und wieder in seinen heimatlichen Dialekt verfiel. »Ich hab ka Lust mehr auf den ganzen Scheiß, Franz, ich will widder mei ganz normales Leben ham, die Leichtigkeit des Seins zurück, verstehsde?« Wieder flog ein Stein ins Gebüsch. Diesmal von solcher Größe, dass Haderlein sich Sorgen um Bernds Zehen machte.

Franz Haderlein verstand Lagerfeld sehr gut, war von dessen spontanem Gefühlsausbruch aber derart baff, dass er erst einmal nicht wusste, was er sagen sollte. So hatte er Bernd ja noch nie erlebt. Ehe er sich neu sortieren und eine passende Antwort formulieren konnte, drehte sich allerdings die vor ihnen laufende Marina »Honeypenny« Hoffmann ruckartig um und funkelte Lagerfeld angriffslustig an.

»Ich habe alles gehört, Bernd. Frauen sind also Sklaven ihrer Säfte, aha, sag mal, weißt du eigentlich, was Frauen durchmachen müssen während einer Schwangerschaft? Hast du eine Ahnung, was der Körper einer Frau alles aushalten muss bei einer Geburt? Und da kommst du erbärmliches Männchen daher und jammerst über deine kleinen Problemchen? Von seinem Lebenspartner erwartet man als Frau ein bisschen mehr Verständnis, mein lieber Papa. Frauen sind nun mal anders als Männer. Wir lösen unsere

Probleme auf anderem Weg. Das sieht auf den ersten Blick nicht immer logisch aus, weil wir viel häufiger nach Gefühl handeln als ihr, nach Intuition.«

Mit hoch erhobenem Zeigefinger stand Honeypenny vor ihnen und schaute Lagerfeld drohend an. Der vernichtende Blick, den ihr der aufgebrachte Papa zuwarf, ließ jedoch einen fürchterlichen Verdacht in ihr aufkommen. Einen Verdacht, der ihr noch mehr als sowieso schon die Zornesröte ins Gesicht trieb.

»Oder willst du vielleicht andeuten, Bernd, wir Frauen wüssten nicht, was wir tun? Hältst uns wohl für doof, für unzurechnungsfähig, oder was?«

Franz Haderlein hielt sicherheitshalber die Luft an. Er kannte Honeypenny. Wenn sich Bernd jetzt nicht unverzüglich mäßigte und etwas Deeskalierendes absonderte, würde ein Unglück geschehen. Ein falsches Wort, und Honeypenny verwandelte sich in eine hell lodernde Furie, in die Jeanne d'Arc des heutigen Betriebsausfluges.

Lagerfeld schien zu Haderleins Erleichterung auch tatsächlich einen Moment innezuhalten und zu überlegen. Dann entgegnete er jedoch kurz und trocken: »Alle Menschen sind klug, Honeypenny, nur Ausnahmen haben die Regel.«

Haderlein hatte keine Ahnung, wo Bernd diesen Spruch herhatte, aber er war ganz sicher nicht dazu geeignet, die Lage auch nur ansatzweise zu befrieden. Es drohte der Super-GAU. Zum Glück war Jeanne d'Arc ob dieser männlichen Unverschämtheit einen Moment lang derart perplex, dass er sich zwischen die beiden Kampfhähne schieben konnte, im Bestreben, Schlimmeres zu verhindern. Das war auch zwingend nötig, denn Honeypenny und Lagerfeld standen sich wie zwei Boxer gegenüber, die sich gleich aufeinanderstürzen wollten. Allerdings bewegte sich Marina Hoffmann in einer weit höheren Gewichtsklasse als Lagerfeld, sodass der Kampf mit ziemlich ungleichen Mitteln geführt werden würde. Doch ehe Haderlein die beiden erhitzten Gemüter trennen konnte, war von etwas weiter oben den Berg hinauf die Stimme von Eleonore Suckfüll zu vernehmen. Sie stand am Wegesrand und deutete aufgeregt über ein hölzernes

Gatter, während Riemenschneider bereits neugierig an der straff gespannten Leine zog.

»Wir sind da, wir sind da!«, rief sie aufgeregt und winkte zu ihnen hinunter. Im nächsten Moment bemerkte sie die angespannte Situation und hörte sicherheitshalber mit dem Winken auf. Was war da los? Noch etwas weiter zurück konnte sie ihren Mann erkennen, der im Zickzackkurs den Weg heraufgelaufen kam. Was sollte das denn werden, wollte der Kerl etwa jedem Lehmbröckelchen ausweichen? Egal, direkt vor ihr lag das Wildschweingehege, und sie war mehr als gespannt, wie sich Riemenschneider mit ihrer wilden Verwandtschaft vertragen würde. Die wie auch immer geartete Situation unterhalb ihres Standpunktes schien sich bereits wieder aufzulösen, und wann ihr Göttergatte zu ihr stoßen würde, stand sowieso in den Sternen, auf den brauchten sie nicht zu warten.

Unterdessen rührte sich aber etwas in dem Wildschweingehege. Riemenschneider hatte die Leine zum Zerreißen gespannt und lauschte und schnupperte mit hoch aufgestellten Ohren in die Welt hinter dem Bretterzaun. Die Gerüche, die das Schwein von dort aufnahm, waren zwar fremd, aber auch irgendwie vertraut. Auf jeden Fall roch alles fürchterlich aufregend, und sie konnte kaum erwarten zu sehen, was da gerade auf sie zukam. Denn jenseits des Zaunes war Bewegung zu erkennen.

Irgendetwas großes Schwarzes kam aus dem Dunkel der Bäume direkt in Richtung des kleinen Ferkels gelaufen. Zuerst konnte Riemenschneider nur diffuse Schatten erkennen, dann schälten sich die Silhouetten verschieden großer Schweine aus dem Dunkel zwischen den Bäumen heraus. Allerdings sahen diese Schweine völlig anders aus als Riemenschneider – und damit auch völlig anders, als Riemenschneider sich ihre Artgenossen vorgestellt hatte. Je näher diese sogenannten Schweine kamen, umso befremdeter war sie von dem, was ihre Augen da geboten bekamen. Das Erscheinungsbild der Rotte, die auf sie zugelaufen kam, war für sie regelrecht erschreckend, sozusagen unter aller Sau.

Lange dunkle Borsten, dreckig, voller Schlamm. Hatten diese

Schweine kein Bad, niemanden, der sich um ihr Äußeres kümmerte? Die sahen ja alle völlig heruntergekommen aus! Und vornweg trottete anscheinend der missmutige Chef der ganzen Truppe. Ein griesgrämig dreinschauendes Männerschwein, das sie anschaute, als hätte sie ihm gerade das Mittagessen geklaut.

Riemenschneider war konsterniert und überlegte kurzzeitig, ob sie von dem geplanten Kennenlernevent mit dieser wüsten Truppe vielleicht doch besser Abstand nehmen sollte. Und sie wäre wohl schon im angeekelten Rückzug begriffen, wäre da nicht dieser absolut faszinierende, wilde, animalische Duft, der von den schwarzen Gesellen ausging und wie ein olfaktorischer Tsunami auf sie einströmte. Also blieb sie stehen, und ehe sie sich versah, drückte sich auch schon der Rüssel des mächtigen Keilers durch einen Spalt im Zaun und auf ihr zierliches kleines rosa Pendant. Dampfende Wolken aus Atemluft ausstoßend, sog der Keiler die Gerüche ein, die von ihr ausgingen, um hernach zu entscheiden, wie das alles hier einzuordnen war.

Die menschliche Zuschauerschar hatte zwischenzeitlich, von Fidibus einmal abgesehen, das hölzerne Gatter erreicht und harrte gebannt der Ereignisse im zwischenschweinischen Bereich, die nun erfolgen mochten. Den ersten Kontakt mit dem großen Keiler, dem Familienoberhaupt der Schweinesippe, hatte Riemenschneider gut überstanden. Nachdem er sie genug beschnuppert, als ungefährlich und annähernd rassengleich eingestuft hatte, trollte er sich zur Seite und begann betont lässig, mit seinem Rüssel im Waldboden zu wühlen. Das war nun das Signal für die restlichen Familienmitglieder, den rosa Zaungast auch einmal etwas näher zu betrachten. Riemenschneider für ihren Teil hatte ihre anfängliche Zurückhaltung aufgegeben, sie steckte ihren kleinen Kopf durch das Gatter und begann lebhaft zu grunzen. Die Botschaft schien anzukommen, denn in null Komma nichts war Riemenschneiders Kopf nicht mehr zu sehen, da sie von der wilden Verwandtschaft regelrecht zugedeckt wurde.

Eines der Wildschweine schien besonderen Gefallen an Riemenschneider zu finden. Als die anfängliche Neugier der Sippe befriedigt war und ein Mitglied nach dem anderen wieder seinen üblichen Geschäften nachging, blieb dieses eine, immerhin mehr als doppelt so große Wildschwein auch weiterhin bei Riemenschneider und herzte seine Artgenossin nach allen Regeln der Kunst.

»Ist das nicht süß?«, riefen Eleonore und Honeypenny unisono, als sie die Zuneigungsbekundungen auf beiden Seiten des Zaunes wahrnahmen. Die beiden Schweinchen waren derart intensiv miteinander beschäftigt, dass sie allmählich von einer warmen Dunstwolke eingehüllt wurden, die ihre warmen, erregten Körper abzusondern schienen.

»Kann es sein, dass sich unsere Riemenschneiderin einen Liebhaber geangelt hat?«, fragte Eleonore Suckfüll lachend.

Marina Hoffmann schaute erst etwas genauer hin. Dann ging auch ihr ein Licht auf. Na klar, ihr kleiner Schützling war in den Jahren ihrer gluckenhaften Fürsorge natürlich nie mit irgendwelchen gegengeschlechtlichen Artgenossen zusammengekommen. Aber Riemenschneider war schon lange erwachsen, auch wenn man das ob ihres kleinen Wuchses nicht sofort vermutete. Jetzt hatte sie offensichtlich das heiligste aller Gefühle in sich entdeckt, wie schön.

»Und ob. Einen kernigen Naturburschen, der vor Männlichkeit nur so strotzt«, meinte Marina Hoffmann begeistert. »Na, so etwas würde mir für ein erstes Date auch gefallen.«

Kichernd und glucksend betrachteten die beiden gereiften Frauen das zärtliche Liebesspiel zwischen den Brettern – bis Lagerfelds nüchterner, höchst ungelegen kommender Kommentar sie auf den Boden der Tatsachen zurückholte.

»Also ich sag's ja nur ungern, Mädels. Aber das da auf der anderen Seite ist kein kleiner, wilder Eber, der vor Männlichkeit strotzt, das ist überhaupt kein männliches Schwein. Dazu fehlen ihm zentrale Gerätschaften zwischen den Hinterbeinen.« Er setzte ein genüssliches Grinsen auf. »Wollte ich nur mal so anmerken.«

Honeypenny sah Lagerfeld an, als ob der ihr gerade erzählt hätte, die Mondlandung der Amerikaner sei doch nicht echt gewesen, sondern ein gigantischer Fake. Aber Lagerfeld legte nur bedauernd den Kopf schief. Nach einem weiteren kontrollierenden Blick zu Riemenschneiders Gespielin nickte er noch einmal bekräftigend.

»Tja, wie es scheint, ist unsere Supernase vom anderen Ufer. So wie ich das sehe, bahnt sich bei unserer Riemenschneiderin gerade eine lesbische Liebesbeziehung an. Und ich weiß nicht, Marina, ob das in einer katholisch-bambergerischen Polizeidienststelle so ohne Weiteres geduldet werden kann.« Der Sarkasmus in seiner Stimme war unüberhörbar.

Reflexhaft packte Honeypenny Riemenschneiders Leine, riss sie Eleonore Suckfüll regelrecht aus den Händen und wollte das kleine Ferkel mit aller Macht von seinem wenig katholischen, unkeuschen Treiben zurückhalten. Aber Riemenschneider dachte gar nicht daran, ihre neue und zutiefst aufregende Gefühlswelt herzugeben. Sosehr Honeypenny auch zerrte, das kleine Ferkel grub sich mit seinen vier stämmigen Beinchen im feuchten Waldboden ein und verankerte sich derart gekonnt im Dreck, dass Honeypenny es trotz ihrer nicht unerheblichen Körperkräfte nicht schaffte, das in ihren Augen höchst unwillkommene Tun zu unterbrechen.

»Tja, Liebe ist eben stärker als jede Konvention – insbesondere die der elterlichen Gewalt«, kommentierte Lagerfeld die abstruse Szene.

Honeypenny schien durchaus bereit, einen entsprechenden Kommentar zurückzufeuern, jedoch kam ihr jemand anderes zuvor. Eine Person, die nicht weniger aufgebracht war, allerdings aus gänzlich anderen Beweggründen.

»Ich möchte ja niemanden von seinen pseudoethischen Überlegungen ablenken, aber jetzt schaut euch doch bitte einmal das hier an!«, schimpfte Fidibus lautstark von der Seite, und alle drehten sich in die Richtung, aus der die Tirade gekommen war. Etwas weiter unten am Weg stand ihr Chef und zeigte – hochgradig erregt, mit rotem Kopf und beiden Händen – auf seine wertvollen Schuhe. Beziehungsweise auf das, was von diesen noch zu sehen war. Sowohl die Schuhe als auch das untere Viertel seines nicht minder teuren Beinkleides waren von brauner, lehmiger Erde bedeckt. Fidibus sah aus, als hätte er mit seinen Klamotten gerade den Rio Grande bei Hochwasser durchquert. Wie er es trotz größter Vorsicht geschafft hatte, sich so einzuschlammen, würde wohl für immer sein Geheimnis bleiben.

Sekundenlang starrten alle auf das seltsame Bild, das sich ihnen da gerade in Form ihres Chefs bot. Sogar Honeypenny vergaß für einen Moment das äußerst unwillkommene Verhalten der Riemenschneiderin, was diese sofort für weitere, engere Intimitäten nutzte.

Der Dienststellenleiter der Kriminalpolizei Bamberg öffnete gerade wieder den Mund, wohl um erneut wüste Beschimpfungen bezüglich seines verdreckten Schuhwerks abzusondern, als laut und vernehmlich ein Handy klingelte. Ein Umstand, der Fidibus zusätzliche Zornesfalten auf die Stirn zauberte. Er stand da wie Ritter Erwin der Heizbare nach dem Ende der verlorenen Schlacht und schaute strafend in die Runde.

»Wer von euch hat sein Handy angelassen? Wir hatten doch ausdrücklich gesagt, dass heute alle aus gruppenpädagogischen Gründen das Handy ausschalten!« Forsch schaute er von einem zum anderen, aber niemand schien sich angesprochen zu fühlen, während das mysteriöse Handy fröhlich weiter vor sich hin dudelte. Wahrscheinlich hätten sie noch bis zum Jüngsten Tag so im Tambacher Schlosspark herumgestanden, was dem verliebten Schwein der Gesellschaft mit Sicherheit gar nicht unrecht gewesen wäre. Wenn das Rätsel des geheimnisvollen Telefonklingelns nicht von Eleonore Suckfüll aufgelöst worden wäre, die den Klingelton und somit den Besitzer des Handys identifizieren konnte.

»Das ist dein Telefon, Robert. Und jetzt geh endlich ran, bevor du dich noch weiter blamierst, ja?« Sie warf Honeypenny, der dieser Klingelton auch gleich bekannt vorgekommen war, einen verzweifelten Blick zu.

»Oh«, meinte Fidibus verwirrt und griff, verunsichert, wie er war, in die Innentaschen seiner schwarzen Anzugjacke. Schließlich kam die suchende Hand wieder zum Vorschein, und darin konnten alle das lärmende und vibrierende Handy ihres Chefs erkennen.

»Ja, auch der Beste hat halt manchmal Pech beim Denken«, murmelte Robert Suckfüll noch, ehe er den Anruf entgegennahm. Dann bellte er ein lautstarkes »Was gibt's denn?« ins Handy und hörte sich an, was der Anrufer zu sagen hatte.

Alle Anwesenden, außer Riemenschneider, beobachteten voller Interesse Fidibus' Miene, die sich kontinuierlich verfinsterte, bis er lautstark herausplatzte: »Das ist doch jetzt nicht Ihr Ernst, Huppendorfer, oder? Eigentlich sollten Sie ja überhaupt nicht anrufen, wenn Ihre werten Kollegen einmal im Jahr einen Ausflug machen und ihre wohlverdiente Ruhe haben wollen. Was für ein Tötungsdelikt soll das denn sein, dass Sie damit nicht allein klarkommen? Sie sind doch wohl lange genug im Polizeidienst, oder nicht? Und dann rufen Sie auch noch zu spät an, Sie pflichtvergessenes Heimchen! Hätte Ihnen das nicht zwanzig Minuten früher einfallen können?«

Einen kurzen Moment lang lauschte Suckfüll den verzweifelten Rechtfertigungsversuchen des Kollegen César Huppendorfer, der dieses Jahr während des Betriebsausflugs im Kommissariat die Stellung hielt. Dabei schien er etwas so Ungeheuerliches zu vernehmen, dass er nach Luft schnappte und zu seinem Schlussakkord ansetzte.

»Warum Sie früher hätten anrufen sollen? Na, wegen meiner Schuhe!«, belferte er außer sich und legte wütend auf. Dann schaute er mit einem wilden Blick in die Runde. »Meine Damen und Herren, der diesjährige Betriebsausflug ist hiermit beendet. Unser allseits geschätzter Kollege Huppendorfer ist mit dem Fall, der ihn heute ereilt hat, leider überfordert. Er bittet um fachkundigen Beistand, sodass wir jetzt unverzüglich die Heimreise antreten werden.« Fidibus wollte sich schon umdrehen, hielt jedoch noch einmal inne und deutete streng in Richtung Wildschweingehege. Mit angewidertem Gesicht befahl er: »Und Frau Hoffmann, machen Sie das bitte auch diesem, diesem … Tier da klar, ja genau, damit es endlich mit seinem widerlichen Getue aufhört.« Sprach's, drehte sich um und machte sich, wieder im

Storchenschritt, auf den Weg nach unten, derweil Honeypenny Riemenschneiders Leine noch etwas fester packte, um die Anweisung ihres Chefs das Schwein betreffend sogleich in die Tat umzusetzen.

Haderlein und Lagerfeld sahen sich an, und ein Lächeln huschte über Haderleins Gesicht. »Ich glaube, dir kommt es ganz gelegen, heute nicht mehr über Geschlechterfragen diskutieren zu müssen, Bernd, habe ich nicht recht?«, meinte er mit einem leicht sarkastischen Unterton.

Lagerfelds Augen funkelten angriffslustig, dann lächelte auch er. »Nichts wie weg hier«, entgegnete er bissig, dann machte er sich als Erster auf den Weg hinunter in Richtung Ausgang.

Zeichen

Als César Huppendorfer das Zimmer im zweiten Stock des Bamberger Hofes betreten hatte, war er innerlich nicht wirklich auf das vorbereitet gewesen, was ihm das Berufsleben im nächsten Moment servieren sollte. Als Kriminaler war man zwar prinzipiell gut vorbereitet und rechnete eigentlich immer mit dem Schlimmsten. Was aber, wenn das Schlimmste noch schlimmer war als das, was man sich vorzustellen getraut hatte? Dann geriet man in den Einflussbereich dessen, was in der Stellenbeschreibung seinerzeit vage als »psychische Belastungsgrenze« beschrieben worden war.

Kriminalkommissar Huppendorfer merkte sofort, dass er an dieser Grenze angelangt war, als er des Tatorts ansichtig wurde, den die Spurensicherung zwischenzeitlich mit kleinen gelben Fähnchen markiert hatte. Der Halbbrasilianer wurde so leichenblass, wie es seine hellbraune Hautpigmentierung eben zuließ. Weshalb er einen zumindest halbwegs gefassten Eindruck machte, als der Leiter der Spurensicherung, Heribert Ruckdeschl, auf ihn zugeeilt kam, um ihm die ersten greifbaren Fakten mitzuteilen.

»Alsoooo …«, sagte Ruckdeschl gedehnt, während er seinen Notizblock hervorholte und davon abzulesen begann. »Mir haben hier eine männliche Leiche, circa fünfundfünfzig Jahre alt. Die Leiche ist tot, und zwar aus nicht natürlichen Gründen.« Ob seines feinen Witzes setzte er ein neckisches Grinsen auf, das Huppendorfer aber in keiner Weise erwiderte. Er stellte nur wieder einmal fest, dass der Leiter der Bamberger Spurensicherung ein abgebrühter alter Sack war, dem jegliche Empfindsamkeit zu fehlen schien. Vielleicht war es aber auch bloß eine andere Einstellung dem soeben Entlebten beziehungsweise dem Beruf gegenüber, die einen im Laufe der Jahre überkam und jegliche Anteilnahme von vornherein unterband, als Selbstschutz sozusagen. Wie auch immer, Huppendorfer schwieg.

Ruckdeschl bemerkte die Verpuffung seines humoristischen

Geistesblitzes, räusperte sich und kam umgehend auf die Verkündung der nackten Tatsachen zurück. »Woran der Mann gestorben ist, kann ich noch nicht eindeutig vermelden, aber wenn sonst nix gefunden wird, isses wohl der immense Blutverlust gewesen. Das Herausschneiden der Augen hat er vielleicht noch überlebt. Aber kein Mensch übersteht die Öffnung seines Brustkorbes, spätestens da muss es vorbei gewesen sein.«

Der Brustkorb war geöffnet worden? Huppendorfer schaute sich den Körper der blutbesudelten Leiche jetzt etwas genauer an, denn bislang hatte er nur das entstellte Gesicht betrachtet, das seinen Blick wie magisch anzog. Tatsächlich, die Brust des Mannes war aufgeschnitten worden, vom Hals bis zum Bauch, ein wahrlich schauerliches Vorgehen. Wer zum Teufel machte denn so was und warum?

»Da hat jemand eine Sternotomie durchgeführt. Das ist der Fachbegriff für einen solchen Schnitt«, verkündete Ruckdeschl stolz, führte das aber nicht weiter aus, als er den Blick bemerkte, den Huppendorfer ihm zuwarf. Lieber konzentrierte er sich auf andere, leichter zu verdauende Fakten. »Der Mann heißt Markus Wild und kommt gebürtig aus Schederndorf, das ist jedenfalls das, was wir in seinen Papieren gefunden haben. Genaueres kriegen wir noch raus, das wird ja wohl nicht so schwer sein. Das *wirklich* Interessanteste an diesem Tatort ist aber ja sowieso das da.« Nahezu begeistert deutete Heribert Ruckdeschl nach oben, wo jemand etwas in blutigen Lettern an die Wand geschmiert hatte.

Huppendorfer hob folgsam seinen Kopf und sah den abstrusen Höhepunkt dessen, was der unbekannte Täter in diesem Raum angerichtet hatte.

eiemak itagn leo

Wie versteinert stand er da und wusste nicht, wie er dieses Geschmiere einordnen sollte. Das war nicht nur absolut unverständlich, es war irre, zutiefst unheimlich. César Huppendorfer kroch es eiskalt den Rücken hinunter. Hier war eine völlig verquere

Psyche am Werk gewesen – oder jemand, der die Ermittler glauben machen wollte, dass es so war. Auf jeden Fall ging bei dem jungen Kommissar spätestens jetzt nichts mehr zusammen, er war eindeutig überfordert mit der ganzen Situation.

Auch wenn er immer peinlich genau auf sein äußeres Erscheinungsbild achtete, in seinem Inneren war César Huppendorfer gerade außerordentlich unaufgeräumt. Hier war jemand mit mehr Berufserfahrung vonnöten, als er sie vorweisen konnte, so viel war sicher. Er ignorierte den ihn erwartungsvoll anschauenden Ruckdeschl, drehte sich um und strebte geradezu fluchtartig nach draußen auf den Flur. Dort atmete er erst einmal tief durch und zog dann sein Mobiltelefon aus der Designerjacke. Hastig scrollte er durch das Adressbuch und wählte die Nummer von Franz Haderlein, seinem dienstältesten Kollegen. Doch wie er bereits befürchtet hatte, ging niemand ran. Fidibus hatte ihm ja schon angedroht, dass während des Betriebsausfluges niemand zu erreichen sein würde. Diesen einen Tag würde er, César Huppendorfer, obwohl dienstjüngster Kommissar, ja wohl allein zurechtkommen können.

Was hatte er müde gelächelt, als sein Chef ihn bei dieser Rede herausfordernd angeblickt hatte. Regelrecht froh war er gewesen, endlich einmal eine ruhige Kugel in der Dienststelle schieben zu können, verschont von den ganzen Klugscheißern mit ihren schlauen Kommentaren und Honeypennys gluckenhaftem Getue. Tja, und jetzt stand er da und wünschte sich nichts sehnlicher herbei als die ganze bucklige Belegschaft seiner Dienststelle.

Es hatte keinen Sinn, auch nach dem dritten Wählversuch ging nur die Mailbox von Haderleins Handy ran. Also probierte er der Reihe nach alle anderen Nummern durch, doch keiner der Kollegen war erreichbar. Schlussendlich lachte ihn nur noch die Nummer seines Dienststellenleiters an. Er zögerte und warf einen verzweifelten letzten Blick zurück ins Zimmer, dann wählte er die Nummer seines Chefs. Endlich ging ausnahmsweise einmal nicht sofort die Mailbox ran. Aber auch hier schien niemand seinen dringenden Anruf entgegennehmen zu wollen, schier endlos versuchte sein Handy, eine Verbindung zu Fidibus herzustellen. Er wollte schon auflegen, als Robert Suckfüll doch noch ans Telefon ging.

»Was gibt's denn?«, schallte es ihm unwirsch und laut aus dem Lautsprecher entgegen. Sein Chef war wohl gerade nicht so gut drauf, irgendwie. Aber es half ja nichts, César Huppendorfer musste ihm wohl oder übel beibringen, dass er mit diesem Tatort allein nicht zurechtkam, auch wenn sich das auf den Fortgang seiner polizeilichen Karriere nicht wirklich positiv auswirken würde. Er seufzte. Dann begann er möglichst kurz und knapp mit seinen Erklärungen.

»Na, das nenne ich mal eine engagierte Arbeitsauffassung«, hörte sie eine männliche Stimme in ihrem Rücken sagen. Als sie sich umdrehte, sah Carolin Metz in ein Gesicht, das ihr seltsam bekannt vorkam. Na klar, das war doch der Kerl, der andauernd auf ihren Fotos aufgetaucht war! Sogleich kroch eine gewisse Strenge in ihre Miene. Wehe, der Typ machte so weiter. Bestimmt schlich er sich absichtlich in ihre Motive und versaute ihr die Bilder. So unverschämt, wie der schaute, hielt er das wohl für witzig. Da war es besser, sie beugte gleich einmal vor.

»Wenn ich Ihr Gesicht heute noch einmal in meinem Sucher entdecke, schmeiß ich mit meiner Kamera, nur dass Sie es wissen!«, meinte sie bissig.

Ihr Gegenüber hob in gespielter Demutshaltung die Hände und meinte mit einem extrem breiten Grinsen: »Mea culpa, meine Liebe, ja, das war ich. Und nur, weil ich mit Ihnen heute noch ein koffeinhaltiges Getränk einnehmen möchte. Ich hoffe, Sie sind mir nicht böse, aber eine bessere Masche ist mir auf die Schnelle beim besten Willen nicht eingefallen.«

Seine Worte verrieten seine fränkische Herkunft, der dialektale Einschlag war unverkennbar. Da war wieder ein Lothar Matthäus unterwegs, der krampfhaft versuchte, Hochdeutsch zu reden. Gut, so schlimm wie bei Loddar war es bei ihm nun wirklich nicht, aber trotzdem … Und was sollte das eigentlich? Der Typ machte sie doch wohl nicht an? Misstrauisch beäugte sie den Mann mit den kurzen Haaren und dem lässig-gepflegten Erscheinungsbild.

»Entschuldigung, ich habe mich ja noch gar nicht vorgestellt. Eichhorn, David Eichhorn.« Immer noch grinsend zog der Mann eine Visitenkarte aus seiner stylish aussehenden dunklen Jacke zur hellen Hose und reichte sie ihr mit einer solch schwungvollen Bewegung, als wollte er ihr das Teil höchstpersönlich irgendwo in eine Tasche stecken. Wehe ihm, wenn er das versuchen würde. Anbaggern war erst mal erlaubt, anfassen ging aber gar nicht, da war Carolin Metz sehr empfindlich. Das männliche Volk hier in Franken war schnell sehr zutraulich und legte einem unversehens die Hand auf die Schulter oder sonst wohin, um seine ehrliche Kameradschaft zu signalisieren. Selbst wenn es nett gemeint war und nichts weiter dahintersteckte, Carolin Metz brauchte ihren Sicherheitsabstand, zumindest am Anfang – wovon auch immer.

Nun gut, der Kerl, der da vor ihr stand, schien von seiner Mutter immerhin korrekt ausgebildet worden zu sein, was die Umgangsformen mit fremden Frauen anbelangte. Nur dieses dämliche Grinsen konnte er mal langsam wegstecken, das regte sie irgendwie auf.

Sie griff sich das Kärtchen, wobei ihr das aufdringliche Parfum des guten David in die Nase stach. »Versicherungsmakler«, stand auf der Visitenkarte. Auch das noch, ein Versicherungsvertreter. Womöglich wollte der gar nichts von ihr persönlich, sondern bloß eines seiner wunderbaren, phantastischen Versicherungsprodukte an sie loswerden.

Voller Erstaunen bemerkte sie, dass dieser Gedanke sie enttäuschte. Was wohl hieß, dass David Eichhorn Interesse bei ihr ausgelöst hatte. Ein Umstand, der sie verunsicherte, war das Thema Männer doch seit über zwei Jahren kein Thema mehr für sie gewesen. Und jetzt kam dieser Hüpfer da und fing an, an ihr herumzugraben.

Während sie die Visitenkarte begutachtete, versuchte sie aus dem Augenwinkel abzuschätzen, wie alt dieser David denn sein mochte. Stoffhose, sauberer Haarschnitt, Krawatte. Dazu die gediegene dunkle Lederjacke und über allem ein schweres, gehaltvolles Parfum. Der liebe Eichhorn war so um die vierzig, da war sie sich sicher, bemühte sich aber, jünger zu erscheinen.

»Also was ist jetzt, Frau Metz? Lust auf einen Kaffee mit einem Mann, der unbedingt sein Geld loswerden möchte?«

Aha, ihren Namen wusste er auch schon. Wie hatte er das angestellt? Ein paar der Umstehenden drehten sich jetzt zu ihnen um und schauten amüsiert von einem zum anderen. Das war für Carolin Metz nicht duldbar. Sie stand nicht gern im Mittelpunkt, schon gar nicht beim Fotografieren. Wenn das anders gewesen wäre, hätte sie sich entschieden, vor der Kamera zu stehen und nicht dahinter. Öffentliches Aufheben um ihre Person war ihr unangenehm. Entweder schickte sie den Jüngling nun also zum Teufel und widmete sich weiter ihrer Arbeit, oder sie nahm das Angebot an und ging das erste Mal seit sehr langer Zeit auf eine Anmache ein, auch wenn sie noch so plump und offensichtlich war.

Sie legte den Kopf schief und schürzte die Lippen, während sie David Eichhorn abschätzend betrachtete. Ihr Bauchgefühl sagte Nein und ihr Kopf erst recht. Zu jung, zu unerfahren, absolut falscher Zeitpunkt. Aber, dachte sie, irgendwann muss man auch mal was in seinem Leben ändern, sonst bleibt alles ewig so, wie es ist. Wie sagten doch die alten Lateiner? »Video meliora proboque, deteriora sequor.« Ich sehe das Gute, dem Schlechteren aber folge ich.

Wahrscheinlich hatte der gute Ovid damit ganz und gar recht, und deswegen würde sie das Angebot jetzt auch annehmen und sich von dem jungen Mann auf einen Kaffee einladen lassen. Sie lag mit ihrer Arbeit gut in der Zeit, und was könnte ihr dieser Versicherungsagent in der kurzen Pause schon erzählen, dass sie alle ihre Prinzipien von jetzt auf gleich über Bord warf? Keine Chance.

»Also gut, dann gehen wir einen schnellen Kaffee trinken«, gab sie in leicht genervtem Ton von sich. »Aber nur einen.«

Das Grinsen von David Eichhorn wurde, obwohl sie das nicht für möglich gehalten hätte, noch eine Spur breiter. In einer theatralischen Geste warf er seinen rechten Arm in Richtung des gastronomischen Angebots, griff mit der freien linken Hand ihren schweren Fotorucksack und meinte lachend: »Na dann, schöne Frau, darf ich bitten?«

Sie verdrehte die Augen, musste dann aber selbst auch lachen. Der Typ war so dermaßen klischeehaft höflich, dass es nicht zum Aushalten war.

»Ja, in der Tat, Herr Eichhorn, Sie dürfen«, entgegnete sie, woraufhin er sofort losmarschierte und sich mit Carolin Metz im Schlepptau auf den Weg zum nächsten Kaffeestand machte.

César Huppendorfer staunte nicht schlecht, als die Kollegen Haderlein und Schmitt im Hotel Bamberger Hof eintrafen. Er hatte mit allerlei Anwürfen wegen des abgebrochenen Ausfluges gerechnet, mit bösen Blicken, mindestens aber mit anzüglichen Bemerkungen über sein sensibles Nervensystem. Doch nichts dergleichen. Keiner der beiden schien das Ende der Tambacher Unternehmung zu bedauern. Keiner hielt ihm irgendetwas vor, von Trauer über den abgebrochenen Betriebsausflug keine Spur. Vor allem Lagerfeld wirkte durchaus erfreut, sich in die Arbeit stürzen zu können; von irgendwelchem Ärger ihm, dem Weichei Huppendorfer, gegenüber war nichts zu bemerken.

Er führte die beiden Kollegen daher umgehend in das Hotelzimmer, wo Heribert Ruckdeschl bereits auf ihn wartete. Der Leiter der Spurensicherung war sehr überrascht, als er der neuen Besucher gewahr wurde. An der Tür stehend wollte er zuerst Näheres über ihr unerwartetes Erscheinen wissen, ehe er die beiden hineinließ.

»Äh, Franz, du hier? Ich dachte, ihr seid in Tambach auf eurem Betriebsausflug. Ist der verschoben worden, oder ist etwas passiert?« Neugierig schaute er von Haderlein zu Schmitt, in der Hoffnung, gleich eine befriedigende Auskunft zu erhalten. Zu seinem Pech waren die beiden Kommissare aber wenig geneigt, über den Ausflug, speziell dessen unrühmliches Ende, zu referieren. So bekam er nur eine knappe Auskunft, die ihm eher bedingt weiterhalf.

»Die Frauen sind schuld, vor allem die lesbischen«, knurrte ihm Lagerfeld ungehalten zu, während er über den kleineren Ruckdeschl hinweg in das Zimmer spähte. Viel war von seiner Warte aus aber nicht zu erkennen.

Ruckdeschl schaute irritiert und ratlos von ihm zu Haderlein, dessen Antwort jedoch nicht weniger kryptisch ausfiel.

»Im Grunde waren es die Schuhe unseres Chefs, Heribert. Du kennst doch Fidibus. Was sein äußeres Erscheinungsbild anbelangt, ist er eine empfindsame Seele. So, und jetzt lass uns mal durch, es wird Zeit, dass wir uns den ganzen Schlamassel anschauen.« Haderlein schob den verständnislos dreinblickenden Leiter der Spurensicherung mit sanftem Druck zur Seite und ging mit Lagerfeld zusammen ins Zimmer hinein, in dem immer noch zwei Kollegen der Spusi zwecks Erkenntnisgewinn zugange waren.

Der Anblick, der sich ihnen bot, war auch für sie schockierend. Zwar hatte Huppendorfer sie in groben Zügen auf das, was sie erwartete, vorbereitet, daher war die Fallhöhe nicht ganz so drastisch. Trotzdem war es ein Bild, das man selbst in ihrem Beruf nicht so oft zu Gesicht bekam.

»Na, dann bring uns mal auf den neuesten Stand, Heribert«, sagte Haderlein, als Ruckdeschl neben ihn ans Fußende des Bettes trat. Lagerfeld stand neben dem Toten, Huppendorfer hielt sich wohlweislich im Hintergrund.

»Die neueste Erkenntnis …«, entgegnete Ruckdeschl knapp, nun wieder ganz der pflichtbewusste Spurensicherer, »… ist, dass es keine neuen Erkenntnisse gibt. Wer auch immer hier zugange war, hat sich äußerst vorsichtig verhalten. Keine Fingerabdrücke, nirgendwo, auch keine Spuren im Blut, von dem es ja wirklich mehr als genug gibt. Wir haben bisher überhaupt nichts Verwertbares gefunden, und auch die Schrift über dem Bett bringt uns nicht wirklich weiter. Der Inhalt der Schmiererei ist und bleibt rätselhaft, aber da halte ich mich sowieso raus, das ist eure Sache. Das Werkzeug, das er zum Schreiben benutzt hat, könnte eine Art Schwamm gewesen sein, das ist aber auch nicht sicher. Mit den Fingern hat der Irre den Schwachsinn jedenfalls nicht an die Wand geschmiert, leider, da hätten wir besser mit arbeiten können. Und das war's. Zur Identität haben wir abgesehen vom Namen und dem Herkunftsort von einem der Hotelmitarbeiter noch die Information bekommen, dass der Tote heute Abend einen Auftritt als Zauberer bei einer Kulturveranstaltung im Bamberger E-Werk gehabt hätte. Mehr gibt es von meiner Seite aus erst mal nicht zu berichten.«

Haderlein nahm den Bericht mit einem Nicken zur Kenntnis.

Erst jetzt hob Lagerfeld seinen Kopf. Die ganze Zeit hatte er nur schweigend dagestanden und in die leeren Augenhöhlen des Toten gestarrt. Neugierig widmete er sich nun der blutigen Schrift über dem Bett. Aber das sinnlose Geschreibsel löste bei ihm genau wie bei Haderlein nur massives Stirnrunzeln aus. »eiemak itagn leo«. Was, in Herrgotts Namen, sollte das denn bedeuten? Ratlos schaute er zu Haderlein, der die Wandmalerei ebenfalls musterte.

»Was soll denn das sein, Franz? Eine fremde Sprache, Drogenphantasien, ein Rätsel? Oder ist da jemand einfach nur völlig irre? Ich habe so was noch nie gesehen, und mir geht's ehrlich gesagt ein bisschen so wie César. Die Sache ist mir unheimlich. Hast du irgendeine Ahnung, was das soll?«

Lagerfeld und der inzwischen neben sie getretene Huppendorfer schauten Franz Haderlein erwartungsvoll an. Aber der schüttelte nur langsam den Kopf, während er weiter hochkonzentriert die Buchstaben an der Wand musterte. Er hatte im Gegensatz zu seinen beiden jungen Kollegen ein langes Berufsleben hinter sich, da hatte er schon einiges erlebt. Das hieß aber nicht, dass er ihre Neugierde auf Anhieb befriedigen konnte.

»Nichts ist jemals sinnlos oder einfach nur irre an einem Mord«, entgegnete er besonnen. »Es gibt Menschen, die mit ihrer Tat Botschaften aussenden. Wir mögen sie vielleicht nicht gleich begreifen, aber sie sind da. Wir müssen die Welt dessen begreifen, der die Tat begangen hat, müssen versuchen, seine verquere Logik zu verstehen, dann wird es auch für uns irgendwann nachvollziehbar.«

Fast ehrfurchtsvoll schaute César Huppendorfer Haderlein von der Seite an und fragte vorsichtig: »Hast du so etwas schon mal gesehen?«

Haderlein nahm den Blick nicht von der Wand und sagte einige Sekunden lang nichts. Dann drehte er sich zu Huppendorfer um und sah ihm in die Augen. »Ja, habe ich. So oder so ähnlich. Es war in meinen frühen Jahren als Kommissar, in der Zeit, als ich noch in München war. Dort laufen genug verquere Seelen durch die Stadt, da kannst du sicher sein. Damals habe ich so etwas Ähnliches schon einmal gesehen. Und, César, glaube mir …« Er näherte sich seinem verunsicherten Kollegen. »Es ging mir damals genauso wie dir jetzt. Ich kann dir nur raten, stehe es durch und lerne, das ist das Beste und wohl auch das Einzige, was du machen kannst. Geh irgendwie damit um. Denn wenn du das nicht kannst, bist du hier falsch. Dann sei ehrlich mit dir und such dir etwas anderes im Leben, einen Beruf, mit dem du besser klarkommst.«

Huppendorfer nickte mit ausdruckslosem Gesicht, sagte aber nichts. Haderlein lächelte ihn aufmunternd an, dann drehte er sich zu Bernd um und warf diesem einen prüfenden Blick zu. Aber Lagerfeld beschäftigte sich bereits wieder mit der verstümmelten Leiche auf dem Bett, er schien psychisch wesentlich stabiler zu sein als der Jüngste im Team.

»Schau dir das mal an, Franz. Die Brust ist geöffnet, aufgeflext worden. Meinst du, ihm ist irgendetwas aus dem Brustkorb entnommen worden?« Interessiert beäugte Lagerfeld die Schnittstelle von allen Seiten, aber außer dem blutbesudelten Schnitt, der durch das Hemd hindurchgegangen war, gab es nicht besonders viel zu sehen. Auf seiner Schulter spürte er eine Hand, die ihn sanft zurückzog. Es war Haderlein, der ihm und Huppendorfer bedeutete, ihm nach draußen auf den Flur zu folgen.

Draußen verschränkte er die Arme vor der Brust und schaute seine beiden Kollegen erwartungsvoll an.

»Und, was meint ihr?«, lautete seine Frage, die die beiden aber nicht so recht beantworten konnten. Vor allem Huppendorfer zupfte immer wieder ratlos an seiner Kleidung herum und wich Haderleins Blick aus. Es war ihm immer noch peinlich, mit der

Situation nicht allein zurechtgekommen zu sein. Bernd Schmitt war da weit pragmatischer gestrickt, obwohl auch ihm der Anblick dieses Zimmers ungute Gefühle verschafft hatte. Trotzdem war er schon im Problemlösungsmodus.

»Also, ich kann mir da erst einmal keinen Reim drauf machen. Hier könnte im Prinzip alles Mögliche am Werk gewesen sein. Religiöse Fanatiker, Eifersucht oder ein handelsüblicher Irrer. Was mich vor allem irritiert, ist dieses merkwürdige Geschreibe an der Wand, das macht so was von keinen Sinn.« Kopfschüttelnd schaute Lagerfeld von einem zum anderen, fuhr aber sogleich mit seinen Ausführungen fort. »Ich würde jetzt einfach mal vorschlagen, dass wir ganz normal unsere Polizeiarbeit machen und ermitteln, was wir ermitteln können, dann schaun wir weiter. Hilft ja nix, der Tag ist eh schon im Arsch.« Bei diesen Worten schaute er César Huppendorfer an, der sofort schuldbewusst den Blick senkte.

Haderlein hatte schweigend und ohne eine Miene zu verziehen zugehört. Jetzt allerdings musste er lächeln. Aus seinem Bernd wurde ja langsam ein richtiger Kommissar. »Normale Polizeiarbeit«? Vor nicht allzu langer Zeit hatte er doch immer erst auf sein Bauchgefühl gehört und sich dann um die Fakten gekümmert. Sollte aus ihm tatsächlich noch ein Kriminalbeamter werden, der sich an Dienstwege hielt?

»Sehr gut, Bernd, das hätte ich jetzt auch vorgeschlagen«, sagte er, da Huppendorfer sich anscheinend nicht zu dem Fall äußern wollte. »Rede du doch bitte mit dem Veranstalter, bei dem unser Zauberer heute Abend hätte auftreten sollen. Mit ein bisschen Glück kann er dir etwas über unsere Leiche erzählen, das uns weiterbringt.« Er wandte sich an Huppendorfer, der immer noch mit größtem Interesse seine Schuhe begutachtete. »Und du, César, gehst jetzt erst einmal auf die Dienststelle, lässt dir von Honeypenny einen Tee und ein paar Honigbrote machen und atmest tief durch. Wenn dein Organismus wieder rundläuft, nimmst du dir diese seltsamen Zeichen an der Wand vor. Sie mögen unsinnig erscheinen, aber das sind sie garantiert nicht. Vielleicht findest du ja etwas raus. Entweder indem du in die

Untiefen deines Computers abtauchst oder durch eine Methode, die auf dieser Welt in der letzten Zeit immer mehr ins Hintertreffen gerät«, erklärte Haderlein ruhig.

Bei seinen letzten Worten hatte César Huppendorfer endlich den Blick gehoben, er sah Haderlein fragend an. »Aha. Und welche Methode soll das bitteschön sein, Franz?«

Haderlein lächelte ihn freundlich an. »Die Methode heißt Nachdenken. Nachdenken und der Einsatz von Vernunft. Damit kommt man immer noch am weitesten. So, und jetzt Abmarsch, die Herren.«

Das ließen sich die Kommissare Huppendorfer und Schmitt nicht zweimal sagen, im Handumdrehen machten sie kehrt und waren recht flott von diesem unerquicklichen Ort verschwunden.

Haderlein stand noch eine Weile auf dem Flur und dachte nach. Er hatte alle möglichen Ideen, was hier passiert sein könnte. Aber es gab kein wirkliches Schema, keinen Präzedenzfall aus seiner früheren Polizeiarbeit, auf den er sich irgendwie stützen konnte. Einen, ja einen Fall hatte es damals in München gegeben, der hatte auch so angefangen. Mit aufgeschnittenen Leichen und Geschmiere an der Wand. Das war Anfang der Neunziger gewesen. Es hatte in einem Blutrausch geendet. Er wollte gar nicht daran denken, dass ihnen hier womöglich auch so etwas bevorstand. Aber noch war es ja nicht so weit, dass man von Serienmord sprechen musste. Die Wahrscheinlichkeit, dass es hierfür bald eine Erklärung gab und sich dieses blutrünstige Verbrechen als singuläres Ereignis herausstellte, war extrem hoch.

Er verscheuchte die düsteren Gedanken und ging zurück ins Zimmer, um sich von Ruckdeschl zu verabschieden. Der klopfte ihm angesichts seiner ernsten Miene sogleich aufmunternd auf die Schulter. »Lass gut sein, Franz, wir können hier erst einmal nichts mehr tun. Da muss Siebenstädter drüber, der findet sicher was«, meinte Ruckdeschl und wandte sich entschlossen wieder seinem Tatort zu.

»Könnte sein. Bei dem ist eine gewisse Seelenverwandtschaft zum Täter schließlich klar erkennbar«, meinte Haderlein trocken. »Also gut, schickt den armen Kerl in die Rechtsmedizin. Wir werden uns wieder mit ihm beschäftigen, wenn der Herr Professor seine sicherlich ausführliche Meinung zu der ganzen Angelegenheit dargelegt hat.« Er drehte sich um, verließ das blutgetränkte Künstlerzimmer des Hotels und folgte seinen Kollegen nach draußen. Nach diesem durchgeknallten Tagesbeginn war es definitiv an der Zeit, sich erst einmal zu sammeln. Danach würde er sich nach Schederndorf begeben, um den Angehörigen des Opfers die traurige Nachricht zu überbringen. Ein Teil seiner Arbeit, auf den er liebend gern verzichten würde.

Es dauerte nicht lange, dann hatte der eifrige Versicherungsmakler einen Kaffeestand gefunden, sogar einen, um den hübsche kleine Tischchen herumstanden. Man konnte sich nahezu im Privaten unterhalten, jedenfalls im Vergleich zu dem Getümmel hier auf der Burg. Ein netter Platz, dachte Carolin Metz, als sie sich auf einen der Stühle setzte. Kurz darauf kam ihr Verehrer auch schon zurück, je eine Tasse Kaffee in der rechten und linken Hand. In seiner Aufregung hatte er beim Gehen wohl reichlich geschaukelt, Pfützen von Kaffee waren in der Untertasse gelandet. Trotzdem fand Carolin Metz das Bestreben des jungen Mannes, es ihr hier so gemütlich wie möglich zu machen, langsam richtig süß.

Als sie sich nun gegenübersaßen, ging dem guten David aber erst einmal die Luft aus. Das Grinsen war aus seinem Gesicht verschwunden, er schien fast ein wenig ratlos zu sein, wie es denn jetzt gesprächstechnisch weitergehen sollte. Ein eher seltener Umstand bei einem Versicherungsvertreter, dachte Carolin Metz amüsiert. Kurz überlegte sie, selbst die Gesprächsinitiative zu ergreifen, aber Eichhorns Denkpause hielt nicht lange an.

»Du bist die Frau fürs Leben, Carolin, das habe ich gleich gewusst, als ich dich zum ersten Mal gesehen habe«, brach es aus ihm heraus.

Carolin Metz glotzte ihn einen Moment lang völlig geplättet an, dann tat sie etwas, was man in Kombination mit heißen Getränken tunlichst unterlassen sollte. Sie versuchte unter gedanklicher Überlast, mehrere Dinge gleichzeitig zu tun. Obwohl dem weiblichen Geschlecht nachgesagt wird, multitaskingfähig zu sein, war sie von Eichhorns Ansage so dermaßen verwirrt, dass sie nicht mehr denken und gleichzeitig trinken konnte. Irgendetwas musste zwangsläufig verwechselt werden. In Carolin Metz' Fall waren es ihre Luft- und Speiseröhre, denn statt zu schlucken, atmete sie ihren Kaffee ein. Die Folge war ein ausgewachsener Hustenanfall, wie sie ihn seit Jahren nicht mehr gehabt hatte. Nicht wenige Lungenbläschen mussten dran glauben. Irgendwann hatte sie sich und ihren Hustenreiz wieder im Griff. Sie wedelte zur Entschuldigung ungelenk mit beiden Händen in der Luft herum, dann war es endlich vorbei. Verschämt schaute sie zu ihrem Gesprächspartner hinüber, der aber die ganze Zeit über eine ernste Miene aufgesetzt und sich keinen Millimeter vom Fleck gerührt hatte.

Sein Blick hielt die Fotografin regelrecht fest, krallte sich in ihren. Es lag keine Spur von Verarsche darin, ihm schien es wirklich ernst zu sein mit seinem fundamentalen Geständnis. Für Carolin Metz kam diese Offenbarung jedoch ein wenig zu plötzlich, sie musste sich erst einmal sortieren. Das war jetzt alles ein bisschen viel. Der arme Kerl hatte sich ja wirklich volle Kanne in sie verknallt! Zwar war das irgendwie süß, aber auch völlig übertrieben. Er kannte sie schließlich erst seit fünf Minuten beziehungsweise seit sie zum Fotografieren auf die Burg gekommen war. Sie kam sich vor wie in ihrer Schulzeit, damals liefen die Romanzen und Liebesanbahnungen so ab. Aber sie war keine sechzehn mehr und dieser David auch nicht. Sicher war es ratsam, jetzt erst mal auf Anfang zurückzugehen und einen Neustart in der ganzen Angelegenheit zu versuchen. Sie beschloss, ihn ein bisschen hintenherum auszufragen, damit der junge Mann auf andere Gedanken kam als den, sie so hemmungslos anzuschmachten.

»Bist du eigentlich Single? Oder kollidieren deine Gefühle gerade mit einer verheirateten Lebenswirklichkeit?«, fragte sie und nahm ihre Kaffeetasse in die Hand, um einen weiteren Trinkversuch zu wagen. Genau das war ihr nämlich mit ihren letzten beiden Männerbekanntschaften passiert. Verheiratete Männer hatte sie für immer und ewig aus ihrem Leben gestrichen, das brauchte sie nicht noch einmal.

Die Frage erzielte Wirkung, tatsächlich begann David Eichhorn, sich wieder etwas auf seinem Stuhl zu bewegen. Allerdings verschob sich sein Gesichtsausdruck vom ernsten Fach ins Düstere.

»Ja, bin ich allerdings.« Um seine Antwort auch zu belegen, hielt er beide Hände vors Gesicht. Alle clean, keinerlei Ringe zu sehen, vor allem keine ehelichen. Zu mehr Auskünften seinen momentanen Status betreffend ließ er sich jedoch nicht hinreißen.

Carolin Metz gab sich damit jedoch nicht zufrieden. Ein bisschen muss er schon erzählen, wenn er mein Mann fürs Leben werden will, dachte sie, langsam etwas ungeduldig werdend.

»Aber doch nicht schon immer allein, oder? Ich müsste annehmen, dass mir hier eine männliche Jungfrau gegenübersitzt«, meinte sie lächelnd und nippte zum ersten Mal seit ihrem Hustenanfall wieder an ihrem Kaffee. Eigentlich hatte sie gehofft, dem lieben David ein Lächeln zu entlocken, aber der schaute sie mit einem undefinierbaren, immer noch düsteren Blick schweigend an.

Aha, ein großer Humorist ist er schon mal nicht, dachte sie. Das gibt einen deftigen Punktabzug. Wenn sie eins nicht leiden konnte, dann waren es Menschen, die nicht über sich selbst lachen konnten. Eichhorns breites Grinsen schien jedenfalls auf Nimmerwiedersehen verschwunden zu sein. Schade eigentlich.

»Frauen haben mich immer nur ausgenutzt«, platzte es nun aus ihm heraus. »Dabei habe ich ihnen doch überhaupt nichts getan. Warum behandeln Frauen Männer so schlecht? Also ich meine, wirklich schlecht. Wer mit mir zusammen ist, den versuche ich auf Händen zu tragen, ganz ehrlich. Die Frau hat bei mir das große Los gezogen. Aber was ich nicht leiden kann, das sind Boshaftigkeiten. Sinnlose Boshaftigkeiten.«

Was nun folgte, war eine minutenlange Abhandlung über Eichhorns bisheriges Dasein als Mann. Er breitete sein ganzes

Liebesleben vor ihr aus. Ein durchaus ausschweifend zu nennender Vortrag, der mit einer generellen Abrechnung seiner bisherigen Beziehungen endete. Worte eines frustrierten Mannes, der auf der Suche nach einer Frau war, die er sich in seiner Vorstellung anscheinend genau so gebacken hatte, wie sie nun in Person von Carolin Metz vor ihm saß.

Die Fotografin beschloss, sich lieber nicht über seine Tiraden zu äußern, zog innerlich aber sogleich einen Haufen weiterer Sympathiepunkte ab. Was war das denn für ein armes Würstchen? Wenn sie jetzt nachfragte, was denn in seinen vergangenen Beziehungen genau passiert war, würde das in eine sehr unangenehme Diskussion münden, da war sie sich sicher. Also wollte sie es lieber gar nicht wissen.

»Aber du bist anders, das habe ich gleich gemerkt«, schwenkte Eichhorn jetzt in die andere Richtung, und da war es wieder, sein breites Grinsen. Es wirkte noch nicht einmal aufgesetzt, Carolin Metz nahm ihm tatsächlich ab, dass er glaubte, was er da sagte. Es gefiel ihr trotzdem nicht. Der Gute hatte sich in etwas verrannt, und das war ganz und gar nicht gut.

Sie merkte allmählich, dass sie hier wegwollte, weg von diesem dubiosen Versicherungsvertreter und dem unangenehmen Gespräch. Demonstrativ schaute sie auf ihre Uhr, womöglich verstand er ja dieses zarte Signal. Aber Eichhorn raffte nichts, er lächelte sie nur weiter mit verliebtem Blick an.

Irgendwie war er ja schon süß in seiner einfältigen Borniertheit. Oh mein Gott, dachte sie verzweifelt, ich kann ihn hier doch nicht einfach so sitzen lassen, den armen Kerl. Aber vielleicht konnte man ja drüber reden, womöglich war er einsichtig, wenn sie ihm die Sachlage vernünftig erklärte.

»Was heißt denn ›gleich gemerkt‹, David? Wir kennen uns doch erst wenige Minuten. Wie will man denn nach so kurzer Zeit wissen, ob man zusammenpasst oder nicht? Um ehrlich zu sein, ich bin kein Anhänger der ›Liebe-auf-den-ersten-Blick‹-Theorie. Ich glaube, es ist besser, du suchst dir jemanden, der genauso schwärmerisch veranlagt ist wie du. Ich bin die Falsche, glaub mir.« Wieder schaute sie auf ihre Uhr.

David Eichhorn saß zuerst da wie erstarrt, dann wurde er plötzlich wieder locker, und das breite Grinsen kehrte zurück. Es sah nicht so aus, als ob der Kerl irgendetwas verstanden hatte.

»Du findest mich also sympathisch«, stellte er zufrieden fest. Er schien überhaupt nicht zu begreifen, dass sie ihm nur einen schmerzfreien Abgang hatte ermöglichen wollen. Weil er es wohl einfach nicht begreifen *wollte*. Zuhören konnte er also auch nicht. Die letzten Sympathiepunkte wurden vom Zettel ihres guten Willens gestrichen. David Eichhorns Konto war jetzt leer, zero. Und sie hoffte inständig, dass er nicht den Versuch unternahm, das Konto zu überziehen. Sie hatte jedenfalls nicht vor, ihm einen Kreditrahmen einzuräumen.

Aber David Eichhorn gab noch nicht auf, im Gegenteil. Er beugte sich unversehens über den Tisch und ergriff mit beiden Händen die Finger ihrer linken Hand. »Oh nein, Carolin, wir kennen uns nicht erst seit ein paar Minuten, wir kennen uns schon sehr viel länger, als du denkst. Ich weiß, wo du wohnst, was du tust, und ich war auf deinen letzten drei Fotoshootings. Du hast mich auch schon des Öfteren fotografiert, Carolin, hast es nur erst heute gemerkt. Lustig, nicht? Eigentlich gehöre ich schon richtig zu deinem Leben, ohne dass du das wahrgenommen hast.«

Voller Begeisterung blickte er sie an, während Carolin Metz vor Fassungslosigkeit der Mund offen stehen blieb. David Eichhorn deutete dies wohl als stillschweigende Zustimmung, als weiteren Stein im Fundament ihrer erstarkenden Zusammengehörigkeit und fasste mit einer schnellen Bewegung ihre Hand so fest, als wollte er sie nie mehr loslassen. Sanft strich er ihr über den nackten Unterarm und lächelte sie wie ein verliebter Esel breit an. Dass sich die Härchen auf Carolin Metz' Arm in einer plötzlichen Abwehrreaktion aufstellten, bemerkte er nicht.

»Du … du weißt, wo ich wohne?«, fragte sie tonlos, unfähig, sich zu rühren.

»Aber natürlich weiß ich das, Carolin«, erwiderte er stolz, während seine Hand immer weiter ihren Unterarm heraufkroch. »Ich warte doch jeden Tag auf dich, und wenn du dann aus dem Haus kommst, begleite ich dich bis zu deinem Mini. Ich weiß, du bemerkst mich nicht, aber ich bin da. Als dein Schutzengel, wenn du so willst.« Er lächelte milde, als er die aus seiner Sicht freudige Botschaft offenbarte. »Heute Morgen sind wir vor deiner Wohnung sogar fast zusammengestoßen. Sorry, Carolin, mein Fehler, ich habe nicht richtig aufgepasst.« Er lachte und wollte nun auch ihre rechte Hand ergreifen, die immer noch starr die Kaffeetasse hielt. Sie versuchte, sich aus seinem Griff zu befreien, aber Eichhorn hielt die Finger ihrer linken Hand schraubstockartig umfangen.

Das war der Moment, in dem sie aus ihrer Schockstarre erwachte. Sie handelte, ohne zu überlegen. Mit einem energischen Schwung schüttete sie den noch warmen Inhalt ihrer Kaffeetasse Eichhorn ins Gesicht.

»Was machst du denn da, Carolin!«, rief er so laut, dass sich sämtliche Personen in ihrem näheren Umfeld erstaunt zu ihnen umdrehten. »Was machst du?«, wiederholte er mit beinahe verzweifelter Stimme, während er sich mit dem Jackenärmel über das Gesicht wischte.

Carolin Metz stand bebend vor ihm, unschlüssig, was sie tun sollte. Dann sprudelten die Worte nur so aus ihr heraus.

»Du läufst mir hinterher? Du lungerst vor meinem Haus herum? Nur damit das ein für alle Mal klar ist, mein Lieber: Du hältst dich in Zukunft aus meinem Leben raus! Wehe, du lauerst mir noch ein einziges Mal auf. Das machst du nie wieder, hast du verstanden? Ich will dich nie wiedersehen, nicht bei mir zu Hause, nicht bei der Arbeit, nirgendwo!«

David Eichhorn starrte sie mit einem Blick an, den sie nie mehr vergessen würde. Es lag eine Mischung aus Frustration und abgrundtiefer Verachtung darin. Ohne seine Erwiderung abzuwarten, drehte sie sich um, packte ihren Fotorucksack und ging, so schnell sie konnte, davon. Sie zwang sich, sich nicht umzudrehen und zu schauen, ob er sie verfolgte. Erst als sie an ihrem Auto angelangt war, blieb sie stehen. Schwer atmend und am ganzen Körper zitternd drehte sie sich um. Aber da war niemand zu sehen, sie war allein. David Eichhorn hatte anscheinend endlich verstanden.

Ihr Körper entkrampfte sich ein wenig. Sie setzte sich auf die Motorhaube ihres Wagens und hätte beinahe losgeheult, so hinüber war ihr emotionales Gerüst. Sie hatte sich einen verdammten Stalker angelacht. Jetzt konnte sie nur noch hoffen, dass er nicht von der vollkommen ignoranten Sorte war und sie in Ruhe ließ.

Sie zitterte jetzt wie Espenlaub und fühlte sich einem Nervenzusammenbruch gefährlich nahe. Aber dann beschloss sie, sich hier in der Öffentlichkeit nicht gehen zu lassen. Denn das würde ja einen Sieg für diesen Spinner bedeuten, und den wollte sie ihm nicht gönnen. Sie riss sich also zusammen und verstaute ihre Fotoausrüstung im Auto. Der Tag auf dem Rosenmarkt in Königsberg hatte sich für sie erledigt. Was das für ihren Auftrag bedeutete, konnte sie nicht sagen, aber auf gar keinen Fall würde sie auch nur eine Minute länger hierbleiben. Das Letzte, was sie jetzt brauchte, war, dass ihr dieser Irre erneut über den Weg lief. Weder wollte sie, dass er sie noch einmal anquatschte, noch, dass er sich entschuldigte. Sie wollte ihn einfach nicht mehr sehen. Der Typ hatte wochenlang vor ihrem Haus herumgelungert, und sie hatte nichts davon gemerkt. Und heute, als sie das Haus verlassen hatte, war sie auch noch fast mit ihm zusammengestoßen. Es schüttelte sie, als sie daran zurückdachte.

Nichts wie weg hier, sagte sie sich im Stillen, dann stieg sie in den Wagen und schlug die Tür zu. Das verschaffte ihr endlich ein kleines Gefühl der Sicherheit. Prüfend schaute sie in den Rückspiegel und über ihre Schulter, aber es war kein David Eichhorn zu sehen. Gut. Sie startete den Motor und steuerte den BMW vom Parkplatz auf die Straße, weg von der Burg Königsberg und deren durchgeknallten Gästen.

Sie wollte nur noch nach Hause.

Die Sektion war abgeschlossen, er konnte die Organe jetzt verwahren. Zu diesem Zweck hatte er sich große Glasbehälter besorgt, die für seine Zwecke gut genug geeignet waren. Eigentlich hatte er sich ein paar von diesen sterilen Behältern aus Kunststoff zulegen wollen, die für den Transport von Organen vorgesehen waren. Behälter, wie sie auch in Kliniken verwendet wurden. Aber die kosteten über fünfhundert Euro das Stück, das konnte er sich nicht leisten. Große Gefäße aus Glas taten es auch. Außerdem konnte er die Augen darin sogar beobachten.

Es war wichtig, die Augen immer vor sich zu haben. Jedes Mal, wenn er sie anschaute, erinnerten sie ihn an seinen Auftrag. Es war ein Auftrag, wie nur er ihn ausführen konnte. Einer, den davon mal abgesehen sonst niemand machen wollte. Die Welt war voller Ignoranten und Feiglinge.

Er legte die Augen beziehungsweise das, was von ihnen noch übrig war, in den runden gläsernen Zylinder. Dann hob er den großen Kanister vom Boden, schraubte den Deckel ab und fing an, die durchsichtige Flüssigkeit in das Glas zu schütten. Sofort begann es in der kleinen Stube nach Medizin und Krankenhaus zu riechen. Es zogen Bilder von sterilen Werkzeugen vor seinem inneren Auge vorbei, von grün gewandeten Ärzten, die mit Mundschutz und Handschuhen vor ihren betäubten Patienten standen, bereit für die anstehende Operation. Und so verkehrt war diese Assoziation auch überhaupt nicht. Was er hier tat, war im Grunde nichts anderes. Eine Operation am befallenen Körper der Menschheit.

Wie auch immer, diese Flüssigkeit würde dafür sorgen, dass die entnommenen Augen und sonstigen Gewebeproben in genau dem Zustand verblieben, in dem sie waren.

Als das Glas zu drei Vierteln mit dem Formalin gefüllt war, setzte er ab und stellte den weißen Kunststoffkanister zurück auf den Boden. Sofort schraubte er den roten Verschluss sorgfältig auf das Glas und stellte den Behälter auf die Seite. Er musste sorgfältig vorgehen. Er musste seine Arbeitsabläufe harmonisieren, alles musste perfekt und absolut identisch ablaufen. Er konnte und wollte nicht riskieren, Fehler zu machen, durch die seine Untersuchungsergebnisse verfälscht wurden. Aber das würde nicht passieren. Er hatte gelernt, keine Abweichungen von der einstudierten Prozedur zuzulassen.

Natürlich konnte er es kaum erwarten, zu irgendwelchen Ergebnissen zu gelangen, doch der Weg zur Wahrheit würde lang, hart und beschwerlich sein. Und nur wenige, wenn überhaupt, würden diesen Weg verstehen. Die da draußen, sie alle könnten es wissen, wenn sie nur wollten. Aber diese Ignoranten glaubten ja nur, was sie glauben wollten. Also musste er vorangehen, sich opfern und diesen Job ausführen.

Er beschriftete sorgfältig einen kleinen Etikettenaufkleber mit einem dokumentenechten Stift und klebte diesen auf den unteren Rand des Glasgefäßes. Dann stellte er es als erstes Exponat oben auf das Regal. Er trat einen Schritt zurück und musste vor Ergriffenheit einen Moment innehalten.

Stolz und mit funkelnden Augen betrachtete er seine Trophäe. Morgen würde er mit den mikroskopischen Untersuchungen beginnen und sich endlich daranmachen, alles zu verändern. Sein Blick wanderte kurz zu dem improvisierten Schreibtisch, auf dem ein Mikroskop und diverse technische Apparate standen. Der Anfang war gemacht. Lächelnd betrachtete er ein letztes Mal das leblose Augenpaar, das nun in Kopfhöhe vor ihm in der Formalinlösung ruhte. Dann drehte er sich um, knipste das Licht aus und verließ die kleine Küche.

Er griff sich den Holzstock, an dessen Ende ein kleiner Haken befestigt war, und angelte mit diesem nach dem eisernen Ring oben an der Decke. Als er ihn erwischt hatte und daran zog, öffnete sich eine Luke, und eine Schiebeleiter kam zum Vorschein, die er umgehend nach unten gleiten ließ. Als sie den Boden berührte, stieg er ins Dachgeschoss hinauf, dessen Schrägen bis zum Boden reichten. Nur in der Mitte, direkt unter dem Giebel, konnte er aufrecht stehen. Machte er einen Schritt zur Seite, musste er sich bereits bücken.

Ohne zu zögern, legte er sich auf eines der Lager und deckte sich mit einer alten ausgewaschenen Wolldecke zu. Der Komfort seiner Behausung war bescheiden, aber dafür hatte er die Räumlichkeiten ganz exklusiv für sich. Während der nächsten Wochen würde er hier so sicher sein wie in Abrahams Schoß. Selbst wenn sie anfingen, nach ihm zu suchen. Und das würden sie. Schon bald würden sie alles aufbieten, was sie hatten, um ihn zu finden. Doch niemand, wirklich niemand konnte ihn hier entdecken, hier nicht. Er hatte alles genauestens vorbereitet. »Eiemak itagn leo«, murmelte er. Ihm wurde vor Aufregung heiß in der Magengrube, und sein Gesicht begann zu glühen, als die Buchstaben in einer feurigen Formation direkt vor seinen Augen tanzten.

Morgen konnte er endlich damit beginnen, alles zu einem Ende zu bringen. Endlich. Egal, wie lange es auch dauern sollte, er würde es schaffen. Mit einem zufriedenen Lächeln schloss er die Augen und schlief, obwohl es noch früher Nachmittag war, kurz danach ein.

Schederndorf

Der Vorstand der Frankenpartei war zur Krisensitzung zusammengekommen. Die Stimmung im Besprechungszimmer des Haßfurter Rathauses ließ sich nur als gedrückt bezeichnen, die depressive Grundstimmung der Veranstaltung war jedem Mitglied der intimen Runde ins Gesicht geschrieben, die Gesprächsbereitschaft dementsprechend zurückhaltend. Eigentlich hätten die Politiker seit der Entscheidung des fränkischen Volkes, ein eigenes Bundesland werden zu wollen, mit der Planung und Vorbereitung desselben schon viel weiter sein sollen.

Die Frankenpartei, die aus der Volksabstimmung über die fränkische Unabhängigkeit als großer Gewinner hervorgegangen war und die man kommissarisch mit dem politischen Mandat ausgestattet hatte, den Übergang zum eigenen Bundesland zu gestalten, ebendiese Partei befand sich gerade in der größten Krise seit ihrer Gründung. Ausgerechnet jetzt, da die wichtigen Gespräche mit der bayrischen Staatsregierung, namentlich Ministerpräsident Teichhuber, stattfinden sollten, war sie praktisch führungs- und damit auch orientierungslos.

Zwei Unglücke biblischen Ausmaßes hatten die Franken kurz hintereinander heimgesucht. Erst war der Mentor und Gründer der Partei, Gerhard Irriger, des mehrfachen Mordes überführt und dann noch selbst umgebracht worden. Just nachdem dieser Schicksalsschlag halbwegs überstanden war, hatte man seinen Ziehsohn und angedachten zukünftigen Ministerpräsidenten, Manfred Zöder, zusammen mit dessen rechter Hand Luise Hadauer wegen Drogenbesitzes festgenommen. Peinlicherweise waren die beiden Leuchtfiguren der fränkischen Unabhängigkeitsbewegung als Crystal-Meth-Junkies enttarnt worden, und damit war ihre politische Karriere selbstverständlich vorbei. Zwar mussten die beiden nicht ins Gefängnis, da der Richter eine hohe Geldsumme und den Verlust aller politischen Ämter als Strafe genug erachtete, aber für die Frankenpartei war das natürlich ein herber Schlag gewesen. Die Umfragewerte sackten in den Keller, die Stimmung der Parteigenossen ebenfalls. So waren sie nun im Haßfurter Rathaus zusammengekommen, um wichtige Entscheidungen zu treffen, es bedurfte eines Neuanfangs. Und das hieß, dass sie zunächst einmal einen neuen kommissarischen Vorsitzenden wählen, dann ihre weiteren politischen Ziele festlegen und vor allem bestimmen mussten, wie es mit dem zu gründenden Bundesland Franken weitergehen sollte. Auf gut Deutsch gesagt, sie brauchten einen Plan, wie sie aus Stagnation und Umfragetief herauskommen sollten.

»Also, wenn keiner was sagt, dann fang eben ich an«, sagte Dietmar Hümmer und wagte sich damit an das schwierige Unterfangen, die eiskalte Stimmung im Raum etwas aufzuwärmen. »Unabhängig davon, was Zöder privat für einen Mist gebaut hat, fand ich seine Ziele prinzipiell gut. Bis zu seiner Verhaftung war er unumstritten die Nummer eins hier bei uns und in Franken, und er hätte die Wahl mit großer Sicherheit für uns gewonnen. Deswegen plädiere ich dafür, an den Eckpunkten seines Planes erst einmal festzuhalten, um der Bevölkerung draußen Kontinuität zu signalisieren. Nur weil Manfred mit irgendwelchen Drogen erwischt wurde, ist sein Plan ja heute nicht schlechter als bisher.« Fragend schaute er sich in der Runde um und erntete teils emsiges, teils zögerndes Kopfnicken.

Jetzt meldete sich auch die Schatzmeisterin der Frankenpartei, Ruth Gareis, zu Wort. Sie war eine anerkannte Kritikerin von Manfred Zöder und hatte sich in der Vergangenheit des Öfteren mit ihm angelegt. Erstens war ihr sein machohaftes Getue auf die Nerven gegangen, und zweitens hatte sie ihn schon früh als berechnenden Machtpolitiker eingestuft, was ihr als einer Frau, die einem linksliberalen grünen Umfeld entstammte, grundsätzlich unangenehm aufstieß. Trotzdem hatte sie die Ereignisse, die zu Zöders Verhaftung geführt hatten, ebenso geschockt aufgenommen wie alle anderen. Auch ihr war klar, dass jetzt ganz schnell etwas passieren musste, sonst war es vorbei mit den Chancen der Frankenpartei bei der historischen Wahl zu einem fränkischen Parlament.

»Es sind nur noch sieben Monate bis zum Wahltermin im September«, meinte sie eindringlich und schaute langsam von einem zum anderen. »Und wir haben ein Superwahljahr, mit Bundestagswahl zusätzlich zu unserer ersten fränkischen Landtagswahl. Ihr alle wisst, dass ich nicht mit allem einverstanden war, was Manfred hier an Ideen vorgebracht hat«, diese Aussage trieb so ziemlich jedem im Raum ein gequältes Lächeln ins Gesicht, war sie doch eine gewaltige Untertreibung, »trotzdem muss ich Dietmar in diesem Punkt zustimmen. Egal was jeder Einzelne von uns von dem, was Manfred für das zukünftige Franken entworfen hat, hält, wir können jetzt nicht einfach alles über den Haufen schmeißen und das Gegenteil von dem behaupten, was wir gestern noch als richtig propagiert haben. Deswegen heißt meiner Meinung nach die einzig mögliche Devise Kontinuität und noch mal Kontinuität.«

Mit funkelnden Augen hatte sie ihre Rede beendet, und nicht wenige der Anwesenden warfen ihr bewundernde Blicke zu. Jeder hier wusste, dass es nicht einfach war, über den Schatten der eigenen Überzeugungen zu springen, auch wenn es im Dienste der Partei, der gemeinsamen Sache geschah.

Nur einer war weder mit den Argumenten von Dietmar Hümmer noch mit denen von Ruth Gareis einverstanden: Gerald Baumeister. Der Bamberger hatte Angst. Angst vor den Meinungsforschern, Angst vor dem Zerfall der fränkischen Idee, vor allem aber Angst um seine persönliche Zukunft. Sein bereits fest eingeplanter Sitz im zukünftigen fränkischen Parlament war mehr als gefährdet, seit als Auswirkung des Drogenskandals so ziemlich alle anderen Parteien nach Umfragepunkten an der Frankenpartei vorbeigezogen waren.

»Seid ihr irre?«, rief er aufgeregt. »Unsere Umfragewerte sind im Arsch, und ihr wollt so weitermachen wie bisher? Die AfD hat uns längst überholt, die Grünen, freie Wähler und FDP liegen mehr oder weniger gleichauf. Wenn das so weitergeht, kriegt uns sogar noch die CSU. Das muss man sich einmal vorstellen, die CSU! Die hatten bis vor wenigen Monaten noch mit der Fünf-Prozent-Hürde zu kämpfen, und jetzt kleben sie uns an den Hacken. Wir können nicht einfach alles beim Alten lassen, wir müssen handeln! Die Einzigen, die wir noch sicher hinter uns lassen, sind die SPD, die Linken und die Partei für Eierförderung …«

»Elitenförderung«, korrigierte ihn Ruth Gareis.

»Ja, meinetwegen!«, schnappte Baumeister, der in seinem Redeschwall nicht unterbrochen werden wollte. »Dann von mir aus eben Elitenförderung. Jedenfalls sind wir in den Umfragen schon so tief gesunken, dass wir uns zu denen nicht einmal mehr umdrehen müssen.« Mit puterrotem Gesicht stand Gerald Baumeister da, den rechten Zeigefinger hoch erhoben, um seiner Argumentation zusätzlich Nachdruck zu verleihen.

»Ja, und was sollen wir deiner Meinung nach tun?«, warf Dietmar Hümmer ein, der schon ahnte, welche Motivation hinter Baumeisters Erregtheit stand. Gerald Baumeister glaubte jüngst, ein wirklich drängendes Problem der Menschheit erkannt zu haben, um das man sich umgehend zu kümmern hatte.

»Na, wir müssen dem Volk aufs Maul schauen, das hat Luther schon gesagt und Erfolg damit gehabt«, entgegnete Baumeister. »Wir müssen einfach die Ideen und Themen besetzen, die gerade angesagt sind. Flüchtlingsfrage, islamistischer Terror und der Videobeweis.«

Einen Moment lang herrschte teils betretenes, teils ratloses Schweigen, dann bekannte sich einer der im Besprechungsraum Versammelten zu seiner kompletten Unwissenheit und fragte sicherheitshalber einmal nach.

»Äh, Videobeweis? Was soll denn das sein, was meinst du damit?« Detlef Schmitt, der keinerlei politische Ambitionen, allerdings auch wenig Ahnung vom politischen Geschäft hatte, war als Nachrücker recht plötzlich aus der heimischen Metzgerei in Niederfüllbach gerissen und hierher ins Zentrum der Macht verpflanzt worden.

Gerald Baumeister klärte ihn bereitwillig auf.

»Na, der Videobeweis beim Fußball. Immer noch beobachten wir reihenweise Fehlentscheidungen der Schiedsrichter, welche die Spielergebnisse verfälschen und Streit und Diskussionen bei den Zuschauern und damit der Bevölkerung –« Weiter kam er nicht, da er von der nun ebenfalls aufgesprungenen Ruth Gareis unterbrochen wurde. Mit leicht errötetem, jedoch entschlossenem Gesichtsausdruck fauchte sie ihren Vorstandskollegen an.

»Sag mal, Gerald, willst du uns verarschen? Willst du ernsthaft so einen Schwachsinn zum Wahlkampfthema machen? Das ist doch nicht dein Ernst, oder?« Wütend stand sie da, bereit, sich auf diesen Ausbund an Dämlichkeit zu stürzen. Gerald Baumeister hatte allerdings nicht vor, auch nur ein Jota von seinem Kurs abzuweichen.

»Aber natürlich, Ruth, ganz gewiss. Ich würde das Thema Videobeweis sogar zum zentralen Punkt unserer Wahlkampfkampagne machen. Zusammen mit der Flüchtlingsfrage. Die von der AfD liegen doch mit ihren Themen genau richtig. Wir müssen endlich weg von den ausgetretenen Pfaden der Politik und uns um Themen kümmern, die die Menschen wirklich bewegen. Da können wir zum Beispiel von der Partei für Eierförderung …«

»Elitenförderung!«, schrie ihm Ruth Gareis entgegen, die jetzt kaum noch an sich halten konnte und diesem Volltrottel mit Diplom am liebsten an die Gurgel gegangen wäre. Aber dazu kam es nicht mehr, da sich nun eine wilde Diskussion darüber entspann, wie denn mit Baumeisters Argumenten zu verfahren war. Da die AfD in der Landtagswahl ein umstrittenes Thema darstellte und in Franken das Thema Fußball ja eine nicht unbedeutende Rolle spielte, waren seine Gedankengänge womöglich nicht so einfach von der Hand zu weisen.

Ruth Gareis schaute verzweifelt zu Dietmar Hümmer hinüber, der ihr mit dem Finger auf dem Mund signalisierte, dass sie sich jetzt mal besser zurückhalten sollte. Schweren Herzens setzte sie sich daraufhin wieder auf ihren Stuhl und harrte der Dinge, die da kommen sollten. Der Abend hier würde noch ziemlich lang und unerquicklich werden, so viel stand schon einmal fest.

Erleichtert hatte sie die Tür hinter sich geschlossen, den Rucksack mit ihrer Ausrüstung in die Ecke gestellt und sich in voller Montur aufs Bett geworfen. Jetzt endlich, da sie sich in ihren eigenen vier Wänden befand, ließ die Anspannung nach. David Eichhorn. Sie wollte gar nicht wissen, wie viele Stunden dieser Stalker schon vor ihrer Haustür verbracht hatte; Hauptsache, das war jetzt vorbei.

Insgeheim war sie ein wenig stolz auf sich, so konsequent gehandelt zu haben. Noch vor wenigen Jahren hätte sie sich das nicht getraut. Ganz im Gegenteil, sie hätte sich gefragt, was sie falsch gemacht hatte, hätte die Schuld an der unerquicklichen Situation bei sich selbst gesucht. So hatte sie sich in der Vergangenheit immer selbst in die Scheiße geritten. Aber sie war lernfähig, diesmal hatte sie ein großes, leuchtendes Stoppschild aufgestellt. Das war für sie eine ziemliche Leistung und verdiente Anerkennung. Zum ersten Mal seit ihrem fluchtartigen Aufbruch konnte sie wieder lächeln.

Im Grunde war dieser Eichhorn ja eher zu bemitleiden. Wie er da wie ein begossener Pudel vor allen Leuten gestanden und sich verzweifelt den Kaffee aus dem Gesicht gewischt hatte. Ja, vielleicht war Mitleid der beste Weg, um weiter mit der ganzen Sache umzugehen. Sie durfte so etwas nicht zu nah an sich herankommen lassen, sonst konnte sie sich nicht mehr auf ihre Arbeit konzentrieren. Ach Gott, die Fotos. Fast hätte sie in der Aufregung ihren Job vergessen. Sie musste unbedingt Sandra Schober anrufen, die Veranstalterin der Rosenmesse, um ihr den Grund zu erklären, warum sie so plötzlich verschwunden war. Sandra würde das hoffentlich verstehen, sonst saß sie in der Tinte. Die Rosenmessen waren wichtige Aufträge. Regelmäßig und gut bezahlt.

Vielleicht konnte sie ja mit den bereits geschossenen Bildern etwas anfangen, und wenn nicht, gab es da immer noch die Rosenmesse in Kronach im Herbst. Sie würde für den heutigen Tag einfach nichts verlangen und dafür den Job im September auf der Feste Rosenberg abarbeiten. Gleiche Messe, andere Burg. Sie konnte nur hoffen, dass das Wetter dann ebenso mitspielte wie heute. Seufzend holte sie ihr Handy aus dem Rucksack und wählte Sandras Nummer.

Schederndorf gehörte zur Gemeinde Stadelhofen und war am östlichsten Zipfel des Bamberger Landkreises angesiedelt. Dafür lag der Ort nicht weit von der Autobahn, die von hier aus immer weiter bis nach Berlin führte, wenn man denn dorthin wollte. Kriminalhauptkommissar Haderlein wollte das aber nicht. Er war zum ersten Mal in Schederndorf. Es gab immer noch Orte in seinem Arbeitsgebiet, in denen er noch nicht zugange gewesen war, stellte er mit Verwunderung fest. Da lebte er schon so lange in Bamberg, aber nach Schederndorf hatte er es bis jetzt tatsächlich noch nicht geschafft. Der Ort war ihm irgendwie bekannt, er wusste aber nicht so recht, warum. Auf jeden Fall war es von hier wahrscheinlich näher nach Kulmbach als nach Bamberg. Vielleicht war er deshalb bisher nicht nach Schederndorf gekommen.

Er steuerte seinen Land Rover von der Autobahn herunter und anschließend über eine reichlich kurvige Landstraße. In null Komma Josef hatte er die Zivilisation hinter sich gelassen und fand sich alsbald in der fränkischen Pampa wieder. Je weiter er sich von der Autobahn entfernte, desto fränkischer wurde die Gegend. Kleine Dörfer, Fachwerkhäuser, Äcker und eine gelassene Ruhe bestimmten die Umgebung. Gut, es war Februar, ein Monat, der im Jahreskreis nicht gerade durch üppigen Wildwuchs bekannt war. Trotzdem war hier alles angenehm verlangsamt und jeglicher Unbill der Welt nicht existent. Kriege, Katastrophen und überhaupt aller Schwachsinn dieser aus den Fugen geratenen Welt waren ganz weit weg.

Mit einem Lächeln im Gesicht folgte er der Landstraße und stellte, amüsiert über sich selbst, fest, dass er, ohne es zu wollen, langsamer fuhr. Das passierte ihm immer auf dem Land, der Anblick drang beruhigend in seine Polizistenseele. Das konnte er gut brauchen, vor allem bei Mordtaten wie der, mit der sie es jetzt zu tun hatten. Eigentlich konnte er Huppendorfer gut verstehen. Auch ihn hatte ein merkwürdiges Gefühl ob dieses Tatorts beschlichen.

Schlagartig verschwand die Ruhe aus seinem Gemüt, und Bilder des verunstalteten Opfers zogen vor seinem inneren Auge vorbei. Das taten sie so lange, bis Haderlein das Ortsschild von Schederndorf passiert hatte und das Navigationssystem im Auto zu sprechen begann. Eigentlich war es totaler Quatsch, für eine solche Adresse das Navigationssystem zu bemühen. Schederndorf 19, das war ja wohl auch so zu finden. Aber so war das halt in modernen Zeiten. Warum suchen, wenn's auch einfacher ging. Egal, wie unsinnig klein die Zeitersparnis auch war.

Die eloquente Frauenstimme seines Navis führte ihn direkt in die Ortsmitte von Schederndorf, was kurz darauf zu einer konsequenten Vollbremsung des Land Rovers und einem völlig verdattert aus der Wäsche blickenden Kommissar führte. Gerade noch rechtzeitig hatte er reagieren können, als vor seiner Kühlerhaube ein knallrotes Auto auftauchte. Sein Freelander beschrieb mit den Hinterrädern quietschend einen halben Kreis und kam dann schaukelnd zum Stehen.

»Sie haben Ihr Ziel erreicht«, vermeldete die aufreizende Frauenstimme aus den Lautsprechern, während sich Franz Haderlein erst einmal sammeln musste. Seit über dreißig Jahren fuhr er nun unfallfrei. Aber heute Nachmittag, hier in der fränkischen Pampa, wäre es fast so weit gewesen. Irgendein Vollidiot hatte seinen Sportwagen mitten auf die Straße gestellt.

Als er den ersten Schreck überwunden hatte, fuhr Haderlein die Seitenscheibe herunter, um zu sehen, ob sich vielleicht ein Fahrer in dieser Rennsemmel befand, den er jetzt aber so richtig zusammenfalten würde. Die Scheibe war noch nicht ganz an ihrem Zielort angelangt, da blieb Haderlein ob des sich ihm darbietenden Anblicks der Mund offen stehen. Etwas, was ihm in seinem Leben wahrlich nicht oft widerfahren war. Gleich neben ihm, auf Höhe des Türgriffes seines Wagens, endete das Dach des knallroten Ferraris, in den er eben fast hineingefahren wäre. Das allerdings war es nicht, was ihn seiner Fassung beraubte. Auch nicht der Umstand, dass die angegebene Adresse offensichtlich zu einer Brauerei mit angrenzender Wirtschaft gehörte. Nein, es war vielmehr der Fakt, dass sich zwischen ihm und der Brauerei, also quasi auf dem ganzen Parkplatz, der zur Verfügung stand, eine regelrechte Armada von italienischen roten Sportwagen befand. Die Ortsmitte von Schederndorf war mit Ferraris jeglicher Alters- und Preiskategorie komplett zugeparkt. Spyders, Lussos und Testarossas standen in friedlicher Eintracht nebeneinander. Und das in einer Zahl, wie Haderlein sie nicht einmal in den wildesten Zeiten auf der Luitpoldstraße in München erlebt hatte, und das mochte wahrlich etwas heißen.

Wie, in Gottes Namen, kamen diese ganzen Luxuskarossen hierher an den Rand der Zivilisation, an die Grenzen des Universums? Wie paralysiert legte Haderlein den Rückwärtsgang ein und stieß mit seinem Wagen zurück, um den Freelander irgendwo weiter vorn an einem Gartenzaun abzustellen. Da war zwar absolutes Halteverbot, aber es würde ihn doch sehr wundern, wenn er in diesem verschlafenen Kaff montagnachmittags um fünf einen Strafzettel verpasst bekäme.

Kopfschüttelnd verriegelte er die Türen, dann machte er sich auf den Weg in Richtung Gastwirtschaft. Noch einmal schaute er sicherheitshalber auf seinen Zettel, aber die Adresse stimmte. Der tote Zauberer war in diesem Gasthaus gemeldet.

Haderlein steckte den Zettel mit der Adresse in seine Wildlederjacke, dann machte er sich daran, vorsichtig durch die Menge an Ferraris zu lavieren. Er war beileibe kein Rennsportfanatiker, aber einen Kratzer wollte er den edlen Teilen nicht unbedingt zufügen. Nach einiger Zickzacklauferei hatte er die Ferrari-Herde endlich unfallfrei durchquert und fand sich nun direkt vor der Brauerei wieder. Als er las, was dort auf die Hauswand geschrieben stand, wurde ihm einiges klar. »Brauerei Wild«, hatte man groß und bunt an den weißen Putz des Brauereigebäudes gepinselt. Auch die Wirtschaft, die sich rechts von ihm auf der anderen Seite einer kleinen Straße befand, hieß so wie die Brauerei, nämlich Wild.

Es war für Kriminalhauptkommissar Haderlein nun keine intellektuelle Höchstleistung, zu vermuten, dass seine Leiche im Bamberger Hof der Namensgeber der Gastwirtschaft hier war. Die Ferraris schob Haderlein erst einmal gedanklich beiseite, ging hinüber zur Wirtschaft und öffnete die Tür zur Gaststube. Sofort schlugen ihm ein veritabler Gesprächspegel und die typische Duftmischung fränkischer Wirtshausluft entgegen. Die war geschwängert von Dampf, Schweiß, Bier und einem undefinierbaren Konglomerat sonstiger Ausdünstungen von Mensch und Küche. Eine olfaktorische Gemengelage, die bei jedem Besucher derartiger Räumlichkeiten Speichelfluss und spontane Sitzschwere auslöste. Bei Haderlein war es nicht anders, ihm wurde nach einem kurzen Rundumblick jedoch klar, dass er in diesem Gasthof hier und heute garantiert keine Sitzgelegenheit ergattern würde. Es war brechend voll. Andererseits war Haderlein ja auch gar nicht hier, um seinen Gelüsten nachzugeben, sondern um herauszufinden, wie Markus Wild in dieses Haus hineingehörte und wem er die traurige Nachricht überbringen musste.

Also machte er sich auf den Weg zur Theke, um sich zu einem Ansprechpartner durchzufragen. Auf dem Weg dorthin sah er in alle Ecken der Gaststube, aber von irgendwelchen Ferraristi war hier nichts zu bemerken. Oder sie waren nicht als solche zu erkennen. Nach einer mittleren Nahkampfübung erreichte er den Ausschank, wo er schreiend nach dem Chef fragen musste. Die junge Bedienung deutete immer wieder zur Tür, durch die er gerade hereingekommen war, und rief irgendetwas, aus dem er aber nur das Wort »Scheune« extrahieren konnte. Er glaubte, außerdem den Begriff »Brauerei« verstanden zu haben, sicher war er sich jedoch nicht. Na gut, die junge Frau wollte offenbar, dass er sich in das andere Gebäude begab. Er bedankte sich, vermutete jedoch, dass bei dem Lärm hier drin keines seiner Dankesworte bis zu ihr durchgedrungen war. Schlussendlich war ihm das auch egal, er würde den Chef des Hauses dort drüben schon irgendwie finden. Also machte er sich erneut auf den Weg, zurück durch die Gaststube und zur Tür hinaus, bis er wieder auf der schmalen Dorfstraße stand, die Ferraris im Angesicht.

Als er an der Wand des Brauereigebäudes entlangging, sah er dann auch tatsächlich die »Scheune«, die die junge Bedienung gemeint hatte. Allerdings hatte der Bau mit einer Scheune herzlich wenig gemein, vielleicht hatte an diesem Platz in grauer Vorzeit einmal eine solche gestanden. Heute war die »Scheune« ein gemauertes Gebäude, in dem ebenfalls ein ziemlicher Tumult stattzufinden schien. Draußen vor der Tür standen mehrere Personen, die meisten mit Ferrari-Utensilien auf dem Kopf oder am Körper. Franz Haderlein hatte endlich die Fahrer der roten Sportwagenflotte gefunden.

Als er die Tür zum Inneren des Gebäudes öffnete, traute er seinen Augen kaum. Einerseits erinnerten die Räumlichkeiten wirklich noch entfernt an eine Scheune, andererseits waren die Wände hier mit Plakaten und Transparenten aus dem Ferrari-Umfeld im engeren und weiteren Sinne gepflastert. Linker Hand gab es sogar eine Art Kino mit voll besetzten ansteigenden Rängen und einer erklecklich großen Kinoleinwand, auf der gerade ein alter Film über Niki Lauda gezeigt wurde. Davor stand männlich wie weiblich reichlich Menschenvolk mit Bierkrügen im Anschlag und unterhielt sich lautstark. Alle Anwesenden machten einen betuchten und altersmäßig gereiften Eindruck. Logisch, um sich einen Ferrari auf den Hof zu stellen, musste man eine gewisse Einkommensbilanz vorweisen können oder der Nachkomme einer entsprechenden Ahnenriege sein.

Alles in allem ein ziemlicher Auflauf für einen gewöhnlichen Montagnachmittag, dachte Haderlein verblüfft. Dann löste er seinen Blick vom cineastischen Publikum und schaute sich weiter um. Rechter Hand des Eingangs befand sich eine Art Ausschank, wobei der reichlich improvisiert wirkte und mit der wohl authentischsten Anmutung von Scheune aufwartete. Auch hier hielt sich einiges Volk mit Bier in den Händen auf. Hinter dem Ausschank stand ein junger Mann, der fleißig das vornehmlich rote Publikum bediente und sicher zum Haus gehörte. Von ihm war doch sicher zu erwarten, dass er über die Familie Wild Auskünfte geben konnte, wenn er nicht gar selbst dazugehörte.

Franz Haderlein wollte schon auf ihn zusteuern, als ihm jemand gänzlich unvermittelt von links unten eine Hand auf die Schulter legte. Als er sich umdrehte, stand dort eine dralle, vielleicht einen Meter sechzig große Frau mittleren Alters und strahlte ihn freudetrunken an. Wobei die Trunkenheit sicher nicht nur von ihrer emotionellen Einstellung herrührte, denn ein leichter Duft nach Alkohol drang mit dem von der Dame aufgelegten Parfum in Haderleins Nase.

»Hallo, schöner Mann, mit welchem Gefährt bist du denn hier?«

Haderlein war dermaßen verblüfft, dass er, was ansonsten gar nicht seine Art war, ohne zu überlegen aus dem Bauch heraus antwortete: »Äh … Freelander, Baujahr 2008.«

Amüsiert stellte Haderlein fest, dass das Räderwerk im Kopf der Lady, die von oben bis unten in Ferrarirot gekleidet war, Mühe hatte, dieses Modell in der langen Ferrari-Historie zu verorten. Er konnte ohne Mühe an ihren hübschen Gesichtszügen ablesen, dass ihr ein Ferrari Freelander bisher noch nicht untergekommen war. Was die Attraktivität des hageren, gut aussehenden Mannes vor ihr in ihren Augen aber nur noch vergrößerte, denn entweder war dieses Auto so selten, dass sie das Modell trotz all ihrer Expertise nicht kannte, oder es war ein ganz spezieller Umbau, den sich nur die ganz Reichen leisten konnten. Der Besitzer einer solchen Besonderheit war auf jeden Fall höchst interessant und noch dazu offensichtlich allein hier. Leider hatte er seine Hände in den Taschen, sodass man keinen Ehering diagnostizieren konnte. Aber egal, jetzt hieß es dranbleiben, ehe der Mann von einer anderen abgefischt wurde.

»Ich bin die Heidi, und wer bist du?«, stellte sie sich mit einem neckischen Augenaufschlag vor und streckte ihm auffordernd die andere Hand entgegen. Eigentlich hätte sie ihn auch gleich umarmen können, stellte Haderlein konsterniert fest, viel Platz war jedenfalls nicht mehr zwischen seiner Wildlederjacke und ihrer reichlich ausladenden Oberweite.

»Franz«, gab Haderlein kurz und knapp von sich und drückte aus Höflichkeitsgründen ihre Hand. Als korrekt ausgebildeter männlicher Mensch dachte er wohl, damit sei den Floskeln Genüge getan, aber weit gefehlt. Im Umgangsspektrum von Ferrari-Heidi stellte diese eher reservierte Geste eine direkte Aufforderung zu einer Straftat dar, Letzteres nun wiederum aus der Haderlein'schen Etikettensicht betrachtet. Heidi ließ nämlich die Hand nicht mehr los, sondern zog sich mit ihrer Hilfe vollends an den Körper des überrumpelt und stocksteif dastehenden Kommissars heran. Die eine Hand auf seiner Schulter, die andere jetzt weinrebenartig um Haderleins Hüfte geschlungen, schmiegte sie ihren erhitzten Körper so eng es ging an den seinen, was Haderlein bei aller guten Erziehung langsam etwas zu weit ging. Aber noch behielt er die Contenance, vielleicht begriff die gute Frau bei entsprechender Zurückhaltung ja von selbst, dass sie gerade dabei war, eine rote Linie zu überqueren. Und mit der Farbe Rot müsste sie sich ja eigentlich auskennen, dachte Haderlein in einer Anwandlung von Boshaftigkeit.

Verstohlen sah er sich um. Er stand immer noch im erweiterten Eingangsbereich, die rot gekleidete Dralle an sich geklettet, aber niemand schien auf sie zu achten, was ihn immerhin etwas beruhigte. Wenn er eines hasste, dann war es, unnötigerweise im Mittelpunkt der Aufmerksamkeit zu stehen. Er war schließlich Ermittler und keine Schaufensterpuppe.

Heidi hob jetzt ihr blondes Haupt und schaute mit einem schelmischen Blick aus feuchten Augen zu ihm nach oben. »Ja, was haben wir denn da, mein lieber Franz? Das ist ja höchst aufregend. Meine neugierigen Fingerchen fühlen etwas Hartes, Festes an meinem starken, gut aussehenden Franz. Ja, was kann denn das sein?« Die scheinbar rhetorische Frage des kleinen Busenwunders kam leicht lallend über ihre Lippen, während ihre Hand, ohne richterliche Erlaubnis, weiter unter Haderleins Jacke herumtastete. Doch der hatte keine Lust mehr, dieses Spiel noch weiter mitzuspielen. Schließlich war er dienstlich hier und nicht auf einem Speed-Dating für ausgeflippte Boxenluder. Es war höchste Zeit, mal deutlich zu werden und mit dem Zaunpfahl zu winken.

»Ich bin der Franz, das dort unten ist Franzl, zumindest im Moment. Außerdem ist Franzl gerade auf der Arbeit, er ist nämlich meine Dienstwaffe«, gab er halblaut bekannt, in der Hoffnung, dass diese Feststellung bei der Blondine eine Etage tiefer die Glocken der Erkenntnis läuten ließe. Aber Heidi war immer noch auf dem Weg zu ihrer ersehnten Zielflagge, dem Trip in die falsche Richtung.

»Ach, deine Dienstwaffe ist das?«, meinte sie mit einem leichten Stöhnen in ihrer Stimme. »Na, du bist ja ein ganz Gefährlicher, Donnerwetter. Ja, ist die auch geladen, deine Dienstwaffe?« Mit anzüglichem Blick lehnte sie sich leicht zurück und schaute in Richtung seiner Gürtelschnalle, während sich ihre rechte Hand langsam, aber konsequent auf den Weg zu Haderleins oberstem Hemdknopf machte.

Dem Kommissar begann die Situation allmählich zu entgleiten. Er wollte noch immer nicht unhöflich sein und vor allem keine Szene machen. Diese Heidi musste doch langsam mal begreifen, dass sie sich in einer Sackgasse befand. Aber auch dieser Begriff würde von ihr bestimmt wieder falsch ausgelegt werden, dachte er verdrossen und beschloss, die Höflichkeit im Dienste seines Freiheitsstrebens sausen zu lassen.

»Ja, natürlich ist die geladen«, stieß er genervt hervor und streckte abwehrend den Rücken durch, was bei Heidi aber ganz und gar nicht das gewünschte Ergebnis zeigte, eher im Gegenteil.

»Soso, sehr fein. Na, dann wäre es doch an der Zeit, diese Waffe einmal abzufeuern, meinst du nicht, Franz?«, gurrte sie in genau dem Augenblick, als ihre Finger den obersten Knopf von Haderleins Hemd berührten. Aber jetzt war der Punkt, an dem der Kommissar keinen anderen Ausweg mehr sah, als die Notbremse zu ziehen, endgültig erreicht. Er griff unter die Jacke, zog seine Dienstwaffe hervor und hielt sie ihr unter die Nase. Er war sogar gewillt, die gesicherte PPK direkt auf sie zu richten, so es der Wahrheitsfindung diente. Aber diese drastische Maßnahme war gar nicht nötig, der Zaunpfahl endlich groß genug. Ferrari-Heidi verstand, wohin der Hase lief. Und zwar nicht in ihre Richtung.

Hatte sie die Finger der Hand zuerst noch fieberhaft nach einem Ring abgesucht, bis sie enttäuscht bemerkte, dass das da ja die rechte Hand war und damit ringfindungstechnisch leider wertlos, so registrierte sie nun, was die Finger da eigentlich festhielten. Reglos starrte sie im spärlich beleuchteten Dunkel der Scheune die Umrisse der Walther an, während ihr Verstand augenscheinlich damit begann, die furchtbaren Tatsachen zu verarbeiten. Dann, nach endlosen Sekunden, zog sie ihre Schlüsse, allerdings schon wieder die falschen. Einen schrillen Schrei ausstoßend, sprang sie aus dem Stand über einen Meter zurück, eine olympiaverdächtige Leistung, so es die Disziplin des Rückwärtsspringens gäbe, und blickte Haderleins Dienstwaffe an, als wäre soeben der Leibhaftige aus dem Boden gefahren. Dammbruchartig und beeindruckend lautstark strömte die ungefilterte Erkenntnis aus ihr heraus: »Ohgottohgottohgott! Eine Waffe, der Mann hat eine Waffe! Ein Terrorist, ein Islamist! Ein Anschlag! Hilfe!« Dann drehte sie sich um und rannte schreiend in Richtung Heimkinotribüne davon, um sich dahinter zu verstecken.

Haderlein stand eine Sekunde lang völlig verblüfft da. Bis sich alle im Raum zu ihm umgedreht hatten, um zu sehen, was denn dieses Geschrei zu bedeuten hatte. Blitzschnell ließ Haderlein seine Walther wieder unter der Jacke in ihrem Holster verschwinden und zog dafür genauso flugs seinen Dienstausweis hervor.

Was die Menschen auf Heidis Geschrei hin zu sehen bekamen, war ein großer, hagerer Mann in einer Wildlederjacke, der im Eingangsbereich herumstand und etwas an seine Jacke gepresst hielt. Wirklich erkennen konnte man das aber nicht. Der Mann steckte das undefinierbare Teil auch umgehend weg und brachte stattdessen irgendein kleines Dokument zum Vorschein, das in dem diffusen Licht hier aber genauso wenig zu erkennen war. Jetzt hielt er es hoch in die Luft und fing an, mit ruhiger, lauter Stimme zu sprechen.

»Kein Grund zur Panik, meine Damen und Herren, ich bin von der Polizei. Dies ist eine amtliche Durchsage. Alle Fahrzeuge draußen sind auf der Stelle wegzufahren, sie versperren nämlich gleich mehrere Feuerwehrzufahrten. Haben Sie verstanden? Ich möchte Sie bitten, alle Autos sofort wegzufahren, sonst wird abgeschleppt!«

Haderlein versuchte so seriös und unduldsam wie nur irgend möglich zu erscheinen. Dazu schaute er böse wie Charles Bronson in »Spiel mir das Lied vom Tod«, um keine Zweifel an der Ernsthaftigkeit seines Anliegens aufkommen zu lassen. Aber erst der Terminus »abschleppen« brachte die erwünschte Reaktion, wenn auch leicht verzögert.

Die Ferraribesitzer hatten sich die Ansage angehört, tranken aber erst einmal weiter ihr Bier, ohne in Hektik zu verfallen. Der Typ war also Polizist, aha, dann war ja alles in Ordnung. Heidi hatte wieder einmal übertrieben. Und das mit dem Wegfahren hatte ja sicher noch Zeit. In Schederndorf war nicht gerade ein verkehrstechnisches Chaos angesagt, nur weil ein paar Ferraris für ein paar Stunden Parkplatz und Straße bevölkerten. Aber als das Wort »abschleppen« richtig zu ihnen durchdrang, war der Spaß vorbei. Alles, nur nicht abschleppen. Denn dann würde ganz sicher irgendetwas am wertvollen Statussymbol verkratzt, verbeult oder gar verbogen werden.

In heller Aufregung begann sich der Saal zu leeren, was der Kriminalhauptkommissar zufrieden zur Kenntnis nahm und außerdem die Gelegenheit nutzte, sich endlich zu dem nunmehr menschenleeren Ausschank rechts vom Eingang zu begeben, an dem er Antworten auf seine Fragen zu erhalten hoffte. Vorher schaute er sich noch einmal um, aber alles strebte verlässlich nach draußen, und die rote Heidi war gottlob nicht mehr zu sehen.

Der Mann hinter der groben Holztheke wirkte allerdings eher wenig begeistert, er schaute Haderlein mit düsterem Blick entgegen. Ganz klar, Haderlein hatte ihm das sicher lukrative Geschäft des heutigen Abends fürs Erste verdorben.

»Bolizei, aha. Was verschaffd uns nacherd die frachwürdiche Ehre?«, erkundigte er sich mit ehrlicher Abneigung, als der Kommissar an der Holztheke angelangt war. Haderlein beschloss, jetzt nicht mehr lange herumzureden, denn seine Geduld für diesen Schuppen hier war allmählich aufgebraucht. Es war ein Mord passiert, und er hatte in diesem Kaff schon genug Zeit verloren. Deswegen stellte er sich auch gar nicht groß vor, sondern kam gleich zur Sache. Er hielt dem etwa Vierzigjährigen seinen Dienstausweis vor die Nase, nur um ihn dann flugs wieder wegzustecken.

»Wie ist denn Ihr Name, wenn ich fragen darf?«, erkundigte er sich kurz und knapp. Eine Frage, die von dem Mann hinter dem Ausschank aber nur widerwillig beantwortet wurde. Der Unmut über die nicht mehr anwesenden gut betuchten Gäste stand diesem deutlich ins Gesicht geschrieben.

»Simon. Und wer will des etzerd wissen?«, entgegnete er schroff. Der Stachel des finanziellen Verlustes, den Haderlein ihm gerade eingefahren hatte, steckte wohl ziemlich tief.

Na, das kann ja eine lustige Befragung werden, dachte Haderlein. »Kripo Bamberg. Kennen Sie einen Markus Wild?«, fragte er in unmissverständlich autoritärem Tonfall, was aber keinerlei Stimmungsänderung bei dem Mann hinter der breiten Holztheke auslöste.

»Ja, kenn ich. Is mei Bruder. Warum?«, lautete die schnoddrige Antwort, ohne dass darin eine Art Besorgnis zu erkennen war, warum die Kriminalpolizei nach ihm fragte. Haderlein beschloss daraufhin, sich den hiesigen Gepflogenheiten anzupassen und mit der Tür ins Haus zu fallen.

»Er ist tot«, sagte er ohne Reue und schaute dem Bruder des toten Zauberers in die Augen. Zum ersten Mal war bei seinem Gegenüber so etwas wie Verunsicherung zu bemerken. Ein Gefühlszustand, der von jeglicher Einsicht aber noch weit entfernt war.

»Dod?«, stellte Simon Wild fest, ohne sich zu rühren. Dann zog er ansatzlos ein Handy aus der Hosentasche und tippte eine Nummer ein, hielt sich das Mobiltelefon ans Ohr und wartete. Sicher versuchte er, seinen Bruder anzurufen. Es schien auch jemand ans Telefon zu gehen, denn sein Gesicht hellte sich auf, und Simon Wild rief hoffnungsfroh ins Telefon: »Markus, bisd du des? Ich hab da an Bolozisten, der …«

Seine Gesichtszüge entglitten ihm, und er verfiel wieder in die vorangegangene Missmutigkeit, als sich allem Anschein nach nicht die gewünschte Person am anderen Ende der Leitung befand. Irgendwer schien ihm etwas eher Unangenehmes zu erzählen, denn seine Miene verfinsterte sich immer mehr, je länger das Telefonat dauerte. Er hörte eine Weile zu, dann rief er zu Haderleins Erstaunen nur laut und deutlich »Orschloch!« ins Mobiltelefon und legte auf.

Simon Wild musste sich ein paar Sekunden sammeln, ehe er, immer noch missmutig, aber durchaus verunsichert, zu Haderlein schaute. »Dod?«, wiederholte er noch einmal stoisch die schon gestellte Frage, diesmal ganz eindeutig in nur noch rhetorischer Absicht.

»Tot«, bestätigte Haderlein, ohne sich zu weiteren Erläuterungen hinreißen zu lassen. Wenn der Mann auf diese Weise mit ihm kommunizieren wollte, bitte.

»Unfall?«, schob Simon Wild hinterher.

Aber Haderlein schüttelte den Kopf. »Mord.«

Jetzt zeigte Simon Wilds Fassade die ersten größeren Risse. Er wurde blass, und er schaute Haderlein ungläubig aus großen Augen an.

»Sicher?«, stieß er mühsam beherrscht hervor und musste sich mit einem Arm auf der Theke abstützen.

»Ganz sicher«, entgegnete Haderlein nun in bereits etwas weniger unerbittlicher Manier. Anscheinend begriff Simon Wild allmählich, dass die Polizei nicht bei ihm aufgetaucht war, um der Straßenverkehrsordnung in Schederndorf Genüge zu tun. »Aber vielleicht sollten wir das woanders besprechen und vor allem mit dem Rest der Familie. Ich hätte da einige Fragen.«

Der arme Simon musste das Gehörte jetzt erst einmal verdauen. Er richtete sich ruckartig auf. »Ich hol amal die annern«, meinte er leicht verstört, drehte sich um und eilte nach draußen, um den Familienrat einzuberufen. Haderlein wollte ihm noch hinterherrufen, dass es wohl besser wäre, wenn er mitkäme, aber da war Simon Wild schon verschwunden. Na gut, dann würde er eben hier warten, der Raum schien sich sowieso komplett geleert zu haben, da konnte man sich genauso gut hier unterhalten. Er wollte gerade den Raum inspizieren, um seine Annahme zu überprüfen, als sich eine Hand auf seine Schulter legte. Er wusste schon, wer da hinter ihm stand, bevor er sich überhaupt umgedreht hatte.

»Ich konnte ja nicht ahnen, dass du ein leibhaftiger Polizist bist«, säuselte Heidi mit einem Blick, der an Eindeutigkeit nicht mehr zu überbieten war. Langsam wanderte er nach unten, zum Ende von Haderleins linkem Arm, und ihr Gesicht erstrahlte in freudiger Überraschung. »Hach, da ist ja gar kein Ring«, seufzte sie selig. Ihre ausladende Büste erhob sich bebend, fast flehentlich nach oben, und sie machte Anstalten, genau dort mit ihren Händen weiterzumachen, wo sie erst vor wenigen Minuten innegehalten hatten. Aber Haderleins Geduld für diese Frau war aufgebraucht. Es bedurfte wohl einer höheren Dosis an Deutlichkeit.

»Lass mich raten, Heidi, du willst mit mir allein sein, richtig?«, säuselte er ihrem Gesicht entgegen, das sich nun ebenfalls nach oben streckte.

»Ja, allerdings, durchaus«, entgegnete sie erfreut. Endlich hatte sie diesen spröden Typen geknackt, das wurde auch Zeit.

»Im Moment habe ich allerdings wenig Zeit, ich bin dienstlich hier«, erklärte er. »Wie wäre es denn, wenn wir einfach ein Date ausmachen? Also, außerhalb meiner Dienstzeit«, ergänzte er mit einem jovialen Lächeln.

»Ja, aber gern. Schlag doch einfach was vor«, erwiderte Heidi und lächelte aufreizend, während ihre Finger versonnen um Haderleins Hemdknöpfe kreisten.

Dieses Angebot nahm der Kommissar dankend an.

»Wie wär's denn dann mit nächstem Donnerstag in acht Jahren?«, offerierte er und wartete einen Augenblick, bis die Konsequenz dieser kalendarischen Vorausschau zu ihr durchgesickert war. Dann näherte Haderlein sein Gesicht an das ihre an, um mit harscher Stimme den letzten Nagel in ihren frischen Beziehungssarg zu schlagen. »Und bis dahin, Heidi – schleich dich!«, knurrte er so aggressiv, dass die eben noch so anschmiegsame Blondine erneut einen Satz nach hinten machte. Woraufhin sie halb verstört, halb verärgert den Weg zum Ausgang suchte.

Unter Haderleins argwöhnischem Blick strebte Heidi leicht schlingernd der Ausgangstür entgegen und hatte den Ort der schmählichen Abfuhr Sekunden später hinter sich gelassen. Als die Eingangstür hinter ihr ins Schloss gefallen war, atmete Kriminalhauptkommissar Franz Haderlein wie von einer zentnerschweren Last befreit erleichtert und tief durch.

Es dauerte eine Weile, bis er das Autohaus in Bayreuth gefunden hatte. MGZ, ein großer Betrieb, wie es schien. Aber das passte zu seiner Theorie und damit ins Bild. Es waren entweder total unauffällige, selbstständige Menschen, die in Frage kamen, oder aber Menschen in Leitungspositionen. Positionen also, in denen man steuerte, manipulierte und agierte. Dabei begann dann in aller Regel immer das Gleiche. Das Übel. Es breitete sich aus wie ein Pilz, ohne dass die Betroffenen ahnten, was geschah. Nur die wenigsten konnten sehen, was er sah. Es gab andere Menschen, die die Wahrheit erkannten und auch ihm irgendwann die Augen geöffnet hatten. Aber nur er war schließlich bereit gewesen, aus dieser Erkenntnis die Konsequenzen zu ziehen, alles aufzudecken.

Von außen betrachtet schien das ganze Unterfangen hoffnungslos zu sein. Aber sie hatten einen Fehler gemacht, einen großen Fehler, als sie sich mit ihm angelegt hatten. Sie hatten wohl geglaubt, dass er klein beigeben würde wie alle anderen zuvor, die sie eingeschüchtert hatten. Aber nicht mit ihm, er würde dieses Nest, das sich ihm offenbart hatte, ausräuchern. Er würde einen nach dem anderen stellen und töten. Und jeder Einzelne von ihnen würde als Beweis für diejenigen dienen, die sein Verhalten bisher nicht nachvollziehen konnten, dafür würde er schon sorgen.

Mit grimmiger Befriedigung betrachtete er den ineinander verschachtelten Gebäudekomplex des Autohauses und legte sich eine Vorgehensweise zurecht. Zuerst musste er sich unkenntlich machen, danach einen Platz finden, wo er so lange warten konnte, bis er seinen Masterplan in die Tat umsetzen konnte. Ein schmales Lächeln schlich sich in sein Gesicht, dann überquerte er die Straße.

Nur allmählich hatte sie die unerquicklichen Vorfälle am Königsberger Rosenmarkt vergessen können. David Eichhorn war Gott sei Dank aber offenbar schlau genug gewesen, die ganze Angelegenheit als erledigt zu betrachten. In den ersten Tagen nach dem Vorfall war sie morgens voller Angst aus dem Haus gegangen, in der unangenehmen Erwartung, er stünde irgendwo herum und würde ihr auflauern. Doch das war glücklicherweise nicht der Fall gewesen, sie hatte ihn nirgends entdecken können, obwohl sie ihre Umgebung stets aufmerksam beobachtete.

So hatte sich die Angst in leichte Bedenken verwandelt, und auch die waren irgendwann verschwunden, sodass ihr Leben nun wieder so leicht und unabhängig war wie zuvor. Auch dadurch bedingt, dass ihr die Veranstalterin der Rosenmesse mit Verständnis begegnet war. Sie hatte Carolin Metz sogar an den Baron von Schloss Eyrichshof weitervermittelt, der jedes Jahr über Pfingsten einen großen Gartenmarkt auf seinem riesigen Grundstück abhielt. Auf Empfehlung von Sandra Schober hatte sie nun den Auftrag bekommen, dieses Event zu fotografieren. Der Baron hatte außerdem vor, einen Katalog für die diversen Veranstaltungen auf seinem Gelände erstellen zu lassen, da waren bei guter Zusammenarbeit weitere Aufträge zu erwarten.

Manchmal braucht man eben Glück im Leben, dachte sich die Fotografin, während sie ihr Equipment in den Mini stapelte. Wenn sie ehrlich war, konnte sie eine gewisse Nervosität nicht leugnen. Den Auftrag beim Baron von Rotenhan durfte sie auf gar keinen Fall versemmeln, so eine Chance gab es kein zweites Mal. Man hatte ihr völlig unerwartet einen roten Teppich ausgerollt, und sie war fest entschlossen, diesen Teppich auch zu beschreiten. Mit einer schwungvollen Handbewegung schlug sie die Heckklappe des Minis zu, als sie in ihrem Rücken eine Stimme vernahm.

»Hallo, Carolin. Lange nicht mehr gesehen.«

Carolin Metz zuckte zusammen und blieb wie festgefroren stehen, ehe sie sich nach einer Schrecksekunde langsam umdrehte. David Eichhorn stand hinter ihr, in genau dem gleichen Aufzug, den er auch auf der Rosenmesse getragen hatte, beige Hose, dunkle Jacke, und grinste sie an. Mit seinem breiten Grinsen, das ihr diesmal aber sofort einen Schauer über den Rücken schickte. Er war wieder da.

»Was willst du!«, fauchte sie ihn an. Alles an ihr signalisierte Aggressivität und Abwehr. Aber David Eichhorn schien ihre Signale nicht zu bemerken oder sie nicht bemerken zu wollen.

»Ich wollte mal nachfragen, ob wir beide nicht einen Neuanfang wagen sollten«, meinte er lächelnd. »Schließlich hatten wir einen echt miesen Start auf dem Rosenmarkt, findest du nicht?«

Carolin Metz war nicht bereit, auch nur mit einer Silbe auf dieses Angebot einzugehen. Halb wütend, halb panisch drehte sie sich um, riss die Fahrertür auf und warf sich hinter das Steuer ihres Minis. Ohne sich um den Verkehr zu kümmern, startete sie den Motor und schoss mit quietschenden Reifen aus ihrem Parkplatz heraus. Als sie einen einzigen, letzten Blick in den Rückspiegel warf, sah sie darin aber nicht etwa einen schmerzlich zurückgewiesenen Versicherungsvertreter, der sich gesenkten Hauptes trollte, sondern den merkwürdig lächelnden David Eichhorn, der ihr stoisch hinterhersah, bis sie um die nächste Ecke gebogen war.

Völlig verkrampft hinter dem Steuer ihres Wagens sitzend, erreichte sie die Bamberger Außenbezirke. Ehe sie die Autobahnauffahrt erreichte, hielt sie jedoch an, legte ihren Kopf aufs Lenkrad und begann hemmungslos zu weinen.

So eine verdammte Scheiße, ihr Stalker war wieder da, er war womöglich nie fort gewesen. Der Gedanke daran trieb ihr den Schweiß auf die Stirn. Schon einmal, vor vielen Jahren, war sie einen Ex nur unter größter Mühe wieder losgeworden. Das hatte ihr mehr als gereicht. Sie war mit ihren Kräften am Ende gewesen, als der Typ endlich aus ihrem Leben verschwunden war.

Zwar hatte sie danach das eine oder andere Buch darüber gelesen, weil sie die Verhaltensweisen solcher Menschen verstehen wollte, aber nun wusste sie, das war bloße Theorie. Ein Buch zu lesen war das eine. Einen Stalker in seinem Leben zu wissen etwas ganz anderes. Niemals würde sie verstehen, warum ein Nein nicht auch als Nein akzeptiert werden konnte. Und jetzt klebte ihr schon wieder einer an den Hacken. Noch dazu ein Mann, den sie gar nicht kannte. Wenn man sich geliebt hatte und der Verlust schmerzte, war das ja noch irgendwie zu verstehen. Aber David Eichhorn war ein Fremder für sie und sie für ihn. Konnte es sein, dass sie irgendetwas an sich hatte, das genau solche Menschen anzog? Die Sache schien wirklich vorbei gewesen zu sein. Und gerade als sie sie vergessen hatte, tauchte dieser Irre wieder bei ihr auf.

Minutenlang ließ sie ihren Gefühlen freien Lauf. Dann riss sie sich zusammen und wischte sich energisch die Tränen aus dem Gesicht. Diesmal nicht. Diesmal würde sie sich nicht von solchen Aktionen beeindrucken lassen, sondern wie geplant nach Ebern fahren. Sie hatte auf Schloss Eyrichshof einen Job zu erledigen, der eine große Chance für ihre berufliche Zukunft bedeutete. Sie hatte keine Ahnung, ob David Eichhorn ihr gerade folgte oder gar wusste, was sie heute vorhatte. Aber sie musste sich professionell verhalten und ihren Job machen. Im Grunde konnte sie ihn ja einfach ignorieren, wenn er dort auftauchte. Was sollte er denn schon groß anrichten, außer dauernd ins Bild zu laufen?

Sie ballte noch einmal entschlossen die Fäuste, dann lenkte sie ihren Mini zurück auf die Straße und war wenig später auf der Autobahn in Richtung Norden.

Die komplette Familie Wild hatte sich in der alten Scheune versammelt und schaute mit traurig-betretenen Gesichtern auf Haderlein, der etwas versetzt vor ihnen auf einem einfachen Holzstuhl Platz genommen hatte. Die beiden jüngeren Brüder Thaddäus und Lukas hatten ihre Frauen dabei, der missmutige Simon schien dagegen keine Familie zu haben, denn er saß immer noch allein da.

»Also, wenn ich das noch einmal wiederholen darf«, fasste Haderlein zusammen, der konzentriert seine Notizen musterte, die er wie stets seit seinem ersten Arbeitstag vor über dreißig Jahren auf einen einfachen Notizblock geschrieben hatte. »Sie haben alle keine Ahnung, wer Ihren Bruder hätte töten wollen und warum. Sie hatten seit Längerem keinen Kontakt zu ihm, das Verhältnis war nicht besonders eng. Ihr Bruder Markus war mit sechsundfünfzig Jahren das älteste Mitglied der Familie, da Ihre Eltern bereits verstorben sind, er war ledig und wohnte in Erfurt. Trotzdem war er immer noch mit Erstwohnsitz an seinem Geburtsort Schederndorf gemeldet. In Erfurt arbeitete er freiberuflich für mehrere Zeitungen, ansonsten frönte er hauptsächlich seinem Hobby als Zauberer.«

Haderlein überlegte einen Moment, dann schaute er auf und

warf einen neugierigen Blick in die Runde. »Wenn ich ehrlich bin, hört sich das nicht nach einer steilen Karriereleiter an. Konnte er denn von seinen Einkünften leben?«

»Nein, konnte er nicht, musste er aber auch nicht«, antwortete Thaddäus Wild, der jüngste der Brüder. »Markus war der Einzige von uns, der nie in die Brauerei oder die Gastwirtschaft mit einsteigen wollte. Er hat beim ›Fränkischen Tag‹ in Bamberg gelernt und später auch ein paar Jahre dort gearbeitet. Damals hat er auch mit seiner Zauberei angefangen. Das hatte es ihm irgendwie angetan. Na ja, und vor drei Jahren haben wir ihn dann ausbezahlt, nachdem er uns mitgeteilt hatte, dass er mit dem hier definitiv nichts mehr zu tun haben wollte. Er wollte lieber das Geld. Seitdem zehrte er von seinem Erbteil.«

»Das musste er auch, denn als Zauberer hätte er es ganz sicher niemals geschafft«, mischte sich Lukas Wild, der zweitjüngste Bruder, ein. »Wenn ich ganz ehrlich bin, und da spreche ich sicher im Namen von allen hier, als Zauberer war er eine totale Null. Er hat drüben in der Gaststätte ein paarmal eine Vorstellung gegeben, sogar beim Ferrari-Treffen ist er mal aufgetreten. Aber danach haben die Leute höflich, aber bestimmt durchblicken lassen, dass sie bitte nie mehr zu so was eingeladen werden möchten.« Er schaute sich kurz um, und alle Anwesenden nickten bestätigend.

»Hat Ihr Bruder Familie in Erfurt? Ehefrau, Kinder oder wenigstens eine Freundin, die wir benachrichtigen sollten?«, erkundigte sich Haderlein. Eine Frage, die ohne Umschweife und noch dazu ziemlich bissig vom missmutigen Simon Wild beantwortet wurde.

»Na, der hat ka Freundin, der Markus, und Kinner gleich gar net«, brach es zu Haderleins großer Überraschung aus dem Mann heraus. »Unser heiß geliebter Bruder war nämlich nicht an Frauen inderessierd, wissen S'? Der Markus war vom annern Ufer, a Warmer, wenn Sie verstehn, was ich maan, Herr Kommissar!«

So überraschend, wie er das Wort ergriffen hatte, so abrupt legte Simon Wild es auch wieder nieder und schien sich nicht weiter für das Gespräch zu interessieren, während die anderen Brüder betreten den Fußboden zu ihren Füßen musterten. Dem Kommissar schwante, dass er womöglich ziemliches Glück gehabt hatte, überhaupt etwas von Simon Wild über dessen Bruder erfahren zu haben. Eine plötzliche Gefühlswallung, einen Emotionstsunami, der diesen fränkischen Ausbund an Redseligkeit zu einem Kommentar verleitet hatte.

Das war also der Grund, warum Markus Wild nicht im Familienbetrieb in Schederndorf mit seinen Brüdern hatte arbeiten wollen. Ein Homosexueller hatte in so einem kleinen Dorf sicherlich immer noch mit Unverständnis und Ablehnung zu kämpfen – und erst recht vor über dreißig Jahren, als Wild hier aufgewachsen war. Hundertprozentig kam dann noch die allgemeine katholisch-fränkische Landausbildung zum Tragen, welche die Meinungsbildung auf dem Dorf immens beeinflusste. Obwohl die katholische Kirche ja selbst mit homosexuellen Seelsorgern durchsetzt war wie ein fränkischer Karpfenteich mit Fischen.

Aber die katholische Bigotterie interessierte den Kommissar eigentlich nur am Rande, dafür fiel ihm in diesem Zusammenhang etwas auf, was er als einer Nachfrage würdig erachtete. Den Vornamen der hier versammelten Bruderschaft wohnte eine auffällige Gemeinsamkeit inne.

»Markus, Thaddäus, Simon und Lukas, sind das nicht alles Jünger aus dem Neuen Testament?«, fragte er sein Auditorium.

»Ja, das stimmt, unser Vater Innozenz war sehr christlich und hat halt eben auch sehr viel Wert auf eine christliche Erziehung gelegt. Deswegen die Namen«, erklärte Thaddäus Wild mit einem schiefen Grinsen. »Seit unsere Eltern gestorben sind, ist das aber nicht mehr so streng bei uns.« Eine Auslegung, die nicht auf uneingeschränkte Zustimmung stieß.

»Für dich vielleicht«, knurrte Simon Wild und gab auch umgehend preis, warum das aus seiner Sicht offenbar anders war. »Es gibt Grundsätze im Leben, die gibt mer net so einfach auf. Des is wie mit der Wirtschaft. Ich bin ja a bloß ab und zu da und helf aus beim Bedienen oder wenn gschlacht wird. Aber ich helf halt. Des hat was mit christlicher Einstellung und Familiensinn zu tun.«

Sein Kopf war hochrot angelaufen, als er seinem Bruder widersprochen hatte. Simon Wild schien ein ziemlicher Sturkopf und Eigenbrötler zu sein. Nun gut. Haderlein hatte bis hierhin erst einmal genug erfahren und erhob sich von seinem Stuhl. Das Verhältnis von Simon Wild zu seinem verstorbenen Bruder war nicht sein Problem.

»Vielen Dank für die Beantwortung der Fragen«, sagte er nun weit weniger förmlich als zu Anfang. »Das wäre im Moment alles. Sobald wir Ihnen etwas Genaueres über die Hintergründe der Tat mitteilen können, werden Sie natürlich von uns hören. Mir bleibt jetzt nur, Ihnen mein tief empfundenes Beileid auszusprechen und mich zu verabschieden.«

»Dann bring ich Sie noch zur Tür«, rief Thaddäus Wild und ging voraus zum Ausgang. Draußen gab er Haderlein die Hand und reichte ihm mit einem beinahe verzweifelten Blick einen hölzernen Tragebehälter, in dem sechs Bierflaschen steckten. »Hier, Herr Kommissar. Net dass Sie denken, mir sin alle so unfreundlich wie der Simon. Aber er wurd halt so erzochen, und manchmal isser, na ja, a weng konservativ und halt auch a weng extrem. Gott sei Dank hat der jetzt a Freundin. Ich hoff, die hobelt dem Kerl a weng runner von seiner unfreundlichen Art. Im Grunde meint der vieles gar net so ernst, wie es vielleicht im ersten Augenblick rüberkommt. Er is sehr streng mit sich und annera, aber eichentlich ganz in Ordnung. Das wollte ich nur noch einmal gesagt haben.« Ernst nickte er Haderlein zu, dann drehte er sich um und verschwand umgehend wieder in der ehemaligen Scheune, um sich zum Familienrat zu gesellen.

Der Kommissar schaute ihm kopfschüttelnd nach, dann konzentrierte er sich auf seine Rückfahrt nach Bamberg. Dazu wollte er sich jetzt eigentlich schnellstmöglich zu seinem Auto zurückbegeben, aber gleich zwei Dinge hinderten ihn daran. Das war zum einen der erholsame Anblick eines völlig ferrari- und damit gleichzeitig autofreien Parkplatzes vor der Wild-Brauerei und zum anderen das Bild, das sich ihm im gegenüberliegenden

Hof einer angrenzenden Brauerei bot. Einer der Ferraristi hatte sein rotes Gefährt zum Wenden wohl etwas zu weit in die offene Hofeinfahrt des bäuerlichen Betriebes hineinbewegt, sodass er mit der Hinterachse seines Sportwagens auf der Sandsteinumrandung der Mistgrube aufgesessen war. Diese Umrandung war nach Haderleins grober Schätzung zwar maximal vier Zentimeter hoch, aber der Ferrari war entsprechend tiefgelegt, sodass er sich nun nicht mehr von der Stelle rühren konnte. Das Phantastische an der dargebotenen Szenerie war jedoch der Umstand, dass der Bauer des kleinen Anwesens gerade versuchte, mit einer an seinen Schlepper angeflanschten Mistgabel den Testarossa vom Sandstein zu hebeln. Ein heikles Unterfangen, das den Ferrari-Besitzer dazu trieb, vor lauter Angst rumpelstilzchenartig um sein Hundertfünfzigtausend-Euro-Gefährt herumzuhüpfen.

Als Haderlein das erste leise Kreischen von sich verbiegendem Blech vernahm, drehte er sich endgültig um und ging zu seinem Auto. Was war ein Land Rover doch für ein gutmütiges, ehrliches Fahrzeug, jedenfalls wenn man ihn in Beziehung zu einem Ferrari setzte.

César Huppendorfer, Lagerfeld und Robert Suckfüll saßen in der Dienststelle zusammen und kauten nachdenklich an den Honigbroten, die ihnen von Honeypenny gereicht worden waren. Auch Honeypenny setzte sich nun zu ihnen, griff sich eines ihrer süß beschmierten Bäckereiderivate und begann mit dem Lebensmittelzerkleinerungsvorgang.

Die einzige Person, die offenbar keinen Hunger hatte und auch sonst einen Blues zu schieben schien, war die Riemenschneiderin. Das Ferkel hatte den kleinen Kopf auf seine Vorderfüße gelegt, die rosa Schlappohren hingen über die traurigen Augen. Direkt vor ihrem Rüssel stapelten sich Apfelstücke auf einem kleinen Teller kunstvoll in die Höhe. Aber die fruchtige Verlockung blieb als Designobjekt für frustrierte Schweineaugen unangetastet auf ihrem Tellerchen liegen. Honeypenny betrachtete Riemenschneider sorgenvoll, während die Kommissare sich intensiv mit dem abstrusen Fall aus dem Bamberger Hof beschäftigten.

»Haben Sie denn von den Veranstaltern der Zauberdarbietung im E-Werk irgendetwas Brauchbares erfahren können, mein lieber Schmitt?«, wollte Fidibus wissen, als er als Erster der Anwesenden sein Honigbrot verspeist hatte.

Aber Lagerfeld schüttelte leicht den Kopf. »Nein Chef, da ist nicht wirklich viel zu holen gewesen. Das sollte wohl 'ne Benefizveranstaltung für irgendein Kinderheim werden, die Veranstalter hatten den Wild über eine Vermittlungsagentur gebucht. Gekannt hat ihn dort leider niemand.«

Sprach's und griff sich das nächste Honigbrot, zur Genugtuung von Marina Hoffmann, die nach all den Jahren in der Dienststelle immer noch sehr erfreut war, wenn sich Menschen an ihren Kulinarien ergötzten. Deswegen war sie auch so bekümmert über die Appetitlosigkeit Riemenschneiders. Es war das allererste Mal, dass das kleine Ferkel ein dermaßen depressives Verhalten an den Tag legte.

»Vielleicht ist sie krank«, sagte Honeypenny mehr zu sich selbst als zu den anderen, aber die Theorien der Anwesenden, was das seltsame Verhalten der Riemenschneiderin betraf, gingen doch sehr auseinander.

»Ich glaube, sie ist einfach nur müde von der frischen Winterluft und der Latscherei im Wald«, meinte Huppendorfer, nachdem er einen kurzen Blick nach unten geworfen hatte. Dann wurde seine Aufmerksamkeit aber bereits wieder von dem halb leeren Teller mit Honigbroten gefangen genommen, den er noch ein wenig mehr zu leeren beschloss. Lagerfeld hingegen war inzwischen gesättigt und bereit, sich der schweinischen Problematik zu widmen.

»Also, nachdem ich ja jetzt Mutter und Kind zu Hause hab, kenn ich mich ein bisschen aus mit den Frauen. Und ich sage euch, das hier hat nichts mit Müdigkeit oder konditionellen Defiziten zu tun.«

»Sondern?«, fragte Huppendorfer mit halb vollem Mund, denn so einfach wollte er seine gerade entwickelte Theorie nicht aufgeben.

»Sondern mit einer ganz speziellen Gefühlslage.« Lagerfeld

verschränkte die Arme vor der Brust und bedachte Riemenschneider mit einem prüfenden Blick. Diese bedeutungsvolle Pause nutzte Fidibus, um sich ebenfalls in die Diskussion einzuschalten.

»Gefühlslage? Was bitte meinen Sie denn mit Gefühlslage?«, fragte er verwirrt, was seine Dienststellensekretärin zu einem eher mitleidigen Gesprächsbeitrag veranlasste.

»Eine spezielle Gefühlslage ist der Zustand, in dem Sie sich eigentlich ständig befinden, Chef. Alle anderen Menschen auf der Welt haben unterschiedliche Gefühlslagen. Mal so, mal so. Nur Sie, Herr Suckfüll, haben meiner Meinung nach nur eine.«

Huppendorfer und Lagerfeld mussten sich ein Lachen verbeißen, während Fidibus etwas verwirrt über Honeypennys Aussage zu grübeln begann.

»Aha, nur eine. Aber Frau Hoffmann, das ist doch im Grunde ein Segen, oder nicht? Dadurch bin ich ja befreit von Hysterie und Wankelmut und damit ein besonders angenehmer Zeitgenosse. Der ideale Mann sozusagen, hahaha!« Der Leiter der Bamberger Polizeidienststelle war höchst amüsiert ob seiner eleganten und für ihn selbst so positiv zu bewertenden Schlussfolgerung. Er, Robert Suckfüll, die Benchmark für männliche Gemütszustände, ein Magnet für emotional desorientierte Frauen. Das gefiel ihm.

Honeypenny gönnte ihm für ein paar Sekunden seinen Platz an der Sonne, ehe ihr der Kamm schwoll und sie ihren selbstverliebten Chef unsanft aus seinen maskulinen Träumen riss.

»Mit Verlaub, Herr Suckfüll, in aller Bescheidenheit, Sie sind kein Frauenschwarm. Wir Frauen suchen keine einfachen, problemlosen Männer und ganz sicher niemanden mit nur einer einzigen Gefühlslage, sondern Typen, die interessant, spannend, auf jeden Fall aber irgendwie aufregend sind«, schwappte es aus der resoluten Marina Hoffmann heraus.

»Ja, aber Sie regen sich doch dauernd über mich auf«, hielt Fidibus mit einem aus seiner Sicht schlagenden Argument dagegen. Doch Honeypenny war jetzt drauf und dran, das mit dem schlagenden Argument in die Tat umzusetzen.

»Das ist wahr, Chef, ich finde Sie tatsächlich aufregend«, erwiderte sie. »Da ich als Frau aber leider mit mehreren Gefühlslagen jonglieren muss, kann ich diese Art von Aufregung nicht als übermäßig anziehend bezeichnen, wenn Sie verstehen, was ich meine.«

Mit hochrotem Gesicht saß Honeypenny nun da, die Arme vor der durchaus umfangreichen Brust verschränkt. Huppendorfer und Lagerfeld saßen etwas geduckt da, um jederzeit dem Vulkanausbruch ausweichen zu können, denn an Honeypennys Miene war unschwer zu erkennen, dass ein solcher nun womöglich bevorstand. Ihr Chef schien das aber nicht zu begreifen, wahrscheinlich auch nicht begreifen zu können. Das war sicherlich der Grund, warum er jetzt nicht schleunigst den geordneten Rückzug antrat, sondern unnötigerweise noch weiter seinen männlichen Mutmaßungen nachspürte.

»Aha, nicht anziehend, ich, aha«, murmelte Fidibus gedankenverloren, bevor er, warum auch immer, eine weitere Frage stellte. »Sie meinen das doch ganz sicher aus sexueller Sicht, Frau Hoffmann, oder nicht?« Er fragte das mit einer Miene, wie sie nur von sehr unschuldigen Kindern hervorgebracht werden kann.

Marina Hoffmann war kurzzeitig sprachlos, während Huppendorfer und Lagerfeld nun endgültig auf ihrem Gestühl in Deckung gingen und sich mit möglichen Verteidigungsstrategien zu beschäftigen begannen. Aber der Vulkanausbruch blieb Gott sei Dank aus beziehungsweise entlud sich anderweitig. Honeypennys Gesichtsfarbe änderte ihr Farbspektrum und verschob sich immer mehr in Richtung Violett. Schließlich sprang sie auf, fuchtelte hilflos mit ihren Armen und rief mit sich überschlagender Stimme: »Ich muss an die frische Luft!«

Energisch wie ein Kompanieführer schritt sie zur Tür, die sie aufriss, als vermutete sie dahinter die Geliebte ihres nicht vorhandenen Ehemannes. Dann krachte selbige hinter ihr ins Schloss, und von Marina Hoffmann war erst einmal eine Weile nichts mehr zu sehen und zu hören.

»Habe ich etwas Falsches gesagt?«, fragte Fidibus seine beiden jungen Kommissare verwirrt. »Ich meine, vielleicht war das ja bei mir auch nur der Wunsch des Gedankens«, faselte er jetzt hilflos durch die Gegend, was bei Lagerfeld so etwas Ähnliches wie Mitleid auslöste. Da er sich ja gerade selbst als ein in seiner Beziehung Geknechteter begriff, wollte er seinem empathisch etwas defizitär ausgerüsteten Chef moralisch unter die Arme greifen.

»Bassd scho, Chef, bassd scho«, sprach er die Unterstützungsformel aller gutmeinenden Franken, während Riemenschneider, von all dem Chaos unbeeindruckt, weiter auf ihren Apfelturm starrte. Lagerfeld beschloss, wieder zum Ausgangspunkt der ganzen Diskussion zurückzukommen, deutete auf das Schwein und erklärte bestimmt: »Und ich sage euch, Riemenschneider ist ganz einfach verliebt. Die Begegnung mit den Wildschweinen im Tambacher Schloss hat irgendetwas bei ihr ausgelöst. Wir müssen uns, glaube ich, von dem Bild des süßen kleinen Schweinchens langsam mal lösen. Unsere Riemenschneiderin ist erwachsen geworden.«

»Alles klar. Das heißt dann aber im Umkehrschluss, dass sie jetzt auch Sex haben will«, gab César Huppendorfer zu bedenken, während er sich den Rest seines Honigbrotes hinter die Kiemen schob.

»César, bitte mäßigen Sie Ihre Ausdrucksweise«, rügte Robert Suckfüll, der solch entspannte Gespräche über das sexuelle Verhalten von Säugetieren nicht gewohnt war, seinen kriminalen Mitarbeiter entsetzt. Aber an Huppendorfers Stelle machte nun der Kollege Schmitt weiter.

»Vor allem Sex mit gleichgeschlechtlichen Partnern, was ich so beobachtet habe.« Lagerfeld hob mit mahnendem Blick den Zeigefinger. »Wir haben ein lesbisches Schweinchen großgezogen«, stellte er fachmännisch fest, während sich Riemenschneiders Ohren nun doch noch leicht aufrichteten. Allmählich bekam diese Diskussion eine Richtung, bei der sie auch etwas lernen konnte. Fidibus hingegen war auf dem Absatz herumgefahren, die Augen groß wie Suppenteller.

»Herr Schmitt, mäßigen Sie sich. Ich muss Sie auffordern, ein Mindestmaß an Anstand und Würde zu bewahren, wenn Sie im Dienst sind, ja? Noch ist das hier das Bundesland Bayern!

Wenn die Franken irgendwann unter sich sind, mögen sie das ja vielleicht großzügiger handhaben, aber bis dahin haben wir hier eine christliche Leitkultur«, würgte er hervor, hochgradig abgestoßen von Stil und Inhalt des Gespräches in seiner Dienststelle. Aber Lagerfeld war gerade ziemlich viel egal in seinem Leben, so auch die sittlichen Empfindlichkeiten seines Chefs.

»Sie meinen diesen katholischen Gottesstaat, in dem wir gerade leben, Chef? Eines sage ich Ihnen. Wenn ich im September für ein unabhängiges Franken stimme, dann auch, um die Diktatur des Klerus loszuwerden«, fauchte Lagerfeld erbost. Suckfüll hob gerade an, seinem Kommissar eine gepfefferte Rede über Sitte und Anstand in der deutschen Umgangssprache zu halten, als von draußen vom Hof ein lauter Schrei ertönte.

Synchron sprangen alle auf und eilten besorgt zum Fenster, um zu sehen, wer dort unten rebellierte. Als sie es erreichten, ertönte der Schrei erneut, und sie sahen Honeypenny, die gerade in klinsmännischer Manier mit ihrem rechten Winterschuh ein Loch in eine der Abfalltonnen der Dienststelle trat.

Robert Suckfüll zuckte zusammen und meinte empört: »Was ist das nur für eine irre Welt geworden.« Dann machte er kehrt, um in seinem privaten Sicherheitsbereich, dem gläsernen Büro, vor der erbarmungslosen Wirklichkeit Zuflucht zu finden. Lagerfeld und Huppendorfer hingegen waren höchst amüsiert über diesen kurzweiligen Nachmittag, der sie den düsteren Mordfall für kurze Zeit vergessen ließ. Nur Riemenschneider blieb, unbeeindruckt von den Geschehnissen, genau dort liegen, wo sie war, und träumte weiter von Liebe und allem, was damit zusammenhing.

Auf Herz und Nieren

Als Bestattungsunternehmer Leonhard Sachse in der Rechtsmedizin in Erlangen eintraf, lief wider Erwarten alles ohne besondere Vorkommnisse ab, fast hätte man es ruhig nennen können. Professor Siebenstädter hatte wohl einen beschaulichen Tag erwischt, zumindest ersparte er sich und Sachse seinen sonst üblichen Zynismus. So kam es, dass der Bestattungsunternehmer es ohne Anfeindungen oder Schikanen zur Übergabe seiner toten Sache in die heiligen Hallen des rechtsmedizinischen Institutes und beinahe ebenso unbeschadet wieder hinausschaffte.

Professor Siebenstädter unterschrieb das Übergabeformular kommentarlos, fast hätte man die herrschende Atmosphäre als harmonisch bezeichnen können. Allerdings nur bis zu jenem Augenblick, in dem der Leiter der Erlanger Rechtsmedizin den schwarzen Kunststoffsack öffnete, um zu sehen, welche Art von Entlebtem man ihm denn da gebracht hatte. Das war Routine, das machte er immer so. Ergo wollte sich Leonhard Sachse gerade umdrehen, um weiter seinem traurigen Geschäft nachzugehen, als ihn jemand fest am rechten Arm packte. Mit eisenhartem Griff zog Professor Siebenstädter den überraschten Bestattungsunternehmer zu sich an das Kopfende des fahrbaren Totenbetts und deutete auf den Schädel der Leiche.

»Da fehlt was«, knurrte er, ohne den Griff um Sachses Arm zu lockern. Der bemühte sich verzweifelt, wenn auch ergebnislos, darum, sich aus diesem Griff zu befreien. Schließlich gab er es auf, irgendwann musste Siebenstädter ja sowieso loslassen.

»Fehlen, was soll denn fehlen?«, beschwerte er sich, ahnte aber schon, worauf der Professor hinauswollte.

»Wollen Sie mich verarschen, Sachse? Das ist keine ordnungsgemäße Lieferung, das ist ein unvollständiges Ersatzteillager. Oder wie erklären Sie sich, dass Ihnen an diesem Leichnam fundamentale Sinnesorgane abhandengekommen sind?« Mit glühendem Blick trieb Siebenstädter dem immer noch umklammerten Bestatter die Schweißperlen auf die Stirn.

»Könnten Sie mich vielleicht loslassen, dann kann ich Ihnen alles erklären«, brachte Sachse zwischen zusammengepressten Zähnen hervor, aber Siebenstädter blieb unerbittlich.

»Nein, kann ich nicht, Sie dilettantischer Totengräber. Ich erwarte in meinem Institut ordnungsgemäße Leichen. Aber der da sieht aus wie Frankensteins Gesellenstück. Ich werde sie erst loslassen, wenn Sie mir das Fehlen der Optik dieses Mannes erklärt haben, verstanden?«

Sachse nickte ergeben, konzentrierte sich und hob zu einer Erklärung an: »Die Augen wurden herausgeschnitten. Von wem, weiß ich nicht. Aber dazu kann Ihnen Kommissar Haderlein … Grrgnaaaah!«

Sachses Schrei hallte von den gekachelten Wänden wider. Beim Erklingen des Namens Haderlein, der Siebenstädters rhetorischer Lieblingsgegner war, hatten sich die Finger des Professors so schmerzhaft in den Unterarm des armen Bestatters gekrallt, dass es für ihn fast nicht mehr auszuhalten war.

»Haderlein, aha, natürlich«, stieß Siebenstädter hervor. Dann, ganz plötzlich, ließ er Sachses Arm los. Sofort begann der Bestattungsunternehmer mit der anderen Hand, die malträtierten Gliedmaßen zu massieren, um wieder Gefühl in das blutentleerte Gewebe zu bringen.

Siebenstädter für seinen Teil war nun wie verwandelt, fast verständnisvoll. Der Blick, den er jetzt auf Sachse warf, wirkte wie der eines Hundebesitzers, der sich einen besonders doofen Hund angeschafft hatte und ihm nun die allererste einfache Übung beibringen wollte.

»Haderlein, dann ist mir einiges klar. Demnach haben es die Bamberger verbockt, na schön. Trotzdem kann ich Sie nicht einfach gehen lassen, Sachse. Selbst wenn die talentfreie Bamberger Kriminalpolizei es zu verantworten hat, dass Sie mir ein eindeutiges Mängelexemplar angeliefert haben, so muss ich doch auf gewisse Formalien bestehen.« Der Professor dozierte mit wichtiger Miene, als würde er sich in einer Vorlesung für

Betriebswirtschaft, erstes Semester befinden. Sachse hatte keine Ahnung, wovon dieser irre Rechtsmediziner da redete, aber er nickte sicherheitshalber mal, um Schlimmeres zu verhindern.

»Waren Sie bei der Bundeswehr, Sachse?«, fragte Siebenstädter unvermittelt, was bei dem Bestatter ein erneutes, aber völlig ratloses Kopfnicken hervorrief. Was sollte denn das jetzt, um Himmels willen? Was hatte sein Grundwehrdienst mit diesem Toten da zu tun?

Misstrauisch beäugte er den Professor, der nun zu einem kleinen Schränkchen ging, die oberste Schublade herauszog und ihr ein DIN-A4-großes Formular entnahm.

»Nun Sachse, was hat man denn beim Militär gemacht, wenn man einen Helm aufs Manöver mitgenommen hatte, und bei der Heimkunft war der dann plötzlich nicht mehr da? Irgendwo verloren in den Wirren des Dschungels von Mecklenburg-Vorpommern, na?«, fragte Siebenstädter fast neckisch, während er nun auch noch einen Kugelschreiber aus seinem weißen Arztkittel zauberte.

Sachse überlegte kurz, dann antwortete er selbstsicher: »Eine Verlustmeldung? Wir mussten in so einem Fall eine Verlustmeldung abgeben.«

»Genau, eine Verlustmeldung, sehr gut, Sachse. Ebendas werden Sie jetzt tun. Eine Verlustmeldung schreiben. Und zwar über den Verlust eines rechten und eines linken Auges. Bei einer männlichen Leiche flöten gegangen. Auf geht's, husch, husch.«

Sachse betrachtete ungläubig das Formular. Es war tatsächlich eins von denen, die seinerzeit bei der Bundeswehr verwendet worden waren. Wie zum Kuckuck war der Professor da rangekommen?

»Das ist doch ein Witz, oder?«, murmelte er. Eine denkbar schwächliche Widerrede, mit der Siebenstädter zudem schon gerechnet hatte.

Der Professor legte dem skeptischen Sachse seine linke Hand auf die Schulter und meinte beinahe väterlich: »Sehen Sie es doch mal so, Sachse. Das ist wie bei einem Autokauf. Wenn Sie die Karre geliefert bekommen, und es fehlt das Fernlicht, würden Sie sich doch auch beschweren, oder nicht?«

Sachse fand zwar, dass dieser Vergleich erheblich hinkte, aber er hatte keine Lust mehr auf diese abgedrehte Diskussion. Also nickte er und fing an, das idiotische Formular auszufüllen. Siebenstädter klopfte ihm noch einmal aufmunternd auf die Schulter, als auf einmal irgendwo ein Handy klingelte. Sachse ließ sich davon nicht beirren, sein Handy befand sich draußen im Wagen, ihm konnte der Anruf also nicht gelten. Stoisch füllte er die Leerstellen auf seinem Blatt weiter mit Buchstaben, während Siebenstädter verdutzt die Ohren spitzte und in den Raum hineinhorchte.

Der Klingelton war extrem dumpf, fast so, als läge das Handy unter Wolldecken begraben. Aber weit weg konnte das Mobiltelefon nicht sein, es war sogar ganz in der Nähe, das hörte man doch. Der Professor versuchte, die Klingelquelle irgendwie zu verorten und systematisch einzugrenzen. Er kreiste immer enger um die Bahre mit der frischen Leiche darauf, bis er mit dem Ohr auf deren Brustkorb zu liegen kam. Zu seiner immensen Überraschung schien das Klingeln aus dem Inneren des Abgelebten hier vor ihm zu kommen. Jetzt bemerkte er auch den geraden Schnitt, mit dem jemand den Brustkorb dieses Menschen geöffnet hatte.

Unter Sachses entsetztem Blick bog Siebenstädter kurzerhand mit beiden Händen die Rippen auseinander. Sogleich wurde das Klingelgeräusch lauter. Der Professor schob ohne Zögern seine linke Hand durch den schmalen Spalt, fischte nach dem vibrierenden Etwas und zog ein Smartphone ans Licht, das sich in einer blutverschmierten Plastiktüte befand.

Sachse war als Bestattungsunternehmer ja einiges gewohnt, aber das war selbst für ihn ein völlig wahnwitziger Vorgang. Ganz sicher noch absurder als das Ausfüllen dieses dämlichen Formulars, und das sollte schon etwas heißen. Doch damit nicht genug. Siebenstädter wischte mit dem Ärmel seines nunmehr ehemals weißen Kittels das Blut von der Tüte über dem Display und nahm mit einem erwartungsvollen Lächeln den Anruf entgegen. Sein Gesprächspartner hatte allerdings wenig Gelegenheit, sich zu äußern, dann schnitt ihm der Professor erbarmungslos das Wort ab.

»Nein, bin ich nicht. Hier spricht Professor Siebenstädter vom rechtsmedizinischen Institut in Erlangen. Um ehrlich zu sein, ich weiß zwar nicht, wer Sie sind. Aber ich finde es eine absolute Frechheit, dass Sie hier ohne triftigen Grund außerhalb der offiziellen Dienstzeiten anrufen. Welcher Teufel hat Sie außerdem geritten, dass Sie mich ausgerechnet auf dem Mobiltelefon eines Verstorbenen anrufen? Ich finde die Umstände, unter denen ich dieses Gespräch entgegennehmen musste, einigermaßen unappetitlich. Wenn Sie also so freundlich wären, mir Ihren Namen und Ihre Adresse für die Rechnungszustellung … Hallo?«

Mit ziemlich verärgertem Blick nahm Professor Siebenstädter das Handy vom Ohr und sagte empört: »Das werden Sie nicht glauben, Sachse, dieser Unflat hat mich doch tatsächlich als Arschloch bezeichnet.«

»Ach ja?«, würgte Leonhard Sachse, der dem Geschehen immer fassungsloser gegenüberstand, mühsam hervor.

»Ja, tatsächlich«, bestätigte Siebenstädter, der erneut zu seinem kleinen Schränkchen gewandert war und ein weiteres Exemplar der alten Bundeswehrformulare hervorkramte. »Und wissen Sie was, Sachse? In diesem Thorax da«, er kam mit dem Formular in der Hand auf den Bestattungsunternehmer zu und deutete mit einer lässigen Handbewegung zu dem Toten hinüber, »ist überhaupt nix drin.«

»Nix drin?«, wiederholte Sachse nur apathisch, denn er konnte jetzt endgültig nicht mehr folgen.

»Nun, das ist in der Tat nicht ganz richtig, wie mir scheint, es war ja immerhin ein Telefon im Mittelfellraum der Brusthöhle, der Cavitas thoracica, zu finden. Aber wenn ich mich an meine Studienzeit recht erinnere, gehört das Smartphone da eigentlich gar nicht hin, nicht?«

»Nicht«, echote Leonhard Sachse willenlos.

»Nein, eigentlich nicht. Dafür fehlt diesem Brustkorb der eigentliche Inhalt, die Lunge«, stellte Siebenstädter fachmännisch fest.

»Ach was«, gab Sachse sinnloserweise zu Protokoll. Dann

endlich rührte sich reflexartig sein Selbsterhaltungstrieb und drängte ihn zum Widerspruch. Es wurde wirklich Zeit, hier wegzukommen, bevor er völlig überschnappte. »Kann ja sein. Aber was hat das mit mir zu tun?«, entgegnete er aufmüpfig, während er sich innerlich bangend zu voller Größe aufrichtete, um selbstbewusster zu erscheinen. Aber Siebenstädter blieb davon völlig unbeeindruckt.

»Was diese fehlende Lunge mit Ihnen zu tun hat, wollen Sie wissen?«, fragte der Professor bissig. Dann hielt er Sachse das zweite Formular unter die Nase. »Ausfüllen«, befahl er knapp.

Günther Fuchs hatte heute etwas länger zu tun gehabt, auch wenn sich im Februar üblicherweise eher weniger Menschen dazu entschlossen, ein Auto zu kaufen. Anschauen ja, kaufen nur vielleicht, bekam er um diese Jahreszeit meistens zu hören. War ja auch relativ kurzweilig, in beheizten Räumen die neuesten Modelle der Firma Land Rover Probe zu sitzen. Dafür wurde es bei steigenden Temperaturen in der Frühlingssonne dann langsam stressig. Aber bis der Frühling kam, würde es noch dauern, wenn man dem Langzeitwetterbericht glauben durfte. Und so war jetzt genau die richtige Zeit, um die lästige Büroarbeit zu erledigen, zu der man bei Biergartenwetter im Mai ganz bestimmt keine Zeit und Lust mehr hatte.

Günther Fuchs arbeitete schon über zwanzig Jahre bei MGZ in Bayreuth. Seine Kunden waren gut betuchte Mitglieder der Gesellschaft, denn ein Land Rover erwies sich im allgemeinen Autovergleich als eher pricy, wie der Engländer zu sagen pflegte. So hatte er in der Regel eine angenehmere Klientel zu betreuen als die Kollegen von der billigeren Konkurrenz. Wer sich einen Land oder Range Rover aus der schwarzen Kasse seines Unternehmens leisten konnte, war natürlich entspannter als ein Volkswagen-Fahrer, dem gerade sein dreizehn Jahre alter Golf unter dem Hintern abgeraucht war.

Wie auch immer, heute hatte niemand einen Wagen gekauft, und das hatte Günther Fuchs auch gar nicht erwartet. Den Tag hatte er von vornherein als Computertag eingepreist, und genauso war es auch gekommen. Inklusive Überstunden. Aber nun war es endlich geschafft. Die letzte Kalkulation war berechnet, die letzte Mehrwertsteuer ausgewiesen. Er fuhr den Computer herunter und schaute auf seine Armbanduhr. Einundzwanzig Uhr fünfundvierzig. Na, das war ja mal wieder richtig spät geworden heute. Frauchen würde sich freuen. Er war in zweiter Ehe verheiratet und hatte dadurch zur Ehefrau noch eine bezaubernde Tochter dazubekommen. Die war zwar schon erwachsen, aber er hing sehr an seiner neuen Tochter und sie mindestens so sehr an ihm. Ich sollte sie mal wieder besuchen, dachte er, statt hier Überstunden zu schieben. Dafür hatte er aber einiges geschafft, und morgen wären ein etwas späterer Arbeitsbeginn und die eine oder andere Bonusstunde mit Kaffee und Plauderei durchaus machbar, da würde er das Stieftöchterchen mal anrufen.

Seine Verkäuferkollegen waren alle schon gegangen, die von der Werkstatt sowieso. Also musste er heute wieder das Licht ausmachen, wie so häufig in der letzten Zeit. Das war aber keine Bürde, das machte er gern. Wenn keiner mehr in den heiligen Hallen weilte, hatte man wenigstens seine Ruhe. Wie immer würde er an den Fahrzeugen im Ausstellungsraum vorbeischlendern, ehe er das Licht löschte. Sein Kindergarten, wie er die Halle gern scherzhaft bezeichnete. Darin befanden sich schließlich seine Babys. Nur musste halt ab und zu eines der Kindlein für gutes Geld die Erziehungsanstalt verlassen und zu den Pflegeeltern in die neue Garage, was ihn aber nicht wirklich schmerzte, das war ja schließlich sein Job.

Günther Fuchs hatte seinen Rundgang beendet und das Licht so weit gedimmt, dass sich jetzt nur noch die Nachtbeleuchtung sanft über den glänzenden Lack der Luxuskarossen legte. Ein letzter Rundumblick, dann wollte er gehen, doch dabei bemerkte er, dass bei einem schwarzen Land Rover Discovery die geteilte Heckklappe offen stand. Merkwürdig, es hatte doch heute keinen Kunden gegeben, dem er dieses Fahrzeug gezeigt hatte, jedenfalls nicht von innen. Aber vielleicht war ja einer seiner Kollegen an dem Auto zugange gewesen und hatte vergessen, die Klappe zu schließen.

Leise seufzend, erschüttert über die immerwährende Schlampigkeit seiner jüngeren Mitarbeiter, ging er auf den mächtigen SUV zu, um die Ordnung in diesem seinem heiligen Ausstellungsraum wiederherzustellen.

Er hatte eben die Hand auf das kalte Blech der oberen Heckklappe gelegt, als ihn von hinten ein brutaler Schlag traf. Nur der Umstand, dass er sich gerade hatte bücken wollen, um das Innere des Kofferraumes zu inspizieren, bewahrte seinen Schädel davor, von dem Schlag völlig zermalmt zu werden. So streifte die Waffe seinen Kopf, die hauptsächliche Wucht wurde jedoch auf seiner rechten Schulter abgefangen.

Mit einem schmerzerfüllten Schrei fiel Günther Fuchs nach vorn in Richtung des hüfthohen Kofferraumes, wobei er sich reflexhaft umdrehte, sodass er, gefolgt von einem weiteren Schrei, auf der verletzten Schulter aufschlug. Seine eine Körperhälfte war völlig taub, auch der Arm absolut gefühllos und damit bewegungsunfähig. So schnell er konnte, drehte er sich auf den Rücken, was ihm jedoch nur unter lautem Stöhnen gelang. Dann schaute er in dem diffusen Dämmerlicht der Nachtbeleuchtung seinem Angreifer direkt ins Gesicht.

Er wusste sofort, dass er das Gesicht kannte, aber erst nach Sekunden entstieg die Erinnerung seinem Gedächtnis, gefolgt von bitterer Erkenntnis. Die Haare waren irgendwie anders, und die Brille war auch neu. Aber er war es, kein Zweifel. Und im selben Moment, in dem er ihn erkannte, erahnte er auch den Grund für sein Hiersein.

»Du?«, war alles, was Günther Fuchs noch von sich geben konnte, dann traf ihn ein weiterer Schlag, diesmal direkt an der Schläfe, und sein Körper erschlaffte.

Der Unbekannte legte den Baseballschläger neben sich auf den Boden, dann begann er, aus einem Rucksack allerlei Utensilien herauszuholen. Eines der Dinge war eine in Kunststoff eingeschweißte Plastikspritze, die er umgehend aus ihrem Gefängnis befreite, bevor er mit geübten Bewegungen eine Kanüle aufsetzte und die Nadel anschließend durch die Gummiabdeckung eines kleinen braunen Glasfläschchens stach. Er zog so viel der klaren

Flüssigkeit in die Spritze hinein, bis diese bis oben hin gefüllt war. Dann zog er das Fläschchen ab und klopfte mit dem Finger gegen die Spritze, um die letzten Luftbläschen in der Flüssigkeit zu lösen. Nicht dass sie am Ergebnis seines Vorhabens irgendetwas geändert hätten, aber es ging ihm ums Prinzip, um die Vereinheitlichung seiner Vorgehensweise.

Wissenschaftlich exakte Aussagen waren nur durch streng standardisierte Verfahren zu gewinnen. Der Mann würde durch den Inhalt dieser Spritze sterben, nicht durch eine unsachgemäße Befüllung derselben. Doch die Außenwelt würde sich sowieso schwertun, sein Handeln zu begreifen, das war ihm klar. Also musste es wissenschaftlichen Grundlagen entsprechen und jeder Prüfung standhalten können.

Er öffnete den Knopf am Hemdärmel seines Probanden und schob den Stoff nach oben über den Ellenbogen. Dann stach er mit seiner Nadel ein. Erneut traf er die Vene sofort und drückte den Inhalt der Spritze langsam in die Blutbahn. Das letzte Mal, in dem Hotel in Bamberg, hatte er zu lange mit der Injektion gewartet. Es war definitiv besser, wenn es während der Operation zu keinen Bewegungen mehr kommen konnte.

Er fasste den bewusstlosen Fuchs und drehte ihn so, dass er mit den Füßen voraus im Kofferraum des SUVs lag, während der Kopf des Delinquenten auf dem Schloss der Heckklappe ruhte. Dieses Fahrzeug besaß sogar eine vertikal geteilte Heckklappe, sodass er das Operationsbesteck direkt davor wie auf einem Instrumententisch auf einem Tuch ausbreiten konnte. Perfekt.

Es war nun Zeit, den Gesichtsschutz anzulegen, nicht dass die Spurensicherung vielleicht doch noch ein Hautpartikelchen von ihm in die Finger bekam. Dass ihn der Autoverkäufer nach der langen Zeit tatsächlich noch erkannt hatte, verschaffte ihm eine gewisse Befriedigung. Aber dieses Gefühl war nicht die eigentliche Triebfeder seines Handelns, er hatte höhere Ziele. Er setzte die große Brille auf und wandte sich konzentriert seinem Vorhaben zu.

In die weiße Schutzkleidung mit Brille und Kapuze eingehüllt, beugte er sich über Günther Fuchs. Der Autoverkäufer war noch nicht tot, nur bewegungsunfähig. Er sollte ruhig mitbekommen, was mit ihm geschah. Er sollte vor seinem Tod erfahren, dass er durchschaut worden war. Seine behandschuhten Hände griffen zu Klammer und Skalpell und begannen ruhig mit ihrer präzisen Arbeit.

Der Gartenmarkt auf Schloss Eyrichshof war wie immer gut besucht. Der Termin lag auch ideal, fand er doch immer über die Pfingstfeiertage statt. Da war meistens gutes Wetter, alle hatten Zeit, und man konnte sich so einen Termin natürlich auch einfach gut merken. Als Ergebnis war der Gartenmarkt allerdings ziemlich überlaufen, und die Veranstalter hatten ihre liebe Müh und Not, für ausreichend Parkplätze zu sorgen. Und das, obwohl man einen nicht unerheblichen Betrag als Eintritt entrichten musste. Aber das schien die wenigsten zu stören, verließ man dieses bunte Event, dieses rauschende Fest an Blüten, Formen und Farben, doch meist mit vollgepackten Tüten und Taschen unter dem Arm, deren Inhalt ein Vielfaches dessen gekostet hatte, was der begeisterte Besucher beim Betreten des Geländes losgeworden war.

Carolin Metz war vom ersten Eindruck hier regelrecht erschlagen. Das war eine Nummer größer als die Rosenmesse, da würde eine Menge Arbeit auf sie lauern. Diese Aussicht erschreckte sie keineswegs, ganz im Gegenteil, sie war sogar froh über die Ablenkung und darüber, inmitten all der Menschen untertauchen zu können. Sie hatte sich kaum in das Gewimmel begeben, da fühlte sie sich schon geborgen, ja geradezu beschützt. Die Menge suggerierte eine Sicherheit, die ihre gequälte Seele jetzt dringend brauchte. Natürlich hatte sie auf der ganzen Fahrt hierher darüber nachgegrübelt, was genau denn bei ihr diese Angst auslöste, schließlich hatte ihr David Eichhorn noch gar nichts getan. Und das war der springende Punkt. *Noch* nicht. Was sie so in Angst versetzte, war der Gedanke, dass David Eichhorn sich genau das vorgenommen haben könnte. Ihre Psyche stellte im vorauseilenden Gehorsam Schilde und Speere auf für einen mutmaßlich heranrückenden Feind, der womöglich niemals erscheinen würde. Und sie konnte nichts dagegen tun, die Angst war einfach da.

Sie packte ihre Kamera fester und schlenderte kreuz und quer über all die großen und kleinen Plätze und Ecken des Gartenmarktes von Schloss Eyrichshof. Fotografierte die Menschen an den Ständen draußen im Park, im Schlosshof und in den kleinen Katakomben des Schlosses derer zu Rotenhan. Sie hatte in ihrer ganzen beruflichen Karriere noch nie so viele Fotos in so kurzer Zeit geschossen. Da war natürlich auch eine Menge Unbrauchbares dabei, aber so eine Speicherkarte war schließlich geduldig. Es war ihr auch egal. Dieser Markt war ein Fest für die Sinne und eine hochwillkommene Ablenkung von den Sorgen, die sie bedrückten. Wenn sie also ihre Speicherkarten mit mehreren Terabyte Bildmaterial vollmüllte, die sie später alle sichten und sortieren musste, auch egal. Hauptsache, der Geist kam endlich auf andere Gedanken.

Das klappte auch immer besser, jedoch nicht die ganze Zeit. Wann immer sie sich an einem der zahllosen Verpflegungsstände einen Moment Ruhe gönnen wollte, schlug ihre innere Verteidigung wieder zu. Vorsicht, pass auf, Achtung, befahl ihr eine Stimme in ihrem Unterbewusstsein, sodass sie trotz aller Ablenkung nicht umhinkonnte, ständig ihre unmittelbare Umgebung nach dem Gesicht einer ganz bestimmten Person abzusuchen. Aber so aufmerksam sie sich auch umschaute, David Eichhorn war nirgends zu entdecken.

So richtig beruhigen konnte sie dieser Umstand zwar nicht, aber es war ihr immerhin eine Erleichterung. So konnte sie sich am späten Nachmittag, kurz vor Schluss der Veranstaltung, völlig erschöpft, aber wenigstens einigermaßen entspannt einem kalten Bier auf einer Bierbank hingeben. Normalerweise trank sie überhaupt kein Bier, aber heute war ihr danach. Und sie würde es schön langsam, mit Genuss und einer großen Befriedigung trinken. Sie war wirklich stolz auf sich. Sie hatte ihrer Angst, ihrem inneren Schweinehund getrotzt und ihre Arbeit hier beendet. Und soweit sie das beurteilen konnte, war ihr das auch außerordentlich gut gelungen. Anscheinend war sie unter Druck sogar noch viel besser in ihrem Job als sonst. Sie traute sich unter Stress viel näher an die Menschen hier heran – und das brachte einfach originellere Fotos. Somit hatte sie heute sogar eine äußerst positive Erfahrung gemacht, die ihrer weiteren Karriere sicher dienlich sein konnte.

Noch einmal schaute sie sich prüfend um, konnte David Eichhorn aber nirgendwo entdecken. Sie setzte den Bierkrug an und trank einen großen, erfrischenden Schluck. Dann stellte sie den steinernen Krug wieder ab und lächelte zum ersten Mal an diesem Tag in die warme Sonne.

Als Kriminalhauptkommissar Franz Haderlein an diesem Morgen die Dienststelle der Bamberger Polizei betrat, staunte er nicht schlecht, alle Mitarbeiter am Arbeitsplatz von Honeypenny versammelt vorzufinden. Neugierig gesellte er sich dazu und merkte sofort, dass diese Generalversammlung etwas mit seinem Ferkel zu tun haben musste. Honeypenny hatte sich Riemenschneider gestern wieder einmal für eine Nacht »ausgeliehen«, um ihren kleinen Liebling nach Strich und Faden zu verwöhnen.

Da Marina Hoffmann im Grunde ihres Herzens eine Seele von Mensch war, hatte sie die Riemenschneiderin zu einer Art Kinderersatz für sich auserkoren. In der Regel mochte auch keiner etwas dagegen einwenden. Franz Haderlein und seine Lebensgefährtin Manuela Rast waren durchaus froh, ab und zu allein und ohne schweinische Mitbewohnerin einen Abend verbringen zu können. Honeypenny hingegen war glücklich, ihrem Muttertrieb frönen zu können, und Riemenschneider war sowieso froh, bekam sie doch auf diese Weise Leckereien aus allen erdenklichen Richtungen. Eine klassische Win-win-Situation.

Aber heute nicht, heute war irgendwie alles anders, wie Haderlein feststellen musste. Aller Augen waren auf das Schweinchen gerichtet, was diesem aber zu keinerlei Begeisterung verhalf, im Gegenteil. Riemenschneider lag platt auf dem Boden, den Kopf wie immer auf die Vorderfüße gelegt und traurig auf einen imaginären Punkt blickend, der in weiter Ferne zu liegen schien. Um sie herum gruppierten sich in loser Anordnung allerlei Essensangebote wie Apfelstücke, Kuchenreste und sogar eine Untertasse voller Bier. Doch keines dieser sonst so begehrten kulinarischen Angebote konnte Riemenschneider zum Fressen bewegen. Still lag sie da und machte einfach nichts.

Honeypenny saß mit rot geränderten, verheulten Augen daneben und schnäuzte zum wiederholten Male lautstark in ihr großes Stofftaschentuch, während Huppendorfer und Lagerfeld in einer Art genervter Ratlosigkeit die Szenerie betrachteten. Nur eine Person in der Dienststelle beteiligte sich nicht an diesem Auflauf, und das war der Chef des Ganzen, Robert Suckfüll. Fidibus stand, eine seiner Trockenzigarren nervös in den Fingern der rechten Hand rollend, hinter der Glasscheibe seines Büros und schien einfach warten zu wollen, bis sich der Sturm dort draußen in der durchgeknallten Welt, die sich Büro nannte, wieder gelegt hatte.

»Was ist hier los?«, fragte Haderlein, und alle drehten sich zu ihm um. »Ich hab was mitgebracht.« Er stellte ein Holztragerl mit sechs Flaschen Schederndorfer Bier auf Honeypennys Schreibtisch. Sofort hellte sich Lagerfelds Blick auf, und ein begeistertes Leuchten trat in seine Augen.

»Schederndorfer Bier? Echt feiner Stoff, Franz! Wo haste denn des her?«

Haderlein wollte gerade von seinem Besuch in der Familienbrauerei berichten, da erhob sich Honeypenny und flog dem Kommissar mit einem lauten Schluchzen um den Hals. »Riemenschneider ist krank, sehr krank«, heulte sie tränenreich, und Haderlein spürte, wie seine rechte Schulter durch das frisch gewaschene Hemd hindurch feucht wurde. Vorsichtig drückte er die schniefende Marina Hoffmann zurück auf ihren Stuhl und beugte sich dann zu ihrem Sonnenschein hinunter.

Lagerfeld hingegen platzte der Kragen. »Blödsinn, von wegen krank! Ich sag's noch mal: Riemenschneider ist verknallt, nur leider unglücklich. Da sieht man dann so aus, ich kenn das, könnte ich Bücher drüber schreiben.« Er verschränkte trotzig die Arme vor der Brust. Das war jetzt das letzte Mal gewesen, dass er etwas sagte, auf ihn hörte ja sowieso niemand.

Haderlein betrachtete die Riemenschneiderin ein paar Sekunden lang, dann strich er ihr mitfühlend über den Kopf. Als sie nicht reagierte, griff er sich das Ferkel und hob es in die Höhe. Er drehte den rosa Körper von links nach rechts und von rechts nach links und schaute seiner Riemenschneiderin tief in die Augen, um sich ein genaues Bild von ihrer Verfassung zu machen. Riemenschneider wehrte sich nicht dagegen, sie ließ alles mit einer stoischen Gleichgültigkeit über sich ergehen und schaute ihr Herrchen dabei genauso traurig an wie die Fresschen, die man um sie herum aufgetürmt hatte.

»Also, richtig gut geht's ihr nicht«, stellte Haderlein fachmännisch fest, »aber wirklich krank sieht sie auch nicht aus.« Er drehte sie noch einmal hin und her, betrachtete sie aus allen Blickwinkeln, dann legte er das Schweinchen zurück auf seinen Platz, wo es anstandslos verharrte. Er hatte gerade noch Zeit, einen letzten, besorgten Blick auf seinen Schützling zu werfen, da klingelte das Telefon auf seinem Schreibtisch.

Das war entweder die Spurensicherung mit ihren Ergebnissen oder Siebenstädter. Letzterer zwar auch mit Ergebnissen, die hatte er eigentlich immer, aber es kamen sicher noch seine heiß geliebten Anzüglichkeiten dazu, mit denen er Haderlein so gern auf die Palme brachte.

»Kriminalhauptkommissar Haderlein«, meldete er sich und war innerlich bereits auf das Schlimmste vorbereitet. Aber weder der eine noch der andere angedachte Gesprächsteilnehmer war in der Leitung. Stattdessen meldeten sich die Kollegen von der Kriminalpolizei Bayreuth.

»Hallo, Franz, Egbert ist dran, dein Lieblingskollege aus der Bezirkshauptstadt«, grüßte Egbert Goller, einer der dortigen Kommissare. Ohne Umschweife kam er auch gleich zur Sache, wusste er doch um Haderleins Unlust zu unnützer Plauderei an Telefonapparaten. »Ihr habt doch gestern eine Fallbeschreibung rausgeschickt, wegen eurer Leiche in dem Hotel …«

»Hm«, brummte Haderlein abwartend. Er musste sich ob des unerwarteten Gesprächspartners erst mal ein wenig sortieren.

»Und ihr hattet ja dazugeschrieben, wenn jemand schon einmal einen solchen Fall hatte, soll das bitte kommuniziert werden, von wegen Serientäter und so. Fand ich übrigens witzig. Ihr habt ja weder 'nen Täter noch 'ne Serie«, erklärte Egbert Goller weiter.

»Hm«, machte Haderlein erneut, ohne sich auf die Heiterkeit seines Gegenübers einzulassen, was diesen nicht weiter verwunderte, hatte er von seinem altbekannten Kollegen doch nichts anderes erwartet.

»Nun, wir haben hier tatsächlich so einen Fall«, gab Goller nun trocken von sich, was Haderlein endlich zu einer adäquaten Erwiderung verhalf.

»Ach was, im Ernst? Wann war das, und wo ist es passiert?«, fragte er neugierig nach, denn wenn das stimmte, könnte ihnen das bei den Ermittlungen zu einem durchschlagenden Erfolg verhelfen, egal wie lange der Fall auch zurückliegen mochte. Hastig suchte er seinen Schreibtisch nach einem Stift und einem Zettel ab, um sich die Daten dieses Falles aus Bayreuth aufzuschreiben. »So, leg los«, sagte er ungeduldig.

»Nun, Franz, ich denke, es muss wohl gestern Abend oder in der Nacht geschehen sein. Ich steh jedenfalls direkt davor.«

Haderlein schaltete zu langsam, also beschloss Goller, ihm die ganze Wahrheit vor die Füße zu legen.

»Ich stehe hier in einem Autohaus in Bayreuth, Franz, und im Kofferraum eines ziemlich teuren SUVs liegt einer der Verkäufer. Der sieht so ziemlich genauso aus wie euer Bamberger Hotelgast. Der Brustkorb wurde geöffnet, und die Augen des armen Kerls wurden herausgeschnitten. 'ne ziemliche Sauerei, das kann ich dir sagen.«

Die Nachricht versetzte Haderlein unvermittelt in helle Aufregung. »Egbert, ist da auch irgendwas mit Blut auf das Auto oder auf den Boden geschmiert worden? Irgendeine seltsame Botschaft? Kann sein, dass man den Sinn nicht auf Anhieb verstehen kann.«

»Nein, hier ist nichts …«, bekam er von seinem Kollegen zu hören, der sicherheitshalber mit dem Handy am Ohr in einem großen Kreis um das Auto herumlief, um Karosserie und Fußboden nach Schriftzeichen abzusuchen. Aber es war absolut nichts zu finden. »Tut mir leid, Franz.«

»Da muss was sein, Egbert, vielleicht nicht direkt am Tatort, sondern etwas entfernt. Auf einem anderen Wagen vielleicht«, beharrte Haderlein.

Egbert Goller vernahm die Botschaft wohl, schrieb sie jedoch der allseits bekannten Haderlein'schen Pedanterie zu. Er ging ein paar Schritte zur Seite und lehnte sich bequem an einen großen schwarzen Jaguar, um die Männer der Spurensicherung nicht zu behindern, die hier bereits seit geraumer Zeit zugange waren. Der Chef des Autohauses stand ebenfalls mit leichenblasser Miene herum und betrachtete verstört das Geschehen in seinem sonst so aufgeräumten Laden.

Egbert richtete seinen Blick nach oben, wo er den ganzen Trubel um den Tatort nicht mit ansehen musste und sich besser konzentrieren konnte. Da sah er es. Eine Etage höher, auf einer kleinen Empore des Ausstellungshauses, hatte jemand in roten Buchstaben Worte auf den weißen Putz gepinselt. Die Spusi würde später noch untersuchen müssen, ob das wirklich Blut war, aber Goller war sich fast sicher.

»Franz. Du hattest recht, ich hab's gefunden. Aber einen Sinn kann ich darin wirklich nicht erkennen, wenn ich ehrlich bin«, meldete er leicht verunsichert ins Telefon.

»Lies vor, Egbert, lies bitte einfach nur vor, was da steht«, ermunterte ihn Haderlein und konzentrierte sich auf seinen Kugelschreiber, der in gespannter Bereitschaft über einem leeren Blatt Papier schwebte.

Egbert Soller musste einmal kurz schlucken, dann versuchte er gar nicht erst, das Geschreibsel in Gänze auszusprechen, sondern gab Buchstabe für Buchstabe durch, was er vor sich sah, bis Haderlein alles sorgsam notiert hatte.

»Vielen Dank, Egbert, wir kommen sofort vorbei. In einer Stunde ist jemand von uns da«, rief Haderlein aufgeregt ins Telefon, dann legte er einfach auf. Inzwischen waren auch Lagerfeld und Huppendorfer an den Schreibtisch gekommen, denn dass hier etwas ihren Fall Betreffendes besprochen wurde, war nicht zu überhören gewesen. Beide schauten ihrem älteren Kollegen über die Schulter, um zu sehen, was er da notiert hatte.

»Scheiße!«, entfuhr es Huppendorfer, als er die Buchstaben auf dem Blatt Papier erblickte. Buchstaben, die ihm gestern schon kalte Schauer über den Rücken getrieben hatten.

eiemak itagn leo

Es war die gleiche mysteriöse Botschaft wie an der Wand des Bamberger Hotelzimmers. Fragend schauten beide zu Haderlein, der sie nicht länger im Unklaren ließ.

»Okay, Herrschaften, das war's. Wir haben einen Serientäter«, gab er düster zu Protokoll, dann ließ er sich mit einem grimmigen Gesicht in seinen Stuhl fallen. »Herzlichen Glückwunsch«, schob er noch hinterher.

Haderleins schlimmste Befürchtungen waren wahr geworden. Auf einmal standen ihm wieder die Bilder der Mordserie in München vor Augen, mit der er zu Beginn seiner Laufbahn konfrontiert worden war. Da hatte ein Geistesgestörter aus Schwabing Frauen getötet und ihnen den Unterleib aufgeschnitten, weil er glaubte, der Teufel persönlich habe sich in ihnen fortgepflanzt. Auch dort hatte es Schmierereien an den Wänden gegeben, nur nicht so kryptisch wie in diesem Fall. Das war eine üble Zeit gewesen.

Lagerfeld und Huppendorfer wussten nicht so recht, ob sie sich in Haderleins Gedankengänge einschalten sollten oder nicht, tendierten aber beide dazu, das Ende seiner Überlegungen tunlichst abzuwarten. Dieses Ende lag auch gar nicht mehr fern, denn Haderlein drehte bereits den Kopf, schaute sie an und wollte gerade zu einer längeren Ansprache über das weitere Vorgehen ansetzen, als das Telefon erneut klingelte. Haderlein griff zum Hörer, diesmal in der Erwartung, erneut den Kollegen Goller aus Bayreuth an der Strippe zu haben, der ihm noch etwas von seinem Tatort mitteilen wollte. Es war jedoch ganz im Gegenteil der unangenehmste aller anzunehmenden Gesprächspartner am anderen Ende der Leitung.

»Soso, Haderlein, hat der Mobilfunk also endlich Einzug in die Bamberger Polizeiarbeit gehalten, soso. So viel technische Innovationskraft hätte ich dieser talentfreien Dienststelle, diesem Hort des Dilettantismus, dieser fränkischen Inkarnation ermittlungstechnischer Einfalt gar nicht zugetraut. Trotzdem muss ich Ihnen leider mitteilen, dass mir die Präsentation Ihrer Fortschrittlichkeit eher unpassend erscheint, Herr Oberkommissar. Angesichts der Tatsache, dass Sie mit Ihren kindischen Versteckspielchen einen unbedarften Bestattungsunternehmer in den bürokratischen Wahnsinn jagen, ist Ihr jämmerlicher Versuch, mit mir einen albernen Schabernack treiben zu wollen, doch eher missraten, wenn Sie verstehen, was ich meine, Haderlein.«

Aber Haderlein verstand nicht. Zwar versuchte er wie immer, den verschraubten Sätzen des Professors zu folgen, sah sich jedoch wie so oft außerstande, diesem von Zynismus triefenden Gebrabbel irgendetwas Sinnhaftes abzugewinnen. Er war Ermittler und kein Germanist. Siebenstädter allerdings auch nicht. Wenn der glaubte, seine verborgenen Talente an der Bamberger Polizei auslassen zu müssen, sollte er sich gefälligst mit ihrem Chef auseinandersetzen, der war da vielleicht empfänglicher. Haderlein war es jedenfalls nicht, zumal wenn er gerade gedanklich in einem hochbrisanten Mordfall steckte. Entsprechend harsch fiel seine Entgegnung aus.

»Jetzt hören Sie mal zu, Sie selbst ernannter Totenpapst. Ich habe ehrlich gesagt nichts anderes von Ihnen erwartet als dieses arrogante Geschwafel, mit dem Sie sich immer bei mir melden. Bisher war Ihren hochtrabenden Botschaften jedoch meist noch so etwas Ähnliches wie ein Inhalt zu entnehmen. Wenn Sie dagegen nichts weiter zu sagen haben als diesen verqueren Blödsinn, den Sie da ablassen, können Sie mir grad auf meiner Rückseite runterrutschen, und zwar die ganze Strecke, verstanden?«

Lagerfeld hörte diese verbale Schlacht zum wer weiß wievielten Male und schüttelte nur unmerklich den Kopf. Das Ganze hatte jedes Mal etwas von einem Stellungskrieg. Kein Geländegewinn, nur Verluste auf beiden Seiten. Ziemlich sinnlos eigentlich. Trotzdem konnte sich seltsamerweise keiner der Kontrahenten diesem auf einer Art Hassliebe basierenden Gefecht entziehen. Eigentlich hätten die beiden Streithähne gar nicht miteinander reden müssen, Autopsieberichte konnte man im Notfall auch lesen. Aber irgendwie hatten sie es trotz ihrer, nun ja, Reife immer noch nötig, verbal ihre Schwanzlänge zu messen.

Haderlein schnaufte wütend vor sich hin, bereit, Siebenstädters nächsten Kommentar als direkten Volley über das Netz zurückzuschmettern. Doch überraschenderweise schien der Professor von seiner engagierten Widerrede diesmal tatsächlich beeindruckt zu sein, denn es erfolgte kein neuerlicher Beleidigungsangriff. Oder aber dieser unmögliche Mensch bereitete in seinem kranken Gehirn gerade eine besonders perfide Antwort vor. Umso verblüffter war Haderlein, als er die eher verwundert klingende Nachfrage des Mediziners vernahm.

»Ähm, Sie wissen nicht, wovon ich rede?«, hörte er ohne jeglichen Unterton. Dennoch blieb Haderlein vorerst bei seiner harten Linie, sicher war sicher.

»Nein, weiß ich nicht. Und wenn Sie nicht bald damit herausrücken, Siebenstädter, dann lege ich auf, verstanden?«, bellte er aggressiv.

Wieder war erst einmal nur Stille am anderen Ende der Leitung, dann kam die nächste Nachfrage.

»Aha, Sie wissen es nicht. Und wer hat dann das Mobiltelefon im Brustkorb der Leiche verstaut, wenn ich fragen darf?« Siebenstädter klang beleidigt, so als hätte es tatsächlich mal jemand geschafft, ihn zu vergackeiern. Ein Umstand, der für den Professor sicherlich neu war, da musste er drüber nachdenken.

Haderlein hätte auch gern nachgedacht, jedenfalls wenn er gewusst hätte, worüber. Siebenstädters Verhalten war mehr als rätselhaft und seine Bemerkung über dieses ominöse Mobiltelefon geradezu kryptisch.

»Was für ein Handy, wovon reden Sie, zum Teufel? Ich verstehe kein Wort, Professor!« Haderlein wusste nicht, ob er lachen oder weinen sollte. Professor Siebenstädter war tatsächlich verwirrt, das hatte es ja noch nie gegeben, sensationell. Diese

Theorie wurde vom weiteren Fortgang des Gespräches gestützt, denn das dauerte nun nicht mehr sehr lange, sondern war eher kurz.

»Kommen Sie her!«, befahl Siebenstädter knapp, jetzt wieder in seinem altbekannten schnoddrigen Ton. Dann legte er auf und ließ einen verdatterten Kriminalhauptkommissar auf seinem Stuhl zurück.

Haderlein schaute zu den beiden jungen Kollegen, dann zum Telefonhörer und legte schließlich ebenfalls auf.

»Lass mich raten, Franz, wir trinken das Schederndorfer jetzt nicht?«, scherzte Lagerfeld, immerhin war der Feierabend am frühen Morgen noch einen ganzen Tag entfernt. Was ihn nicht davon abhielt, sehnsüchtig zu dem fränkischen Sixpack auf Honeypennys Schreibtisch zu schielen. Wenn er sich auf einer einsamen Südseeinsel ein Jahr lang für irgendein fränkisches Bier zwingend entscheiden müsste, wäre das Schederndorfer sicher in der engeren Auswahl.

»Sag schon, Franz. Hat Siebenstädter was gefunden oder hat er nicht?«, wollte Huppendorfer wissen, der bereits voller Unruhe von einem Bein auf das andere wippte.

»Ich habe keine Ahnung«, sagte Haderlein mit gerunzelter Stirn. Aber dann klärte sich sein Blick, und er war wieder ganz der Kriminalhauptkommissar, der einen Fall zu leiten hatte. »Ich werde am besten gleich mal hinfahren. Aber vorher muss ich Fidibus über den Stand der Dinge informieren. Ihr wartet so lange hier, bin gleich zurück, dann wird die Arbeit verteilt.« Schon wandte er sich ab und machte sich auf den Weg zu Robert Suckfülls gläsernem Büro.

Er ersparte sich das Anklopfen und trat einfach ein. Den missbilligenden Blick seines Chefs ignorierte er und setzte sich, ohne eine Aufforderung abzuwarten, auf den freien Sessel vor dem gigantischen Schreibtisch.

Robert Suckfüll wusste sofort, dass irgendetwas Besonderes passiert war, denn normalerweise benahm sich sein dienstältester Kommissar nicht so flegelhaft. Das überließ er lieber den jüngeren Kollegen, die diese Aufgabe auch nur zu gern übernahmen. Also setzte sich Fidibus mit seiner nicht angezündeten Zigarre auf sein ledernes Gestühl und schaute Haderlein fragend an.

»Wir haben einen Serientäter, Chef«, begann Haderlein unverblümt und legte die aktuelle Faktenlage auf den Tisch. »Gerade hat mich Egbert Goller aus Bayreuth angerufen und mir mitgeteilt, dass sie in einem Autohaus eine Leiche gefunden haben, die mit den gleichen Merkmalen ausgestattet ist wie unser Toter aus dem Bamberger Hof. Fehlende Augen, Brustkorb aufgeschnitten und die gleiche blutige Botschaft an der Wand.« Er schloss mit den Worten: »Da draußen ist ein ziemlich Gestörter unterwegs, der noch dazu absolut professionell vorgeht, Chef. Unsere Spusi hat nicht das kleinste Härchen am Tatort finden können, und ich wette, dass die Kollegen in Bayreuth die gleiche Erfahrung machen werden.«

Robert Suckfüll hatte sich Haderleins Bericht mit stoischer Miene schweigend angehört, nur die Zigarre in seinen Fingern drehte sich immer schneller.

»Was ist mit Professor Siebenstädter, hat der wenigstens etwas herausfinden können?«, wollte er wissen.

Haderlein kratzte sich am Kopf und verdrehte entnervt die Augen. »Ja, also, der hat gerade angerufen. Aber richtig schlau bin ich aus seinen Ausführungen nicht geworden. Sie kennen ihn ja, Chef, unser Verhältnis ist ein wenig spannungsgeladen, um es vorsichtig auszudrücken.«

Robert Suckfüll nickte nur.

»Er hat irgendetwas von einem Telefon gefaselt und die üblichen Beleidigungen abgelassen. Dann hat er mich gebeten, zu ihm zu kommen, und anschließend aufgelegt.«

In Suckfülls Blick war auf einmal Verwunderung zu sehen, und seine Finger stoppten die rotierende Zigarre, welche schon leichte Ausfransungen zeigte, mitten in der Bewegung.

»Gebeten? Er hat Sie tatsächlich um etwas gebeten?«, fragte Fidibus berechtigterweise ungläubig, aber Haderlein winkte sogleich ab.

»Nein, Sie haben recht, Chef, es war mehr ein Befehl, keine

Bitte. Trotzdem werde ich ihm gleich einen Besuch abstatten. Mal sehen, was da los ist. Vielleicht weiß er wirklich etwas Interessantes zu berichten, vielleicht will er mich auch nur mit seinen Sprüchen pesten. Das glaube ich aber ehrlich gesagt nicht, denn es lag so ein eigenartiger Unterton in seiner Stimme. Und die Hoffnung stirbt zuletzt, viel mehr haben wir ja ansonsten nicht«, musste Haderlein seufzend zugeben, dann legte er abwartend die Hände in den Schoß.

Das war das Signal für des Dienststellenleiters Finger, ihre Rotationstätigkeit wieder aufzunehmen. Allerdings gab die erneute Drehbewegung der teuren Havanna endgültig den Rest, und sie zerfiel in diverse Einzelteile, die sich in Gauß'scher Normalverteilung über Suckfülls rechte Schulter hermachten.

»Ah so«, meinte Fidibus leicht debil, vom unrühmlichen Abgang seiner Zigarre kurzzeitig verunsichert. Aber er hatte sich sofort wieder im Griff. »Also gut, ich fasse zusammen. Ein Serientäter, brutal, professionell, wahrscheinlich psychisch gestört, Motiv unklar. Habe ich das so richtig wiedergegeben, Franz?«

Haderlein nickte. Eine etwas verkürzte Darstellung, aber im Prinzip war es so, wie er sagte. »Korrekt«, bestätigte er, derweil sich sein Chef auf einem Blatt Papier ein paar Notizen machte.

»Gut, mein lieber Haderlein, dann tun Sie, was Sie können. Ich muss ein paar Telefonate erledigen, wir sprechen uns morgen«, murmelte Fidibus in Richtung Tischplatte, sodass Haderlein ihn gerade eben verstehen konnte. Sekunden später hatte er sich so in seine Notizen vertieft, dass sich der Kriminalhauptkommissar fast sicher war, soeben von seinem Chef vergessen worden zu sein. Also erhob er sich von seinem Platz, ging durch die Glastür nach draußen, wo seine beiden jungen Kollegen schon auf ihn warteten. Erwartungsvoll sahen sie ihn an. Nun gut, die Erwartungen konnten befriedigt werden.

»Dann los, ihr beiden, es gibt Aufgaben zu erledigen. César, du bist doch hier bei uns der Meister des Digitalen. Auch wenn du bisher noch nichts Greifbares gefunden hast, wirst du dich weiter hinter deinen Computer klemmen und versuchen, etwas über diese merkwürdige Botschaft herauszufinden, die unser Täter hinterlassen hat. Wenn du allein nicht weiterkommst, suche dir eben einen Experten, verstanden?«

César Huppendorfer nickte eifrig und marschierte zu seinem Arbeitsplatz. Das war eine Aufgabe nach seinem Geschmack. Keine blutverschmierten Tatorte, keine augenlosen Gesichter, die ihn ansahen.

»Und du, Bernd, fährst jetzt auf der Stelle nach Bayreuth und schaust dir Egberts Tatort genauer an, vielleicht fällt dir ja was auf, was die noch nicht gesehen haben.«

Lagerfeld hob erstaunt die Augenbrauen. Sollte das etwa so etwas Ähnliches wie ein Lob gewesen sein? Ein Lob aus Franz Haderleins Mund? Ein Lächeln huschte über sein Gesicht.

»Und du, was machst du, Franz?«, erkundigte er sich. »Sag bitte nicht, du fährst jetzt nach Erlangen in die Rechtsmedizin?« Er tat entrüstet.

»Genau das, Herr Schmitt. Aber machen Sie sich keine Sorgen, werter Kollege, ich bin ja bewaffnet«, entgegnete Haderlein mit einem schiefen Lächeln. Er klopfte Lagerfeld aufmunternd auf die Schulter, dann griff er sich seine Wildlederjacke und machte sich auf den Weg.

Auch Lagerfeld nahm seine Jacke und wollte aufbrechen. Bevor er ging, deutete er aber noch mit dem rechten Zeigefinger auf das Schederndorfer Bier und sagte mit strenger Miene zu César: »Falls auch nur eine Flasche fehlt, wenn ich wiederkomme, bring ich dich um, César, verstanden?«

Dann drehte er sich um und marschierte in Richtung Ausgang. Zurück blieben César, Riemenschneider und Honeypenny. Drei Persönlichkeiten der Bamberger Dienststelle, die aus sehr verschiedenen Gründen mit ihrem Leben im Moment eher unzufrieden waren.

Lagerfeld hatte die Tür der Dienststelle fast erreicht, als er erneut stehen blieb und sich noch einmal umdrehte. *Vielleicht fällt dir ja was auf, was die noch nicht gesehen haben.* Diese Worte, die Franz zu ihm gesagt hatte, waren einerseits eine Anerkennung, andererseits aber auch eine Verpflichtung. Er überlegte nicht lange, sondern ging wieder zurück ins Büro, wo Honeypenny immer noch mit sorgenvollem Blick auf das reglos daliegende Schweinchen zu ihren Füßen starrte. Doch damit war jetzt Schluss, Lagerfelds Geduld mit Riemenschneiders Gemütszustand war an ihrem Ende angelangt. Es wurde Zeit, wie unter Erwachsenen zu reden. Das hier war immer noch die Kriminalpolizei und keine Sprechstunde für liebeskranke Haustiere.

Er schnappte sich Riemenschneider mit beiden Händen, hob sie unter Honeypennys entsetztem Blick hoch und klemmte sie sich unter den Arm. Dann machte er sich, ohne auf Marina Hoffmanns entrüstetes Schnaufen zu achten, sofort wieder auf den Weg nach draußen. Dieses Schwein würde jetzt, verliebt oder nicht, seinen ihm zugedachten Auftrag erfüllen, nämlich Dienst schieben.

Wenn sie erst einmal im Auto und unterwegs waren, würde er mit Riemenschneider einmal Tacheles reden, denn so ging das ja nicht. Der bayerische Staat hatte ihr immerhin für happiges Geld eine Polizeihundeausbildung spendiert, und die würde Frau Ferkel jetzt gefälligst abarbeiten.

Ohne sich noch einmal umzudrehen, verließ er die Dienststelle, ging zu seinem Cabrio und machte sich mit Riemenschneider auf dem Rücksitz auf den Weg nach Bayreuth.

Carolin Metz fuhr mit ihrem Mini sicherheitshalber ein paarmal um den Block und scannte die Hornthalstraße mit aufmerksamen Blicken. Bevor sie gleich aus dem Wagen stieg, wollte sie sich vergewissern, dass Eichhorn nicht wieder irgendwo herumlungerte und urplötzlich hinter ihr stand. Aber es war niemand zu sehen, so lange und gründlich sie sich auch umschaute. Entweder versteckte er sich vor ihr, oder er war wirklich nicht da. Letzteres hoffte sie, wagte aber nicht, daran zu glauben.

Nach diversen Rundfahrten über den Markusplatz und vorbei an der modernen Konzerthalle Bambergs traute sie sich schließlich, den Wagen abzustellen und auszusteigen. Sie schnappte sich ihren Fotorucksack, setzte ihre Sonnenbrille auf und ging direkt zu ihrer Wohnung. Sie versuchte, einen selbstsicheren, energischen Gang vorzutäuschen, und hoffte inständig, dass das auch gelang. Sie fühlte sich nämlich alles andere als selbstsicher, eher verkrampft. Andauernd schwirrten ihr Überlegungen durch den Kopf, wie sie wohl reagieren würde, wenn er plötzlich vor ihr stand.

Wenn sie ehrlich war, sie wusste es nicht. Von sinnlos nach ihm schlagen bis davonrennen war alles drin. Aber glücklicherweise brauchte sie keine ihrer zahlreich durchdachten Strategien zur Anwendung zu bringen, sie schaffte es ohne Schwierigkeiten zu ihrem Hauseingang, der nicht weit vom Canisiusheim entfernt lag, einem Haus der Salesianer für Kinder und Jugendliche. Einigermaßen beruhigt schloss sie die Tür auf. Dann eilte sie die Treppe zum ersten Stock hinauf, wo sie eilig die Wohnungstür öffnete. Erst als diese hinter ihr zugefallen war, ließ ihre Anspannung nach, und sie schlurfte in die Küche, um sich an ihrem Esstisch erst mal einen Amaretto zu genehmigen.

Mein Gott, was für ein durchgeknallter Tag. Aber sie war wirklich zufrieden mit sich. Sie hatte auf dem Gartenmarkt einen geilen Job gemacht, sie war nicht durchgedreht, hatte sich im Griff gehabt. Das war etwas, auf das sie stolz sein konnte.

»Gut gemacht, Carolin«, sagte sie anerkennend zu den Blumen auf der Fensterbank, dann kicherte sie laut und albern. Endlich konnte sie durchatmen. Jetzt würde sie erst einmal duschen, den ganzen Dreck wegspülen und sich dann einen Abend vor dem Fernseher gönnen. Irgendeinen seichten Quatsch, über den man im leicht angesoffenen Zustand lachen konnte. Sie stellte ihr Schnapsglas auf den Tisch und streckte sich, bis in ihrem Rücken ein leises, angenehm befreiendes Knacken zu hören war.

Bereits auf dem Weg zur Dusche begann sie sich auszuziehen, die Klamotten warf sie auf den Stuhl, der für diesen Zweck vor der Badezimmertür stand. Das kleine Duschbad war zu eng für Möbel. Ein Wunder eigentlich, dass die Dusche darin Platz gefunden hatte. Aber sie war da, und sie würde jetzt so lange duschen, bis das Wasser kalt wurde. Was eine Weile dauern konnte. Nackt, wie sie war, betrat sie das Badezimmer und merkte sofort, dass etwas nicht stimmte. Erst konnte sie es sich nicht erklären, dann stach die Erkenntnis wie ein glühendes scharfes Messer in ihre Magengrube. Ein aufdringliches Männerparfum, wie sie es schon einmal gerochen hatte, lag in der Luft. Sie kannte es von der Rosenmesse auf der Königsberger Burg.

David Eichhorn.

David Eichhorn war hier in ihrem Bad gewesen. Sie vergaß, dass sie nackt war, und griff sich instinktiv etwas, mit dem sie sich verteidigen konnte. Sie konnte leider nichts Besseres finden als den Föhn, der unter dem Waschbecken lag. Immerhin war es ein schwerer Föhn aus Metall, mit dem konnte man schon gut zuschlagen, wenn es denn sein musste. Vorsichtig, um kein Geräusch zu verursachen, öffnete sie die Badezimmertür und horchte in den Flur hinaus. Aber es war kein Laut zu vernehmen. Sie verbot es sich, Eichhorns Namen zu rufen, dann hätte er ja gewusst, dass sie ihn bemerkt hatte.

Es blieben nur zwei Räumlichkeiten übrig, in denen sie noch nicht gewesen war, das Wohn- und das Schlafzimmer. Das Wohnzimmer lag gleich neben dem Bad, ihr Schlafzimmer hinten, am Ende des Flurs. Auf einmal schien sie Eichhorns Parfum auch hier zu riechen, aber das konnte ebenso gut Einbildung sein.

Mit einem großen Schritt war sie an der Tür, lugte um die Ecke und schaute in ihr kleines Wohnzimmer hinein. Alles war noch genau so, wie sie es verlassen hatte, es war niemand dort drinnen. Also richtete sie ihren Blick auf die Tür am Ende des Flurs und stellte fest, dass die Tür zum Schlafzimmer geschlossen war. Heute Morgen war sie aber offen gewesen, da war sie sich ganz sicher. Sie ließ die Tür immer offen, immer.

In einem spontanen Reflex huschte sie zurück in die Küche, legte den schweren Föhn leise neben das Schnapsglas auf den Küchentisch und griff sich stattdessen das größte Küchenmesser, das sie finden konnte. Damit schlich sie wieder in den Flur und dann langsam auf ihre Schlafzimmertür zu. Egal wo sich David Eichhorn befinden mochte. In, neben oder unter ihrem Bett, sie würde zustechen, das war sicher. Töten wollte sie ihn nicht, aber er sollte sich merken, dass sie nicht wehrlos war.

Als sie vor der geschlossenen Tür stand, bekam sie es dann aber doch noch mit der Angst zu tun. Warum verschanzte sie sich nicht einfach in der Küche und rief die Polizei? Nein, bis die da war, konnte der Typ schon alles Mögliche mit ihr angestellt haben. Sie würde das schon selbst regeln müssen, ein für alle Mal. Mit der linken Hand drückte sie lautlos die Klinke nach unten und schob die Tür ein winziges Stück auf. Gerade so weit, dass sie ihre Hand hindurchstecken und den Lichtschalter im Schlafzimmer betätigen konnte. Im selben Augenblick stieß sie die Tür vollends auf und sprang entschlossen und mit einem wilden Schrei ins Zimmer, bereit, auf alles einzustechen, was sich bewegte.

In geduckter Haltung stand sie da, nackt, und blickte auf eine dermaßen abstruse Szenerie, dass ihr fast das Messer aus der Hand gefallen wäre. Ihr Schlafzimmer, das sie heute Morgen in wilder Unordnung verlassen hatte, war jetzt ordentlich aufgeräumt. Überall standen Blumen. Auf dem Bett, dem Kleiderschrank, dem Nachtkästchen, dem Boden daneben, einfach überall. Ihr Schlafzimmer war mit dem Verkaufsangebot einer mittelgroßen Gärtnerei regelrecht zugepflastert worden. Auf dem Kopfkissen, das säuberlich hergerichtet ans Kopfende ihres Bettes drapiert worden war, lag ein riesiger Strauß langstieliger roter Rosen, daneben eine Grußkarte aus Goldpapier.

Mit zitternden Fingern, das Messer in der verkrampften linken Hand haltend, hob sie das Kärtchen vom Bett und las die Botschaft, die mit rotem Filzstift darauf geschrieben stand.

Ich liebe Dich.
D.

Ihre Muskeln erschlafften, das Messer plumpste aufs Bett, und Carolin Metz sackte zu Boden. Neben dem Bett kniend starrte sie auf die roten Buchstaben, bis diese vor ihren Augen zu verschwimmen begannen.

Als Haderlein an der Gerichtsmedizin in Erlangen eintraf, steuerte er seinen Freelander auf den Parkplatz vor dem Gebäude und machte sich umgehend auf den Weg in Professor Siebenstädters Reich.

In den Tiefen des Institutes schritt er suchend die emotionslos kühl gehaltenen Gänge entlang, bestrebt, seine Hassliebe irgendwo ausfindig zu machen. Aber wo er auch stöberte, Siebenstädter war nirgends zu finden. Nicht in seinem Büro, nicht in einem der anderen Arbeitszimmer und auch nicht im Sezierraum. Was soll das denn jetzt?, dachte Haderlein zunehmend verärgert. Erst soll ich schleunigst hier auflaufen, und dann ist die Hauptperson nicht da oder spielt Verstecken.

Er beschloss, laut nach Professor Siebenstädter zu rufen, obwohl er genau wusste, dass der Professor nichts mehr hasste als das. In diesem Institut waren Geräusche während der offiziellen Dienstzeiten strengstens untersagt, und jegliche Verursachung derselben löste beim Hausherrn übelste Reaktionen aus. Aber das war Haderlein egal, der Professor war ja selbst schuld, wenn er seine Termine nicht einhielt.

Sein Kehlkopf war gerade im Begriff, den ersten Vokal zu formen, um ihn lauthals hinauszuschreien, als irgendwo ein Telefon zu klingeln begann. Es war kein lautes Klingeln, eher sehr leise, ziemlich gedämpft. Zuerst dachte Haderlein gar, das Telefon sei außerhalb des Seziersaals in einem anderen Raum, etwas entfernt. Aber dann erkannte er, dass es sich sogar ganz in der Nähe befinden musste. Verblüfft drehte sich Haderlein um, denn das Geräusch schien nicht vor, sondern hinter ihm seinen Ursprung zu haben; die Töne kamen aus Richtung der Leiche, die am hinteren Ende des Raumes auf einem der Edelstahltische lag. Es war ein irgendwie dumpfes Klingeln, so als läge das Telefon in einem Koffer oder unter ziemlich vielen Kleidungsstücken. Schnurstracks ging er auf die Geräuschquelle zu, bis er direkt vor einer obduzierten Leiche stand.

Er erkannte den Toten sofort wieder. Es war der ermordete Markus Wild aus dem Hotel. Das furchteinflößende Aussehen des verstümmelten Leichnams wurde durch das Ambiente hier in keiner Weise gemindert, sodass Haderlein sich bei dessen neuerlichem Anblick ein wenig zusammennehmen musste. Das seltsame Klingeln wollte derweil einfach nicht aufhören. Ging da nicht bald mal eine Mailbox ran?

Mehrfach umrundete er ratlos den Tisch, bis er des grausigen Umstands gewahr wurde, dass das Klingeln aus dem Brustkorb von Markus Wilds Leiche drang. Das durfte doch wohl nicht wahr sein. Wo zum Teufel war Siebenstädter? Das war schließlich sein Metier hier. Sollte er jetzt etwa selbst untersuchen, warum es aus dem Brustraum eines Ermordeten zu ihm herausklingelte? Das war mit Abstand das Widerlichste, was ihm jemals zugemutet worden war. Aber es half ja alles nichts. Flugs entledigte er sich seiner Wildlederjacke und begann, mit beiden Händen den Brustkorb des Toten so gut es ging auseinanderzuziehen. Sofort wurde das Klingeln etwas lauter, er war also auf der richtigen Spur. Dann nahm er allen Mut zusammen, den er hatte, verdrängte die natürliche Abscheu und griff mit der rechten Hand in den mühsam geöffneten Brustraum der Leiche.

Merkwürdigerweise war dort nicht das weiche Lungengewebe, auf das zu treffen er befürchtet hatte, sondern nichts. Da war bloß ein Hohlraum. Also hatte sich Siebenstädter schon mit der Leiche befasst und die Organe entfernt. Neugierig schob er seine Hand tiefer in den Hohlraum hinein, bis seine tastenden Finger ein vibrierendes Etwas berührten, das er sogleich herauszog und ins Licht hielt. Es war ein Smartphone in einem durchsichtigen, blutverschmierten Plastikbeutel, das just in dem Moment, da er es näher betrachten wollte, aufhörte zu klingeln.

Das war ja klar, dachte Haderlein ernüchtert und betrachtete seinen blutverschmierten Ärmel. Das Hemd konnte er ganz sicher vergessen, Manuela würde sich unter Garantie weigern, so etwas zu waschen. Er sah sich nach einer Möglichkeit um, das Telefon abzulegen, um sich wenigstens etwas zu säubern, da ließ ihn eine Bewegung in seinem Augenwinkel herumfahren. Das weiße Plastikskelett der Universität Erlangen, das bisher regungslos etwa fünf Meter entfernt in einer Ecke des Raumes gestanden hatte, wurde klappernd zur Seite geschoben, und Professor Siebenstädter erhob sich von einem Stuhl, den er direkt hinter diesem Demonstrationsobjekt für empfindsame Medizinstudenten platziert hatte. In seiner Hand hielt er ebenfalls ein Mobiltelefon.

Haderlein glotzte Siebenstädter nur fassungslos an, dann meinte der Professor mit vorwurfsvollem Blick in Richtung des Kommissars: »So, jetzt sind wir quitt, Haderlein.«

Riemenschneider lag auf dem Rücksitz von Lagerfelds Honda Cabriolet auf einer alten Decke, die Bernd Schmitt zu ebendiesem Zweck immer mit sich führte. Sie hatte ihren Kopf wieder auf die Vorderfüße gelegt und die Augen mit ihren rosa Schlappohren bedeckt. Vorn versuchte Bernd Schmitt, der junge Vater und Familiengeknechtete, seinem Fahrgast einige Lehrstunden in Sachen Liebe, Beziehung und Männer zu erteilen. Ein Vortrag über die Untiefen des Lebens sozusagen.

»Du brauchst gar nichts zu sagen, Riemenschneider, ich weiß genau, was mit dir los ist, meine Liebe. Du bist ganz sicher nicht krank, das ist so klar wie Kloßbrühe. Aber so läuft die Sache nicht. Du kannst dich nicht stunden- oder sogar tagelang in deinem Selbstmitleid suhlen und das ganze Leben um dich herum vergessen.«

Lagerfeld sah in den Rückspiegel, um irgendeine Reaktion von der Rücksitzbank zu ergattern, aber dort rührte sich nichts. Riemenschneider lag da wie das Stillleben-Modell eines niederländischen Renaissancemalers. Also musste er die Tonlage wohl etwas verschärfen.

»Ich weiß genau, was du willst, du Ferkel. Du willst dich mit dem kleinen Eber im Tambacher Schloss vergnügen, nicht? Ja, ich weiß, den anderen im Büro habe ich diesen lesbischen Quark erzählt. Aber das habe ich doch nur gemacht, um dich zu schützen, Riemenschneider. Honeypenny würde dich niemals in die Nähe eines potenten Mannes lassen, das weiß ich genau. Du und schwanger, noch dazu in deinem zarten Alter, das würde ihr definitiv das Herz brechen. Sie würde niemals einen Schwanzträger an dich ranlassen, mein Herzchen, das hält sie ja bei sich selbst genauso. Dieser Freund, den sie da hat, dieser Fiederling, das kleine schmächtige Teil, der ist ja gar kein richtiger Mann. Der würde sogar in einem Bonsai-Atlas nur die hinteren Seiten belegen.«

Wieder schaute er in den Rückspiegel des Cabrios, dessen Dach jetzt im Februar geschlossen war. Richtig dicht war das Teil aber schon lange nicht mehr, weshalb eine gewisse Kühle im Innenraum des Honda herrschte. Deswegen war ein kleiner, feiner Witz so unter Kumpels vielleicht ein gutes Mittel zur Wärmebildung. Aber auch das schien Riemenschneider nicht zu einer nennenswerten Regung zu veranlassen.

»Ich kann dich ja verstehen, Riemenschneider, ich war schließlich auch einmal jung«, meinte Lagerfeld mit einem breiten Grinsen im Gesicht. »Du bist scharf darauf, dich mit dem kleinen Keilerchen in die Büsche zu schlagen, dich mit ihm im Dreck zu wälzen, um Körpersäfte auszutauschen. Ihr wollt endlich einmal in eurem jungen Leben rumpimpern, erwachsen sein, hab ich nicht recht?«

Tatsächlich hob Riemenschneider nun das rechte Ohr von ihrem Auge und warf Lagerfeld einen Blick zu, den er nicht so richtig deuten konnte. Aber so ganz falsch konnte er mit seinen Vermutungen nicht liegen, denn Riemenschneider begann, unruhig auf ihrer Decke hin und her zu rutschen.

Lagerfelds Grinsen wurde breiter. »Okay, Riemenschneider, wir reden später weiter, ich muss jetzt von der Autobahn runter und mich konzentrieren, ja? Und du musst mir heute echt helfen, das ist ein schwieriger Fall. Wenn du mich hängen lässt, bin ich wirklich aufgeschmissen. Hast du gehört, Riemenschneider, du musst mir helfen!«

Wieder klappte das rosa Ohr nach oben, richtige Begeisterung für den Job war in Riemenschneiders Blick allerdings immer noch nicht auszumachen.

Bernd Schmitt hatte nun aber keine Zeit mehr für Diskussionen, denn er musste sich auf den Verkehr konzentrieren. Sie fuhren an der Bayreuther Innenstadt vorbei, ließen das Rotmain-Center und das Kino rechts liegen und gelangten wieder aus der Stadt hinaus. Im selben Moment, da die liebliche Stimme des Navis ein sonores »Sie haben Ihr Ziel erreicht« von sich gab, sah Lagerfeld das Autohaus links der Fahrbahn an einer großen Straßenkreuzung liegen. »Motorgruppe Zeißig«, kurz MGZ, stand da in großen Lettern auf dem Firmengebäude. Er bog an der Kreuzung nach links ab und dann noch mal links, geradewegs in die breite Hofeinfahrt hinein, wo schon ein ziemlicher Auflauf an Polizeikräften wartete.

Er hob Riemenschneider von der Rückbank und nahm sie an die Leine. Immerhin das machte sein rosa Problemfall bereitwillig mit. Er hatte schon befürchtet, dass sie sich draußen auf den Teer legen würde, um weiter vor sich hin zu frusten. Aber nein, die Lebensgeister seines Ermittlerschweinchens waren, jedenfalls bis zu einem gewissen Punkt, erwacht.

»Komm«, forderte er sie leise auf, und sie liefen Seite an Seite an den ganzen Absperrungen vorbei quer über den Hof, bis sie an einer Glasfront mit der großen Aufschrift »Land Rover – Jaguar« angelangt waren. Permanent seinen Ausweis in die Höhe haltend, kamen sie auch durch diese Sperre und betraten die heiligen Hallen, den Verkaufsraum des MGZ-Autohauses. Wahnsinn, hier stehen Wagen im Wert von bestimmt mehreren hunderttausend Euro in der Gegend herum, sinnierte Lagerfeld kurz, dann entdeckte er einen hochgewachsenen, etwas ungelenk wirkenden Polizisten mit Hornbrille, der sie zu sich herüberwinkte. Er stand an einem großen schwarzen Auto, dessen Heckklappe offen war und steil nach oben ragte.

»Herr Schmitt, kommen Sie her, wir haben Sie schon erwartet«, begrüßte ihn Egbert Goller. Neben dem Kommissar stand ein etwas kleinerer Mann im Anzug und betrachtete Riemenschneider mit einem fast entsetzten Gesichtsausdruck. »Darf ich vorstellen, Ronald Zeißig, der Inhaber des Autohauses.«

Sie gaben sich kurz die Hand, dann fuchtelte Zeißig mit hektischen Bewegungen nervös in Richtung des Ermittlerschweins, fuhr sich durch das schüttere Haar und meinte mit leicht verunsicherter Stimme: »Äh, was … was macht dieses, dieses –«

»Sie gehört zum Team. Ein hoch bezahltes Mitglied der Spurensicherung«, unterbrach ihn Lagerfeld, der die verschiedenen Reaktionen auf Riemenschneiders Anwesenheit schon zur Genüge erlebt hatte.

Irritiert schaute Zeißig von Riemenschneider zu Lagerfeld

und schließlich zu Goller. Aber der Bayreuther Kriminalbeamte schien sich am Anblick des Schweins nicht zu stören. Unfassbar, keiner der Beamten hier wollte etwas dagegen unternehmen. Zeißigs Augen wurden noch größer, als Lagerfeld nun mit seinem Schwein zu den Technikern am Land Rover Discovery hinüberging und diese fast ehrfürchtig Platz machten, sobald sie des Schweinchens an der Hundeleine gewahr wurden.

Der Autohausbesitzer war fassungslos. In seinen Verkaufsräumen war ein ganz und gar entsetzlicher Mord geschehen, und jetzt latschte ein kleines Schwein den arbeitenden Polizeikräften zwischen den Füßen herum. Das Tier schien allerdings wenig Lust zu verspüren, hier irgendwelche Arbeiten zu verrichten, es schnüffelte nur mehr oder weniger lustlos hie und da am Fahrzeug, ohne einen wirklichen Fahndungsdruck aufzubauen. Nach Zeißigs Ansicht behinderte es die Ermittlungen sogar, denn die Bayreuther Spurensicherer hatten ihre Arbeit inzwischen eingestellt. Jeder der anwesenden Beamten wollte das berühmte Schwein der Bamberger Kripo in Aktion sehen. Also standen alle da und warteten gespannt. Nur Ronald Zeißig war not amused und hoffte inständig, dass seine Kundschaft niemals von der Anwesenheit eines Schweines in seinen Verkaufsräumen Wind bekommen würde.

Lagerfeld bemerkte Riemenschneiders antriebsloses Verhalten und entschloss sich zu einer drastischen Maßnahme. Mit den Konsequenzen würde er leben müssen, aber er hatte wahrlich keine Lust, sich hier im kriminalistischen Ausland zu blamieren. Er beugte sich zu dem kleinen Schwein hinunter, nahm Riemenschneiders Kopf in die Hand und flüsterte dem Tier etwas in das hochgehobene Ohr.

Ronald Zeißig beobachtete mit gesteigerter Abscheu, wie der Kopf des Schweins herumruckte und es sein Herrchen mit funkelnden Augen anschaute. Aus Riemenschneiders Kehle drang ein Laut, der entfernt an das Bellen eines Hundes erinnerte, woraufhin der Kommissar breit grinste und nickte. Als das Schwein dies quittierte, indem es anfing, mit dem geringelten Schwanz zu wedeln, und dem Kommissar einmal quer über das

Gesicht leckte, erreichte Zeißigs Entsetzen seinen Höhepunkt. Angeekelt wandte er den Blick ab, um tief durchzuatmen.

Als er es wieder wagte, in Richtung des Bamberger Ermittlerteams zu schauen, war das rosa Schweinchen angelegentlich damit beschäftigt, alles rund um den Tatort zu beschnüffeln und zu beriechen. Dann, nach einem kurzen auffordernden Blick zum kriminalen Herrchen und dem bestätigenden Nicken des Kommissars, lief es auf einmal dem Ausgang entgegen.

Den Inhaber des Bayreuther Autohauses hielt nun nichts mehr auf seinem Platz. Mit hochrotem Kopf schoss er auf Lagerfeld und Riemenschneider zu und stellte sich den beiden in den Weg, die Handflächen in Abwehrhaltung auf Riemenschneider gerichtet.

»Äh, was bitte haben Sie vor, Herr Kommissar? Wollen Sie etwa dort hinaus?« Seine panisch geweiteten Augen sandten einen hilfesuchenden Blick an Lagerfeld, denn es drohte seiner Meinung nach der imagetechnische Super-GAU.

Kriminalkommissar Bernd Schmitt nickte verwundert, wusste er doch nicht, was am Verlassen dieser Automobilanstalt so verwerflich sein sollte.

»Ja, aber, das geht nicht!«, warf Zeißig hektisch ein.

»Ach, und warum nicht?«, fragte Lagerfeld misstrauisch. Es konnte ja durchaus sein, dass sich dort draußen im Hof irgendwelche giftigen oder sonst wie gefährlichen Materialien befanden, die für Riemenschneider vielleicht nicht so gesund waren, aber so richtig vorstellen konnte er sich das bei einem Autohaus eigentlich nicht.

»Herr Schmitt. Dort draußen steht halb Bayreuth um die Absperrungen herum, um zu sehen, was hier bei uns los ist. Dieser Mordfall an sich ist schon eine äußerst unerquickliche Geschichte, Herr Kommissar, aber wenn jetzt auch noch ein leibhaftiges Schwein unter den Augen von Presse und Öffentlichkeit über unser Gelände läuft, ist das, also, wie soll ich sagen, nicht gerade förderlich für das Image unseres Hauses. Wir haben einen Ruf zu verlieren, Herr Kommissar, verstehen Sie?« Hektisch rieb Ronald Zeißig seine Hände ineinander, während er immer wieder durch die großen Glasflächen nach draußen schaute, ob nicht womöglich schon jemand hereinlugte oder, schlimmer noch, ein Fotograf irgendwo darauf lauerte, Polizei und Schwein buntfarbigst abzulichten.

»Nein, ich verstehe nicht«, widersprach Lagerfeld, dessen Stimmung sich wegen wachsender Ungeduld allmählich verdüsterte.

Ronald Zeißig wand sich fast körperlich um eine genauere Erklärung herum, bis er schließlich nicht mehr an sich halten konnte. »Wir sind ein Premium-Autohaus!«, rief er hektisch. Dann schnaufte er tief durch, fasste sich, ging zwei Schritte auf Lagerfeld zu und fügte leise, fast beschwörend hinzu: »Das Desaster ist sowieso schon groß genug, Herr Kommissar. Wir müssen heute den ganzen Tag schließen und morgen womöglich auch noch. Und ganz ehrlich, das Auto da, den Discovery, den kann ich so überhaupt nicht mehr verkaufen, den kriege ich ja gar nicht mehr sauber. Allenfalls kann ich ihn irgend so einem ziehenden Händler, so einem Achmed, mitgeben, der diesen automobilen Edelstein für ein paar lächerliche Euros in die weißrussische Steppe verscherbelt!« Ehrlich enttäuscht schaute er zu dem schwarzen Land Rover hinüber.

»Sagen Sie mal, Herr Zeißig, dass Ihr lang gedienter Verkäufer, Herr Fuchs, umgebracht wurde, das haben Sie schon mitbekommen, oder?«, fuhr ihn Lagerfeld unwirsch an. Der Mann war zwar völlig durch den Wind, aber ein bisschen mehr Souveränität hätte er schon von ihm erwartet. »Belastet Sie das nicht irgendwie? Der war doch bestimmt schon fünfzehn Jahre oder länger bei Ihnen beschäftigt, oder nicht?«

Aber Ronald Zeißig war emotional noch weitaus derangierter, als es von außen betrachtet den Anschein hatte. Mit großen Augen schaute er Lagerfeld an, bevor er antwortete.

»Na ja, der Herr Fuchs. Das stimmt, das ist schon schlimm. Wir haben uns immer gut verstanden, der Herr Fuchs und ich, ja, ja. Und ein guter Autoverkäufer war er allemal. Andererseits wäre er ja eh bald in Rente gegangen, und zu Hause bei seiner Frau war ihm sowieso immer langweilig, nach dem, was man so hörte …«

Lagerfeld stand da, Riemenschneider an der Leine, und konnte es nicht fassen. Der war ja völlig durchgeknallt. Es wurde definitiv Zeit, sich wieder seinem Beruf hinzugeben, der polizeilichen Ermittlerei.

»Los, Riemenschneider!«, rief er energisch, und sofort setzte sich das Ferkel, welches die ganze Zeit aufmerksam auf seinem Hosenboden sitzend der Diskussion gelauscht hatte, in Bewegung. An dem wie versteinert dastehenden Autohausbesitzer vorbei zerrte sie ihr Herrchen zur Tür des Premium-Autohauses und hatte selbiges, mit Lagerfeld im Schlepptau, wenige Sekunden später verlassen.

Draußen im Hof fühlte sich Lagerfeld erst einmal erleichtert, diesem konfusen Zeißig entkommen zu sein. Andererseits war dessen Einschätzung der Ermittlungslage, was die allgemeine bayreuthsche Aufmerksamkeitserregung anbelangte, gar nicht mal so verkehrt gewesen.

Jenseits der Polizeiabsperrung tummelte sich reihenweise das Publikum. Schaulustige verschiedenster Couleur hatten sich aufgemacht, um den Ort dieses sensationellen Mordfalles persönlich in Augenschein zu nehmen. Sie folgten damit dem menschlichen Bedürfnis der Teilhabe an besonderen Ereignissen im Leben. Ein Bedürfnis, das an gefährlicheren Schauplätzen dieser Welt wie Autobahnen oder steilen Bergflanken leicht zu dem einen oder anderen Unfall durch Schaulustige führen konnte.

Lagerfeld hatte schon vor längerer Zeit beschlossen, derartige Menschenaufläufe gar nicht mehr wahrzunehmen. Bevor es für ihn und sein Spürschwein weiterging, nahm er sich Riemenschneider aber noch einmal zur Brust, um sie hinsichtlich ihrer heutigen Aufgabe einzunorden.

»Riemenschneider, dir ist schon klar, dass du was anderes suchen sollst als die Leiche, die in dem Auto gelegen hat, die haben wir längst gefunden. Du sollst dem Geruch der Person folgen, die den armen Mann umgebracht hat, das hast du verstanden, oder?«

Seine Worte waren nur gut gemeint, fielen bei Riemenschneider aber auf keinen fruchtbaren Boden, im Gegenteil. Sie warf Lagerfeld einen vernichtenden Blick zu, dessen emotionaler Inhalt nicht zu missdeuten war: schweinische Verärgerung. Ihr heutiges Herrchen schien sie für völlig verblödet zu halten, obwohl sie doch eine Polizeihundeausbildung mit Diplom absolviert hatte und daher ganz ohne Zweifel jederzeit Freund von Feind unterscheiden konnte. Besonders, wenn diese tot waren. Solche Hinweise konnte sich der Kommissar dort oben in Zukunft besser sparen. Kommentarlos drehte sie sich um, und Lagerfeld folgte seinem Schweinchen, das nun, in seine Spürarbeit tief versunken, zielstrebig zwischen Schneeresten und in Zahlung gegebenen Gebrauchtwagen hindurch über den Hof steuerte. Riemenschneider erreichte schließlich die Werkstätten auf der anderen Seite des Geländes, wo sie verharrte, um sich intensiv mit der Ecke des Werkstattgebäudes zu beschäftigten. Sofort keimte in Lagerfeld der Verdacht, ihr Verdächtiger könnte sich hier an dieser überdachten Ecke länger aufgehalten und das Areal beobachtet haben. Es war sicher nicht verkehrt, sich einmal die Kfz-Mechaniker vorzuknöpfen. Könnte doch sein, dass einer von ihnen etwas von dieser Person mitbekommen hatte.

Ehe er diesen Gedankengang vertiefen konnte, zog ihn Riemenschneider aber bereits weiter. Kurz ging es an der Werkstatt entlang, dann bog sie um eine Ecke, hinter der das Gelände einer kleinen freien Tankstelle an die Werkstatt angrenzte. Riemenschneider schoss unter den gelben Eisenrohren, die das Grundstück begrenzten, hindurch, ohne Rücksicht darauf zu nehmen, dass Menschen im Allgemeinen von größerem Wuchs waren als Schweinchen mit dokumentierten Entwicklungsstörungen. Als Ergebnis ging Lagerfelds Arm den Weg unter die Eisenstange noch mit, während sein Oberkörper einen halben Salto darüber machte. Als er auf der anderen Seite relativ weich mit dem Rücken im zusammengeschobenen Schnee landete, war Riemenschneider, die herrenlose Leine hinter sich herschleifend, bereits an einer der Zapfsäulen der Tankstelle angelangt. Genauer gesagt, an einem der Abfallkästen, die neben den Zapfsäulen an Betonstützen hingen, welche wiederum das Dach der Tankstelle trugen. Aufgeregt schnupperte sie an dem geschlossenen Behälter aus Kunststoff herum, bis sie sich schließlich davorsetzte und ihr abgehacktes Husten absonderte, das in diesem Fall ein nach ihren schweinischen Möglichkeiten sehr zufriedenes Bellen darstellen sollte. Sie hatte etwas gefunden und machte nun Dienst nach Vorschrift.

Polizeiherrchen Lagerfeld hatte für derartige Erfolgsbekundungen momentan keinen Sinn, musste er sich doch erst einmal mühsam aufrappeln. Zum Glück lag diese Tankstelle innerhalb des abgesperrten Bereiches und dennoch fern des Menschenauflaufs vor den Flatterbändern, sodass niemand sein Missgeschick mitbekommen hatte.

Wieder aufrecht auf beiden Beinen stehend klopfte sich Lagerfeld missmutig den schmutzig-nassen Schnee aus den Klamotten, dann lief er zur Riemenschneiderin hinüber, die, mit dem Schwanz wedelnd, bereits ungeduldig auf ihn wartete. Noch einmal hustete sie ihm ihr Bellen entgegen und legte ihren rechten Vorderfuß an den gelben Kunststoff des Abfallbehälters. Lagerfeld war sofort hellwach. Riemenschneider roch etwas in diesem Abfalleimer. Das konnte nur bedeuten, dass ihr Verdächtiger hier gewesen war und vielleicht etwas darin entsorgt hatte. Was natürlich ein großer Fehler gewesen wäre und für die Polizei einen ganz gewaltigen Fortschritt bedeuten könnte. Umgehend hob er den Deckel des Abfalleimers an und schaute prüfend hinein.

Ein Grinsen schlich sich auf sein Gesicht. Er schnappte sich zwei der durchsichtigen Plastikhandschuhe, die man hier an der Zapfsäule für das Messen des Ölstandes verwenden konnte, streifte sie über, griff in den Behälter hinein und holte einige Utensilien ans Tageslicht, die, einsam und verlassen, nur von ein paar benutzten Papiertüchern garniert, ihren Platz in diesem Behältnis gefunden hatten. Das eine war eine dunkelblaue Baseballmütze, das andere sah aus wie eine Perücke. Und wenn er sich nicht völlig täuschte, hingen in der zerfledderten schwarzen Haarpracht auch noch die Reste eines Klebe-Schnurrbarts.

»Hab ich dich«, meinte Lagerfeld grimmig, dann holte er sein Handy heraus und wählte die Nummer von Egbert Goller.

»Egbert, komm doch mal bitte mit ein paar Kriminaltechnikern zur Tankstelle hinter der Werkstatt. Riemenschneider hat was gefunden.«

Während er wartete, drapierte Lagerfeld seine Fundsachen auf einem der Papiertücher, die man hier ebenfalls in einer Box finden konnte, und legte alles vorsichtig vor sich auf eine trockene Stelle am Boden. Dann wandte er sich seiner Riemenschneiderin zu, umfasste ihren kleinen rosa Kopf und rieb ihn liebevoll zwischen seinen behandschuhten Händen.

»Du bist wirklich die Größte, Kleines, du bist die Allerallergrößte, du Superschweinchen«, lobte er. »Wir haben also einen Deal, du kleiner Gangster, auch wenn ich mich damit in allergrößte Schwierigkeiten bringe, das weißt du.«

Riemenschneider war sich ihres Könnens durchaus bewusst und legte an sich keinen gesteigerten Wert auf eine übertriebene Würdigung ihrer ohne Zweifel immensen Fähigkeiten im olfaktorischen Bereich. Aber das Reiben an ihrem Kopf war schon klasse. Und was den Deal anbelangte, konnte sie damit sehr gut leben, alles andere war schließlich Lagerfelds Sache. Mit halb geschlossenen Augen genoss sie die Liebkosungen, die dazu auch noch ihre Ohren wärmten, bis die Bayreuther Kollegen angerannt kamen und beeindruckt die ergatterten Fundstücke betrachteten.

Schwein muss man haben

Haderlein musste an sich halten, um Siebenstädter nicht sofort an die promovierte Gurgel zu springen. Er war von diesem arroganten Leichenaufschneider ja einiges gewohnt, aber das ging zu weit. Alles im Leben hatte seine Grenzen. Er überlegte noch, ob er das eingepackte Handy weglegen oder es nach Siebenstädter werfen sollte, als dieser bereits mit einem breiten Lächeln der Genugtuung neben ihn trat.

»Wie du mir, so ich dir«, sagte der Professor selbstzufrieden. »Oder anders ausgedrückt: Auge um Auge, Zahn um Zahn. Das passt zu diesem schadhaften Leichnam ja wohl um einiges besser, nicht wahr?« Er kicherte albern und wollte Haderlein das eingetütete Smartphone aus der Hand nehmen. Der überwand jedoch seine spontane Verblüffung und hielt es, zum Missfallen Siebenstädters, für diesen unerreichbar mit ausgestrecktem Arm in die andere Richtung. »Ach, jetzt werden Sie doch nicht kindisch, Haderlein. Sie müssen schon einsehen, dass ich das nicht auf mir sitzen lassen konnte. Aber wie gesagt, aus meiner Sicht sind wir jetzt quitt und können fortfahren, wenn Sie nichts dagegen haben.«

Das hatte Haderlein sehr wohl, vor allem verstand er kein Wort von dem, was der Professor da zusammenquatschte. Zurückzahlen, quitt, was sollte der Unsinn? Er konnte sich nicht erinnern, dem Professor auf irgendeine Art und Weise etwas schuldig geblieben zu sein.

»Was meinen Sie mit ›quitt‹, Professor?«, verlangte er zu erfahren. »Und ich rate Ihnen dringend, mir eine einigermaßen plausible Antwort zu präsentieren, sonst stopfe ich Ihnen dieses Mobiltelefon nämlich so weit in Ihren Allerwertesten, dass Sie sich selbst operieren dürfen, um es wiederzubekommen, verstanden?« Er war nun nicht mehr nur verärgert, er war richtig wütend.

Diese Einsicht drang, wenn auch ziemlich spät, zu Professor

Siebenstädter durch, der langsam zu ahnen begann, dass sich seine schmale Theorie über den Urheber des ersten Anrufs auf diesem Mobiltelefon als falsch herausstellen könnte.

»Ähem, Haderlein, Sie wollen mir jetzt aber nicht weismachen, dass nicht Sie mich gestern auf diesem Telefon angerufen haben, nachdem Sie es vorher, Ihrem unnachahmlichen rustikalen Humor folgend, im Inneren dieser Leiche da deponiert hatten?« Prüfend musterte er Haderleins Gesicht, dessen Züge zwischen offener Wut und mühsamer Beherrschung hin- und herpendelten.

»Ich soll *was* getan haben? Siebenstädter, sind Sie jetzt völlig durchgedreht?« Allmählich verdampfte Haderleins Zorn, und er begriff, dass der Professor und er womöglich Opfer eines bizarren Missverständnisses geworden waren. Zwar hatte er von Anfang an vermutet, dass es irgendeinen verqueren Grund geben musste, warum sich Siebenstädter so seltsam benahm, aber dass es sich dabei um so etwas handelte, darauf wäre er im Leben nicht gekommen. Wenn das stimmte, was der Professor da andeutete, gab es keinen Grund für gegenseitige Schuldzuweisungen, dann bedeutete das eine völlig neue Situation in diesem irrsinnigen Mordfall.

Haderlein hob das Handy vors Gesicht und rupfte es förmlich aus seinem Plastiktäschchen. Es war ein ganz normales schwarzes Smartphone der Firma Samsung. Schon etwas älter, nichts Kompliziertes, damit kannte er sich gerade noch aus. Er drückte kurz den Einschaltknopf, und sofort leuchtete ihm der Bildschirm des Mobiltelefons entgegen. Er wollte gerade die Ruflisten durchforsten, als er sah, dass das WhatsApp-Symbol eine Eins anzeigte. Haderlein tippte darauf, während Professor Siebenstädter näher trat, um dieses »Teufelsding«, wie er moderne Mobiltelefone gern zu bezeichnen pflegte, näher zu beäugen.

»Eine WhatsApp von AH«, sagte Haderlein, dann öffnete er die Nachricht. Auf dem Display erschien eine Textzeile, die ihm nur allzu bekannt vorkam.

»Eiemak itagn leo«, stand da geschrieben. Sinnlos erscheinende Wörter. Eine Anreihung von Buchstaben, die für Haderlein immer noch ein unlösbares Rätsel darstellte – was aber ja nicht hieß, dass es keine Lösung gab.

Die Meldung war gestern Abend um zweiundzwanzig Uhr fünfzehn abgeschickt worden. Es bedurfte keiner intellektuellen Höchstleistung, um zu erkennen, dass dies eine Nachricht ihres Serientäters war. Er hatte ihnen quasi über WhatsApp einen Arbeitsnachweis geschickt.

»Haderlein, könnten Sie mich bitte einmal darüber aufklären, in was für einen surrealen Sumpf Sie mich da hineinziehen? Abgesehen davon, dass ich in diesem Leben ganz sicher keinem Mobiltelefon irgendein Interesse entgegenbringen werde, wenn es sich nicht gerade um Exemplare handelt, die sich innerhalb meines Tätigkeitsbereiches, nämlich an oder wie in diesem Fall in verstorbenen Menschen befinden, habe ich auch keinerlei Vorstellung davon, was eine WhatsApp sein soll. Der Inhalt derselben auf diesem Mobiltelefon scheint mir jedoch eine bessere Fingerübung für Tastaturlegastheniker zu sein. Und von eher zweifelhafter Herkunft noch dazu.«

Der Kriminalhauptkommissar hatte sich Siebenstädters Lamento schweigend angehört, musste er sich doch eine Gefühlslage eingestehen, die er ausgerechnet Siebenstädter gegenüber noch nie an den Tag gelegt hatte und auch nie legen wollte: Mitleid. Der Zyniker mit dem bizarren Sozialverhalten war doch tatsächlich verunsichert und beleidigt. Verunsichert, weil ihm der Umgang mit Handys fremd war und er nicht mehr so recht mitbekam, was in der modernen Gesellschaft dort draußen kommunikationstechnisch so abging. Und beleidigt, weil ihm klar war, dass das für jedermann zu erkennen war. Aber das spontane Mitleid dem Leiter der Erlanger Rechtsmedizin gegenüber war nur von kurzer Dauer, Haderleins Gehirn fing bereits wieder an zu arbeiten.

»Er schreibt Botschaften an die Wand, er verschickt Botschaften über WhatsApp. Aber warum versteckt er das Handy im Brustraum des Opfers? Als wenn nicht schon alles irre genug wäre. Was soll das?«, fragte Haderlein laut.

»Das kann ich Ihnen auch nicht sagen, Haderlein«, giftete

Siebenstädter bissig und beäugte das Mobiltelefon, als wäre es ein schimmeliges Bakterienmutterschiff. »Ich hielt schließlich Sie für den Übeltäter, der das Telefon im Inneren dieser Leiche verstaut hat, wenn ich Sie erinnern darf. Da Sie es aber nicht waren, wird es wohl jemand gewesen sein, der sichergehen wollte, dass das Telefon in den Händen der Staatsmacht landet und nirgendwo sonst. Stellen Sie also fest, wer mich hier angerufen hat, Haderlein, dann haben Sie womöglich Ihren Mörder. Ist doch ganz einfach, oder nicht?«

Haderlein blickte den Professor entgeistert an. Natürlich, so blöd war die Idee gar nicht. Er klickte auf die Anruferliste des Handys. Es war nur ein einziger Anrufer aufgeführt. Als er allerdings sah, um wen es sich dabei handelte, kam seine anfängliche Euphorie ad hoc wieder zum Erliegen. Mit Sicherheit war dies das Smartphone des Opfers, so viel war nun klar. Jetzt wusste er auch, warum überhaupt auf diesem Handy angerufen worden war. Er hatte schließlich persönlich danebengestanden und zugehört, als Simon Wild versuchte, seinen Bruder zu erreichen. Das herzliche »Orschloch«, das Simon Wild am Ende des Telefonats an Siebenstädter losgeworden war, erschien ihm nun in neuem Licht und war wohl der Grund, warum der Professor ihn in einer derart miesen Stimmung empfangen hatte. Siebenstädter hatte dem Bruder des Verstorbenen unter Garantie eine ziemlich unfreundliche Ansage zukommen lassen, die von diesem auf das Unfreundlichste beantwortet worden war. Eine Unflätigkeit, die der Professor selbstredend ihm, Haderlein, zugeschrieben hatte. Wie auch immer, dieser kriminalistische Ansatz verlief komplett im Sande. Die andere Möglichkeit war, es über WhatsApp zu versuchen und den Versender der dunklen Botschaft zurückzurufen, was Haderlein auch umgehend tat. Schon nach einmaligem Klingeln wurde sein Anruf abgewiesen, der Angerufene hatte ihn offensichtlich weggedrückt. Beim nächsten Versuch war das Handy ausgeschaltet. Natürlich würde Haderlein die Nummer überprüfen lassen, aber er wettete eine Million zu eins, dass sie es hier mit einem Prepaid-Handy zu tun hatten. Inhaber nicht zu ermitteln, Ortung unmöglich.

»Und?«, fragte Siebenstädter in der frohen Erwartung, mit seiner unanfechtbaren Logik zur Ergreifung eines Serienkillers beigetragen zu haben. Aber Haderlein setzte nur ein enttäuschtes Gesicht auf und schob das Handy zu des Professors Überraschung zurück in die Plastiktasche.

»Vergessen Sie es. Die Idee war gut, allein das Ergebnis ernüchternd«, meinte er lakonisch, was dazu führte, dass Professor Siebenstädter endlich wieder sein gewohntes abschätziges Grinsen aufsetzen konnte. Seine Haifischzähne krochen unter den dünnen, blutleeren Lippen hervor und versandten ihre übliche, eindeutige Botschaft.

Nieten, Versager, Nichtskönner. Hatte er es doch gewusst, die Bamberger Polizei kriegte mal wieder nichts auf die Reihe, zumindest nicht ohne ihn.

Haderlein versuchte die Welle an Missgunst zu ignorieren, die von diesem sozialschwachen Rechtsmediziner zu ihm herüberschwappte, und beschloss, es lieber mit business as usual zu versuchen.

»Okay, Professor, was können Sie mir, abgesehen von ortsfremden Mobiltelefonen, über diesen Leichnam erzählen, was ich noch nicht weiß?«

Siebenstädters spitzes Grinsen wurde noch etwas breiter, als er diese nüchternen Worte vernahm, denn jetzt war er endlich wieder in seinem Element. Das Element, in dem er fett und gefräßig am Ende der Nahrungskette herumschwamm. Hier ging es um seine Wissenschaft, die Pathologie. Und tatsächlich, er hatte kleine, aber feine Informationen für die ach so armselige Bamberger Polizei. Bedeutende Hinweise, die den Unterschied machten zu anderen Instituten mit weit weniger fachkundigem Personal. Trotzdem würden diese Informationen nur zum Erfolg führen, wenn der depperte Polizist vor ihm auch begriff, wovon er jetzt redete. »Nun gut, Haderlein, dann versuchen Sie mal, mir zu folgen.«

Da Siebenstädter neben der Leiche des toten Markus Wild stehen geblieben war, konnte Haderlein unschwer erkennen, dass diese Aufforderung sich nicht auf eine Rundführung durch das

Institut bezog, sondern auf seine intellektuelle Leistungsfähigkeit. Eine von Siebenstädters üblichen Frechheiten. Haderlein versuchte, diese Anzüglichkeit einfach zu ignorieren.

»Zuerst haben wir hier im Kopfbereich eine Fraktur des Kinns. Sie stammt von einem ziemlich heftigen Schlag von links unten. Vermutlich hat der Kinnhaken zur sofortigen Bewusstlosigkeit geführt. Er war jedoch nicht die Todesursache.«

»Aha«, machte Haderlein nur, ohne sich weiter dazu zu äußern, also dozierte der Professor ansatzlos weiter.

»Des Weiteren sehen wir hier die Spuren der Fesselung an Armen und Beinen, die zeigen, dass das Opfer zunächst noch gelebt hat. Das heißt, er starb in der Position, in der man ihn schließlich gefunden hat. Aber da Sie das ja sowieso schon wissen, werde ich uns nicht mit diesem offensichtlichen Tatbestand langweilen.«

Der Professor warf Haderlein einen prüfenden Blick zu, aber der zuckte nur mit den Schultern, was Siebenstädter als Zustimmung deutete, mit seinem Vortrag fortzufahren.

»Nun zum Vorgehen unseres Täters«, sagte er, stellte sich ans Kopfende der Bahre und deutete auf die leeren Augenhöhlen und den aufgeschnittenen Brustkorb des Toten. »Zum Öffnen des Brustkorbes wurde kein medizinisches Gerät, sondern vermutlich eine Art Flex verwendet, wie es sie in jedem Baumarkt für wenig Geld zu kaufen gibt. Es muss ein ganz normales Sägezahnblatt von etwa einem Millimeter Breite gewesen sein, das der Täter benutzt hat. Eine eher grobe Vorgehensweise, aber durchaus ausreichend für seine Zwecke. Anschließend wurde die Lunge entfernt. Das geht mit einem einfachen Messer, da braucht man ebenfalls kein spezielles Werkzeug. Es handelt sich um ein nicht weiter anspruchsvolles Unterfangen. Trotzdem würde ich bis hierher sagen: eine saubere, routinierte Arbeit. Beim Entfernen der Augen hat der Täter dagegen eine extrem scharfe und schmale Klinge benutzt, und das mit ziemlichem Geschick. Ich tippe auf hochwertiges Operationsbesteck. Unter dem Elektronenmikroskop lässt sich das vielleicht noch genauer bestimmen, aber ich bin mir, was das Schnittbild angeht, schon jetzt ziemlich sicher. Zudem konnte ich an den leeren Augenhöhlen die eindeutigen Spuren einer Klammerung feststellen. Der Operateur, wenn wir ihn einmal so nennen wollen, hat also die Lider seines Patienten fixiert, ehe er zur Tat schritt. Die Entfernung der Augäpfel wurde dann auch wirklich fachmännisch ausgeführt, da kann ich als Kollege überhaupt nichts sagen, hervorragende Arbeit«, meinte Siebenstädter anerkennend.

»Kollege?«, echote Haderlein angewidert. Er war zwar vor allem vom Vorgehen ihres unbekannten Täters geschockt, aber durchaus auch davon, diesen sadistischen Irren als Kollegen zu bezeichnen. Doch er riss sich zusammen und versuchte, sich ausschließlich auf die Fakten zu konzentrieren. »Die Lider wurden fixiert. Heißt das, er hat dem armen Mann bei lebendigem Leib die Lunge entnommen und die Augen herausgeschnitten? Das Opfer muss sich doch heftig gewehrt haben, trotz seiner gefesselten Arme und Beine?« Haderlein schauderte bei dem Gedanken an ein solches Szenario.

»Nein, eher nicht, würde ich sagen«, entgegnete Professor Siebenstädter genüsslich, denn jetzt kam seine große Stunde. Der Moment, da er zeigen konnte, was er für Fähigkeiten besaß und wie viel höher er als Rechtsmediziner über dem Lumpenpack schwebte, welches sich Pathologen nannte. »Der Täter hat seinem Opfer vorher zu einem, nun, entspannten Platz in der ersten Reihe verholfen. Er spritzte ihm nämlich ein Mittel, von dem ich nicht erwartet hatte, es noch einmal in diesem Leben in einem meiner Objekte aufspüren zu können.«

Selbstzufrieden schaute er zu Haderlein, der aber kein Interesse an einer medizinischen Raterunde hatte. Also erwiderte er Siebenstädters Blick ziemlich unwillig, woraufhin der Professor das optische Duell verloren gab, sich räusperte und triumphal das Geheimnis lüftete. Wenn auch nicht gerade mit Reduzierung auf das Wesentliche.

»Bei näherer Untersuchung der Leiche entdeckte ich zuallererst den Einstich einer Kanüle am Unterarm des Opfers, dem also mit hoher Wahrscheinlichkeit etwas injiziert oder Blut entnommen worden war. Als ich daraufhin das Blut untersuchte, konnte ich Spuren einer fremden Substanz isolieren, die ich zuerst nicht zuordnen konnte. Erst nach längeren und äußerst aufwendigen Untersuchungen, die nur ein hellwacher Mediziner meiner Qualifikationsstufe –«

»Professor, wenn Sie jetzt nicht sofort zur Sache kommen und mir sagen, welche Substanz Sie gefunden haben, dann …«, knurrte Haderlein derart intensiv, dass Siebenstädter seine Selbstbeweihräucherung tatsächlich beendete und außergewöhnlich schnell zur Expertise kam.

»Pancuronium. Und bevor Sie mich wieder anschauen wie ein kleiner, doofer junger Hund, Haderlein, erklär ich es Ihnen lieber gleich. Pancuronium ist chemisch betrachtet ein sogenanntes Steroid, welches als nichtdepolarisierendes Muskelrelaxans eine zügige und komplette Lähmung des gesamten Körpers verursacht. Eigentlich ein Bromid, das als weißes kristallines Pulver daherkommt. Vermutlich hat es unser Täter aber in Ethanol aufgelöst und dann injiziert, was ohne Beatmung zum Ersticken führt, weil alle Muskeln außer dem Herz gelähmt werden. Das ist die herkömmliche Vorgehensweise mit diesem Stoff. So weit alles verstanden, Haderlein?«

Höhnisch betrachtete Siebenstädter den Kriminalhauptkommissar, der sich, obwohl er tatsächlich mit dem ganzen Fachchinesisch zu kämpfen hatte, nichts anmerken ließ. Der Professor war etwas enttäuscht, so wenig Eindruck bei der Staatsmacht hinterlassen zu haben, also schob er den Rest der Erklärung gleich hinterher.

»Dieses Pancuronium ist einer der Wirkstoffe in amerikanischen Hinrichtungsspritzen. In den USA wird den Todeskandidaten zuvor noch ein starkes Narkotikum verabreicht, sodass der Delinquent nichts von seiner Hinrichtung mitbekommt. Darauf hat der Täter in unserem Fall allerdings verzichtet, was dem Opfer eine ziemlich gute Aussicht auf sein eigenes Ableben beschert haben dürfte. Auf gut Deutsch, der Mann war nicht betäubt, sondern gelähmt und bei Bewusstsein, sodass er die ganze Operation mitverfolgen konnte. Zumindest so lange, wie es für ihn noch etwas zu sehen gab. Das Erstaunliche an der ganzen Angelegenheit ist aber das Pancuronium. Das ist nämlich nicht so leicht zu bekommen, wie Sie sich vielleicht vorstellen können. Wenn es also stimmt, Haderlein, wenn Sie sich tatsächlich einen Serienkiller eingefangen haben, dürfte er sich irgendwo erhebliche Mengen dieses Mittels beschafft haben, und das nicht auf legalem Weg«, beendete Professor Siebenstädter zufrieden seine Ausführungen.

Franz Haderlein hatte genug gehört und gesehen, für mehr reichte seine Geduld nicht aus. Er hatte den Tathergang in seiner gesamten Grausamkeit begriffen, darüber reden wollte er allerdings nicht mehr, zumindest nicht mit Siebenstädter. »War's das?«, fragte er kurz und knapp.

Siebenstädter nickte, immer noch sehr zufrieden mit sich. »Das war's, vorläufig zumindest.«

Eine Antwort, die den Kriminalhauptkommissar nicht wirklich erleichterte. Er hatte in kürzester Zeit eine Menge Informationen aufgehalst bekommen, die er erst einmal sortieren musste. Aber das würde er sicher nicht hier tun.

»Das da nehm ich mit!«, rief Haderlein noch schnell, griff nach dem Handy im Beutel und machte auf dem Absatz kehrt, um mit langen, schnellen Schritten die Erlanger Gerichtsmedizin zu verlassen.

Lagerfeld war wenige Minuten vor Haderlein in der Dienststelle eingetroffen, sodass sich alle gemeinsam besprechen konnten. »Alle« hieß im konkreten Fall Haderlein, Lagerfeld und Huppendorfer, die aktuell ermittelnden Kommissare. In loser Anordnung saßen sie um Haderleins Schreibtisch herum. Etwas entfernt von ihnen machte sich Riemenschneider voller Enthusiasmus über die am Morgen aufgehäuften Essensbestände her, misstrauisch beäugt von der völlig entgeisterten Marina Hoffmann. Ganz offensichtlich war die depressive Phase ihres kleinen Lieblings vorbei. Der Grund für diese spontane Gesundung war ihr jedoch ein Rätsel. Und da ein gewisser Bernd Schmitt bei der Angelegenheit seine Finger im Spiel hatte, war selbige für sie hochgradig verdächtig. Aber Riemenschneider machte einen robusten, lebenslustigen Eindruck. Also sagte Honeypenny erst einmal nichts, sondern beobachtete weiter ihr kleines Schwein beim Fressen, während am Nebentisch Fakten zusammengetragen wurden.

Lagerfeld eröffnete die mittägliche Lagebesprechung mit den Erkenntnissen, die er in dem Bayreuther Autohaus gewonnen hatte. Als er die persönlichen Daten des Ermordeten vortrug, zuckte Haderlein zusammen. Er kannte den Mann, Günther Fuchs hatte ihm damals seinen Land Rover verkauft. Auch nach so vielen Jahren Dienstzeit war es doch immer noch etwas anderes, wenn man die Menschen, die gewaltsam aus dem Leben gerissen worden waren, persönlich gekannt hatte. Aber Haderlein schob diesen Umstand erst einmal auf die Seite.

Viel wichtiger war ja auch das, was Lagerfeld und Riemenschneider in diesem Abfallkorb ausgegraben hatten. Zwar stand das Ergebnis der gentechnischen Analyse noch aus. Aber an einer Perücke mussten einfach Spuren ihres Täters zu finden sein. Und mit ein bisschen Glück war die gesuchte Person in einer der polizeilichen Datenbanken zu finden. Wenn nicht, hatten sie wenigstens schon mal etwas zum Abgleich.

Das alles hatten sie einer wiederauferstandenen Riemenschneiderin zu verdanken, die wie ausgewechselt in die Dienststelle zurückgekommen war. Zu Haderleins Erstaunen hatte sie ihn sofort begrüßt, als er die Dienststelle betreten hatte, sogar in den Arm hatte sie sich nehmen lassen.

»Was hast du mit ihr gemacht, Bernd?«, hatte er Lagerfeld gefragt, aber der hatte ihn nur verschmitzt angeschaut und mehr oder weniger kryptische Andeutungen gemacht, die Haderlein lieber gar nicht verstehen wollte. Hauptsache, Riemenschneider hatte sich wieder gefangen und war glücklich und zufrieden.

Nun war Haderlein an der Reihe, Siebenstädters Erkenntnisse vor der versammelten Mannschaft auszubreiten. Angefangen beim Handy in der Brust des Toten bis hin zu der im Blut des Opfers gefundenen Chemikalie. Die Stimmung wurde dadurch etwas gedrückt, war ein solches Vorgehen doch außergewöhnlich grausam und vor allem bar jeglicher Nachvollziehbarkeit.

»Da zieht jemand eine richtig dunkle Nummer durch, wenn ihr mich fragt«, meinte Lagerfeld mit zusammengebissenen Zähnen. »Wenn wir den nicht bald finden, dürfen wir uns auf weitere Leichen gefasst machen, das sag ich euch.«

Franz Haderlein nickte ernst und schaute dann zu Huppendorfer hinüber, damit dieser ihnen als Dritter im Bunde das Ergebnis seiner Internetrecherchen darlegte.

»Tja, was soll ich sagen?«, hob César Huppendorfer an, um sodann mit missmutiger Stimme die lange Reihe der Fehlschläge aufzuzählen, die er den ganzen verdammten Vormittag bei seiner Internetrecherche hatte einstecken müssen. »Bei ›eiemak itagn leo‹ handelt es sich entweder um ein absolut bedeutungsloses Geschreibsel, oder aber der Sinn dieser Nachricht ist so verquer, dass ein normal denkender Mensch nicht dahinterkommen kann.« Seine Frustration war nicht zu überhören. Erst hatte ihn der Tatort überfordert, und nun war er der Einzige hier in der Runde, der nichts Maßgebliches zur Lösung des Falls beitragen konnte. Selbst Riemenschneider war erfolgreicher gewesen als er. »Ich hab den Mist kreuz und quer durchs Internet gejagt, ihn mit sämtlichen Sprachen verglichen, derer ich habhaft werden konnte. Dann habe ich das Geschmiere an die Jungs von der technischen Abteilung in Nürnberg weitergeleitet, damit die mir sagen, ob vielleicht irgendeine Verschlüsselung dahintersteckt. Aber sie haben nichts gefunden, zumindest bis gerade eben nicht, ich hab extra noch einmal bei denen angerufen. Ich komme da irgendwie nicht weiter. Weshalb wir uns auch mit der Möglichkeit beschäftigen sollten, dass es vielleicht gar nichts zu bedeuten hat. Dass die Krakeleien dieses Irren nur zur Ablenkung dienen, zu unserer Verwirrung. Oder schlicht und einfach nur der sinnlose Quark eines Verrückten sind. Zumindest kommt mir das gerade so vor. Dieser Fall ist in hohem Maße deprimierend, das möchte ich hier mal offiziell zu Protokoll geben.« Er verschränkte seine Arme und lehnte sich mit niedergeschlagenem Blick zurück.

Es entstand eine akustische Leere, die nur von Riemenschneiders Schmatzen gefüllt wurde. Dann ergriff Haderlein das Wort, schließlich war es in solchermaßen verfahrenen Fällen an ihm als Dienstältestem, jedwedes unerquickliche Stochern im Nebel in eine ermittlerische Form zu gießen.

»Ich glaube nicht, dass wir es mit einem Irren zu tun haben. Irgendetwas haben diese Buchstaben zu bedeuten, da bin ich ganz sicher. Jetzt sei mal nicht so deprimiert, César, mach einfach weiter. Und wenn du dazu von vorn anfangen musst, dann machst du das eben. Aufgeben steht nicht in der Stellenbeschreibung. Wir verteilen jetzt einfach die Aufgaben für die nächsten Tage und gehen Schritt für Schritt vor. Auch wenn die Schritte klein sind und das, was wir haben, nur wenig. Wir müssen mit diesem bisschen klarkommen, so lange, bis sich uns neue Wege aufzeigen.« Er erhob sich aus seinem Stuhl und ging in Richtung Fenster, wo eine große weiße Tafel stand. Bei schwierigen, komplizierten Fällen diente sie dazu, den ganzen Wust an Erkenntnissen, Fakten und Vermutungen bildlich zu ordnen. Und wenn es je einen schwierigen, komplizierten Fall gegeben hatte, dann war es dieser.

Haderlein sammelte alles vom Tisch auf, was es an Material bisher gab, und hängte die Zettel und Bilder sorgsam an die weiße Tafel. Fotos der beiden Toten, die Ergebnisse aus der Gerichtsmedizin und so weiter und so fort. Dabei stellte er fest, dass es gar nicht mal so wenig war. Allerdings fehlte noch der Zusammenhang, die Verbindung. Genau die brauchten sie aber, wenn sie in diesem Fall größere Fortschritte machen wollten.

»Das ist es, was wir haben, der Stand der Dinge. Zwei Tote in zwei Tagen, die irgendwie miteinander in Zusammenhang stehen«, erklärte Haderlein, während er mit César und Lagerfeld das Sammelsurium an der Tafel betrachtete. »Wir müssen diesen Zusammenhang finden. Es gibt immer eine Verbindung, so viel habe ich in diesem Beruf gelernt. Sie mag noch im Dunkeln liegen, aber sie ist da. Also erwarte ich von jedem hier, dass er sich konzentriert und sein Bestes gibt, verstanden? Es warten stressige Tage auf uns, meine Herren, das kann ich euch versprechen.«

Mit funkelnden Augen stand Haderlein da und schaute seinen beiden Kollegen in die Augen.

»Alles klar, Franz. Meine Wege führen mich jetzt allerdings erst einmal nach Hause, schließlich habe ich am Nachmittag und morgen frei wegen Kinderdienst«, gab Lagerfeld zum Besten. »Das heißt, ihr dürft euren perversen Messermann so lange ohne mich ausfindig machen.« Er sagte das laut und entschlossen, obwohl Gesicht und Stimme eindeutig zu verstehen gaben, dass die Aussicht auf den freien Tag ihn nicht so recht begeistern mochte. Haderlein ahnte auch schon, warum, ließ sich aber nichts anmerken. Lagerfeld erhob sich, nahm seine Jeansjacke und wollte schon zum Ausgang gehen, als Honeypenny sich ihm entschlossen in den Weg stellte.

»Was hast du mit Riemenschneider gemacht?«, giftete sie mit einem drohenden Unterton in der Stimme und gefährlichem Blick. Sie kannte Lagerfelds verlotterte Lebenseinstellung und fürchtete wirklich, dass davon etwas auf ihren Zögling abfärben könnte. Honeypenny hatte Angst um Riemenschneiders Seelenheil, um den Verlust der katholischen Erziehung, die das Schwein bei ihr genoss. So war es an ihr, Lagerfelds Einfluss auf die Riemenschneiderin zu mindern. Jegliche Art von Wollust oder gar vorehelichem Geschlechtsverkehr kam bei Riemenschneider nicht in die Tüte, dafür würde sie schon sorgen.

Lagerfeld nahm ihr Gebaren mit einem kühlen Lächeln zur Kenntnis.

»Ich habe unserem Liebling etwas versprochen, Marina. Sie mag ja ein weibliches Schwein sein, aber glaube mir, es war trotzdem eine gute Idee, die Sache mit einer eher männlichen Sicht der Dinge anzugehen. Das Ergebnis kann sich jedenfalls sehen lassen, würde ich sagen. Das Was und Wie werde ich dir allerdings nicht verraten, Marina. Frag doch einfach Riemenschneider, wenn du es genauer wissen willst«, entgegnete er grinsend, klopfte der nur noch misstrauischer gewordenen Sekretärin aufmunternd auf die Schulter und wandte sich dem Ausgang zu. Dort wurde er bereits von Haderlein erwartet, der ihn nach draußen in den Flur begleitete.

»Hör zu, Bernd, es geht mich ja nicht wirklich etwas an. Aber du und Ute habt ziemliche Probleme, das sieht ein Blinder mit Krückstock«, sagte Haderlein in väterlichem Ton und legte Lagerfeld die Hand auf die Schulter. »Bringt das wieder in Ordnung, ja? Als Außenstehender leidet man richtig mit, wenn man euch so sieht. Ich schlage vor, du nutzt deinen wöchentlichen Vatertag und versuchst es einmal mit Deeskalation. Glaube mir, du bist ein guter Polizist, aber kein leichter Mensch, und deine Freundin ist auch nicht gerade unkompliziert. Aber wir beide wissen, wo so etwas hinführen kann. Und das könnt ihr doch nicht wirklich wollen, schon um eurer gemeinsamen Tochter willen, oder?« Er lächelte aufmunternd.

Lagerfeld hatte sich den kurzen Vortrag wortlos angehört. Durch die immerwährende Sonnenbrille, die ihm in Kombination mit seinem dünnen Zopf zu seinem Spitznamen verholfen hatte, war sein Blick nicht richtig zu erkennen, aber Haderlein spürte förmlich, wie der verunsicherte junge Vater alles in sich aufsog, was er zu diesem Thema zu hören bekam. Schließlich war die Stimmung in der Loffelder Mühle, in der er mit seiner kleinen Familie wohnte, gerade äußerst angespannt. Nach Haderleins Meinung ein Ergebnis von Überlastung und Unerfahrenheit. Aber so war das Leben, da mussten die beiden mit ihrer Tochter jetzt durch. Mehr, als zur rechten Zeit einen Ratschlag zu erteilen, war für den altersweisen Kollegen nicht drin. Bernd Schmitt wusste das Engagement allerdings durchaus zu schätzen.

»Lass gut sein, Franz, ich weiß ja, was du sagen willst. Im Moment ist die Situation allerdings reichlich verfahren. Nichts kann ich ihr recht machen, und mit ihrem Perfektionsdrang macht sie mich noch wahnsinnig. Aber du hast natürlich recht. Ich versuch's mal mit einer Deeskalationsübung, Franz, übermorgen sag ich dir dann, ob es geklappt hat.« Er setzte ein gequältes Lächeln auf, dann drehte er sich um und ging die Treppe hinunter, während Haderlein ihm sorgenvoll hinterherschaute.

»Aber der Typ war in meiner Wohnung!«, rief Carolin Metz und sprang von ihrem Stuhl auf, während die Polizeibeamtin auf der anderen Seite des Tisches nur hilflos mit den Schultern zuckte.

»Es tut mir leid, Frau Metz, wir haben keine Spuren eines Einbruchs finden können. Zeugen, die gesehen haben, dass Sie von diesem Mann bedrängt wurden, gibt es auch nicht. So kommen wir nicht weiter. Wenn Sie jemanden anzeigen wollen, dann brauchen wir Beweise, das ist in einem Rechtsstaat nun einmal so. Wenn es sich wirklich so darstellt, wie Sie sagen, dann kann ich Sie gern an die Beauftragte in unserer Dienststelle in Bamberg verweisen, die ist speziell für das Thema Stalking ausgebildet und kann Ihnen da vielleicht besser helfen.«

Die Polizistin stand ruhig in Carolin Metz' Küche, während die Fotografin, am ganzen Körper bebend, rastlos vor dem runden Küchentisch auf und ab marschierte. Ein weiterer Beamter stand neben der Spüle und beobachtete die beiden, er hatte seit der Begrüßung noch kein Wort gesagt.

»Das ist ja wohl nicht zu fassen. Ich werde von einem liebeskranken Idioten terrorisiert, und die Polizei kann nichts machen! Der Typ war in meiner Wohnung, das ist Einbruch, oder etwa nicht? Aber das Opfer ist natürlich weniger wichtig als die Rechte des armen, bemitleidenswerten Täters. Das ist exakt so, wie man es überall zum Thema Stalking lesen und hören kann. Super. Aber wissen Sie was, ich erstatte jetzt trotzdem Anzeige. Und es ist mir egal, ob ich das beweisen kann oder nicht. Ich will, dass dieses Arschloch aktenkundig wird, verstanden?«

Der Kollege neben der Polizistin schien genau das erwartet zu haben, denn er zückte seinen Block und einen Stift.

»Nun beruhigen Sie sich erst einmal, und dann schießen Sie los. Wollen sehen, ob die untätige Polizei nicht doch etwas erreichen kann«, sagte er und schaute sie erwartungsvoll an. Carolin Metz überhörte den süffisanten Unterton und schoss lieber sofort.

»Eichhorn, David Eichhorn«, raunzte sie den Polizeibeamten an, der den Namen unbeeindruckt und ruhig notierte.

»Ja, und weiter? Wohnort, Telefonnummer, Firma. Irgendetwas in der Art?«

Carolin Metz schaute ihn mit großen Augen an. Erst jetzt begriff sie, dass sie von ihrem Stalker im Grunde fast überhaupt nichts wusste. Woher sollte sie denn wissen, wo der Depp wohnte?

»Na ja, groß, so wie Sie etwa. Schütteres blondes Haar. Mitte dreißig, wenn überhaupt. Ach so, ja, er redet meiner Meinung nach normalerweise oberfränkisch, er versucht es zu verstecken, und er ist Versicherungsvertreter. Hat er zumindest behauptet.« Bockig hob sie das Kinn und beobachtete, wie der Beamte sich alles säuberlich notierte. Ihr schwante bereits, dass diese Auskünfte der Polizei ein bisschen zu dürftig sein könnten. Allerdings interessierte sie das herzlich wenig. Sie wollte, dass die Polizei etwas gegen diesen Irren unternahm. Irgendwas. Es sollte aufhören, damit sie endlich ihr Leben weiterleben konnte.

Der Beamte hob den Kopf und warf ihr einen skeptischen Blick zu. »Das ist nicht viel, Frau Metz, um ehrlich zu sein. Haben Sie vielleicht ein Foto von ihm?« Er fragte das ohne große Hoffnung, traf damit bei Carolin Metz aber anscheinend einen wunden Punkt.

»Nein, das habe ich nicht. Nicht mehr. Er hatte ja auf dem Rosenmarkt nichts Besseres zu tun, als dauernd seine Hackfresse in meine Kamera zu halten!«, fauchte sie wütend. »Ich habe danach alle Dateien penibel durchforstet und jedes Bild gelöscht, auf dem er zu sehen war. Und da waren wirklich schöne Fotos darunter, wenn ich ehrlich bin. Aber der Typ hat nichts auf meiner Festplatte zu suchen und in meiner Wohnung schon gar nicht!«, regte sie sich auf. Die Polizistin nickte verständnisvoll, während ihr Kollege das nun folgende Prozedere erklärte.

»Wir werden die Anzeige weitergeben, Frau Metz. Was wir Ihren Stalker betreffend tun können, ist Folgendes.« Er klappte seinen Notizblock zu und steckte ihn weg. »Wir werden versuchen, diesen David Eichhorn zu finden, und, sofern uns das gelingt, unverbindlich ein paar Takte mit dem Mann plaudern. Sollte er erneut vor Ihrer Tür herumlungern, rufen Sie uns an, und wir schicken einen Streifenwagen vorbei. In vielen Fällen reicht es schon, wenn die Herrschaften auf diese Weise merken, dass es langsam ernst für sie wird. Aber wie gesagt, zuerst müssen wir ihn finden. Ich nehme stark an, dass es den Namen David Eichhorn nicht nur einmal auf dieser Welt gibt. Wenn Sie uns also noch mehr über ihn sagen können, irgendwas, rufen Sie uns bitte an. Für alle Fälle gebe ich Ihnen außerdem die Durchwahl unserer Anlaufstelle für Stalkingopfer.« Mit diesen Worten reichte er ihr ein Stück Papier, auf das er eine Telefonnummer geschrieben hatte.

Die Wut, die die ganze Zeit in Carolin Metz getobt hatte, ließ nun langsam nach und drohte einer gewaltigen Depression zu weichen. Sie nahm den Zettel des Polizeibeamten an sich und legte ihn auf das Küchenregal.

»Wissen Sie, in knapp fünf Wochen werde ich vierzig. Da kommen meine Familie und meine Freunde. Ich freue mich eigentlich darauf, wir sehen uns eh so selten. Aber wie soll ich meinen Geburtstag feiern, wenn dieses Arschloch immer noch frei herumläuft?« Ihre tränennassen Augen schauten hilfesuchend zu den beiden Polizisten, die im Begriff waren, sie nun wieder mit allem alleinzulassen.

»Wir tun, was wir können«, erwiderte die Polizeibeamtin entschuldigend, aber auch verständnisvoll. Man sah ihr an, dass ihr die Situation auch nicht recht war, aber so waren nun mal die Gesetze in Deutschland. Dann verabschiedeten sich die beiden von Carolin Metz, die mit hohlem Blick in ihrer Küche zurückblieb. Das Schloss war bereits ausgetauscht, das hatte die Polizei für sie organisiert. Fast zweihundert Euro hatte der Spaß gekostet.

Eigentlich sollte sie das ganze Blumenmeer, das sich in ihrem Schlafzimmer befand, nach unten tragen, ins Auto packen und an irgendeiner der zahlreichen Bamberger Brücken in die Regnitz werfen. Aber dazu fehlte ihr die Kraft. Sie hatte keine Ahnung, wie sie es schaffen sollte, ihr Schlafzimmer noch einmal zu betreten, geschweige denn das ganze Zeug in ihr Auto zu schaffen. Und dann lief ihr dabei womöglich noch dieser Irre über den Weg, na bravo. Weiß der Teufel, was der Widerling in ihrem Schlafzimmer alles gemacht hatte, von dem sie nichts wusste. Es war ekelhaft und unerträglich. Sie war wütend, verzweifelt, hilflos. Also saß sie einfach nur untätig da und starrte auf die Knöpfe an ihrem Herd, bis es irgendwann dunkel wurde.

Wieder hatte er die Sektion abgeschlossen, und erneut wanderte ein Glasbehälter mit einem aufgeschnittenen Augenpaar aufs Regal. Allerdings war alles genauso ergebnislos verlaufen wie beim letzten Mal. Das war im Grunde nicht anders zu erwarten gewesen. Die waren gut. Die waren sogar sehr gut. Die Tarnung war so perfekt, dass alles, aber auch wirklich alles bis auf die kleinste Kleinigkeit stimmte. Die perfekte Mimese.

Aber es musste irgendwo einen Beweis geben. Auch die machten Fehler. Also würde er weitersuchen, und zwar so lange, bis er ein fehlerhaftes Exemplar erbeutete, eine Nachlässigkeit fand, die er der Öffentlichkeit präsentieren konnte. Dann war es endgültig vorbei mit der Maskerade.

Leid taten ihm seine Opfer nicht. Leid taten ihm nur Menschen, wenn überhaupt. Aber das da waren keine Menschen, das waren Tiere. Und Tiere mussten so etwas ertragen, dafür waren sie Tiere. Sie waren zum Essen da, bestenfalls zum Streicheln. Menschen standen aber über den Tieren, so hatte er es gelernt. Völlig egal, wie blöd oder intelligent Tiere waren. Das Tier war dem Menschen untertan, so war das seit Millionen von Jahren Menschheitsgeschichte. Also was, in Gottes Namen, hätte ihm leidtun sollen?

Sorgfältig schrieb er seine Ergebnisse in das große Heft mit den karierten Seiten, das er sich extra für diese Unternehmung angeschafft hatte. Penibel notierte er Schritt für Schritt seiner Vorgehensweise. Schließlich musste sein Handeln nachvollziehbar und wissenschaftlich begründet sein, einer Doktorarbeit ähnlich. Er war kein Wissenschaftler, aber er war es immerhin gewohnt, sauber und exakt zu arbeiten. Alle dort draußen würden erkennen, wie sauber und exakt er arbeiten konnte.

Sein nächstes Ziel hatte er schon ausfindig gemacht. Bis auf die Anführerin des Rudels, den Kopf der ganzen Bande, hatte er alle Adressen. In ihrer grenzenlosen Arroganz hatten sie wohl nicht geglaubt, dass er sie finden würde. Hatte er aber doch. Nur sie, die Königin, war geflohen, hatte sich versteckt. Wahrscheinlich, um irgendwo ihre Eier zu legen. Doch er würde sie in ihrem Versteck aufspüren. Egal wohin sie sich verkrochen hatte, egal wie weit sie ihre Helfershelfer, die Polizei, auch ausschwärmen ließ, um ihn zu finden.

Natürlich suchten sie bereits nach ihm. Deswegen hatte er

ihnen ja die Botschaft geschickt. AH. Ein Lächeln huschte über sein Gesicht. Eine WhatsApp von AH.

Na, wie ist das, wenn man vom Jäger zum Gejagten wird?, dachte er. Sucht nur, sucht nur, ich werde euch finden, aber nicht umgekehrt.

Jetzt musste er nur noch kurz über seinen Laptop Bericht erstatten. Es war das erste Mal, ganz so wie abgesprochen. Sein Lehrer würde erfreut sein. Er wusste sicher ebenfalls, dass es nun kein Zurück mehr gab, dass der Weg bis zum bitteren Ende gegangen werden musste. Kurz hob er den Kopf, und sein Blick schweifte nach draußen, durch die vergitterten Fenster. Es begann bereits dunkel zu werden, und unten im Tal schimmerten die ersten Lichter zu ihm herauf. Es war Februar, tiefster Winter, und draußen lag zentimeterhoch der Schnee.

Eine weitere kalte Nacht wartete auf ihn.

Lagerfeld saß mit seiner einjährigen Tochter Lena auf dem Boden der Küche und spielte Bauklötze. Genauer gesagt spielten sie Turmbau mit Umfall. Erst bauten sie einen viereckigen Turm aus bunten Holzklötzen, den Lena dann mit großer Begeisterung umschubsen durfte. Jedes Mal ein absolut imponierendes Bauwerk von über vierzig Zentimeter Höhe, das dann jedoch zur Sprengung freigegeben wurde.

Am Anfang war das noch eine wirklich vergnügliche Veranstaltung gewesen, aber nach drei Stunden des wiederholten Turmbaus hatte die anschließende Vernichtung der Bauwerke für Bernd Schmitt keinerlei erheiternde Komponente mehr. Für Klein-Lena allerdings schon, baute sie doch mit ungebrochener Zähigkeit und Vehemenz alles wieder auf. Bauklotz für Bauklotz, wieder und wieder und wieder.

Diesen Trieb, sinnlos, aber konsequent an öden Ritualen festzuhalten, musste sie von ihrer Mutter geerbt haben, von ihm jedenfalls nicht. Seine Gedanken gingen schon seit Längerem separate Wege, dem sich ständig wiederholenden Ritual des Bauens und Umfallens wohnte er nur mehr physisch bei. Ihn beschäftigte ein Problem, das er unbedingt lösen musste, und zwar umgehend.

Am Bayreuther Tatort hatte er Riemenschneider mehr oder weniger notgedrungen etwas versprochen, das einzulösen er nun verpflichtet war. Denn eines hatte er dort gleich erkannt: Entweder das Ferkel bekam, was es wollte, nämlich ihren starken Eber, oder aber sie stocherten in diesem Fall weiter mit der Stange im Nebel. So hatte er Riemenschneiders Jungfräulichkeit auf dem Altar des höheren Erkenntnisgewinnes geopfert.

Honeypenny war natürlich auf dem völlig falschen Dampfer gewesen. Von wegen krank. Riemenschneider war schlicht verliebt und hatte Bock auf diesen jungen, strammen Eber. Das war der natürliche Gang der Dinge. Auch bei hochbegabten Ermittlerferkeln. Also hatte er ihr in der Stunde der höchsten Not das Versprechen ins rosa Schlappohr geflüstert, sie möglichst zeitnah zum Stelldichein mit diesem kräftigen Spross einer schweinischen Adelsfamilie zu bringen. Das mit der Adelsfamilie hatte er natürlich nur erfunden, aber immerhin war das ja ein Wildpark in einem Schloss. Also warum nicht.

Und es hatte ja auch funktioniert. Danach war Riemenschneider nicht länger depressiv und liebeskrank gewesen, sondern ging ab wie Schmidts Katze. Das Problem war nur, dass sich Lagerfeld jetzt überlegen musste, wie er diese Unternehmung der unkeuschen Art realisieren sollte, denn schließlich war die Riemenschneiderin nicht sein Schwein, sondern das von Franz und seiner Lebensgefährtin Manuela – und natürlich das von Honeypenny. Keiner der drei Sorgeberechtigten würde es jedoch begrüßen, wenn sich Riemenschneider, unverhütet, wie sie nun mal war, in das Reich der Mütter begab. Und Honeypenny wäre sicherlich sofort mit einer Teufelsaustreibung unterwegs, sollte sie auf diese Weise mitbekommen, dass ihr katholisch erzogener Liebling ungenehmigt den Geschlechtsakt vollzogen hatte.

Lagerfeld machte sich keine Illusionen, dass nicht sogleich seine Wenigkeit ins Visier der wütenden Ziehmutter geraten würde. Honeypenny kannte ihre Pappenheimer im Büro sehr genau. Davon abgesehen hatte Lagerfeld für die Spezies Mutter gerade selbst nicht so viel übrig, lag er doch im Clinch mit einer solchen. Aber es half alles nichts, er musste die Quadratur des

Kreises schaffen. Ein Quickie im Wald, aber ohne schweinische Fortpflanzung. Für dieses Problem musste eine Lösung her. Er war bereits kurz davor gewesen, Siebenstädter anzurufen, ob er Riemenschneider nicht vielleicht eine Spirale einsetzen konnte. Lagerfeld erinnerte sich dunkel daran, dass seine erste Freundin damals auch mit einer Spirale verhütet hatte. Zwar war er sich sicher, dass Siebenstädter das vielleicht sogar machen würde, denn er wäre wohl der erste Mediziner auf dieser Welt, der dieses Experiment an einem Schwein dokumentieren könnte. Aber dann wäre es um die Geheimhaltung geschehen, denn der Professor würde nach so einer abgedrehten Aktion nie und nimmer die Klappe halten. Womöglich gab es ja sogar einen Nobelpreis dafür.

Tja, das war das Malheur, in dem sich Lagerfeld befand. Verhütung war nicht so sein Ding. Wäre er in Bezug auf solche Dinge auch nur einigermaßen begabt gewesen, säße jetzt nicht seine Tochter neben ihm und brächte juchzend einen weiteren Turm zum Umfallen. Auch wenn er Lena jetzt, da sie nun mal da war, über alles liebte, Vater sein war doch oft sehr ermüdend.

»Super, Lena, das hast du toll gemacht«, lobte Lagerfeld seine Tochter und schob ihr mit apathischem Blick die zertrümmerten Reste des vertikalen Bauwerks zurück in Reichweite der kleinen Finger. Architektin in spe Lena klatschte zum wer weiß wievielten Mal in die Hände und begann mit leuchtenden Augen von vorn. Minütlich grüßt das Murmeltier, dachte Lagerfeld ironisch, dann richtete er seine sorgenvollen Gedanken wieder auf das Riemenschneiderproblem. Letzteres musste aber erst einmal ohne Lösungsansatz verbleiben, denn draußen ging die Haustür, Ute war zurück.

So richtig wusste Lagerfeld nicht, wie er sich jetzt verhalten sollte. Eigentlich wollte er sich freuen, aber Ute ging ihm nun schon seit Längerem mit ihrem Perfektionismus auf die Nerven. Sie hatten seit mehreren Wochen ziemlichen Stress miteinander, weshalb er intuitiv auf Schützengraben konditioniert war, kaum dass sie die Haustür geschlossen hatte. Seine Schultern wanderten nach oben, der Kopf wurde etwas eingezogen, und seine Stimmung wandelte sich von seit Stunden andauerndem apathischen

Gleichmut in die energetische Gespanntheit eines Hochvolt-Elektrozauns. Kurz überlegte er, ob er auch wirklich keine Fehler bei der heutigen Aufgabenabwicklung gemacht hatte, denn Ute hinterließ an jedem wöchentlichen Vatertag eine To-do-Liste mit dezidierten Anweisungen. Darauf befanden sich die zu erledigenden Besorgungen in Anzahl, Größe und Qualität sowie die Spiele, die er mit Lena spielen sollte, und zwar in festgelegter Reihenfolge und Dauer wie auch die Spaziergänge mit Lena im Buggy. Je nach Witterungslage mit bestimmter Strecke und spätestem Zeitpunkt der Rückkehr. Hinzu kamen noch der Kochplan, der Putzzettel und die Abfallordnung. Den Mülleimer durfte er allerdings rausbringen, wann er wollte, das war ziemlich liberal für ihre Verhältnisse.

Lagerfeld hatte Haderleins Worte beherzigt und sich heute ganz gegen seine Art wirklich bemüht, jeglichen Arbeitsauftrag penibel abzuarbeiten. Der erste Schritt zur Deeskalation musste in diesem Haushalt zwangsläufig über die Einhaltung der umfänglichen Hausordnung führen.

»Mama!«, rief Lena sofort, als Ute die Küche betrat, und krabbelte so schnell es ging auf ihre Mutter zu.

»Hallo, mein Schatz!«, entgegnete diese erfreut, warf ihre Tasche auf einen Stuhl und griff nach dem kleinen Wesen, das mit leuchtenden Augen zu ihr hochsah. Sie hob Lena auf ihren Arm und herzte sie, scannte aber nach Bernd Schmitts Empfinden bereits die nähere Umgebung, ob sich auch alles in dem Zustand befand, den anzutreffen sie zu erwarten pflegte. Anscheinend fiel das Urteil zufriedenstellend aus, denn nach intensiven Herzlichkeiten mit Lena kam sie auf Bernd zu und gab ihm einen förmlichen Kuss auf die Wange.

»Hallo, Bernd«, begrüßte sie ihn kühl.

»Ich hab gekocht.« Lagerfeld zeigte stolz auf den Herd, wo sein kulinarisches Machwerk auf der Warmhalteplatte vor sich hin köchelte. »Vegan, ganz wie gewünscht. Nudeln mit Gemüse auf Tofu.«

Ute von Heesen warf ihm einen erstaunten Blick zu.

»Ach was? Vegan? Freiwillig?«, stieß sie ehrlich verwundert

aus, setzte Lena zurück auf den Boden und hob kurz den Deckel vom Topf, um an der Essenskreation zu schnuppern. »Riecht gar nicht mal so schlecht«, äußerte sie fast anerkennend, dann wurde sie jedoch sofort wieder misstrauisch. »Hast du etwas angestellt, Bernd? Willst du mir vielleicht etwas sagen? Was hat dieser Anfall von Dienstbeflissenheit zu bedeuten?«

Der deeskalierende Vater lächelte zufrieden und wollte schon zu einer längeren Rede über guten Willen und Familiensinn anheben, als Utes Blick auf den Küchentisch fiel.

»Was ist das?«, zischte sie mit verengten Augen und ließ den Topfdeckel scheppernd auf sein unteres Gegenstück fallen.

»Wie, was meinst du?«, fragte Lagerfeld ob des plötzlichen Stimmungsumschwungs verwirrt und versuchte zu erkennen, wo denn jetzt bitte auf dem Tisch etwas herumlag, das Ute dermaßen aufregen konnte. Aber da war nichts außer dem leeren Gläschen Babynahrung, das Lenas Abendessen beinhaltet hatte.

Ute von Heesen stürzte zu dem alten Holztisch, schnappte sich das leere Glas und las mit sich verdunkelndem Blick das dort aufgebrachte Etikett. Als sie fertig war, knallte sie das Glas auf den Tisch und schaute Bernd Schmitt wutschnaubend an. Was nun folgte, war ein Anpfiff ersten Grades, der von Deeskalation ungefähr so weit entfernt war wie die Erde vom Andromedanebel.

»Das ist ein Obstgläschen, Bernd! Hast du Lena etwa zum Abendessen ein Obstgläschen gegeben?«, fauchte sie in Lagerfelds Richtung, der überhaupt nicht wusste, wie ihm geschah.

»Ja, hab ich. Was um Himmels willen ist denn an einem Obstgläschen jetzt so verwerflich, dass du –«

Weiter kam er nicht. Ute von Heesen riss den DIN-A4-großen Essensplan von der Wand und fuchtelte damit vor seinem Gesicht herum.

»Es ist *deine* Papazeit mit Lena, Bernd, und es gibt für jeden Tag eine ganz einfache, klare Anweisung Lenas Mahlzeiten betreffend. Heute war das: morgens Obst, mittags das Hühnchen mit Reis und abends das Glas mit dem Getreidebrei«, brüllte sie Lagerfeld hemmungslos an. Völlig außer sich fächerte sie ihm mit dem Essensplan Luft zu, sodass Bernd Schmitt nicht einmal überprüfen konnte, ob diese Freveltat des vertauschten Gläschens auch wirklich der Wahrheit entsprach.

Wenn er ehrlich war, bei den ganzen Aufgaben, die er den Nachmittag über zu erledigen gehabt hatte, konnte es schon sein, dass er da versehentlich was vertauscht hatte. Andererseits verstand er nicht, warum es so schlimm für Lena war, am Abend Obst zu essen, dass sie sich so aufregen musste.

»Ich habe es satt, Bernd. Was ist so schwer daran, sich ein einziges Mal an die Regeln zu halten? Willst du vielleicht, dass unser Kind an Blähungen stirbt oder an einer Kolik? Na, Bernd, willst du das vielleicht? Ist dir das wirklich völlig egal?«

Sie stand vor ihm wie ein dunkler Racheengel mit ausgebreiteten Flügeln, bereit zu Sühne und Vergeltung. Lagerfeld hingegen saß am Boden wie ein begossener Pudel, perplex und unschlüssig, wie er sich jetzt verhalten sollte. Innerlich war er auf einen friedvollen Abend eingestellt. Er hatte sich so bemüht, alles richtig zu machen, um womöglich ein paar der Beziehungslöcher zu stopfen, die im Laufe der letzten Wochen entstanden waren. Aber jetzt waren diese Löcher immer noch da, und Ute hob gerade noch ein weiteres, richtig großes dazu aus.

»Anderthalb Tage in der Woche, Bernd, und nicht einmal das kriegt du auf die Reihe. Warum kannst du nicht einfach die Regeln beachten, Bernd, hä?« Wieder wischte sie mit der Liste vor seinem Gesicht herum, während Lena es nicht mehr aushielt und anfing zu weinen.

»Es sind deine Regeln, Ute, nicht meine«, knurrte Lagerfeld trotzig und erhob sich, aber die aufgebrachte Mutter hörte gar nicht mehr hin. Sie nahm Lena auf den Arm und streichelte ihr über den Kopf.

»Es tut mir leid, Lena, dass deine Eltern sich streiten, aber wir wollen nur dein Bestes. Mama ist ja jetzt da und kümmert sich um dich. Alles ist gut«, redete sie leise auf ihre Tochter ein, ging dabei mit ihr im Kreis und beachtete Bernd Schmitt, der gerade noch im Mittelpunkt ihres Interesses gestanden hatte, von einem Moment auf den anderen nicht mehr.

Lagerfeld lehnte einsam und verloren am Herd und wusste nicht so recht, wie ihm geschah. Vor allem wusste er nicht, wie er jetzt mit sich und der Welt weiterverfahren sollte. Was war hier los, verdammt noch mal? Was war mit seiner Freundin passiert? Das war doch nicht mehr die Frau, die er einst so gut verstanden und geliebt hatte! Er fühlte sich ausgegrenzt, alleingelassen und fühlte nun selbst Wut in sich aufsteigen. Auf Ute, auf sich, auf überhaupt alles. Er beschloss, sich zurückzuziehen und erst einmal alles zu verdauen. Was zu viel war, war zu viel.

Er nahm seine Winterjacke, seine Zigaretten, seinen Schal und ging nach draußen vors Haus, auf die Veranda mit seiner Bank, weg von dieser unerquicklichen, aggressiven Debatte. Hierher zog er sich in letzter Zeit immer häufiger zurück. In Situationen wie dieser, wenn kein vernünftiges Wort mehr möglich war. Tief durchatmend nahm er trotz Minustemperaturen seinen Platz auf der Bank ein und zündete sich eine Zigarette an. In weiser Voraussicht hatte er in der Innentasche seiner Jacke einen Flachmann deponiert, der bis oben mit einem der besten fränkischen Seelentröster gefüllt war. Selbst gebrannter Zwetschgenschnaps, über acht Jahre alt, im ausgewaschenen Plastikkanister gereift. Von ebendiesem edlen Tropfen nahm er nun einen großen Schluck, und sofort ging es ihm besser.

Dann fiel sein müder Blick auf die kleine Feuerschale neben der Bank. Die hatten sie gekauft, um ab und zu im Winter zusammengekuschelt hier draußen sitzen zu können. Daraus war aber nichts geworden, die Schale stand seit Weihnachten neu und jungfräulich hier herum. Gar keine dumme Idee, das Teil endlich einzuweihen, dachte sich Lagerfeld und schürte mit ein paar kurzen, gekonnten Griffen ein kleines Feuer. Alles, was er dazu brauchte, hatte er ja noch an Heiligabend hier aufgestapelt. Anzünder, Feuerholz, und ein Feuerzeug hatte er als Raucher sowieso immer dabei. Bald schon stiegen knisternd die ersten Flammen aus der Schale empor, und die massiven inneren Wallungen des Unverstandenen begannen sich ein wenig zu legen.

So saß Bernd Schmitt allein auf der Veranda seiner kleinen Mühle in Loffeld und versuchte, das Leben zu begreifen. Er versuchte zu verstehen, warum alles so beschissen war, wie es war, kam aber zu keinem Schluss. War er wirklich so ein unverbesserlicher Chaot? War er ein schlechter Vater? Konnten mit Babybrei gefüllte Gläschen, in der falschen Reihenfolge verabreicht, tatsächlich gefährlich für seine kleine Lena sein? War er ein potenzieller Kindsmörder? Mit diesen und ähnlichen Fragen schlug er sich seine Welt und die Nacht um die Ohren, bis das letzte Holzscheit verglüht war und die Kälte allmählich und unerbittlich durch seine Stiefel drang.

Als er schließlich auf seine Uhr sah, traf ihn fast der Schlag. Dreiundzwanzig Uhr dreißig, bald Mitternacht. Seit vier Stunden saß er nun schon hier draußen. Er drehte sich um und bemerkte, dass es im Haus überall dunkel war. Das versetzte ihm einen Stich. Irgendwie hatte er erwartet, dass Ute noch einmal zu ihm herauskommen würde, um vor dem Zu-Bett-Gehen mit ihm zu reden. Wenigstens das hatten sie doch immer noch geschafft, auch wenn sie in vielen Dingen keinen Konsens mehr finden konnten. Aber damit war es nun anscheinend vorbei. Ihr Zusammenleben war im Moment genau das Gegenteil von dem, was er sich in Bezug auf ihre kleine Familie und das Leben vorgestellt hatte.

Eine große Traurigkeit erfüllte ihn, als er ins Haus zurückging. Leise schlich er die Treppe hinauf und machte zwei Schritte in Richtung Schlafzimmer, dann blieb er wie angewurzelt stehen. Die Schlafzimmertür war zu. Seit sie hier eingezogen waren, schloss immer erst derjenige die Tür, der als Letzter ins Bett kam. Es dauerte einen Moment, bis er begriff, was das bedeutete. Ute wollte ihn nicht bei sich im Bett haben. Eine kalte Hand griff nach seinem Inneren, und die Traurigkeit wurde noch größer, als sie eh schon war. Kurz wurde er wütend, dann hätte er nur noch heulen können. Trotzdem reingehen und den nächsten Streit vom Zaun brechen? Das war das absolut Letzte, was er gerade brauchen konnte. So machte er auf der Stelle kehrt und lief fluchtartig in die andere Richtung des kleinen Flurs, an dessen Ende sich das Badezimmer befand.

Oben auf dem Spiegelschränkchen stand sein Kulturbeutel, den er eigentlich nur im Urlaub benutzte. Darin verstaute er alles, was er für die tägliche Hygiene brauchte, zumindest für einen überschaubaren Zeitraum. Dazu griff er sich seinen Rasierapparat, ein Handtuch und das Bild von seinem ersten Motorrad, das er vor langer Zeit, noch während der Renovierungsphase, über die Kloschüssel gehängt hatte, und warf alles in einen Stoffbeutel.

Er hatte keine konkrete Vorstellung, was nun zu tun war. Aber sein Instinkt riet ihm dringend dazu, dieses Stockwerk zu verlassen und nach unten auf das Sofa im Arbeitszimmer umzuziehen. Er dachte nicht weiter darüber nach, es zog ihn einfach irgendetwas mit aller Macht dorthin. Vielleicht wollte er nur eine Höhle, in die er sich verkriechen konnte, so wie er es schon als Kind getan hatte, wenn es Ärger gab. Er wollte das gar nicht näher begründen, dazu fehlte ihm die Kraft.

Mit dem Stoffbeutel in der Hand ging er zur Tür. Adieu, Bad, Ergebnis so vieler gemeinsamer Arbeitsstunden. Seine Hand streckte sich schon dem weißen Lichtschalter entgegen, als er aus einem Impuls heraus innehielt und sich noch einmal umdrehte.

So schnell ging das. In diesem Raum war nichts mehr zu finden, das an ihn erinnerte. Hier gab es nur noch einen Wickeltisch, Babykleidung und Utes Sachen.

Lagerfeld ging zum Spiegelschränkchen und öffnete dessen rechte Tür. Es war die Tür zu Utes Reich, zumindest was ihre Utensilien im Bad anbelangte. »Valette«, stand auf der Schachtel der Firma Jenafarm. Als er sie öffnete und den grünen Kunststoffträger mit den weißen Pillen in ihren durchsichtigen Plastikbehausungen erblickte, legte sich ein schiefes Grinsen auf Lagerfelds Gesicht. Wenn er sich etwas bewahrt hatte, dann Galgenhumor und Improvisationskunst. Und die brauchte er in diesen Tagen ganz bestimmt mehr denn je. Wie hatte er doch einmal so treffend in einer Zeitschrift beim Frauenarzt gelesen? Ging irgendwo eine Tür zu, ging dafür woanders eine auf. Auch wenn er in seinem Leben aktuell ein Riesenproblem hatte, so könnte sich ein anderes gerade gelöst haben. Die Pille war für Ute und ihn derzeit das Sinnloseste, was er sich vorstellen konnte. Verhütung ergab sich mangels des dafür notwendigen Körperkontakts quasi von allein. Der Valette oblagen andere, dringendere Verwendungen.

Er nahm den Tablettenträger heraus und steckte ihn in eine der Gesäßtaschen seiner Jeans. Dann ging er mit schweren Schritten nach unten, wo ihm sein Arbeitszimmer und die Gästetoilette nun bis auf Weiteres als Zuhause dienen mussten.

Manuela Rast öffnete schläfrig beide Augen. Ihr Lebensgefährte Franz Haderlein lag wach im gemeinsamen Bett und wälzte sich von einer Seite auf die andere, obwohl er schon längst schlafen sollte. Draußen in der Bamberger Judenstraße hatte sich jeglicher Lärm gelegt, es war ruhig geworden in der frostigen Weltkulturerbe-Stadt.

Manuela spürte Haderleins innere Unruhe, kuschelte sich zwecks Seelenberuhigung an ihren Kommissar und legte ihm die rechte Hand auf die Brust. Sie brauchten nicht zu reden, das hatten sie schon am Abend getan. Franz hatte ihr den ganzen üblen Tatbestand seines aktuellen Falles dargelegt, bis sie irgendwann abgewehrt hatte und nichts mehr darüber hören wollte. Zwar waren sie jetzt schon fast neun Jahre zusammen, aber so richtig gewöhnt hatte sie sich an die Arbeit ihres Mannes immer noch nicht, und das würde sie ihrer Meinung nach auch nie. Obwohl sie sich durch einen blutigen Mordfall überhaupt erst kennengelernt hatten, konnte sie sich mit dem Job nicht wirklich anfreunden. Es war seine Arbeit, und sie war bereit, Franz dabei zu unterstützen, so gut sie konnte. Aber wenn die ganze Sache zu intensiv wurde, dann stieg sie lieber aus. Das war auch für beide okay, darüber gab es keinerlei Unstimmigkeiten.

Doch diesmal war etwas anders, das spürte sie. Über diesem Fall lag eine dunkle Gefahr, eine bizarre Schwere, die selbst einen abgebrühten Kommissar wie ihren Franz in eine nervöse Unruhe versetzen konnte. Und das machte ihr Angst. Es war ein Gefühl, das er ihr gegenüber noch nie eingestanden hatte. Entweder war es tatsächlich so, dass kein Fall ihn jemals nervös gemacht hatte, oder er wollte es nur nicht zugeben. Fakt war jedoch, wenn ein

Franz Haderlein aufgrund seiner Arbeit nicht einschlafen konnte, dann war Gefahr im Verzug.

So lagen sie wortlos nebeneinander im Bett und waren füreinander da, bis sie irgendwann spät in der Nacht doch noch einschliefen.

Als Franz Haderlein am nächsten Morgen mit Riemenschneider zusammen die Dienststelle betrat, war er überrascht, César Huppendorfer bereits an dessen Platz zu sehen, eifrig mit seinem Computer beschäftigt. So früh war César sonst nicht bei der Arbeit. Aber vielleicht nervte ihn die unbefriedigende Gesamtsituation ja dermaßen, dass er jetzt, vom Ehrgeiz zerfressen, Überstunden machte.

Der Kriminalhauptkommissar stellte sein Ermittlerferkel auf die Füße, was dieses sofort dazu veranlasste, zum verwaisten Platz des Kollegen Lagerfeld zu eilen. Aufgeregt schnüffelte es an Bernd Schmitts Stuhl herum, um sich dann in Habachtstellung neben diesem niederzusetzen und sein Herrchen Haderlein erwartungsvoll anzusehen. Der betrachtete das merkwürdige Verhalten seines Schweins mit einem gewissen Amüsement, musste Riemenschneider aber leider enttäuschen.

»Tut mir wirklich leid, Riemenschneider, aber da wartest du vergebens. Ich habe keine Ahnung, was Bernd mit dir angestellt hat, aber der kommt heute definitiv nicht. Er hat Kinderdienst. Das heißt, werte rosa Dame, Sie werden mit dem verbliebenen Personal in der Dienststelle vorliebnehmen müssen, wenn's recht ist.«

Mit diesen für Riemenschneider harten Worten begab er sich zu seinem Schreibtisch, während die gerade noch freudig erregt aufgestellten rosa Ohren des Ferkels wie nasse Lumpen nach unten fielen. Von einem Moment auf den anderen war eine abgrundtiefe Fassungslosigkeit in Riemenschneiders Augen zu erkennen. Sie war abgrundtief enttäuscht, so viel war klar. Sie bedachte einen kurzen Augenblick die Konsequenzen dieser unerquicklichen Nachricht, dann erhob sie sich und schlich wie ein geprügelter Hund hinüber zu Honeypennys Schreibtisch. Dort ließ sie sich neben Honeypennys Stuhl geräuschvoll auf ihren ansehnlichen Bauch fallen und schaute so missmutig durch die Gegend wie zuvor.

Marina Hoffmann betrachtete ihren Liebling unzufrieden und mit verschränkten Armen, dann holte sie eines ihrer sonst so begehrten Apfelstückchen hervor und hielt es Riemenschneider direkt unter die Nase. Eines der schlaffen Ohren wurde nach oben gehoben, aber nur so weit, wie es unbedingt sein musste. Riemenschneider beschnüffelte das Apfelstück und nahm Honeypenny die Leckerei tatsächlich aus der Hand, kaute aber dermaßen lustlos darauf herum, dass es eine Beleidigung für jeden gegessenen Apfel war. Honeypenny konnte nun nicht mehr an sich halten.

»Lagerfeld«, spuckte sie den Namen des Übeltäters in den Raum. »Was hat dieser Stinkstiefel mit Riemenschneider angestellt, Franz? Los, raus damit, du weißt doch sonst auch immer, was dein durchgeknallter Kollege so alles treibt, oder nicht?«

Franz Haderlein schaute kurz zu ihr hinüber, zuckte aber nur mit den Schultern. »Ich hab wirklich keine Ahnung, Honeypenny. Ich weiß nur, dass Riemenschneider seit ihrem Einsatz in Bayreuth wieder frisst und arbeitet. Da interessiert es mich überhaupt nicht, wie Bernd das geschafft hat. Hauptsache, es funktioniert, meinst du nicht?«

Marina Hoffmann schaute mit puterrotem Kopf zwischen Riemenschneider und Haderlein hin und her, sagte aber nichts mehr.

Der Kriminalhauptkommissar konnte sich zuerst keinen Reim darauf machen, bis ihm allmählich dämmerte, dass Honeypenny womöglich eifersüchtig war. Natürlich! Bis jetzt war Riemenschneider ja ausschließlich *ihr* kleiner Liebling gewesen, und jegliche pädagogische Arbeit war von ihr verrichtet worden. Das Schwein war für Honeypenny eine Art Kinderersatz und gleichzeitig beste Freundin geworden. Die beiden konnten einander alles sagen, sie hatten keine Geheimnisse voreinander. Jetzt aber schon. Da lief irgendeine heimliche Nummer zwischen Lagerfeld und Riemenschneider, und die beiden wollten ihr nicht verraten, worum es ging. Das war erniedrigend, das war unfair, das war nicht zu dulden.

Haderlein musste sich ein Grinsen verbeißen. Riemenschneider war in der Pubertät, wie es schien, und das wollte ihre menschliche Mama nicht so einfach wahrhaben. Aber da musste Honeypenny jetzt durch. Haderlein wollte sich mit diesen Niederungen der Erziehungsarbeit wirklich nicht weiter beschäftigen, es gab weiß Gott Wichtigeres zu tun. Die Bayreuther Kollegen hatten inzwischen das Handy von Günther Fuchs gefunden, und zwar ebenfalls anstelle der Lunge in dessen Brustraum, allerdings war darauf keine Nachricht von AH zu finden gewesen, und es hatte auch keine Anrufe gegeben außer einem kurz nach dessen Dienstbeginn am Morgen von Fuchs' Frau. Er stand auf und begab sich zu dem hochkonzentriert arbeitenden Kollegen Huppendorfer hinüber, der ihn, in den Computerbildschirm vertieft, erst bemerkte, als er direkt neben ihm stand.

»Na, César, wie kommst du voran?«, fragte Haderlein. Es wurde wirklich Zeit, dass César ein Erfolgserlebnis produzierte. Sowohl für ihn selbst als auch für den Fortgang ihrer Ermittlungen.

»Ich habe versucht, etwas über die Perücke herauszufinden, die Riemenschneider im Mülleimer der Bayreuther Tankstelle gefunden hat«, erwiderte César Huppendorfer und nahm ihre Unterhaltung zum Anlass, die Suche zu beenden und den Webbrowser zu schließen. »Aber anscheinend gibt es dieses Modell nicht zu kaufen, jedenfalls nicht im Internet. Wenn ich mir die Fotos so anschaue, hat die Perücke ihre besten Tage aber sowieso hinter sich. Kann also durchaus sein, dass das Teil uralt ist und gar nicht vor Kurzem irgendwo gekauft wurde. Ich glaube, wir müssen die Ergebnisse der Spurensicherung abwarten.«

Kaum dass er es ausgesprochen hatte, klingelte der Telefonapparat auf seinem Schreibtisch.

»Huppendorfer«, meldete er sich mit bemühter Höflichkeit, wurde aber sofort aufmerksam, als er hörte, wer ihn da anrief. »Servus, Ruckdeschl, was gibt's?«, begrüßte er den Leiter der Spurensicherung aufgeregt. »Aha – soso – mmhm – alles klar.«

»Und?«, fragte Haderlein ungeduldig, als sein Kollege aufgelegt hatte.

César Huppendorfer lehnte sich mit nur mäßig zufriedenem Gesicht in seinen Stuhl zurück, ehe er antwortete.

»Die Spusi hat tatsächlich was gefunden. Ein Haar und Hautschuppen, die durchaus von unserem Täter stammen könnten. Zumindest sind die Funde relativ frisch, was man, wie ich schon vermutet hatte, von der Perücke und dem Pseudoschnurrbart nicht behaupten kann. Ruckdeschl meint, das Zeug sei ein Faschingsartikel, der bestimmt schon Jahrzehnte auf dem Buckel hat. Er versucht mit dem, was sie haben, eine gentechnische Analyse, vielleicht bringt uns das ja weiter.«

Haderlein klopfte ihm aufmunternd auf die Schulter. »Na also, César, mühsam ernährt sich das Eichhörnchen. Mit kleinen Schritten kommt man auch voran. Räum einen Stein nach dem anderen aus dem Weg, dann kommst du ans Ziel.«

»Auch auf Wegen, die aus, äh, schönen Dingen gemacht sind, äh, kann man einen Stein erlegen oder so ähnlich«, gab eine Stimme von hinten zum Besten, dann tatschte Robert Suckfüll seinem Kommissar ebenfalls auf dem Rücken herum. Huppendorfer ging einmal sicherheitshalber davon aus, dass es aufmunternd gemeint war, und lächelte freundlich. »Nur Mut, junger Mann, nur Mut«, brabbelte Fidibus fleißig, dann fiel sein Blick auf den Bildschirmhintergrund von Huppendorfers Computer. »Eiemak itagn leo«, las er langsam. »Was ist das denn für ein seltsamer Satz? Lernen Sie jetzt etwa Sanskrit, mein lieber junger Kollege?«, fragte Fidibus fröhlich, was der liebe junge Kollege aber sogleich mit einer gewissen Zerknirschtheit von sich wies.

»Das ist die Botschaft unseres Mörders, die ich bis jetzt aber immer noch nicht decodieren konnte«, sagte er entschuldigend. »Ich hab sie mir als Hintergrund auf den Bildschirm gelegt, damit ich sie mehrmals am Tag vor Augen habe und sie mich an meine Unfähigkeit erinnert, sie zu lösen.«

Haderlein kommentierte das lieber nicht, während der Blick seines Chefs zwischen dem Computer und Huppendorfer hin- und herwechselte.

»Na, dann würde ich diese seltsame Botschaft an Ihrer Stelle aber auch daheim auf den Spiegel kleben, mein lieber Huppendorfer. Dort sehen Sie sie jeden Morgen nach dem Aufstehen, da ist man am frischesten. Das macht Eleonora bei mir auch immer, wenn ich vergesse, die Besorgungen, die sie mir –«

Ehe er näher ausführen konnte, was seine Frau aus welchen Gründen in aller Frühe an seinen Rasierspiegel pappte, schoss Huppendorfers Oberkörper vor, und er hackte mit den Fingern regelrecht auf seine Tastatur ein. Haderlein und Fidibus waren vor Schreck synchron zurückgewichen.

»Spiegel, Spiegel«, brabbelte César vor sich hin und schrieb eine Buchstabenreihe in seinen Internetbrowser. Suckfüll und Haderlein lugten ihm vorsichtig über die Schulter, um zu sehen, was denn so plötzlich in ihn gefahren war. Nur machte das, was er so emsig tippte, auch nicht mehr Sinn als das Geschreibsel, das der Täter am Tatort hinterlassen hatte.

»Oel ngati kameie«. Was auch immer das bedeuten sollte, sie verstanden es nicht und schauten sich ratlos an.

»Äh, was soll das, César?«, suchte Haderlein vorsichtig um eine Erklärung nach. »Könntest du uns bitte aufklären?«

Im selben Moment riss Huppendorfer, der inzwischen die Enter-Taste gedrückt hatte, siegreich beide Arme nach oben. Wieder machten Haderlein und Fidibus einen Satz nach hinten, diesmal aber einen größeren.

»Heureka, ich hab's!«, rief Huppendorfer euphorisch, und seine Augen leuchteten.

Robert Suckfüll kapierte genau wie Haderlein nichts. Sie schauten beide wie die Kuh aufs Uhrwerk, ahnungslos, wo Huppendorfers überbordende Freude herrührte.

»Chef, Sie sind genial, und das meine ich wirklich ehrlich!«, rief Huppendorfer, sprang auf und drückte dem verdatterten Fidibus einen angedeuteten Kuss auf die Backe, was dieser mit einem angeekelten Gesicht quittierte.

»Also sagen Sie mal, César, was ist denn in Sie gefahren, dass Sie –«

»Spiegel, der Spiegel!«, jubelte Huppendorfer und warf sich

bereits wieder in seinen Stuhl. »Im Spiegel sieht alles verkehrt herum aus. Ich habe die Buchstaben also einfach mal rückwärts, von rechts nach links, in die Suchmaschine eingegeben. Die Idee ist so dämlich einfach, dass ich bisher nicht darauf gekommen bin. Aber Sie, Chef, Sie denken natürlich an so was. Richtig klasse!«

Fidibus, der nicht genau einordnen konnte, ob er das als Lob auffassen sollte oder nicht, und noch immer nicht verstand, wieso seine »dämlich einfache Idee« eine solche Feierwut bei Huppendorfer auslöste, schaute zu seinem lang gedienten Kommissar Haderlein, der aber ebenfalls nur ratlos mit den Schultern zuckte.

»Na, aber jetzt seht doch, seht doch nur, was diese Worte bedeuten«, rief Huppendorfer immer aufgeregter und deutete auf den Bildschirm.

Oel ngati kameie: Ich sehe dich (Na'vi)

»Das ist ein Filmzitat. Aus ›Avatar‹. Unser Mörder hat den Satz ›Ich sehe dich‹ an die Wände der Tatorte gepinselt.«

César hatte die Botschaft entschlüsselt. Haderlein kannte diesen Film zwar nicht, hatte aber schon von ihm gehört. So weit, so gut. »Ich sehe dich«, damit ließ sich was anfangen, das klang eigentlich ganz vielversprechend. Aber was sollte es bedeuten?

»Okay, César, ganz ausgezeichnet. Nun gilt es herauszufinden, was er uns damit sagen will. Um was geht es denn in diesem Film überhaupt?«

Huppendorfer schaute ungläubig von Haderlein zu Fidibus, der mit interessiertem Gesichtsausdruck ebenfalls auf eine Antwort wartete, und wieder zurück.

»Was denn, ihr habt ›Avatar‹ nicht gesehen?«

Wieder übten sich die beiden in synchronen Bewegungen, diesmal durch Schütteln ihrer Köpfe.

»Das glaub ich jetzt nicht. Also gut, die Geschichte ist eigentlich ganz einfach und schnell erklärt«, meinte Huppendorfer beredt. »In dem Film geht es um die Bewohner eines fremden Planeten namens Pandora. Na'vi ist ihre Sprache. Es geht also um Außerirdische.« Er sah sie beifallheischend an. »Damit sind wir doch schon einen großen Schritt weiter, nicht wahr?«

Aber der Funke seiner Begeisterung sprang irgendwie nicht über. Fidibus drehte sich wortlos um und ging einfach zurück in sein gläsernes Büro, während Haderlein seinen Kollegen mit einer Mischung aus Mitleid und Unverständnis misstrauisch beäugte.

»Sag mal, César, du bist richtig verzweifelt, oder?«, stieß er hervor und sah seinem Gegenüber streng in die Augen. »Ich habe tatsächlich den Eindruck, dass du glaubst, was du da sagst.«

César Huppendorfer starrte einfach zurück. Ihm war die blanke Ratlosigkeit ins Gesicht geschrieben.

»Äh, wie jetzt, Franz, ich verstehe nicht …«, faselte er verwirrt, hatte er durch seinen Geistesblitz doch einen kolossalen Durchbruch in diesem Fall erreicht. Was sollte da diese seltsame Frage?

Haderlein ließ ihn über seine Gedankengänge nicht lange im Unklaren. »Du verstehst nicht, César? Aber ich. Ich habe ziemlich genau kapiert, was mit dir los ist. Du bist völlig durch den Wind, und ich kann es dir nicht einmal verübeln. Ich will es mal auf deine wirklich frustrierende Ermittlungssituation schieben. Aber wir machen hier normale fränkische Polizeiarbeit, César, verstehst du? Wir befinden uns nicht in irgendeinem phantastischen amerikanischen Roadmovie. Also schaltest du besser ein paar Gänge runter. Das mit deinen Außerirdischen habe ich jetzt einfach mal überhört, mein Lieber, und Fidibus bringe ich das auch irgendwie bei. Aber ich sehe erste bedenkliche Anzeichen von Überarbeitung bei dir. Deswegen wirst du dich von nun an schonen und dich aufs ganz normale Handwerk verlegen, verstanden?«

César Huppendorfer saß stocksteif da und rührte sich nicht, auch wenn er jetzt am liebsten zum Heulen aufs Klo gerannt wäre.

»Weißt du was, César, du fährst morgen noch einmal nach Schederndorf in diese Brauerei und versuchst herauszufinden, ob es zwischen dem toten Zaubererbruder und unserem Bayreuther

Autohändler irgendeine Verbindung gibt. Das sollte dich auf andere Gedanken bringen. Und wenn das nicht hilft, César, dann trinkst du dort gefälligst ein Bier. Die machen richtig guten Stoff, was man so hört. Aber jetzt schnappst du dir erst einmal dieses unterbeschäftigte Schweinchen und gehst mit ihm Gassi. Wirst sehen, so eine analoge Tätigkeit hilft, den Kopf klar zu kriegen.« Haderlein erhob sich und legte dem deprimiert dreinblickenden Huppendorfer väterlich seine Hand auf die Schulter. »Du hast 'ne Krise, César. Das ist einfach nicht dein Fall, fürchte ich, aber so was gibt's. Bewahre Haltung, es kommen auch wieder bessere Tage.«

Er klopfte ihm noch einmal aufmunternd auf den Rücken, dann drehte er sich um und ging zu ihrer aller Chef ins Büro, bevor der noch einen falschen Eindruck von seinem jüngsten Commissario bekam und eine Notiz in Césars Personalakte machte. Das hatte der arme Kerl nun wirklich nicht verdient.

Was war bloß mit seinen Mitarbeitern los? Erst Bernd, jetzt César. Diese jungen Leute steckten alle irgendwie in einer Sackgasse. Haderlein hatte selbst keine Kinder, das hatte sich in seinem Leben nicht ergeben. Aber gerade kam er sich vor, als müsste er für die beiden Kollegen den Ersatzpapa spielen. Irgendwie seltsam, aber auch anrührend.

Die Klinke in der Hand, verharrte er noch einen kurzen Moment, um sich zu sammeln, dann öffnete er mit einem leichten Kopfschütteln die Tür zu Robert Suckfülls Büro.

Dietmar Hümmer wollte nur noch nach Hause. Die halbe Nacht hatte die Frankenpartei durchdiskutiert und um halb vier am Morgen endlich einen Beschluss gefasst. Es war nur ein Wahlvorgang nötig gewesen, bei dem Ruth Gareis schlussendlich vom Parteivorstand zur neuen Vorsitzenden der Frankenpartei bestimmt worden war. Ihre Ziele und Vorstellungen für Partei und Wahlkampf wurden allgemein akzeptiert. Es hatte nur eine Gegenstimme gegeben, und die kam vom ewig unverbesserlichen Gerald Baumeister.

Wütend hatte er als Einziger den Arm gehoben und anschließend alle, die für Ruth gestimmt hatten, wüst beschimpft. Noch einmal trug er seine Forderungen vor, inklusive der globalen Einführung des Videobeweises. Regelrecht fassungslos hatte er sie beschuldigt, die drohende Gefahr zu ignorieren, die von den vielen Flüchtlingen und dem mitgebrachten Islam herrührte. Dann hatte er mit hochrotem Gesicht über die unfähige Bundesregierung und den Kraken EU deklamiert, seinen Parteiaustritt erklärt und war schließlich vor Wut dampfend zur Tür hinausgestürmt. Wenn er wirklich wahr machte, was er angekündigt hatte, würde man ihn demnächst auf der Landesliste der AfD wiederfinden. Was für ein Irrsinn.

Noch vor wenigen Monaten war Gerald Baumeister ein ganz anderer Mensch gewesen, fast so etwas wie ein Freund. Kein wirklich enger, aber immerhin hatten sie nach den Sitzungen ab und zu etwas zusammen unternommen oder waren mit anderen ein Bier trinken gegangen. Sogar zu einem Sommerfest, das Baumeister letztes Jahr in seinem kleinen Garten in Bamberg abgehalten hatte, war er von ihm eingeladen worden.

Doch innerhalb von nur wenigen Monaten hatte sich Gerald völlig verändert. Die Flüchtlinge, der Islam, die völlig verblödete Bundesregierung, der Wahnsinn EU und überhaupt, die ganzen bösen Mächte aus dem Ausland – all das war immer mehr zu seinem Gesprächsthema geworden. Am liebsten wäre es ihm gewesen, die Frankenpartei hätte beschlossen, nach dem Wahlsieg um Franken herum nach amerikanischem Vorbild eine Mauer zu bauen und Einfuhrzölle für Waren aus Hessen, Bayern und Thüringen zu erheben. »Make Franken great again«, hatte Dietmar Hümmer einmal scherzhaft zu ihm gesagt, was Gerald Baumeister aber schon damals gar nicht lustig fand. War aber auch eine völlig sinnentleerte Idee, das mit dem Großen Fränkischen Reich Deutscher Nation. Denn dann hätte Gerald Baumeister ja konsequenterweise die Grenzen des alten Frankenreiches zu Zeiten Karls des Großen fordern müssen. Das wäre 'ne richtig lange Mauer geworden. Aber wenn man schon Baumeister heißt … Wennschon, dennschon.

Die Zeiten, in denen man einen Gerald Baumeister verspotten mochte, waren nun jedenfalls endgültig vorbei. Er war kein Parteimitglied mehr, sondern ein Gegner auf der politischen Bühne. Wirkliche Sorgen machte sich Dietmar Hümmer deswegen nicht, im Gegenteil. Eigentlich war er erleichtert über Baumeisters Abgang. Rassismus und Populismus waren nicht sein Ding, da musste er passen. Höchstens wenn es um Vergleiche zwischen Franken und Bayern ging, da schon eher. Da konnte er eventuell zum Rassisten werden.

Wie auch immer, es war spät und er persönlich ziemlich platt. Es war eine ermüdende und kräftezehrende Sitzung gewesen. Zeit, nach Hause und ins Bett zu kommen. Sein Auto hatte er leider nicht direkt am Haßfurter Rathaus parken können, denn die Parkplätze dort waren chronisch besetzt. Also hatte er seinen VW-Bus etwas weiter weg, auf dem großen Parkplatz der Ritterkapelle, abgestellt, dem Glanzstück spätgotischen Kirchenbaus gleich gegenüber dem östlichen Stadttor. Keine stundenlange Wanderung, aber wenn man um vier Uhr früh bei sechzehn Grad minus aus dem Haus trat, war jeder Meter zu Fuß irgendwie zu viel.

Niemand außer ihm war jetzt noch in Haßfurt unterwegs. Der festgetretene Schnee knirschte unter seinen Füßen, als er, die Aktentasche unter den rechten Arm geklemmt, zu seinem Auto eilte. Seine Hände hatte er tief in den Hosentaschen vergraben, in der Hoffnung, dass die Oberschenkel durch den Jeansstoff hindurch seine Hände warm halten konnten.

Als er seinen Bus erreichte, bemerkte er aus dem Augenwinkel, dass etwa zehn Meter entfernt ein weiterer VW-Bus parkte. Nur dass dieser ganz offensichtlich besser ausgestattet war als seiner, denn er konnte das leise Gurgeln einer Standheizung vernehmen, und weißlicher Rauch stieg aus irgendeiner Öffnung des Fahrzeugs. Wohl dem, der sich auf diese Witterung vorbereitet hat, gestand sich Dietmar Hümmer zähneklappernd ein und fingerte mit der klammen rechten Hand nach dem Autoschlüssel in seiner Jackentasche.

Den Schlag sah er nicht kommen, nur ein kurzer Schmerz in seinem Hinterkopf drang noch in sein Bewusstsein, dann verließ ihn selbiges. Sein von jedweder Spannung befreiter Körper sackte zusammen und rutschte am Blechkleid seines Busses nach unten in den Schnee. Wenig später wurde er hochgehoben, über eine Schulter geworfen und in Richtung der alten Haßfurter Kirche davongetragen.

Die Standheizung fauchte leise vor sich hin, während die fremde Person mit Dietmar Hümmer in der Dunkelheit verschwand.

Als Dietmar Hümmer langsam zu sich kam, brauchten seine Sinne eine Weile, um sich zu ordnen. Ein merkwürdiges blechernes Klirren und Klappern, das er links neben sich vernehmen konnte, hatte ihn in die Realität zurückgeholt. Leider war er nicht in der Lage, den Kopf zu drehen, sodass er keine Ahnung hatte, was da vor sich ging. Auch als sein Sehvermögen wieder zurückkehrte, brachte ihn das nicht weiter. Aus den Schlieren und Schleiern vor seinen Augen formte sich ein Bild, allerdings eines, dessen Sinn er nicht so recht verstand. Er lag erhöht auf einer Art Tisch, und rechts neben ihm ragte eine steinerne Wand empor, die mit herausgemeißelten Steinfiguren geschmückt war.

Was sollte das? Was war eigentlich passiert? Er war doch eben noch bei der Sitzung gewesen. Mühsam rief er sich in Erinnerung, was danach passiert war. Er hatte das Rathaus verlassen. Dann war er in später, bitterkalter Nacht zu seinem Auto gelaufen, das er an der Ritterkapelle abgestellt hatte.

Die Ritterkapelle.

Mit einem Mal wurde ihm klar, wo er sich befand. Obwohl er noch nie in dieser berühmten Kirche gewesen war, erkannte er sofort, dass dies das Kirchenschiff der Haßfurter Ritterkapelle sein musste. Die vielen steinernen Figuren, die sich rechts über seinem Kopf genau in seinem Blickfeld befanden, gehörten zum Altar.

Erneut versuchte, er sich zu bewegen, und wollte aufstehen, stellte jedoch fest, dass es ihm nicht möglich war. Er konnte nichts an seinem Körper bewegen, nicht einmal die Augen. Der Umstand seiner kompletten Lähmung versetzte ihm einen

Schock. Was war hier los, verdammt? War er gestolpert, gefallen und hatte sich eine massive Verletzung der Wirbelsäule zugezogen? Aber wenn das so wäre, läge er doch in einem Krankenhaus oder wenigstens in einem Rettungswagen auf dem Weg dorthin.

Wieder drang das metallische Klappern an sein Ohr, dann schob sich etwas in sein Sichtfeld.

Vom Gesicht der Person war nicht viel zu erkennen, denn ihren Kopf umhüllte ein weißer Stoff, der bis über den Mund reichte, und auf der Stirn saß eine Art Skibrille, die durch ein Gummiband um den Hinterkopf an ihrem Platz gehalten wurde. Die Augen des Mannes lächelten ein merkwürdiges Lächeln, das eine Welle des Schauderns durch seinen bewegungslosen Körper jagte. Sie kamen ihm so seltsam bekannt vor. »Wer bist du?«, hätte er den Mann gern gefragt, wenn er denn gekonnt hätte. Doch auch die Lippen versagten ihm den Dienst.

Als hätte der Mann die Frage dennoch gehört, zog er den Teil des weißen Stoffes, der seinen Mund bedeckte, unter das Kinn und legte so auch den Rest seiner Züge frei. Mit starrem Blick sah Dietmar Hümmer in das Gesicht des Fremden, der nun nicht länger einer war. Jetzt kapierte er endlich, wer ihn da auf den Hochaltar der Haßfurter Ritterkapelle verfrachtet hatte.

Ach du liebe Scheiße, dachte er angstvoll, ich habe es mit einem Irren zu tun.

Mit viel Glück war das hier nur eine ziemlich abgedrehte Racheaktion. Aber wenn nicht? Dann hatte er ein Problem, und zwar ein richtig großes. Wie groß, wurde ihm relativ zeitnah offenbart, denn sein Peiniger begann unvermittelt, mit ihm zu sprechen.

»Tja, Dietmar Hümmer oder wie du mit richtigem Namen heißen magst, mit mir hast du nicht gerechnet, wie?«

Hümmer hätte ihm durchaus zugestimmt, wäre er nicht dazu verdammt gewesen, dem Horror schweigend zu folgen.

»Zwei von euch habe ich schon erledigt, jetzt bist du an der Reihe, mein Lieber«, fügte der Mann hinzu. Er tat das mit der emotionslosen Leutseligkeit eines Friseurs, der ihn, Dietmar Hümmer, für eine ganz spezielle Frisur in seinen Salon bestellt hatte. Dass von leutselig aber keine Rede sein konnte, wurde ihm klar, als sich metallene Klammern seinen Augen näherten und eine nach der anderen seine Augenlider auseinanderspreizte.

Panik flutete seinen Körper, und die Hilflosigkeit, die er empfand, machte ihn schier wahnsinnig. Er wollte sich entschuldigen, ihm Geld anbieten, tun, was auch immer er von ihm wollte. Er hätte ihm alles versprochen, ohne zu zögern. Hauptsache, er hörte mit dieser bizarren Vorstellung auf. Aber das konnte er nicht. Stattdessen musste er stumm und bewegungslos daliegen und zusehen, wie sich ein Skalpell seinem linken Auge näherte.

Alles in ihm bäumte sich auf. Er wollte schreien, aufspringen, fliehen. Aber sein Vorhaben war und blieb imaginär. Als das Sehvermögen im linken Auge schwand, spürte er keinen Schmerz, nur die blanke Panik in seinem Innersten. Dann näherte sich das Skalpell erneut, diesmal dem verbliebenen rechten Auge.

Verzweifelt heftete er den Blick auf die zwölf Apostel aus weißem Sandstein, die direkt über ihm regungslos an ihren Positionen im Altar verharrten. Irgendwie hatte er noch die irrationale Hoffnung, dass einer von ihnen in letzter Minute zu ihm heruntergestiegen kam und diesen schrecklichen Alptraum beendete. Aber nichts dergleichen geschah, auch neben seinem rechten Auge senkte sich der scharfe Stahl des Skalpells durch die Haut hindurch in die Tiefe seiner Augenhöhle. Kurz darauf erlosch sein Augenlicht vollends.

Dietmar Hümmers Herz schlug wild in seiner Brust, und er versuchte, sich auf diesen Herzschlag zu konzentrieren, um sich irgendwie zu beruhigen. Es klappte nur bedingt und nur für eine kurze Zeit. Sein Herz schlug immer unregelmäßiger, und schließlich setzte es mehrere Male aus. Ein großer, kalter Klumpen schien sich in seinem Bauch zu bilden. Noch einmal versuchte er mit aller Gewalt, seinen Körper zu einer Bewegung zu zwingen, ehe der große Muskel in seiner Brust, der das Blut in seinem Körper so viele Jahre hatte zirkulieren lassen, aussetzte, wieder ansprang und nach nur wenigen weiteren pumpenden Bewegungen endgültig den Dienst einstellte.

Die Büchse der Pandora

Der Saal drüben füllte sich langsam, während sich David Oak vorn im Gastraum noch einen Whisky nachschenkte. Jim Beam. Eigentlich war das gar kein Whisky, jedenfalls nicht für einen Engländer wie ihn und für einen Schotten schon gar nicht. Aber es schmeckte ähnlich und machte ruhig. Und Gelassenheit war wirklich vonnöten.

Seine Tournee durch Europa hatte ihn heute in einen ziemlich abseitigen Zipfel Deutschlands verschlagen, allerdings einen überaus engagierten. Die Leutchen hier wussten ganz genau über ihn Bescheid und waren richtig scharf darauf gewesen, dass er bei ihnen auftrat. Damit hatte er nicht gerechnet. Selbst in England schlug ihm meist mehr Skepsis entgegen als in diesem nördlichsten Zipfel Bayerns. Das waren regelrechte Fans, sehr fein.

Von Coburg wusste er im Grunde nur, dass die englische Königsfamilie sich hier vor langer Zeit einmal genetisch bedient hatte. Der deutsche Prinz Albert war in England aber schnell domestiziert worden. In späteren Zeiten mussten die Einwohner dieser Stadt zudem einigermaßen flott dabei gewesen sein, als ein gewisser Hitler begann, sein Tausendjähriges Reich zu gründen. Vielleicht erklärte das den unbedingten Willen seiner Veranstalter, ihn heute einzuladen. Sein Auftritt sollte die Auflehnung gegen das derzeit existierende Staatsgebilde befeuern und kam ihm und seinem Anliegen natürlich ebenfalls entgegen. Menschen, die an denen zweifelten, die sie regierten, waren seine wichtigsten Unterstützer, auch wenn die sogenannten Reichsbürger aus ganz anderen Gründen in die gleiche Richtung dachten.

Wie auch immer, man hatte ihn eingeladen, damit er heute und hier einen Vortrag über das Thema seines Lebens hielt. Da dieser Abend ziemlich gut bezahlt wurde und man ihm außerdem angeboten hatte, ein paar Tage kostenlos im Coburger Land zu übernachten, hatte er beschlossen, das Angebot anzunehmen und sich diese Gegend einmal näher anzusehen. Vielleicht konnte er sogar einen Laden finden, der ihm einen anständigen Scotch verkaufte.

Aber jetzt musste er erst einmal seinen Vortrag über die Bühne bringen. Fast zweihundert Menschen hatten sich angemeldet. So viele Zuhörer hatte er außerhalb der Britischen Inseln eigentlich nur noch im Süden Frankreichs zu erwarten, wo die rechtsnationalen Le-Pen-Anhänger nur zu gern in seine Veranstaltungen strömten. Das korrekte Deutschland hingegen war bisher ein weißer Fleck auf seiner Landkarte gewesen. Schön, dass es auch unter den so ordentlichen und staatstreuen Deutschen inzwischen Menschen gab, die es wagten, das Unmögliche zu denken.

Noch dazu war dies ein wirklich netter Veranstaltungsort. Ein uralter Saal mit Tradition. Die Gaststätte »Zum schwarzen Bären«, in einem niedlichen ländlichen Ort namens Beiersdorf, unweit von Coburg gelegen, war eine ideale Kulisse für dunkle, unwirkliche Thesen. Der perfekte Ort, um verlorene oder verwirrte Seelen von seiner Sache zu überzeugen.

Er schaute auf die Uhr. In fünfzehn Minuten begann seine Vorstellung, es wurde langsam Zeit, die kleine Umkleidekabine neben der Bühne aufzusuchen. David Oak stürzte die Reste des amerikanischen Whiskyderivates hinunter, erhob sich und ging hinüber in den alten Wirtshaussaal, wo sein gespanntes Publikum schon ungeduldig auf ihn wartete. Prompt wurde er erkannt, und die Ersten applaudierten ihm auf seinem Weg in seine kleine Umkleidekabine. Na, das konnte ja was werden, allzu groß schien die Skepsis seinen Theorien gegenüber schon mal nicht zu sein. Von seinem Veranstalter wurde er mit leuchtenden Augen empfangen. Unfassbar, das war ja wie zu Hause in England.

Sein Deutsch war hoffentlich noch nicht so eingerostet, dass ihn keiner verstand. Immerhin hatte er eine deutsche Mutter, die es ihm von Kindesbeinen an beigebracht hatte. Aber um ehrlich zu sein, früher hatte er weit besser Deutsch gesprochen als jetzt. Es war eine schwierige Sprache, die zudem in seiner Jugend nicht wirklich beliebt gewesen war. Sie war irgendwie uncool, genauso wie die Deutschen selbst. Er war sich allerdings ziemlich sicher, dass sich sein Bild über dieses Volk heute Abend sehr zum Positiven wandeln würde.

Der Veranstalter ging hinaus, um ihn anzukündigen, während er noch einmal kurz sein Manuskript überprüfte, nicht dass in seinem Blätterwerk etwas durcheinandergeraten war. Das wäre bei so einem ernsthaften Thema wirklich tödlich. Aber es passte alles, und durch die Lautsprecher im Saal konnte er auch bereits die begeisterte Stimme des Veranstalters hören.

»Und jetzt begrüßen Sie bitte mit mir unseren Gast aus England, Herrn David Oak!«

Er ging die wenigen Stufen zur Bühne hinauf und nahm das Mikrofon, das ihm vom Veranstalter gereicht wurde. Ein warmer Applaus geleitete ihn bis zur Bühnenmitte. Als er dort angelangt war, erlosch das Licht im Saal, und nur noch ein schummriges Licht zur Beleuchtung der Bühne war zu erkennen. Dann erschien auf einer großen Bühnenleinwand ein Bild, welches groß und bedrohlich alle Blicke auf sich zog. Sofort wurde es still im Saal, und das Publikum lauschte seinen eröffnenden Worten, die er ruhig, deutlich und mit kaum wahrnehmbarem englischen Akzent vortrug.

»›Ich beschäftige mich nicht mit dem, was getan worden ist. Mich interessiert, was getan werden muss.‹ Ein Zitat der berühmten französischen Wissenschaftlerin Marie Curie, die den Nobelpreis für ihre Forschungen an der Radioaktivität bekam. Leider ist Marie Curie an den Folgen ihrer Forschung gestorben.« Er machte eine kurze Pause, um sein Publikum zu betrachten. Aller Augen hingen gespannt an seinen Lippen. »Sie ist gestorben, weil sie der Wahrheit auf der Spur war. Weil sie wissen wollte, was hinter dieser seltsamen ›Magie‹ der Radioaktivität steckte. Das ist mein erster Appell an Sie. Streben Sie nach der Wahrheit. Glauben Sie nicht an das Offensichtliche. Glauben Sie nicht, was Ihnen alle erzählen. Denn das, was Ihnen die Mehrheit weismachen will, ist falsch. Die angeblichen Wahrheiten, die Regierende und Staatsmacht verbreiten, sind blanke Manipulation. Egal ob Bundeskanzler, Präsidenten oder auch einfach nur Bürgermeister oder die Polizei. Sie alle sind Urheber der Manipulation.«

Er machte eine wohlakzentuierte Kunstpause, in der zustimmendes Raunen ertönte, ehe er mit demonstrativ erhobener Stimme begann, seine Zuhörer dorthin zu lenken, wo er sie haben wollte.

»Ich bin heute hier, um Sie darüber aufzuklären, wer diese Personen sind, die uns alle fernsteuern wollen, und warum. Ich werde Ihnen die Augen öffnen für eine schier unglaubliche Wahrheit. Eine Wahrheit, die es Ihnen nicht leicht machen wird, mir zu glauben. Aber wenn Sie sich dazu durchringen, das Offensichtliche nicht mehr länger zu ignorieren, dann werden Sie meine Botschaft verstehen. Sie werden verstehen, dass wir uns wehren, dass wir endlich kämpfen müssen. Ich jedenfalls werde kämpfen. Und jeder, der sich mir anschließen will, ist herzlich willkommen. Ob mit Geldspenden oder persönlichem Einsatz. Lasst uns kämpfen gegen die dort draußen, die unsere Länder regieren, die uns missachten und zugrunde richten. Wehren gegen jene, die uns unterdrücken und misshandeln, denn wir haben Besseres verdient. *Ihr* habt Besseres verdient, denn ihr seid das Volk!« David Oak zeigte entschlossen ins Publikum, woraufhin sich begeisterter Applaus erhob, der kurz darauf in den bekannten Slogan der Wendezeit mündete.

»Wir sind das Volk!«, brandete es durch den alten Wirtshaussaal, während sich ein dünnes Lächeln auf Oaks Lippen schlich. Diesen Ruf kannte er, kannte seit dem Mauerfall in Deutschland die ganze Welt.

Das Bett für das Publikum war bereitet, jetzt musste er sie nur noch mit seiner Wahrheit zudecken. Zugegeben, es waren gewöhnungsbedürftige Kissen, auf die er seine Zuhörer zu betten gedachte. Aber sie würden ihn bald verstehen. Sie *mussten* ihn einfach verstehen. Dann würden wieder ein paar Menschen mehr unterwegs sein, die das Unmögliche zu denken wagten und zu allem bereit waren, zu wirklich allem.

Es war ein einziges Desaster. Natürlich hatte die Polizei ihren Stalker nicht gefunden. Es gab etliche David Eichhorns in der näheren oder weiteren Umgebung, aber keiner von ihnen war derjenige gewesen, der sie so bedrängte. Sie hatte außerdem von sich aus in den sozialen Netzwerken geforscht, doch weder auf Facebook noch auf Twitter war sie fündig geworden. Schließlich hatte sie alle Versicherungen abgeklappert, die es in und um Bamberg gab, aber auch hier war kein David Eichhorn zu finden gewesen, jedenfalls nicht der, den sie suchte.

Es war wie verhext, der Typ war nicht aufzutreiben. Er schien außerdem mitbekommen haben, dass jetzt des Öfteren Streifenwagen in der Hornthalstraße patrouillierten, und war wohl clever genug, sich der Polizei nicht zu zeigen, denn seither war er auf der Straße nicht mehr zu sehen gewesen. Weder von ihr noch von der Polizei. Dafür war schon nach wenigen Tagen der Telefon- und E-Mail-Terror losgegangen.

»Hallo, Carolin, was treibst du denn für Spielchen?«, verlangte er im ersten Telefonat zu wissen, als wären sie alte Freunde. Es folgten weitere im selben Duktus. »Ich liebe dich, du liebst mich doch auch.« – »Wir gehören zusammen, das weißt du.« So oder so ähnlich ging es jedes Mal, wenn sie den Hörer abnahm und David Eichhorn am anderen Ende der Leitung war. Immer freundlich, immer nett in seinem naiven, oberfränkisch angehauchten Singsang, aber auch unglaublich penetrant und mit ungeduldigem Unterton. Und das blieb auch so, wochenlang, egal ob sie ihn anbettelte oder anschrie, damit aufzuhören. Er rief immer wieder an, mit unterdrückter Nummer, zuletzt bestimmt fünfzehnmal am Tag.

Also hatte sie das Festnetztelefon abgemeldet und nur noch ihr Handy zum Telefonieren benutzt. Aber diese Nummer hatte er ebenfalls herausbekommen, sodass sie eine neue beantragen musste. Als an dieser Front endlich Ruhe gewesen war, hatte das mit den E-Mails angefangen. Auch die schickte er penetrant und zahllos, mit wechselnden Absenderadressen. Mal war der Inhalt eine einzige Liebeserklärung, mal beschimpfte er sie auf das Übelste, weil sie ja so rücksichtslos und hart zu ihm war. Gefolgt von weiteren Liebeserklärungen, denn anscheinend begriff er das als eine Art Prüfung, die sie ihm auferlegte, damit er beweisen konnte, welche Erniedrigungen er zu ertragen bereit war, damit sie seine aufrechte Liebe erkannte.

Inzwischen landeten seine E-Mails im Spamordner ihres E-Mail-Programms. Abmelden oder ändern konnte sie ihre Adresse beim besten Willen nicht, denn dann wäre auch noch die letzte Möglichkeit der Kontaktaufnahme für potenzielle Kunden perdu. Da könnte sie auch gleich Insolvenz anmelden. Sie löschte die Spam-Mails täglich ungelesen. Nichtsdestotrotz war sie mit den Nerven fix und fertig. Aber noch war sie bereit zu kämpfen, noch würde sie nicht aufgeben. Obwohl ihr allmählich die bittere Erkenntnis durch den Kopf schwirrte, dass sie womöglich wegziehen, dass sie Bamberg verlassen musste, um dieses Arschloch endlich loszuwerden. Immerhin würde die Polizei nicht ewig draußen vor ihrer Tür vorbeifahren, und sie konnte auch nicht dauernd ihre Umgebung im Auge behalten. Denn sie wusste ja, dass dieser Irre, obwohl man ihn nicht sah, irgendwo dort draußen war und ihr jederzeit wieder auflauern konnte.

Auch wenn jetzt gerade Ruhe war, sie selbst hatte keine. Sie schlief schlecht, sie hatte massiv abgenommen, und vor allem machte ihr der Job keinen Spaß mehr. Eigentlich bereitete ihr gar nichts mehr Freude. Egal wo sie hinging, immer schaute sie in alle Ecken, ob er nicht irgendwo lauerte und sie mit seinem dämlichen Grinsen anbettelte.

Die Blumen aus ihrem Schlafzimmer hatte sie an das Don-Bosco-Heim weiter oben in der Straße verschenkt, das alte Schloss der Tür gegen ein teures Sicherheitsschloss auswechseln lassen. Ihre neue Handynummer kannten nur wenige absolut vertrauenswürdige Menschen. Was sie tun konnte, hatte sie getan. Und übermorgen fand hier in dieser Wohnung ihre Geburtstagsfeier statt.

Eigentlich hatte sie die Feier absagen wollen, aber dann hatte sie erkannt, dass sie es wirklich gut gebrauchen konnte, einmal alle ihre Freunde um sich zu haben. Nur die engsten natürlich und ihre Familie. Dann konnte sie auch endlich jemandem davon erzählen, denn bisher hatte sie die ganze unerquickliche Angelegenheit für sich behalten. Sie schämte sich, dass sie nicht allein mit dem Kerl klarkam. Aber im Kreis ihrer Freunde und Familienangehörigen würde sie sich vielleicht offenbaren. Womöglich brachte ihr das eine Art Erleichterung, und unter Umständen wusste ja jemand eine Lösung für ihr Problem.

Bis dahin würde sie jedoch niemandem ein Sterbenswörtchen sagen. Sie hatte Angst, sofort in Tränen auszubrechen, wenn sie es versuchte. Nein, sie würde sich noch zwei weitere Tage zusammenreißen und dann versuchen, so schön und fröhlich es ging ihren vierzigsten Geburtstag zu feiern.

Sie wischte sich mit dem Zeigefinger eine kleine Verzweiflungsträne von der Wange, dann knipste sie das Licht in ihrem Schlafzimmer aus.

Im kalifornischen San José herrschte eine atemlose Stille. Es war, als würde die ganze Welt innehalten, um der größten Sensation zu begegnen, die der Menschheit je widerfahren war. Die Firma Apple präsentierte ihr neuestes Produkt. Und diese Neuheit würde alles überstrahlen, was Apple jemals auf den Markt gebracht hatte. Den iMac, das iPad und das iPhone. Nichts davon wäre mehr sensationell, wenn dieser Abend erst vorüber war.

Und er saß in der ersten Reihe. Er war einer der Auserwählten, die diesem historischen Moment beiwohnen durften, absolut nervös und auf das gespannt, was nun kommen sollte. Dann, endlich, erschien er: Steve Jobs, der gottgleiche Chef und Firmengründer. Lagerfeld stutzte. War Steve Jobs nicht schon längst gestorben? Das hatte er mitbekommen, da war er sich relativ sicher. Aber egal, vielleicht auch nicht, schließlich kam der Mann ja in diesem Moment leibhaftig dort drüben die Treppe herauf. Er musste sich irren.

Lächelnd und cool wie ein frisch gefrosteter Eiswürfel betrat Steve Jobs die Bühne. Er hatte nichts dabei. Kein auffälliges technisches Gerät, keinerlei Behältnis, aus dem man vielleicht etwas hätte herausholen können, nein. Steve Jobs trat ans Mikro und lächelte kurz, dann hob er die rechte Hand, deutete auf eine Ecke der Bühne und sagte: »Meine Damen und Herren, ich präsentiere Ihnen heute das revolutionärste Produkt aller Zeiten, die erste komplett digitale Frau der Welt – iWoman!«

Eine dunkelhaarige schlanke Schönheit mit Idealmaßen betrat

die Bühne, sich mit wiegenden Schritten in deren Mitte begebend, und Steve Jobs begann sichtlich stolz mit seinen Erklärungen.

»iWoman ist der erste vollwertige digitale Ersatz für die herkömmliche Frau. Das Chassis ist in sieben verschiedenen Variationen sowie neununddreißig Größen und Gewichtsklassen erhältlich. Neben den an bisherigen Anforderungen gemessenen üblichen Fähigkeiten haben wir diverse Neuerungen eingebaut. So erhalten Sie mit jeder iWoman außerdem das Bildbearbeitungsprogramm iGelb und den neuen Wikipedia-Konkurrenten, das Nachschlagewerk iWeiß. iWoman ist zu hundert Prozent haushaltskompatibel und wird zusammen mit dem Kitchen Kit ausgeliefert, also dem iKocher, dem iLöffel sowie dem iPott. Die dafür erhältlichen Essensprogramme sind online im Apple Cook Store verfügbar. Das Einstiegsmodell hat zweiunddreißig Gigabyte, eine orangenhautresistente Benutzeroberfläche sowie eine abschaltbare Periode. Besonders stolz sind wir auf das neue Betriebssystem iSex, das mit der optimierten Akkuleistung während einer Laufzeit von einundvierzig Stunden am Stück betrieben werden kann. Also … theoretisch.« Steve Jobs feixte, und das komplette, zum Bersten gefüllte California Theatre in San José lachte laut auf und applaudierte.

Auch Lagerfeld, der einen Platz in der ersten Reihe ergattert hatte, war vollends begeistert. iWoman. Das war genau das, was er jetzt brauchte, die Lösung für all seine Probleme. iWoman war das Produkt, auf das er gewartet hatte. Eine digitale, programmierbare Frau. Kein Gezicke, keine Einkaufslisten, keine Widerrede, die pure Harmonie. Völlig egal, was das Teil kostete, er würde sich umgehend eine bestellen, so viel war klar.

Steve Jobs, nur wenige Schritte von ihm entfernt, machte unterdessen jovial lächelnd mit seiner Präsentation weiter.

»Sie werden feststellen, dass iWoman von einer wirklichen Frau überhaupt nicht mehr zu unterscheiden ist. Den Zuschauern in der ersten Reihe werden wir das gern einmal persönlich demonstrieren«, erklärte Jobs, woraufhin sich iWoman elegant in Bewegung setzte, aufreizend die kleine Treppe hinunterstolzierte und auf den freudig erregten Bernd Schmitt zusteuerte.

»Natürlich sind auch viele nützliche Apps für iWoman erhältlich, zum Beispiel ein Programm namens ›Balloon Boy‹, mit dem Sie die BH-Größe Ihrer iWoman nach eigenen Wünschen und Vorstellungen verändern können. Die App wird durch eine Multitouch-Berührung an der rechten Brust gestartet.«

Erneut brandete Applaus auf, begleitet von begeisterten Rufen der vorwiegend männlichen Besucherschar.

»Aber das Schönste ist, iWoman braucht lebenslang nur ein Paar Schuhe, eine Frisur und hat keinerlei Bedürfnis, zu telefonieren«, ulkte Steve Jobs.

Allgemeines Gelächter rollte durch den Saal, während sich iWoman mit ihren üppigen Rundungen, den langen, gewellten schwarzen Haaren und aufreizendem Blick auf Lagerfelds Schoß breitmachte. Ihre Finger mit den schwarz lackierten Nägeln spielten mit seiner Sonnenbrille, dann wanderten sie in einer Art seine Brust hinunter, dass Lagerfeld bereits den ersten Ganzkörperschweißausbruch verspürte.

»Ich habe Aquaplaning in der Hose«, säuselte er ihr mit zitternder Stimme ins Ohr.

»Und ich hasse Tofu«, flüsterte sie, ehe sie ihm mit ihren makellos weißen Zähnen sanft ins Ohrläppchen biss.

Das Publikum im Saal begann zu toben, denn der ganze Vorgang wurde natürlich auf eine Großbildleinwand projiziert, damit sich sämtliche Anwesenden von der offensichtlichen Qualität des neuen Apple-Produkts überzeugen konnten.

Aber dann kam das Piepen. Ein lautes, nerviges, anhaltendes Piepen. iWoman verzog erschrocken das Gesicht und nahm ihre Hände von Lagerfelds Körper. Steve Jobs drückte hektisch auf einer Art Fernbedienung herum, die er aus seiner schwarzen Jeans gezaubert hatte, während iWoman vor Lagerfelds Augen langsam zu verblassen begann. Das seltsame Piepen wurde lauter. Vielleicht ist der Akku leer, dachte Lagerfeld ehrlich enttäuscht, während er zusah, wie iWoman immer durchsichtiger wurde, um schließlich ganz zu verschwinden.

»Nein!«, schrie Lagerfeld ihr hilflos hinterher, dann öffnete er die Augen, um den Ursprung dieses grauenvollen Piepens zu ergründen. Sein Blick fiel auf die weiß gestrichene Decke seines Arbeitszimmers über ihm, dann auf den Wecker, der auf dem Fußboden neben seiner Schlafstatt vor sich hin schrillte.

Er wusste wieder, wo er war. Gefallen tat ihm das aber überhaupt nicht. In seinem Traum war es weitaus schöner gewesen.

Seufzend richtete er sich auf dem Sofa auf, das bisher nur als provisorisches Gästebett gedient hatte. Für ihn war es nun schon die zweite Nacht auf dieser unbequemen Lagerstatt gewesen. Dank der unerfreulichen Geschehnisse des Abends zuvor. Als er auf die Uhr sah, wusste er, dass er sich beeilen musste. Sonst kam er nämlich zu spät in die Dienststelle. Er stand auf und lugte vorsichtig zur Tür hinaus, aber im Haus war es merkwürdig still. Eigentlich müsste um diese Zeit doch schon längst Tellergeklapper und Lenas fröhliches Kindergebrabbel zu hören sein.

»Ute!«, rief er laut, aber niemand antwortete, weder aus der Wohnküche noch vom oberen Stockwerk. Als er schließlich mit nacktem Oberkörper in der Küche stand, entdeckte er den Zettel auf dem Esstisch. Es war seine tägliche Einkaufsliste, die er wie immer nach dem Dienst abzuarbeiten hatte. Allein und verloren lag sie in der Mitte des Tisches. »Bin mit Lena in der Krabbelgruppe«, stand als letzter Satz darunter. Kein Gruß, keine nette Malerei von Ute wie sonst immer.

Kopfschüttelnd betrachtete er den Zettel, dann ging er zurück ins Gästeklo, schließlich wartete die Arbeit auf ihn. Um alles andere würde er sich heute Abend kümmern, wenn er nach Hause kam. Als seine rechte Hand in die hintere Tasche seiner Jeans fuhr, spürte sie etwas Hartes, Flaches, Plastikartiges. Verwundert holte er das Objekt ans Tageslicht. Es war Utes »Valette«. Lagerfeld fiel wieder ein, warum er den Kunststoffträger eingesteckt hatte. Er ging in die Küche und schaute sich suchend um. Sein Blick fiel auf die große Pralinenschachtel oben auf dem Geschirrschrank, die ihm Robert Suckfüll unlängst zu seinem Geburtstag geschenkt hatte. Angeblich war es die Lieblingssorte seines Chefs, zumindest hatte Fidibus das behauptet. Wahrscheinlich waren Süßigkeiten neben den ungerauchten Zigarren die einzigen Laster, die sich ihr Chef in seinem Leben gönnte. War er doch ansonsten stets darauf bedacht, eine gute, gefasste Figur abzugeben. Wie auch immer, die Pralinen waren für seine Zwecke geradezu ideal.

Bernd Schmitt stieg auf einen Stuhl und holte die Schachtel herunter. Er hatte die teuren Lauensteiner Pralinen seinerzeit für einen besonderen Moment aufheben wollen. Nun, dieser Moment war gekommen. Bevor er die Pralinenschachtel öffnete, kramte er noch nach dem kleinen Kreuzschlitz-Schraubenzieher, der seit Anbeginn der Mühlenrenovierung in der rechten Schublade des Küchenschrankes zu Hause war. Dann setzte er sich mit Schraubenzieher und Pralinen an den Esstisch, entfernte die durchsichtige Plastikverpackung und öffnete die aufwendig gestylte Schachtel.

Die Hälfte der Pralinen war in bunte Alufolie eingewickelt, die waren für seine Zwecke ideal. Er griff sich eine der Wickelpralinen und pikte mit dem Schraubenzieher ein kleines Loch durchs Alu und die Schokolade. Dann drückte er eine der Anti-Baby-Pillen aus der Verpackung und schob diese in das Pralinenlöchlein hinein. Einmal kurz mit dem Daumen über die Folie, und schon war von dem chirurgischen Eingriff nichts mehr zu erkennen.

»Super!«, rief Lagerfeld begeistert aus, dann schaute er noch einmal kurz auf die Uhr. Die Zeit würde keinesfalls reichen, wenn er jetzt alle Pralinen impfte. Gut, dann musste er eben auf das Frühstück verzichten. Dafür konnte er in Ruhe sein Werk vollenden. Mit einem zufriedenen Grinsen klaubte er die nächste Köstlichkeit aus der Pralinenschachtel.

Der Schlüssel passte nicht. Sie probierte es noch einmal, doch er passte immer noch nicht. Merkwürdig, dabei hatte sie ihn vom Mesner persönlich, weil der sie gebeten hatte, das Weihwasser in den kleinen Kesseln aufzufüllen, die in der Ritterkapelle verteilt waren. Mesner Oskar Musil war nämlich krank. Eine fiebrige Erkältung hatte ihn niedergestreckt, sodass ihm der Arzt strenge Bettruhe verordnet hatte. Deswegen sollte sie heute einmal an seiner statt in der Ritterkapelle nach dem Rechten sehen, auf jeden Fall aber bitte schön die Weihwasserkessel nachfüllen.

Und jetzt passte dieser Schlüssel nicht. Sie beugte sich hinunter, um sich das Schloss genauer anzusehen. Vielleicht war es ja vereist, oder einer dieser nichtsnutzigen Ministranten hatte als Lausbubenstreich etwas hineingesteckt. Aus der Nähe betrachtet sah das aber überhaupt nicht nach Lausbubenstreich aus, eher nach Einbruch. Das Schloss war nämlich massiv zerkratzt und das alte Holz der massiven Tür an mehreren Stellen zersplittert.

Vorsichtig zog Schwester Barbara Liebereiz an der hohen Pforte, und siehe da, die Tür schwang ihr entgegen. Allerdings verhakte sich einer der langen spitzen Holzsplitter in ihrer schwarzen Schwesterntracht, sodass sie erst einmal ihr Gewand davon befreien musste. Mit einem sehr unguten Gefühl zog sie die Tür nun vollends auf und betrat die Kirche. Die Sonne schien noch nicht an diesem kalten Februarmorgen, aber es war hell und klar. Blasses Licht fiel in breiten Strahlen durch die weißen Glasscheiben der hohen Fenster und erhellte den Innenraum der Kirche. Sie schaute nach rechts und links, aber es war nichts zu sehen von einem Einbrecher oder sonstigen Übeltäter. Es war alles genauso still wie immer. Und das hieß, es war absolut still. Eine fallende Stecknadel hätte in der Ritterkapelle zu Haßfurt einen Höllenlärm veranstaltet.

Schwester Barbara überlegte fieberhaft, denn so richtig wusste sie nicht, wie sie sich in einer solchen Situation verhalten sollte. Die Eingangstür der Kapelle war mit Gewalt aufgebrochen worden, so viel war sicher. Der Grund dafür lag aber noch im Dunkeln. Zumindest schien niemand hier gewesen zu sein, der irgendwie randaliert hätte. Nichts war umgeworfen, zerstört oder besudelt, aber jemand hatte womöglich an den Wänden Schmierereien aufgebracht – ihre Gedanken stockten. Denn als ihre Augen nun die weißen Wände absuchten, fiel ihr doch etwas auf. Ganz hinten, bevor es zum Hochaltar hinaufging, war doch irgendetwas an der Wand, das dort definitiv nicht hingehörte.

Mit wehender Schwesterntracht eilte sie den Mittelgang entlang nach vorn zum Altar, die Augen fest auf die Stelle an der Wand gerichtet, bis sie mit großen Augen vor der beschmutzten Fläche stand. Mit roter Farbe hatte jemand in großen Lettern die

Worte »eiemak itagn leo« an die Wand gepinselt. Was sollte das? Ein Vandale? Die Tat eines Betrunkenen? Aber dann wäre die Botschaft doch zumindest halbwegs verständlich gewesen, oder nicht? Ihr kam ein unglaublicher Verdacht. Vielleicht wurde sie gerade Zeuge eines Wunders. War es eine Botschaft des Herrn? Wurde sie Zeugin einer Offenbarung des Allmächtigen, der seinen sündigen Kindern auf Erden etwas mitteilen wollte? Oder war es der Teufel persönlich gewesen, der sich hier an dieser Wand verewigt hatte, um dem Guten und Heiligen zu trotzen und an diesem geweihten Ort seine Macht zu demonstrieren?

Ein eisiger Schauer durchlief ihren Körper, als sie diesen Gedanken, die dunkelste aller Möglichkeiten, in Betracht zog. Dann fiel ihr Blick auf die Steinplatten zu ihren Füßen, und sie bemerkte die Linie aus roten Tropfen, die Spur des Verursachers dieser abscheulichen Schrift. Sie führte um den Taufkessel herum, nach hinten in Richtung des Hochaltars. Misstrauisch folgte Schwester Barbara Liebereiz den Zeichen auf dem Fußboden, bis sie am Hochaltar stand und den Blick hob. Der Anblick war so abgrundtief grauenhaft, dass sie einige Schritte zurücktaumelte und, als sie sich wieder gefangen hatte, an Ort und Stelle zusammenbrach. Aber sie war eine starke Frau, ohnmächtig wurde sie nicht. Nur das Antlitz nach oben zu diesem schrecklichen Grauen heben, das ging nicht.

Sie hielt ihren Blick starr auf die Steinplatten des Fußbodens gerichtet und fing an, laut den Herrn anzurufen. Ein Vaterunser nach dem anderen sprudelte aus ihr heraus, bis sie schließlich aufsprang, sich umwandte und, so schnell ihre Füße sie trugen, aus dieser verfluchten Kirche rannte.

Lagerfeld war nicht nur nicht zu spät in der Dienststelle, sondern sogar zu früh. Diesen Umstand hatte er mit Kriminalhauptkommissar Franz Haderlein gemein, der auch gerade sein Auto auf dem Parkplatz vor dem Haupteingang abstellte. Haderlein nahm Riemenschneider an die Leine, dann gingen sie zusammen durch den Haupteingang und nahmen die Treppe nach oben. Haderlein schaute Lagerfeld fragend an, aber der Kollege wich seinem Blick aus, bis sie an der Tür zum Büro standen. Dort angekommen, fasste Haderlein ihn am Arm und schaute ihm so direkt und unerbittlich ins Gesicht, dass an ein Ausweichen nicht mehr zu denken war.

»Und?«, fragte er ungeduldig. »Wie ist es denn gelaufen mit deinen Deeskalationsmaßnahmen?«

Lagerfeld blickte mit ausdruckslosem Gesicht zurück, dann atmete er einmal tief und verzweifelt ein. Haderlein sah, dass er nach Fassung ringen musste.

»War ein Schuss in den Ofen, Franz«, meinte Lagerfeld schließlich resigniert.

»Ein Schuss in den Ofen? Was meinst du denn mit Schuss in den Ofen, Bernd?« Obwohl er nachfragte, servierte Haderleins Gefühl ihm bereits die unerfreuliche Nachricht, die nun zweifellos kommen musste.

»Die Deeskalation hat so geendet, dass ich ab jetzt im Arbeitszimmer wohne. Beantwortet das deine Frage, Franz?« Mit dieser bissigen Antwort öffnete Lagerfeld die Tür zum Büro und stürmte, die Schachtel mit den Pralinen fest unter den linken Arm geklemmt, so rabiat ins Innere, als gehörte er zu einem Sondereinsatzkommando und wollte Geiseln befreien.

Haderlein sagte lieber nichts mehr, löste Riemenschneiders Leine und begab sich an seinen Platz, während Lagerfeld es sich bereits auf seinem Bürostuhl bequem gemacht hatte und den Deckel von der Pralinenschachtel hob.

»Riemenschneider, du wirst nicht glauben, was ich dir mitgebracht habe!«, rief er quer durch den Raum zu dem kleinen Schwein hinüber, welches sich sogleich an seinen üblichen Platz unter Honeypennys Tisch gelegt hatte. Sofort schossen Riemenschneiders Ohren nach oben, das Gleiche taten allerdings auch die Augenbrauen von Marina Hoffmann. Schon hatte die Dienststellensekretärin die Arme erhoben, um offiziell Protest einzulegen.

»Das tust du nicht, Bernd!«, schrie sie mit schriller Stimme in Richtung Pralinenschachtel. »Ich arbeite hier seit Jahren an einer gesunden, ausgewogenen Ernährung für dieses Schweinchen, und jetzt kommst du einfach mit deiner Kalorienbombe daher? Das wäre sowohl ernährungstechnisch als auch pädagogisch eine absolute Katastrophe. Das erlaube ich nicht!«

Lagerfeld focht dieser Anwurf aber überhaupt nicht an, hatte er doch mit Protest gerechnet. Alles andere wäre ja absolut unnatürlich gewesen. Betont langsam wickelte er eine der geimpften Pralinen aus der Alufolie. Riemenschneider war derweil brav an Lagerfelds Tisch angekommen und schaute in froher Erwartung zu ihm nach oben, wo Lagerfeld in betonter Langsamkeit eine der geimpften Pralinen aus der Alufolie wickelte.

»Ich hab's ihr versprochen«, verkündete er nüchtern, dann reichte er die Praline zu dem schwanzwedelnden Schweinchen hinunter.

Riemenschneiders Augen wurden etwa so groß wie Espressountertassen, und ihr kleiner Rüssel saugte den Duft, der ihr entgegenschlug, dermaßen begierig ein, dass sie einen Moment lang mehr einem rosa Biostaubsauger ähnelte als einem staatlich zertifizierten Ermittlerschwein. Dann schnappte sie zu, und die Lauensteiner Edelleckerei war in null Komma nichts in ihrem Verdauungstrakt verschwunden. Damit waren nun eigentlich alle sehr zufrieden, nur Honeypennys Kopf hatte eine gefährliche scharlachrote Farbe angenommen.

»Franz, jetzt sag doch auch mal was!«, bellte sie zu Riemenschneiders Herrchen hinüber.

Aber Kriminalhauptkommissar Haderlein hob nur kurz den Kopf aus den Ermittlungsakten und sah pflichtschuldigst auf die Gesamtsituation an Lagerfelds Schreibtisch, wo Riemenschneider laut schmatzend mit Pralinenvertilgung beschäftigt war. Dann sagte er achselzuckend: »Wo er es ihr doch versprochen hat«, und versenkte den Blick wieder im Ordner vor seiner Nase.

Marina Hoffmann konnte es nicht fassen. Allein unter Männern, sie hatte ja immer gewusst, dass das nicht gut gehen konnte. Was sollte sie denn allein gegen eine ganze Pralinenschachtel ausrichten? Nichts.

»Nein, Schluss, das reicht für heute, Riemenschneider, erst morgen gibt es wieder eine, vorher nicht«, rief Lagerfeld zur

Riemenschneiderin hinunter, die eigentlich auf umfangreichen Nachschub gehofft hatte. Aber Lagerfeld machte ein strenges Gesicht und winkte verneinend mit dem Zeigefinger. Seine kulinarische Strenge führte bei Marina Hoffmann zu einer gewissen Gemütsverbesserung, entsprach Lagerfelds Vorgehen doch jetzt eher ihren pädagogischen Vorstellungen. Bevor sie sich jedoch dazu äußern konnte, kam völlig unvermittelt César Huppendorfer zur Tür herein.

»Alle schon da?«, rutschte es ihm vor lauter Überraschung heraus. Dann schaute er sicherheitshalber auf seine Armbanduhr, nicht dass er sich versehentlich verspätet hatte. Das fehlte gerade noch. Aber er war absolut im Zeitkorridor. Seine Kollegen waren nur zu früh.

Erleichtert begab er sich zu seinem Platz. Da entdeckte er die Pralinenschachtel auf Lagerfelds Schreibtisch.

»Was denn, hat jemand Geburtstag?«, rief er erfreut und wollte schon zu einer Praline greifen. Aber Lagerfeld schlug ihm sogleich mit der ausgestreckten Hand auf die Finger.

»Die sind für Riemenschneider und für niemand sonst, klar?«, erklärte er streng, woraufhin César Huppendorfer das Gesicht verzog und schleunigst seine Finger in Sicherheit brachte.

»Ist ja gut, ist ja gut«, nörgelte er, bevor er zu seinem Schreibtisch wechselte. Er hatte kaum Platz genommen, da läutete Haderleins Telefon. Laut und unerbittlich eröffnete das Geklingel den Arbeitstag, und das gleich mit einer unerfreulichen Nachricht.

»Kriminalhauptkommissar Haderlein«, meldete sich Haderlein höflich, aber bestimmt. Da sein Gesprächspartner anscheinend allerhand zu erzählen hatte, hörte er eine ganze Weile schweigend, aber aufmerksam zu. Eine Zeitspanne, in der sich die Gesichtszüge des Kommissars kontinuierlich verhärteten, bis sein Gesicht völlig versteinerte. »Ist gut, wir kommen sofort.« Er legte auf, griff sofort nach seiner Jacke und sprang von seinem Stuhl auf. »Bernd, du kommst mit mir, unser Unbekannter hat wieder zugeschlagen!«, rief er, während er sich hektisch in seine Wildlederjacke quälte.

»Und ich, was mach ich?«, fragte Huppendorfer ratlos, während er von einem zum anderen schaute. Aber Haderlein hatte schon einen konkreten Plan für Huppendorfers Tagesaktivität.

»Na, wie ich dir gestern schon sagte, César. Du schwingst dich nach Schederndorf und befragst noch mal diese Brauereifamilie. Vielleicht hast du mehr Glück als ich.« Sprach's und war Sekunden später zusammen mit Lagerfeld nach draußen verschwunden.

Huppendorfer starrte noch einen Augenblick auf die geschlossene Dienststellentür, dann auf die achselzuckende Dienststellensekretärin und ließ sich ächzend in seinen Stuhl fallen. Irgendwie ging ihm das alles zu schnell gerade. Aber das Schicksal war noch erbarmungsloser, als er befürchtet hatte. Denn die erhoffte Zeitspanne, die er sich für die Sortierung seiner Tagesaufgaben gönnen wollte, wurde ihm nicht gewährt. Von der Tür des Dienststellenbüros war nun ein zaghaftes Klopfen zu vernehmen, dann wurde diese vorsichtig geöffnet, und der Kopf eines Mannes erschien. Er gehörte zu einem völlig verunsicherten Bestattungsunternehmer namens Leonhard Sachse. Der stand, nachdem er eingetreten war und einen guten Morgen gewünscht hatte, etwas verunsichert im Büroeingang herum.

»Was gibt's denn, Sachse, spuck's aus«, fuhr ihn Honeypenny an, die wegen Lagerfelds zügelloser Schweinefütterung immer noch angefressen war.

»Na ja, ich habe was abzugeben«, tönte der Bestatter, aber besonders selbstsicher wirkte seine Ansage nicht. »Ich, ähm, ich weiß allerdings nicht so recht, ob ich alles korrekt ausgefüllt habe.«

Honeypenny konnte vor allem eines in ihrem Leben nicht ausstehen, und das waren willensschwache Menschen männlichen Geschlechts. Sie hatte nichts übrig für stotternde Weicheier. Also rupfte sie Leonhard Sachse dessen durchsichtige Mappe regelrecht aus der Hand, um sich selbige einmal genauer anzusehen. Konzentriert studierte sie das darin befindliche Blatt, wobei die Fragezeichen in ihren Augen immer größer wurden.

»César, komm doch bitte mal her, ich habe keine Ahnung, was das hier soll. Vielleicht kannst du mir das ja erklären«, forderte sie bissig, denn ihre Laune wurde durch dieses seltsame Pamphlet nicht wirklich verbessert.

Als Huppendorfer das Blatt Papier in die Hand nahm und zu lesen begann, konnte er zuerst nicht glauben, dass es wirklich das war, was er dachte. Dann allerdings, als er kapierte, was der Bestattungsunternehmer da aus welchem Grund auch immer angeschleppt hatte, brach er in ein hemmungsloses Gelächter aus.

Sachse und Honeypenny hatten überhaupt keine Ahnung, was an diesem Dokument so lustig sein sollte. Vor allem, dass ausgerechnet Huppendorfer sich so dermaßen ausschüttete, war mehr als seltsam. Dessen Humor war nämlich eher als verarmt zu bezeichnen. Und jetzt gackerte der Kerl hier so albern herum wie ein Huhn. Anscheinend hatte er jetzt völlig den Faden seines beruflichen Daseins verloren.

»Das ist eine Verlustmeldung der Bundeswehr«, rief Huppendorfer japsend, ehe er sich dem nächsten Lachanfall hingab. »Siebenstädter hat Sie nach Strich und Faden verarscht, Sachse, nach Strich und Faden!« Er wollte sich gar nicht mehr einkriegen.

Huppendorfers wildes Gelächter verunsicherte Sachse nur noch mehr. Schließlich hatte ihm der Chef der Erlanger Gerichtsmedizin ja mit erheblichen Regressforderungen gedroht, wenn er diesen Bogen da nicht korrekt ausgefüllt ablieferte.

»Ja, und was soll ich jetzt damit machen? Kann ich das Formular einfach hierlassen? Ist das dann für mich erledigt, ja?«, stellte er die für ihn entscheidende Frage, während Marina Hoffmann stirnrunzelnd nach dem Formular griff, um es sich noch einmal zu Gemüte zu führen.

»Ja, ist völlig okay«, beschied ihn Huppendorfer fröhlich. »Das rahmen wir ein und hängen es hier an die Wand!« Winselnd vor Lachen wischte er sich mit dem Hemdsärmel die Lachtränen aus den Augenwinkeln.

»Ja, ähm, in Ordnung, dann geh ich mal wieder«, stellte Sachse fest und machte sich zum Rückzug bereit. »Und grüßen Sie mir den Rest vom Büro«, murmelte er konsterniert, dann verschwand er auf demselben Weg, auf dem er gekommen war.

»Hach, war das jetzt herrlich«, seufzte Huppendorfer und

nahm der ratlosen Honeypenny das Bundeswehrformular aus der Hand. »Das wird in die Historie der Dienststelle eingehen«, stellte er fachmännisch fest, während er sich zufrieden in seinen Stuhl plumpsen ließ.

Genau das hatte er gebraucht. Endlich hatte es einmal jemand geschafft, ihn aufzuheitern, ihn aus diesem Tal der Tränen hervorzuholen, in dem er sich in den letzten Tagen permanent befunden hatte. Das war gut, aber jetzt würde er sich endgültig seiner Arbeit widmen müssen. Wenigstens war nicht zu befürchten, dass er noch mal gestört wurde.

»Ja, was haben wir denn hier?«, ertönte da eine Stimme hinter ihm, und César Huppendorfer wirbelte herum. Robert Suckfüll, ihrer aller Chef, stand kauend an Lagerfelds verwaistem Schreibtisch und genoss sichtlich die Praline, die er sich soeben in den Mund gesteckt hatte. »Meine absolute Lieblingssorte«, meinte er versonnen, bevor sich seine Hand ungeduldig dem zweiten Lausteiner Pralinenexemplar näherte. »Was war denn hier gerade so lustig? Gibt es etwas zu feiern? Habe ich etwa ein Jubiläum eines meiner Untergebenen verpasst?«, erkundigte er sich und blickte seine beiden Mitarbeiter fragend an.

Vielleicht gab es ja auch gar kein Jubiläum, vielleicht hatte jemand eine lustige Geschichte zum Besten gegeben. Einen Witz zu verpassen tat ihm in der Seele weh. Auch wenn er selbst den besten Witz meist gerade so zu erzählen wusste, dass die humoristische Konstruktion der Geschichte wie an einen Marterpfahl gefesselt verharrte und sich nicht entfalten konnte. Aber interessiert war er trotzdem immer.

»Ich kann's Ihnen gern erklären, Chef«, erklärte Huppendorfer bereitwillig, während Fidibus' Hand bereits das dritte pralinische Silberpapier entfaltete.

Als Haderlein und Lagerfeld an der Ritterkapelle in Haßfurt eintrafen, war dort schon ein Riesenauflauf an Menschen, die sich um das Absperrband der Polizei scharten. Allerlei Gerüchte waren in Umlauf. Von Vandalismus in der Kirche über einen toten Küster bis hin zu ermordeten Bischöfen.

Haderlein und Lagerfeld mussten sich ihren Weg mühsam durch das Gedränge bahnen, ehe sie, am abgesperrten Bereich angekommen, ihre Ausweise in die Höhe halten durften. Sofort wurden sie von den Polizeibeamten hindurchgewunken und wenige Schritte später von einem Kriminalbeamten der unterfränkischen Polizei empfangen. Denn Haßfurt befand sich bekanntermaßen im Bezirk Unterfranken, lag also im Zuständigkeitsbereich der Kollegen aus Würzburg beziehungsweise Schweinfurt. Ein gewisser Kriminalkommissar Erwin Leupold führte sie durch das lange Schiff des imposanten Kirchenbaus, bis sie an der blutigen Wandmalerei angelangt waren. Haderlein nickte nur knapp. Der ominöse Text, der auf dem weißen Putz prangte, war ihm hinlänglich bekannt. Im Grunde auch das grausige Bild, welches sich ihnen wenig später am Hochaltar der Ritterkapelle bot. Es war ein ihm mittlerweile allzu vertrauter grausiger Anblick.

Einem dritten Opfer waren auf dem Hochaltar der Haßfurter Ritterkapelle die Augen entfernt worden, und auch der Brustkorb dieses Getöteten zeigte einen langen Schnitt durch das Brustbein hindurch. Erwin Leupold war die Betroffenheit anzumerken. Er war so ungefähr in Lagerfelds Alter, und dieser Tatort ließ ihn ganz offensichtlich nicht kalt. Nur zu gern ließ er den Bamberger Kollegen den Vortritt, als sie sich zu den weiß gekleideten Damen und Herren der Tatortgruppe aus Schweinfurt gesellten.

»Kommt Ihnen das irgendwie bekannt vor?«, meinte einer der vermummten Spurensicherer. Eine rhetorische Frage, wusste inzwischen doch die gesamte bayrische Polizei von dem Fall des unbekannten Serientäters, der in einem Bamberger Hotel seinen Anfang genommen hatte.

»Ja, allerdings, ziemlich das Gleiche wie bei uns«, antwortete ihm Lagerfeld, der sogleich nüchtern zur Gegenfrage ansetzte. »Weiß man schon, wer das Opfer ist?«

Erwin Leupold las von seinem Notizblock ab, was sie bisher herausgefunden hatten. »Ein gewisser Dietmar Hümmer aus Bamberg. Verheiratet, zwei Kinder. War ziemlich bekannt, fast ein Promi. Dietmar Hümmer war nämlich führendes Mitglied in der Frankenpartei. Zwar eher im Hintergrund, aber trotzdem leidlich prominent. Gefunden wurde er von einer Ordensschwester aus einem außerhalb der Stadt gelegenen Kloster. Die gute Schwester Liebereiz hat aber nicht etwa die Polizei angerufen, sondern ihren Bischof in Würzburg, der sich dann wiederum bei uns gemeldet hat. Die Frau steht unter Schock, sie ist nicht vernehmungsfähig und in psychologischer Betreuung. Die Tür zur Kirche wurde gestern Nacht gewaltsam aufgebrochen. Als der Täter erfolglos das Schloss ruiniert hatte, erreichte er sein Ziel anderweitig unter Zuhilfenahme eines Brecheisens. Ziemlich brachial und nicht gerade elegant, würde ich sagen. Ein professioneller Einbrecher war das nicht, davon kann man schon einmal ausgehen. Allzu lang hat er sich hier aber wohl nicht aufgehalten. Der Tod trat so gegen Mitternacht ein, sagt der Notarzt.«

Haderlein nickte zustimmend. Entstellt, wie die männliche Leiche war, wäre er im Leben nicht darauf gekommen, dass er Dietmar Hümmer vor sich hatte. Aber jetzt, da er es wusste, erkannte er die Gesichtszüge des Mannes wieder. Erst vor einem Monat war Hümmer mit der gesamten Parteiführung in Bamberg gewesen und hatte so eine Art Bürgersprechstunde im Saal der Klosterbräu abgehalten. Haderlein war auch dort gewesen, um sich das alles einmal anzuhören. Schließlich näherten sie sich einem wichtigen Wahlereignis. Dem wohl wichtigsten, das es für die Franken je gegeben hatte. Hatte der ganze Irrsinn etwa einen politischen Hintergrund? Der Verdacht war nicht von der Hand zu weisen, andererseits waren ihnen bei den vorausgegangenen Morden keinerlei Hinweise auf politische Aktivitäten der Opfer untergekommen.

»Die üblichen persönlichen Sachen sind draußen im VW-Bus des Opfers gefunden worden. Alles bis auf das Handy des Ermordeten«, ergänzte Leupold und schloss seine kurze Stellungnahme ab.

Lagerfeld überlegte kurz, dann drehte er sich zu einem der Spurensicherer um und zeigte mit ausgestrecktem Arm auf den Toten. »Schauen Sie doch mal im Brustkorb des Toten nach«, forderte er den überraschten Mann auf. »Ich bin ziemlich sicher, Sie werden dort fündig werden, jede Wette.«

Der Mann war so perplex, dass er sich nicht von der Stelle rührte. Dieser Bamberger Kommissar wollte ihn wohl auf den Arm nehmen. Sicher, die Bamberger waren für ihr skurriles Ermittlerteam bekannt. Die schreckten ja sogar vor Schweinen in der Ermittlungsarbeit nicht zurück. Aber das ging jetzt ein bisschen zu weit. Das war keine Ermittlungsarbeit mehr, wie er es gelernt hatte, das war Leichenschändung. Mit entsetztem Blick musste er allerdings feststellen, dass sich ein älterer Kollege bereits an seiner statt in Bewegung setzte und entschlossen zum Hochaltar ging. Dort machte er sich eine Weile am Brustkorb des Toten zu schaffen, bis er schließlich eine blutverschmierte Plastiktüte in Händen hielt, in der schemenhaft ein Smartphone zu erkennen war.

»Na also«, meinte Lagerfeld trocken und nahm dem Mann den Plastikbeutel aus der Hand. Während er ihn öffnete und das Mobiltelefon aus dem durchsichtigen Gefängnis fischte, gruppierten sich die Anwesenden im Kreis um ihn herum, um einen Blick auf diesen unglaublichen Fund zu werfen. Mit einem kurzen Druck auf den Home-Button brachte Lagerfeld das Display des Handys zum Leuchten. Allerdings war auf dem Handy überhaupt nichts zu finden. Keine kürzlich eingegangenen Nachrichten, keine Anrufe, nicht einmal Fotos.

»Das Handy nehmen wir mit, wenn's recht ist, wir müssen die Anruflisten mit den anderen aufgefundenen Mobiltelefonen vergleichen«, sagte Haderlein und ließ das Telefon wieder zurück in den Beutel gleiten.

Erwin Leupold hatte nichts dagegen einzuwenden. Nach kurzer Diskussion einigte man sich außerdem darauf, dass die Leiche nicht nach Würzburg, sondern nach Erlangen verbracht werden sollte und die Bamberger Dienststelle den Fall übernahm. Alles andere würde keinen Sinn ergeben, zu eindeutig war der Zusammenhang mit dem Bamberger Mordfall. Allerdings würden sie die Benachrichtigung der Angehörigen respektive deren Befragung anders lösen müssen. Sie waren mit drei Toten gerade etwas überlastet, das kriegten sie nicht auch noch hin. Der angenehmste Job war das sowieso nicht. Sollte sich doch ihr Chef darum kümmern, vielleicht zog Fidibus ja noch jemanden aus dem Hut, der das erledigen konnte.

Nachdem alles besprochen war, machten sich die beiden Kommissare im Wissen, dass ihr Mörder mutmaßlich immer noch nicht an seinem Ziel angelangt war, in einigermaßen gedämpfter Stimmung auf den Rückweg nach Bamberg.

Die Geburtstagsfeier vorzubereiten war ihr fast eine Qual gewesen. Eigentlich hatte sie gar keine Lust auf eine Feier, aber sie sehnte sich auch nach ihrer Familie und ihren Freunden. Wenigstens dieser eine Abend sollte ohne Gedanken an ihren Stalker stattfinden. Seit die Polizei ihre Patrouillen fuhr, war tatsächlich nichts mehr von David Eichhorn zu sehen gewesen. Auch sonst war Ruhe eingekehrt. Er schrieb zwar weiterhin seitenweise seine Pamphlete, aber der Spam-Filter erledigte verlässlich seine Aufgabe, diese Machwerke in den Spam-Ordner des E-Mail-Programms zu verschieben.

Am Anfang hatte sie es sich noch angetan, dieses Geschreibsel zu lesen. Absolut wirre Phantasien, die zwischen Liebesschwüren und wüsten Drohungen hin und her schwankten. Aber inzwischen beachtete sie den kontinuierlich anwachsenden Füllstand ihres Spam-Filters gar nicht mehr. Sollte er doch schreiben, was er wollte, Hauptsache, ihre neue Handynummer blieb ihm verborgen, und er hielt sich weiterhin fern.

Sie hatte allen eingeschärft, ihre Nummer nicht weiterzugeben. Den Grund dafür hatte sie nicht genannt, aber natürlich würden sich ihre Freunde und Geschäftspartner ohne Ausnahme daran halten, da war sie sich sicher. Carolin Metz hatte sich vorgenommen, diese für sie so gewaltige Krise zu bewältigen. Denn wenn sie nicht darüber hinwegkam, musste sie hier weg. Dann würde sie die Reißleine ziehen, Bamberg verlassen und irgendwo anders eine neue Existenz aufbauen, das hatte sie sich fest vorgenommen. Aber noch war es nicht so weit. Wenn sie konsequent ihren Weg weiterging, mit Vernunft und Verstand, konnte sie diese Krise überstehen. Sie wollte nicht aufgeben, nur, wenn es gar nicht mehr anders ging. Und sie glaubte sich inzwischen ausreichend weit vom Radar verschwunden, dass es ihr gelingen konnte. Ganz allmählich gewann sie sogar ein wenig von ihrer Selbstsicherheit zurück. So fuhr ihr etwa das Klingeln ihres Handys nicht mehr jedes Mal durch Mark und Bein, und sie hatte sich heute sogar dabei erwischt, wie sie beim Einsetzen des Klingelns spontan an einen weiteren Gratulanten dachte denn an David Eichhorn.

Prompt klingelte ihr Mobiltelefon, was sie fast amüsiert registrierte. Tja, wenn man vom Teufel spricht, dachte sie noch, als sie das Gespräch entgegennahm.

»Metz«, meldete sie sich.

»Hallo, mein Engel. Herzlichen Glückwunsch zum Geburtstag. Wollen wir nicht an deinem heutigen Freudentag zusammen etwas unternehmen? Warum antwortest du nicht auf meine E-Mails?«, gurrte eine ihr wohlbekannte männliche Stimme.

Sie wusste sofort, dass sie David Eichhorn am Telefon hatte. Seine Stimme hatte sich bis an ihr Lebensende in ihr Gedächtnis eingebrannt. Sie stand in der Küche, das Telefon am Ohr, unfähig, auch nur den kleinen Finger zu rühren. Er hatte ihre Handynummer. Woher hatte er ihre Handynummer? Eine große gleißende Kugel brannte heiß in ihrem Bauch, und ihre Beine zitterten. Alles in ihr drohte zu kollabieren. David Eichhorn hatte ihre Handynummer. Das Fürchterlichste, was passieren konnte, war geschehen. Obwohl Eichhorn in einem fort redete wie ein Wasserfall, hörte sie überhaupt nicht hin. Woher hatte dieser Scheißkerl ihre Handynummer? Tränen standen ihr in den Augen, ihr Brustkorb verkrampfte sich.

In diesem Moment klingelte es an der Tür, die ersten Gäste trafen ein. Das Geräusch holte sie aus ihrer Bewegungsstarre, was zu mehrerlei Folgereaktionen führte. Sie stützte sich mit der freien Hand auf dem Küchentisch ab, weil sie sonst sicher zusammengeklappt wäre, und warf, als sie einigermaßen Halt gefunden hatte, wütend, wie sie war, ihr Handy mit einer derartigen Gewalt an die Wand, dass es regelrecht auseinandergerissen wurde und die Einzelteile quer durch die Küche schossen. Dann stürzte sie zur Spüle hinüber und drehte den Wasserhahn auf, um sich einen Schwall kalten Wassers ins Gesicht zu schütten. Als an der Tür bereits Sturm geklingelt wurde und der elektronische Türgong wegen Überhitzung durchzuschmelzen drohte, ging sie schließlich zur Tür und öffnete sie.

»Hallo, Stiefbrüderchen, schön, dass du da bist!«, rief sie mit Tränen in den Augen und nahm den etwas irritiert wirkenden Dietmar Hümmer in den Arm. Sie drückte ihn so fest, dass er sie lachend, aber fast mit Gewalt von sich lösen musste.

»Hey, Schwesterchen, herzlichen Glückwunsch zum Geburtstag. Was ist denn los mit dir?«, meinte er und schaute ihr besorgt in die Augen. »Du bist ja ganz nass. Hast du geweint?«

Carolin Metz nickte und wischte sich kurz mit der Hand über die Augen. Dann winkte sie ab und versuchte zu lächeln, so gut es ging. »Ja, hab ich, Dietmar. Aber lass mal, das erzähle ich dir später. Jetzt wird erst mal gefeiert, ja?«

Jetzt gelang das Lächeln schon etwas besser, was ihr Stiefbruder väterlicherseits zum Anlass nahm, ihr sein Geschenk zu überreichen. Er hob einen großen Karton in die Höhe und verkündete in dramatischem Ton: »Ta-daaa, ein wunderbares Geschenk für eine wunderbare Schwester! Bin allein da, meine bessere Hälfte ist ja noch mit den Kindern auf Mallorca, wie du weißt. Aber es kommt von uns allen.«

Lachend nahm Carolin den großen, bunt verpackten Karton an sich. Auch wenn ihre Schwägerin und die beiden Nichten heute nicht hier sein konnten, er war da, und das war für sie gerade ungemein tröstlich. Jetzt würde sie erst einmal mit ihren Lieben diesen Geburtstag begehen, dann konnte man weitersehen.

César Huppendorfer war ebenso wie Haderlein zum ersten Mal in Schederndorf bei der Wild Bräu, auch wenn er von dem wundervollen Bier, das hier gebraut wurde, schon gehört hatte. Honeypenny hatte ihn telefonisch angekündigt, sodass man ihn erwartete und sein Termin nicht von langer Dauer sein sollte.

Am Eingang zur Gastwirtschaft wurde er von einem großen Mann mit ungeduldigem Blick empfangen, der sich als Simon Wild vorstellte. Eigentlich hatte Huppendorfer mit der Anwesenheit aller Brüder gerechnet, aber leider waren Thaddäus und Lukas Wild nicht da, er musste also mit dem ältesten der Brüder vorliebnehmen.

Der führte ihn quer über den Parkplatz zu einem Nebengebäude, wo er eine Stahltür öffnete und den Kommissar hineinbat. Als César Huppendorfer Simon Wild im Vorbeigehen betrachtete, stellte er fest, dass der Mann eine lange Gummischürze und darunter hohe Gummistiefel trug. Und diese Schürze war von oben bis unten blutverschmiert. Huppendorfer ahnte, was nun auf ihn zukommen würde.

Als sie nach etlichen Metern durch enge Gänge in einen fensterlosen Raum gelangten, erkannte er, dass es sich um einen Schlachtraum handelte, ganz so, wie er es erwartet hatte. Eine eigene Schlachterei war im Fränkischen des Öfteren in Gasthäusern oder landwirtschaftlichen Betrieben zu finden. Von der Decke hingen zwei Schweinehälften, und in großen Edelstahlbehältern auf den Tischen lagen, sorgsam zerteilt und aufgeräumt, die Innereien des Tieres. Auf einem hölzernen Schneidebrett lag ein riesiges Messer neben einem Haufen frisch geschnittenen, gewürfelten Fleisches.

»Stört Sie des, wenn ich hier weitermach, während Sie mich befragen?« Simon Wild warf Huppendorfer einen prüfenden Blick zu, aber seine rechte Hand wanderte bereits zu dem großen Messer und signalisierte dem Polizisten damit, durchaus ein wenig unter schlachterischem Zeitdruck zu stehen.

»Äh, nein, eigentlich nicht«, antwortete César Huppendorfer seufzend, obwohl er sich das Ambiente einer Metzgerei bei seiner Befragung lieber erspart hätte. Nun gut, Hauptsache, es spritzte nichts von diesen Schlachtabfällen auf seine Designerklamotten. Das fehlte ihm noch zu seinem Glück.

Simon Wild hatte sich einen der wabbeligen Fleischbrocken geschnappt und fing an, diesen in kleine Würfel zu schneiden. Huppendorfer zog seinen Notizblock hervor, er wollte diese

Nachbefragung so schnell wie möglich über die Bühne kriegen. Das Schlachten von Tieren und alles, was damit zusammenhing, war nicht seine Welt.

»Ist Ihnen inzwischen noch etwas oder jemand eingefallen, mit dem Ihr Bruder ein größeres Problem gehabt haben könnte? Jeder Hinweis ist wichtig für uns, auch wenn Sie ihn vielleicht als unwichtig oder nebensächlich erachten.«

Simon Wild griff eine Handvoll des gewürfelten Fleisches und warf es genervt in eine der Edelstahlschüsseln, die direkt neben dem Schneidebrett standen. In seinem Gesicht stand deutlich geschrieben, dass er nicht sonderlich scharf auf dieses Thema war.

»Mein Herr Bruder war schwul. Stockschwul. Schwuler geht's gar nimmer. Und ich und auch mei ganze Familie hier wollen mit so am Gsocks nix zu tun ham. Des is widernadürlich. Also noch amal, ich hab keine Ahnung, was der so gemacht hat und was er für an Umgang gepflecht hat. Und wissen Sie was, Herr Kommissar?« Aufgebracht hob er das Messer so weit in die Höhe, dass es fast mit der Spitze an der Decke kratzte. »Wissen Sie was, des is auch gut so. Mir Wilds sind alle vo unnera Eltern christlich erzogen worn. Da hat's keiner nötich kabt, bervers zu wern. Mir ham alle was Gscheits gelernt und sin normal. Bloß der Markus net. Jetzt hatter sein Dreck. Nein, ich weiß nicht, wer was gechen den Markus kabt hat, und es interessiert mich auch net!«

Huppendorfer verewigte die Tirade fein säuberlich in seinen Notizen. Ein ganz schön knurriger Hund, dachte er halb verärgert, halb amüsiert. So ist er halt, der Franke, so isser.

»Sie haben sich wohl nicht so gut verstanden, Ihr Bruder und Sie, wie?«, hakte er sinnloserweise nach. Seine Vorgehensweise war wie aus dem Lehrbuch. Ab und zu eine kleine Provokation einstreuen, dann entlud sich möglicherweise die eine oder andere Wahrheit, die sonst nicht gesagt worden wäre.

Was er erntete, war aber keine erhellende Antwort, zumindest keine im eigentlichen Sinne. Simon Wild warf ihm einen Blick zu, den zu deuten es keiner psychologischen Ausbildung bedurfte. Ja, Himmelherrgott, bist jetzt du blöd oder ich, bedeutete dieser Blick, was war an »jetzt hatter sein Dreck« denn bitte unverständlich? Und César, obwohl zur Hälfte brasilianischer Herkunft, war lange genug in Franken sozialisiert, um diese Botschaft nicht misszuverstehen.

»Ja, okay, schon klar«, stieß er missmutig hervor.

Hier würde er so nicht weiterkommen, Schederndorf war, abgesehen von dem, was Haderlein bereits aufgenommen hatte, eine informationstechnische Sackgasse. Huppendorfers persönliche Odyssee durch die kriminalistischen Niederungen seiner Stellenbeschreibung schien sich in einer immerwährenden Abwärtsspirale zu befinden. In dermaßen verfahrenen Fällen hatte sich seiner Erfahrung nach ein radikaler Themenwechsel aber noch immer gelohnt. Am besten funktionierte eine Nachfrage zu Sachgebieten, in denen sich der Franke als solcher sicher fühlte. Bereiche, in denen er auf vertrautem Terrain agieren konnte. Das würde zur Befriedung der angespannten Situation sicherlich beitragen können.

»Was machen Sie denn eigentlich aus dem Fleisch, was soll das werden?«, fragte Huppendorfer unvermittelt und erwischte Simon Wild auch tatsächlich auf dem falschen Fuß. Der wollte sich nämlich gern weiter aufregen, statt sich über das Interesse an seiner Arbeit zu freuen, aber das konnte er jetzt natürlich nicht mehr. Schließlich ging es um seine berufliche Ehre, den Sinn und Zweck seines Daseins auf dieser Erde, um seinen Schlachtraum. Dieser geschniegelte und gebügelte Kommissar hatte sich tatsächlich in seine Welt hineinbegeben. Also würde er sie ihm erklären. Die Welt, in der er aufgewachsen war.

»Des wird der berühmte Schederndorfer Gulasch«, erwiderte Simon Wild stolz, und seine Augen begannen zu leuchten. »Der is fei scho berühmt. Da komme die Leut vo Frankfurt und vo München, bloß um den Schederndorfer Gulasch einmal in ihrem Leben essen zu dürfen.«

Jegliche Aggressivität war aus seiner Stimme verschwunden, und er fuhr fort, das wabbelige Fleisch in kleine Stücke zu schneiden. Geradezu selbstverliebt, wie in eine andere Welt versunken, schnippelte der große Kerl mit durchaus geschickten Händen an seinem Gulasch und schien den Kommissar neben sich schier vergessen zu haben.

Huppendorfer nutzte die Pause in ihrem Gespräch, um das Allerheiligste des Metzgerberufes etwas genauer unter die Lupe zu nehmen, und stellte mit einer gewissen Anerkennung fest, dass in dieser Metzgerei ein hohes Maß an Sauberkeit und Ordnung herrschte. Ziemlich aufgeräumt alles, blitzblank und sauber. Da hatte er schon ganz andere Schlachträume erlebt. Genauer gesagt Hausschlachtungen, die von irgendeinem Hinterhofmetzger veranstaltet worden waren und ihn damals von einer Verkostung der dargebotenen Wurstleckereien dankbar Abstand nehmen ließen. Aber das hier, das war eine Vorzeigemetzgerei. War dieser Wild auch mürrisch und tolerant wie eine Bulldogge, Ordnung halten konnte er.

»Was ist denn so alles drin in dem Gulasch, wenn ich einmal fragen darf?«, erkundigte sich Huppendorfer, diesmal ehrlich interessiert, was bei Simon Wild auch so ankam. Jetzt war er in seinem Element und lächelte über das ganze Gesicht.

»Da is drin Bauch, Nacken, Nieren und Lunge vom Schwein«, zählte er auf. »Dann noch a ganz spezielles Gewürz, aber des verrat ich net. Des is Betriebsgeheimnis.«

Bei dem Wort »Lunge« war César Huppendorfer sichtbar zusammengezuckt. Er versuchte, sich nichts anmerken zu lassen, aber Simon Wild registrierte den Knick in der Stimmung des Kommissars. Der war jetzt sein Freund, denn er mochte ganz offensichtlich seinen Gulasch. Das musste belohnt werden.

»Wissen Sie was, Herr Kommissar, mir gehn jetzt nüber nei die Wirtschaft, da griechen Sie amal a Portion von dem Gulasch, damit Sie überhaupt wissen, vo was mir da reden.« Schon begann er damit, seine blutige Metzgerschürze abzulegen.

Huppendorfer, höchst irritiert von dem Gedanken, Lunge, in welchem Zusammenhang auch immer, verspeisen zu sollen, wollte zu einem höflichen Protest anheben, aber die linke Hand des ältesten Wild-Bruders legte sich prankenartig auf seine Schulter und schob ihn zur Tür hinaus, zurück in die Katakomben, durch die sie gekommen waren.

Er schluckte seinen Protest hinunter. Er hatte eine Beziehung zu diesem Mann aufgebaut, das konnte für ihn unter Umständen von großem Nutzen sein. Also würde er jetzt diese fragwürdige Spezialität in seinen Verdauungstrakt befördern, koste es, was es wolle. Außerdem hatte er wirklich Hunger, wenn er es recht bedachte.

So landete er schließlich in der großen Gaststube des Gasthauses Wild, wo ihm kurz darauf von seinem neuen Freund ein großer Teller Schederndorfer Gulasch serviert wurde.

»Aan guden Appedid wünsch ich«, sagte Simon Wild mit einem breiten Grinsen.

Riechen tut es schon einmal vortrefflich, stellte César Huppendorfer zufrieden fest und grinste zurück. »Was machen Sie eigentlich, wenn Sie nicht in der Wirtschaft oder der Metzgerei arbeiten?«, fragte er, während er die erste Portion auf seinen Löffel hebelte.

»Wandern«, erwiderte Simon Wild knapp. »Aber des erzähl ich a annersch mal, Herr Kommissar. Aan Gudn«, wiederholte er, dann drehte er sich um und ging eiligst zurück zu seiner Arbeit.

Wandern, aha, überlegte der erleichterte Kommissar. Endlich ein Thema, mit dem er etwas anfangen konnte. Wesentlich besser als Innereien und blutige Metzgerschürzen. Als er sich die erste Löffelladung der Schederndorfer Spezialität im Mund zergehen ließ, war er mehr als positiv überrascht. Dieser Gulasch schmeckte ja zum Herzerweichen gut. Sofort schob er sich mehr davon hinter die Kiemen und genoss den butterweichen, fast sahnigen Geschmack des Gerichtes. Mit einem Mal war sämtliche Last seines so misserfolgsbeladenen Berufslebens von ihm abgefallen. Entspannt und geläutert zerfloss er förmlich auf der hölzernen Wirtshausbank und vertilgte versonnen, der frustrierenden Wirklichkeit entrückt, diesen Höhepunkt fränkischer Kulinarik.

Wieder stellte er ein Glasbehältnis, das ein Paar sezierte Augen zum Inhalt hatte, hinauf auf das Regal, wo schon die anderen beiden großen Gläser ihren Platz hatten. Nun war das Regal voll.

Wie Monumente standen die runden Behältnisse nebeneinander, gefüllt mit Formalin und den zerschnittenen Resten menschlicher Augen, die, zerteilt und bleich, am Boden ruhten.

Er hatte wieder nichts finden können, keinen Beweis für die Transformation des Gewebes. Sie hatten wirklich einen unglaublich guten Job gemacht. Aber Beweise musste es geben. Irgendwo und irgendwie machte jeder Fehler. Selbst die perfekte Tarnung war eben nur eine Tarnung und konnte somit entlarvt werden.

Trotzdem wurde es langsam eng für sein heldenhaftes Unterfangen. Entmutigt war er jedoch in keiner Weise, lief doch eigentlich alles so, wie er es sich gedacht hatte. Diese drei waren von vornherein mehr zur Übung gedacht gewesen beziehungsweise dienten dem erforderlichen Ausschlussverfahren. Er wäre sogar etwas enttäuscht gewesen, wenn er den stichhaltigen Beweis bereits gefunden hätte, denn dann müsste er nun nicht mehr weitersuchen. Aber das musste er, und es war völlig in Ordnung.

Er hatte sich von Anfang an gedacht, dass es so laufen würde. Er musste zur Quelle, zum Ursprung allen Übels vordringen. Er war sich sehr sicher, erst dort die Lösung präsentiert zu bekommen. Er musste die Königin finden, die Mutter der Brut, jene, welche das Nest für alles bereitet, die Eier ihrer verhängnisvollen Nachkommenschaft gelegt hatte. Sie waren sich bereits begegnet, aber damals hatte er sie nicht erkannt, nicht erkennen können, bis ihm die Augen geöffnet worden waren.

Alles hatte einen Sinn, war vielleicht sogar vorherbestimmt. Er war der Auserwählte, er war für diese Aufgabe bestimmt worden. Und nun ging es in die letzte, die entscheidende Runde.

Denn die Königin war verschwunden. Sie musste erkannt haben, dass er ihr auf der Spur war, und hatte sich zurückgezogen. Hatte sich in irgendein Loch verkrochen, damit er sie nicht finden konnte. Aber er kannte sie besser, als sie glaubte. So tief konnte das Loch gar nicht sein, dass er sie nicht ausfindig machen und stellen konnte. Er sehnte diesen Moment regelrecht herbei. Er würde sie finden und töten. Ihren Leichnam der Welt präsentieren und allen zeigen und beweisen, dass sie beherrscht wurden und sich endlich gegen ihre Unterdrücker wehren mussten.

Aber noch war es nicht so weit, noch hatte er bestenfalls die Hälfte des Weges geschafft. Die Polizei war ihm gefährlich nahegekommen. Noch hatten sie keine Ahnung von seiner Identität, aber bald könnten sie den Schlüssel zu seinem Geheimnis entdecken.

Es war an der Zeit, die Welt der Menschen zu verlassen und sich ausschließlich, zu hundert Prozent, in sein Versteck zurückzuziehen. Es war perfekt. Absolut perfekt. Niemals würden sie ihn hier finden. Zwar musste er sein Versteck noch einmal verlassen, um den Ort ihrer ersten Begegnung aufzusuchen. Nur so konnte er erfahren, was sie vor ihm verbarg. Und er brauchte diese Information. Denn erst, wenn endlich klar geworden war, wo er den Bau der Königin zu suchen hatte, konnte er sich aufmachen, um seinen Auftrag zu vollenden.

Wieder wanderte sein Blick zu den vergitterten Fenstern. Seine Hände legten sich um die Lehne eines der Holzstühle, fast krampfhaft umschlossen die Finger das kühle Holz. Dann richtete er den Blick auf seine große schwarze Reisetasche. Er hatte alles hinter sich gelassen. Seine alte Existenz gab es nicht mehr, die Welt würde ihn erst wieder erleben, wenn er seinen Auftrag erfüllt hatte. So lange würde er hierbleiben und warten.

Es gab noch viel zu tun. Draußen stand sein Wagen, der mit allem beladen war, was er für die Zeit hier benötigte. Konserven, Trinkwasser und sonstigen Kram, den er noch hereinschaffen musste. Er löste die Finger von der hölzernen Stuhllehne. Dann ging er durch die kleine Gaststube nach draußen, um alles aus dem Kombi zu laden.

Frisches Blut

Als Lagerfeld und Haderlein die Dienststelle betraten, nahmen genau drei Dinge den Blick der beiden Kommissare gefangen. Zum einen war da Honeypenny, die ziemlich intensiv mit irgendwelchen Listen beschäftigt war und konzentriert an ihrem Computer arbeitete. Ihr zu Füßen lag als zweites Augenmerk Riemenschneider und schlief den Schlaf der Gerechten. Leise, aber konsequente Schnarchgeräusche waren aus dieser Richtung zu vernehmen, was der Stimmung im Raum etwas extrem Entspanntes verlieh. Ihr wurde eine zusätzliche Verstärkung dadurch zuteil, dass zum Dritten ihrer aller Chef Robert Suckfüll im Stuhl seines Mitarbeiters und Kommissars Bernd Schmitt ruhte und mit geschlossenen Augen und versonnener Miene auf etwas sehr Leckerem herumkaute. Was das sein konnte, war für Lagerfeld schon nach kürzester Zeit zu erkennen. Seine Schachtel mit den mühsam präparierten Edelpralinen lag fast vollständig geleert auf seinem Schreibtisch, während sich die Hand des Chefs bereits der nächsten Lauensteiner Kostbarkeit näherte.

»Nein!«

Lagerfelds panischer Ruf schallte laut durch den Raum, was die aufgeräumte Beschaulichkeit umgehend ins Chaos stürzte. Marina Hoffmann schrak so kolossal an ihrem Schreibtisch zusammen, dass sie mit angezogenen Knien an die Schreibtischkante rumpelte, Riemenschneider sprang, von jetzt auf nachher, aus dem Stand auf die Füße, und Fidibus kippte kurz und bündig vom Stuhl. Franz Haderlein für seinen Teil hatte überhaupt nicht die Gelegenheit, zu reagieren, zu plötzlich war der Schrei Bernds Kehle entfleucht. Er hatte nicht einmal Zeit, diesen Ruf irgendwie einzuordnen, denn Lagerfeld stürmte wie von der Tarantel gestochen los, um sich gleich einer Furie auf seinen Schreibtisch beziehungsweise die dort befindliche Pralinenschachtel zu stürzen.

Bei seinen Lauensteiner Präparaten angekommen, offenbarte

sich Lagerfeld ein Bild des absoluten Grauens. Fidibus hatte tatsächlich fast die gesamten Pralinen vertilgt. Nur noch ein kärglicher Rest von fünf Exemplaren fristete ein hoffnungsloses Dasein in der ansonsten geleerten Schachtel. Wenn Lagerfeld der ungeplanten Wendung überhaupt noch etwas Positives abgewinnen konnte, dann, dass diese fünf Pralinen von einer Alufolie umwickelt waren. Er hatte für die Aktion »Wilder Eber« also noch genau fünf Schuss im Revolver. Ob er mit dieser knappen Dosis sein Ziel erreichen würde, wussten allerdings nur die Götter, denn zu einem Frauenarzt würde er mit dieser Problemstellung sicher nicht marschieren. Er war ja zu vielen verrückten Dingen fähig, sich aber mit einem Ferkel ins Wartezimmer einer Frauenärztin zu setzen, das war dann doch eine Nummer zu durchgeknallt. Da landete man sicher umgehend in irgendeinem schmierigen Boulevardblatt, und um seine geheimen Absichten wäre es geschehen.

»Was fällt Ihnen ein, Schmitt, mich dermaßen zu erschrecken!«, maulte Robert Suckfüll, der sich mühsam und ungelenk vom Boden aufrappelte.

»Was fällt Ihnen ein, Riemenschneider einfach ihre Pralinen wegzufressen, äh, -essen!«, rief Lagerfeld wütend und klappte sicherheitshalber die Pralinenschachtel mit einer energischen Handbewegung zu. Riemenschneider stand mit hochaufgestellten Ohren neben ihm, ihr Rüssel schimmerte feucht. Sie hatte sofort gemerkt, dass diese Pralinen in einem direkten Zusammenhang zu ihr und ihrer mittelfristigen Zukunftsplanung standen.

Robert Suckfüll richtete sich auf, dabei Hemd und Krawatte richtend, während Honeypenny und Haderlein nun ebenfalls herbeieilten und sich um den Pralinentisch gruppierten.

»Ach, die waren für das Schwein?«, fragte Fidibus entsetzt, durch den Umstand, dass sein Mitarbeiter einem Tier, obwohl offizielles Mitglied des Ermittlerteams, eine derartig hochstehende Köstlichkeit zugedacht hatte, vollkommen aus der Bahn geworfen. Allerdings musste er sich eingestehen, dass er von falschen Voraussetzungen ausgegangen war und das Fehlverhalten in diesem Fall eindeutig ihm zuzuordnen war. »Ja nun, das konnte ich natürlich nicht ahnen«, brachte er zu seiner Entschuldigung an. »Irgendwie muss ich wohl der Meinung gewesen sein, dass ich einen kleinen Umtrunk, eine Festivität, aus welchem Grund auch immer, verpasst habe. Das tut mir sehr leid, aber Irre sind menschlich, wie das berühmte Sprichwort zu sagen pflegt.«

Einen Moment lang hielt er inne und spürte seinen eigenen Worten hinterher, denn irgendetwas an diesem Zitat hörte sich unrund an. Aber die Verwirrung währte nur kurz, sofort fasste er sich wieder, und weiter ging es im Text.

»Ich werde mich natürlich zeitnah um einen adäquaten Ersatz für die abhandengekommenen Pralinen bemühen, das steht außer Frage«, faselte er mit leicht errötetem Kopf vor sich hin. Wieder schob und rückte er an seiner Krawatte, dann bemerkte er den merkwürdigen Plastikbeutel in Haderleins Hand. Der hatte sich bisher mit einem Kommentar wohlweislich zurückgehalten. Aber jetzt erwischte es ihn doch. »Ja, mein lieber Franz, was haben Sie denn da mitgebracht? Ist Ihnen Ihr Telefon in den Matsch gefallen?«, verlangte Fidibus zu wissen, froh, ein Thema gefunden zu haben, mit dem er von seinem Malheur ablenken konnte. Er versuchte, nach dem Plastikbeutel zu greifen, aber Franz Haderlein trat hastig einen Schritt zurück, was Robert Suckfüll mit einem äußerst missbilligenden Blick zur Kenntnis nahm.

Haderlein hatte keinesfalls vor, diesen heiklen Tüteninhalt an seinen Chef weiterzureichen. Es war völlig unabsehbar, was mit diesem Handy passieren würde, wenn Fidibus es in seine ungeschickten Finger bekam. Zumal wenn sein penibler Chef erfuhr, wo das Teil vor Kurzem noch gelegen hatte. Er würde sofort einen hysterischen Anfall bekommen und womöglich schreiend aus der Dienststelle rennen. Das wäre weder dem Fall noch der Würde dieses Hauses angemessen. Da war es doch wirklich besser, Fidibus vor sich selbst zu schützen.

»Das sind Beweismittel, Chef, die müssen wir erst noch auswerten. Wenn Sie die jetzt anfassen, vernichten Sie womöglich wertvolle Spuren«, log Haderlein. Aber Fidibus war noch so in

Fahrt von der missglückten Pralinengeschichte, dass er sich einfach nicht abwimmeln lassen wollte. Er brauchte jetzt dringend ein Erfolgserlebnis.

»Nun, mein lieber Untergebener, das mag ja sein, aber ich bin nun mal der Chef hier. Sie mögen das absonderlich finden, mein lieber Franz, aber mich interessiert der aktuelle Stand Ihrer Ermittlungen. Wenn Sie mir also bitte Ihr ach so wertvolles Beweismittel aushändigen möchten, ja?« Mit ausgestrecktem Arm stand er da, möglichst unerbittlich in seiner Haltung.

Haderlein blieb nichts weiter übrig, als den blutverkrusteten Beutel an seinen Chef weiterzureichen. Da der Beutel von der Spurensicherung wiederum in einen Beutel gesteckt worden war, hatte Fidibus mit seinen ungeübten Fingern ganz schön zu tun, das Teil herauszufischen. Kaum dass er sich in seinen Händen befand, öffnete Fidibus ihn auch schon und holte das Mobiltelefon heraus. Ratlos drehte er es hin und her, versuchte vergeblich, es zu aktivieren. Wahrscheinlich wäre Robert Suckfüll bis Weihnachten so stehen geblieben und hätte vor sich hin hantiert, wäre Lagerfeld nicht der Kragen geplatzt. Erst das mit den Pralinen und nun dieser Scheiß. Ihm war egal, wie das bei seinem Chef ankommen würde, es musste jetzt unbedingt aus ihm heraus.

»Chef, das Ding haben wir grad aus der geöffneten Brust eines Toten entnommen. Es muss auf Fingerabdrücke untersucht werden. Vorher müssen wir aber noch überprüfen, ob der Plastikbeutel nicht irgendwelche gefährlichen Keime enthält, mit denen man sich schnell mal ansteckt, wenn man solche ungesicherten Beweismittel einfach so anfasst. Es könnten immerhin epidemische Keime von Pest, Ebola oder westindischem Fleckenfieber an diesem Handy kleben. Erst wenn das untersucht wurde, wollten wir es anfassen. Aber wenn Sie das natürlich ohne Schutzhandschuhe und Desinfektionsmittel quasi händisch erledigen können, Chef, mein tief empfundener Respekt, Donnerwetter. Das erspart uns viel Arbeit, herzlichen Dank.«

Lagerfeld beendete seinen Vortrag mit einer theatralischen Geste und setzte sich lautstark schnaufend auf seinen frei gewordenen Stuhl am Schreibtisch. Fidibus für seinen Teil starrte ihn noch sekundenlang an, dann rutschte ihm vor lauter Fassungslosigkeit über das soeben Gehörte das Mobiltelefon aus den klammen Fingern. Haderlein schaffte es gerade noch, das Handy aufzufangen, das auf dem Fußboden der Dienststelle vermutlich zerschellt wäre. Dann konnte man aus Suckfülls offenem Mund ein leises, entsetztes Stöhnen vernehmen, bevor auch der leere Plastikbeutel seinen zitternden Fingern entglitt und den Weg in Richtung Erdmittelpunkt einschlug.

»Ja nun, ähm, dann werde ich mal zur Männertoilette … also, das Desinfektionsmittel ist ja dort sicherlich … also, irgendwo …«, hauchte Fidibus. Er räusperte sich noch einmal hektisch, zappelte ungelenk mit Armen und Beinen, als wäre er ein Baum, der sein Herbstlaub abwerfen wollte, drehte sich um und rannte mit hocherhobenen Armen in Richtung Toilette davon.

Die Geburtstagsfeier kam langsam in Gang, ein Gast nach dem anderen trudelte ein. Gerade hatte es wieder an der Tür geklingelt, und erneut stand ein altbekanntes Gesicht mit einem breiten Grinsen vor Carolin Metz.

»Hallo, Stiefpapa«, rief sie laut und warf sich Günther Fuchs in die Arme.

»Ja, ja, ist ja gut!«, rief dieser beschwichtigend, vom Schwung seiner heranstürmenden Stieftochter fast umgeworfen. »Jetzt nimm doch erst einmal deine Blumen, sonst landen die schönen Rosen noch alle auf dem Fußboden.« Mit sanfter Gewalt schob er Carolin Metz, die ihn so fest drückte, wie es nur irgend ging, von sich weg, und sah, dass seine Stieftochter sich gerade schnell und heimlich ein paar Tränchen aus den Augenwinkeln wischen wollte. Im ersten Moment dachte er natürlich, es seien Tränen der Freude. Aber dann bemerkte er, dass bei seiner Carolin irgendetwas nicht stimmte. Er wollte gerade nachfragen, als hinter ihm bereits der nächste Gast Einlass begehrte.

»Na, wo ist sie denn, die alte Schachtel!«, rief eine fröhliche Stimme über die Schulter von Günther Fuchs hinweg, und Carolin Metz warf sich in das nächste Paar ausgestreckter Männerarme. Wobei dieses Paar Arme mit einem weiblichen Körper nur bedingt etwas anfangen konnte.

»Ach, Markus, wie schön, dass du kommen konntest!«, rief sie und schloss ihren liebsten Freund fest in ihre Arme. Markus war zwar einige Jahre älter als sie, aber sie hatten einfach den richtigen Draht zueinander, seit sie sich vor Jahren bei einem Fototermin in Erfurt kennengelernt hatten, einer Veranstaltung, über die Markus für die Zeitung dort berichtet hatte. Sie sahen sich zwar nicht besonders oft, aber dafür ausgesprochen gern. Und diese Freundschaft hielt bis heute. Sie sah sich suchend um. »Hast du deinen Freund gar nicht dabei, oder bist du gerade mal wieder Single?«

Markus Wild musterte besorgt ihr tränennasses Gesicht. »Sag mal, Schätzchen, alles in Ordnung mit dir? Du, das ist deine Feier, da kannst du nicht einfach so rumflennen, verstanden?«

»Ja, ja, schon gut, Markus.« Sie schniefte. »Alles gut, das mit der Heulerei erklär ich dir später. Was ist denn jetzt? Solo oder liiert?«, fragte sie mit einem Augenzwinkern. Seit Markus sich geoutet hatte, war das eine ewige Frotzelei zwischen ihnen. Jeder neue Freund musste Carolin zudem vorgestellt und von ihr durchleuchtet und gescannt werden. Erst wenn sie ihr Okay gegeben hatte, durfte sich der arme Kerl ernsthafte Hoffnung auf eine längere Beziehung mit Markus machen. Aber im Moment war ihr bester Freund wohl wieder alleinstehend.

Markus Wild konterte mit einem gekonnten, kecken Augenaufschlag, dann meinte er süffisant: »Ich bin seit drei Wochen wieder Single, Schätzchen, und werde es auch eine Weile bleiben. Frag nicht, ich will nicht darüber reden, sonst versaue ich dir deine ganze schöne Feier, verstanden? So, und jetzt muss ich erst einmal in die Küche, ich habe einen Bärenhunger. Von Erfurt hierher war wirklich ein Stau nach dem anderen, mein Gott. Und jetzt habe ich bereits seit zweieinhalb Stunden nichts mehr im Magen. Ich glaube, ich hau mir deinen halben Kühlschrank rein!« Er unterstrich das Gesagte mit einem neuerlichen Augenaufschlag, dann ließ er die ziemlich gequält lächelnde Carolin

Metz einfach stehen und eilte in Richtung Küche davon. So war er, sprunghaft in allem, was er tat.

Die umstehenden Gäste in Flur und Wohnzimmer hatten sich ob des pompösen Auftrittes von Markus Wild ein Lachen gerade noch verkneifen können. Allerdings nur bis zum bissigen Kommentar von Carolins Stiefvater. Der meinte nämlich, kaum dass Carolins Freund in der Küche verschwunden war: »Na, Hauptsache, er fängt nicht wieder an zu zaubern, dann geh ich nämlich.«

Da brachen alle Dämme, und eine erlösende Lachsalve tobte durch die von gut gelaunten Menschen bevölkerte Wohnung des Geburtstagskindes, das ihren Stalker allmählich zu vergessen begann und einfach nur froh war, nach langer Zeit wieder unbeschwert mit ihren Freunden und der Familie zusammen sein zu dürfen. Bevor sich alle wieder in ihre Gespräche vertieften, wollte Carolin aber noch das machen, was auf dem Geburtstag einer Fotografin auf keinen Fall fehlen durfte. Sie legte ihre Hände trichterförmig an den Mund und rief so laut sie konnte: »Haaallooo! Alle Mann bitte ins Wohnzimmer! Ich habe dort alles vorbereitet, wir machen ein Gruppenfoto!«

Lachend strömte daraufhin die ganze Geburtstagsgesellschaft in das besagte Zimmer, um sich dort gemeinschaftlich ablichten zu lassen.

César Huppendorfer kam ziemlich satt und zufrieden aus Schederndorf zurück, wenn auch ohne tief greifende neue Erkenntnisse. Aber dafür mit dem Geschmackserlebnis eines leibhaftigen, weltberühmten Schederndorfer Gulaschs am Gaumen. Er wollte gerade zu seinem Schreibtisch eilen, als er den Kollegen Bernd Schmitt an selbigem sitzen sah. Stirnrunzelnd legte er hinter ihm seinen Mantel ab und schaute Lagerfeld über die Schulter.

»Was machst du da?«, fragte er verwundert, als er die verschiedenen Listen auf seinem, dem Huppendorfer'schen Computerbildschirm sah.

»Na, das sind die Namen und Telefonnummern aus den drei Mobiltelefonen, die wir du weißt schon wo bei den Mordopfern gefunden haben.«

Allerdings wusste César Huppendorfer das. Deswegen fragte er auch nicht weiter nach. Jetzt machte es Sinn, dass Bernd Schmitt hier an seinem Schreibtisch hockte. Lagerfeld jagte die Listen durch ein spezielles Programm, das sich ausschließlich auf Huppendorfers Computer befand. Es war ein Filterprogramm, das mittels eines bestimmten Algorithmus nach Übereinstimmungen in verschiedenen Dateien suchte und im Falle des Fündigwerdens in der bundesweiten Polizeidatenbank nach relevanten Einträgen fahndete.

»Es ist übrigens letzte Nacht eine weitere Nachricht auf einem der Handys eingegangen: dieselbe Zeile, derselbe Absender«, sagte Lagerfeld. »Diesmal auf dem Smartphone von Günther Fuchs, und zwar um kurz nach Mitternacht. Etwa um die Zeit ist Dietmar Hümmer gestorben. Ich glaube, das ist es, was uns der Täter mit der WhatsApp-Nachricht sagen will: Er meldet den Vollzug seiner nächsten Tat an das Handy des Vorgängers. Die WhatsApp auf Markus Wilds Handy ging nämlich etwa um die Zeit ein, als Günther Fuchs starb. Das kann kein Zufall sein.«

César fand das auch und öffnete gerade den Mund, um etwas zu sagen, da beendete das Programm mit einem leisen »Ping« seine Suche, und ein einzelner Name mit Telefonnummer und Anschrift erschien auf dem Bildschirm.

»Carolin Metz, Hornthalstraße in Bamberg«, las Huppendorfer laut vor.

»Bingo! Dieser Name ist in allen drei Mobiltelefonen abgespeichert«, sagte Lagerfeld und klickte auf den kleinen roten Link hinter dem Namen, der zu einem Vermerk und einer Aktennummer führte. Letztere gehörte zu einer Bearbeitungsdatei, die sich nicht etwa irgendwo, sondern genau hier, in der Bamberger Polizeidienststelle, befand. In einer der hausinternen Abteilungen war demnach ein Vorgang mit direktem Bezug zu dieser Carolin Metz zu finden.

»Es gibt also doch einen Gott, ich hab's gewusst!«, rief Lagerfeld begeistert. »Leute, wir haben eine Spur, eine richtig fette Spur!«

Sofort kamen alle herbeigeeilt. Franz Haderlein, Honeypenny

und sogar Riemenschneider quetschten sich hinter beziehungsweise zwischen die Beine der beiden jungen Kommissare, um zu sehen, was es denn so Aufregendes zu berichten gab.

»Hier, ein Vorgang unten bei der Beauftragten für Kriminalitätsopfer. Ist noch gar nicht so lange her, nicht mal ein Jahr«, meinte Lagerfeld nahezu euphorisch und tippte hektisch auf den Eintrag. »Es ging um eine gewisse Carolin Metz, und die war mit unseren drei Opfern bekannt, wie es scheint. Macht das nicht die Regina, die ist doch für Stalkingopfer und so weiter zuständig, oder nicht?«

Aber Haderlein schüttelte den Kopf. »Nein, die Regina hat kürzlich woandershin gewechselt. Die Stelle hat jemand Neues übernommen«, sagte er, kam jedoch nicht sofort auf den Namen und begann krampfhaft zu überlegen.

»Ach ja, stimmt«, pflichtete ihm Huppendorfer bei. »Dieses blonde Geschoss, die hab ich neulich auf dem Parkplatz vorm Haus getroffen.«

»Bitte nicht!« Lagerfeld stöhnte mit gespielt gequältem Gesichtsausdruck auf. »Von blonden Geschossen hab ich in meinem Leben wirklich genug, da brauch ich nicht noch eine.« Aber niemand schien sich um seine wirklich sehr speziellen Befindlichkeiten scheren zu wollen.

Haderlein war zu seinem Schreibtisch geeilt und griff nach dem Telefonhörer. »Jetzt fällt's mir wieder ein, glaub ich. War ein italienischer Nachname. Onello heißt die, Andrea Onello. Die ist aber wirklich ein Geschoss«, fügte er grinsend hinzu, dann hatte er seine Ansprechpartnerin auch schon am Apparat. »Ja, hallo, Frau Kollegin, hier Haderlein, ein Stockwerk über Ihnen. Wir bräuchten den Vorgang Carolin Metz bei uns, und zwar so schnell wie möglich, ginge das?«

Nachdem er das Aktenzeichen genannt hatte, lauschte er einen Moment lang in den Telefonhörer, dann lächelte er wieder und meinte jovial: »Persönlich? Gern, dann bis gleich, Frau Onello.«

Er legte auf und schaute in lauter fragende Gesichter.

»Andrea Onello kommt persönlich und bringt die Akte sofort«, erklärte er zufrieden, bis er in Lagerfelds regelrecht angeekeltes

Gesicht blickte. »Irgendwelche Probleme mit neuen weiblichen Kollegen, Kommissar Schmitt?«, fragte er bissig, woraufhin sich Lagerfeld nur stumm erhob und zu seinem eigenen Schreibtisch wechselte.

Er sagte lieber nichts, sonst würde das nur ein mittelprächtiges Unglück geben. Stattdessen nahm er sich in seiner Verzweiflung eine Lauensteiner Praline aus der Pralinenschachtel. Und zwar eine der ungefährlichen, ohne Folie.

Wieder klingelte es an der Tür. Carolin Metz flog regelrecht, inzwischen ohne auch nur im Geringsten nachzudenken. Erst als sie die Tür bereits geöffnet hatte, fiel ihr ein, dass doch eigentlich alle Gäste bereits da waren.

Was sie zu sehen bekam, war ein riesiger Blumenstrauß.

»Hallo, Carolin, herzlichen Glückwunsch zum Geburtstag. Ich hab mich über die Einladung sehr gefreut«, tönte es hinter den Blumen hervor. Dann wurden sie ihr in die Hände gedrückt, und das breite Grinsen ihres Stalkers kam zum Vorschein. »Na, willst du mich nicht küssen, Schatz?«, meinte David Eichhorn mit einem seltsamen Schimmern in den Augen. Er breitete seine Arme aus und kam schnurstracks auf die vor Entsetzen wie betäubt dastehende Fotografin zu. Reflexhaft wich Carolin Metz zurück, bis sie mit dem Rücken gegen jemanden stieß, sodass David Eichhorn bereits mitten in der Wohnung stand, als sie endlich reagieren konnte.

Markus Wild hörte den gellenden Schrei seiner Freundin und den Tumult, der gleich darauf einsetzte. Drohende Rufe, Geschrei, berstende Möbel und das Klirren von zerbrechendem Glas waren zu vernehmen. Im nächsten Moment drängte sich seine Carolin heftig um sich schlagend und mit der blanken Panik im Gesicht durch die Küchentür und warf sich Markus Wild an den Hals. Sie krallte sich so fest es ging an ihn, dann brach ein tiefes Schluchzen aus ihr heraus.

Die übrigen in der Küche befindlichen Gäste liefen nach draußen, um zu sehen, was der Tumult zu bedeuten hatte, sodass Markus Wild allein mit der völlig aufgelösten Carolin Metz in der Küche zurückblieb. Während er seine zitternde Freundin in den Armen hielt, wollten der Krach und die Aufregung draußen nicht verstummen. Minutenlanges Geschrei von einem fremden Mann war zu hören und Geräusche, die auf einen heftigen Kampf hindeuteten. Dann war auf einmal ein dumpfer Schlag zu vernehmen, und der Krach ebbte ab, bis nur noch besorgtes Gemurmel zu vernehmen war und das schwere Atmen von Menschen, die gerade eine ziemlich schwere Arbeit verrichtet hatten.

Markus Wild wartete noch einen Moment, bis Carolin Metz sich etwas beruhigt hatte, und schlang dann seinen Arm fest um ihre Taille. Zusammen gingen sie nach draußen, verließen die sichere Küchenenklave und drängten sich durch die Gäste, bis sie schließlich vor dem Grund für die ganze gewaltige Aufregung standen. Auf dem Boden im Wohnungsflur lag mit dem Gesicht nach unten der Körper eines Mannes. Er war bewusstlos und hatte eine blutende Platzwunde am Hinterkopf.

Carolin Metz' Wohnungseinrichtung lag in Trümmern. Ihr großer Spiegel war von der Wand gefallen und zersplittert, der Schuhschrank geborsten, sein Inhalt in Gauß'scher Normalverteilung über den Fußboden ausgebreitet, und der Garderobenständer lag zersplittert dazwischen, wobei das Mittelstück in der Hand von Carolin Metz' Stiefvater ruhte, der den rabiaten Unbekannten offenbar damit niedergestreckt hatte. Er sah ziemlich derangiert aus, das Hemd hing ihm aus der Hose, und er keuchte angestrengt. Die Szenerie wurde vervollständigt von den Resten eines zerfetzten Blumenstraußes, die überall in der Wohnung und im Hausflur herumlagen. Dietmar Hümmer, der ein paar blutige Kratzer im Gesicht hatte, bückte sich, packte den Bewusstlosen an der Schulter und drehte ihn auf den Rücken, sodass nun alle dem Niedergeschlagenen ins Gesicht sehen konnten.

»Kennst du den, Carolin?«, fragte Günther Fuchs und schaute zu seiner Stieftochter hinüber. Die hatte die ganze Zeit nah bei Markus Wild gestanden, trat nun aber etwas näher an Fuchs und den bewusstlosen Mann heran. Es schien, als ginge von ihrem Stalker keine Gefahr mehr aus. Ihre Freunde hatten sie beschützt.

»Der Mann heißt David Eichhorn und ist Versicherungsvertreter«, gab sie mit blassem Gesicht und brüchiger Stimme bekannt. »Der Kerl stellt mir seit Monaten nach, er war sogar in meiner Wohnung. Er ist ein verdammter Stalker. Wegen diesem Arsch hab ich meine Türschlösser auswechseln lassen und mein Telefon abgemeldet. Ich wollte es euch heute irgendwann sagen, aber ich konnte ja nicht ahnen, dass er es fertigbringt, sogar auf meiner Geburtstagsfeier aufzutauchen.«

Immer noch am ganzen Körper bebend, jetzt aber vor Wut, stand sie neben ihrem Peiniger. Für Günther Fuchs sah es so aus, als wollte sie mit dem Fuß nach dem Kopf ihres Stalkers treten, er griff nach ihr und zerrte sie von dem am Boden liegenden Mann weg.

»Der Mann heißt nicht David Eichhorn«, ließ sich auf einmal die leise Stimme von Markus Wild vernehmen, der dem Geschehen etwas zurückversetzt, quasi aus zweiter Reihe, gefolgt war.

Die Blicke sämtlicher Anwesenden richteten sich auf ihn. Im Unterschied zu allen anderen wirkte er nicht im Geringsten froh darüber, dass Carolins Angreifer überwältigt worden war. Im Gegenteil, Markus Wild stand mit aschfahlem, fast entsetztem Gesicht da und starrte auf den Bewusstlosen, als sei soeben der Leibhaftige höchstselbst den Tiefen der Unterwelt entstiegen.

»Was?«, fragte Carolin Metz ungläubig. »Was sagst du da, Markus? Er heißt *nicht* David Eichhorn?« Ihr Verstand stieß an die Grenzen seiner Leistungsfähigkeit. Würde dieser Irrsinn denn niemals enden?

»Nein, heißt er nicht«, bekräftigte Markus Wild tonlos. »Und Versicherungsvertreter ist er auch nicht.«

Das war der Moment, in dem Carolin Metz' Auffassungsgabe endgültig die weiße Fahne schwenkte und sich verabschiedete. Ihr wurde von einer Sekunde auf die andere schwarz vor Augen, und eine gnädige Ohnmacht ließ ihren erschlaffenden Körper in die Arme ihres Stiefvaters gleiten.

Als Andrea Onello die Tür zu den heiligen Hallen des oberen Stockwerkes öffnete, war sie vom Anblick dieser Abteilung der

Kriminalpolizei gelinde gesagt etwas überrascht. Es machte jedenfalls nicht den Anschein, als ob sie hier von irgendwem erwartet wurde. Ein dunkelhäutiger Kommissar in ziemlich edlen Klamotten blickte kurz von seinem Computerbildschirm auf, dann vertiefte er sich wieder in eine Akte oder die unendlichen Weiten des Internets. Schräg hinter ihm saß dieser merkwürdige Kommissar Schmitt, der sommers wie winters, und das den Aussagen ihrer Kollegen nach seit Jahr und Tag, mit dieser dämlichen Sonnenbrille zu sehen war. Für den war sie ganz und gar Luft, er ließ sich nicht einmal zu einem kurzen Seitenblick herab, während die ziemlich resolut wirkende gereifte Dame, die gerade damit beschäftigt war, dieses berühmte Ferkel namens Riemenschneider mit Apfelstücken vollzustopfen, ihre Ankunft mit einem Nicken quittierte, jedoch offenbar nicht gewillt war, ihre Tätigkeit zu unterbrechen. Die einzige Person, die sich umgehend um sie kümmerte, war ein älterer hagerer Kommissar, der sich sofort mit einem freundlichen Lächeln und ausgestreckter Hand auf sie zubewegte.

»Franz Haderlein, grüß Gott. Andrea Onello?«

»Ja, genau. Wir beide haben telefoniert, nehm ich an?«

Franz Haderlein nickte und geleitete sie zu seinem Schreibtisch. Dann klatschte er laut und energisch in die Hände und rief quer durch den Raum: »Auf geht's, Herrschaften, die Akte ist da!«

Der dunkelhäutige Kommissar sprang auf und machte sich auf den Weg zu Haderleins Schreibtisch, seinen Stuhl nahm er kurzerhand mit. Mit einem breiten Lächeln, das zwei Reihen makelloser weißer Zähne offenbarte, reichte er ihr die Hand. »César«, stellte er sich vor, dann kam auch schon die gedrungene Frau mit dem kleinen Schwein auf sie zu. Das Tier nahm sie sofort schnüffelnd in Beschlag, woraufhin sie ihre Aktenmappe auf die Seite legte und sich zu der rosa Kugel hinunterbeugte.

Andrea Onello und Riemenschneider fanden sofort einen Draht zueinander, was der mit grimmigem Blick danebenstehenden Marina Hoffmann aus zweierlei Gründen gewaltig missfiel. Erstens war sie prinzipiell eifersüchtig, wenn Riemenschneider fremde Personen sympathisch fand, ohne dass diese zumindest ansatzweise einen gewissen pädagogischen Aufwand betrieben hatten, wie Honeypenny es ja seit Jahren aufopferungsvoll tat. Der zweite Grund lag in der weiblichen Struktur im Allgemeinen sowie in diesem Fall im Speziellen begründet. Diese Andrea Onello war um die vierzig Jahre alt, sah aber aus wie dreißig und kleidete sich wie zwanzig. Das wirklich Gemeine an diesem Umstand war aber die Tatsache, dass ihr diese jugendlichen Klamotten auch noch standen. Hinzu kam eine sportliche Figur, wie sie den meisten anderen Damen in diesem Alter längst abhandengekommen war. Derartige Weibsbilder lösten bei Geschlechtsgenossinnen wie Marina Hoffmann sofort eine genetisch bedingte Stutenbissigkeit aus, die sich in spontaner Missgunst solchen Frauen gegenüber äußerte. Und dann fand Riemenschneider diese Tussi auch noch nett. Nein, Andrea Onello und sie würden niemals Freundinnen werden, so viel war klar.

Als Letzter gesellte sich Lagerfeld zu Haderleins Schreibtisch. Betont kühl gab er Andrea Onello die Hand, musterte sie demonstrativ von oben bis unten und wieder zurück, um sie schließlich auf seine ihm eigene, seltsame Art willkommen zu heißen.

»Aha, was haben wir denn da für 'ne blonde Fruchtschnitte?«, fragte er abschätzig. »Onello, aha. Italienerin oder wie?«, setzte er noch süffisant obendrauf.

»Nein, nur zu lange mit einem verheiratet«, lautete die bissige Antwort der »Fruchtschnitte«. »War so ähnlich drauf wie du, wenn ich es recht betrachte.« Eine knisternde Spannung lag in der Luft, der Bürofriede schien gefährdet.

Bevor Andrea Onello sich in noch deftigere Antworten hineinsteigern konnte, bekam der derzeitige Nörgler vom Dienst einen mittelprächtigen Klaps auf den Hinterkopf, dann ertönte die knurrige Stimme seines älteren Kollegen.

»Bernd, setz dich, bevor ich mich vergesse!«, stauchte ihn Haderlein zusammen und beförderte Lagerfeld mit mehr oder weniger sanftem Druck auf den letzten freien Stuhl an seinem Schreibtisch, ehe er die Arbeitssitzung offiziell eröffnete. »So, nachdem jetzt alle ihren Platz in dieser Runde gefunden haben, möchte ich zuallererst unsere geschätzte Kollegin Andrea Onello begrüßen, die so freundlich ist, uns etwas über den Vorgang Carolin Metz zu erzählen, deren Name auf allen Mobiltelefonen unserer Opfer aufgetaucht ist. Andrea – bitte.«

Franz Haderlein setzte sich auf seinen Platz, woraufhin Andrea Onello ihre Aktenmappe aufklappte und einige Blätter herausnahm. Dann fing sie an, die Fakten vorzutragen.

»Besagte Carolin Metz meldete sich vor ungefähr einem Jahr zum ersten Mal bei der Bamberger Polizei, weil sie sich von einem Mann namens David Eichhorn belästigt fühlte. Er stellte ihr angeblich permanent nach und verschaffte sich sogar Zugang zu ihrer Wohnung, um in ihrem Schlafzimmer ein Meer von Blumen für sie zu hinterlassen.«

Die Umsitzenden hörten aufmerksam zu. Das Thema Stalking war ihnen zwar nicht komplett fremd, aber die Details bekamen sie in der Regel nicht zu hören. Honeypenny hatte inzwischen jedem ein Glas Wasser gebracht, zudem stellte sie eine Platte mit frisch zubereiteten Honigbroten auf den Tisch. Dann setzte sie sich demonstrativ an den weitestmöglich von Andrea Onello entfernten Platz am anderen Ende des Tisches.

»Trotz intensiver Ermittlungen konnte dieser David Eichhorn, ein Versicherungsvertreter, aber nicht ausfindig gemacht werden. Zwar haben wir mehrere Männer dieses Namens ermittelt, aber derjenige, welcher, war leider nicht dabei. Die Polizeipatrouillen in der Straße, in der Frau Metz wohnte, wurden über mehrere Wochen intensiviert, und es fand eine Beratung des Opfers durch unsere Dienststelle über die Einflussmöglichkeiten des Mannes auf das Leben von Carolin Metz und mögliche zu ergreifende Gegenmaßnahmen statt. Dann teilte uns Frau Metz mit, dass die Maßnahmen greifen würden und sie die Angelegenheit aus ihrer Sicht als erledigt betrachtete, weshalb die Hilfe der Bamberger Polizei nicht länger benötigt würde. Außerdem habe sie ihre Wohnung in Bamberg gekündigt und wolle demnächst fortziehen. Wohin, kann ich Ihnen aber leider nicht sagen«, schloss Andrea Onello ihren Vortrag.

Die Reaktion war enttäuschtes Schweigen, hatten doch alle irgendwie gehofft, in diesen Akten einen direkten Hinweis auf ihren Serientäter zu finden, was sich nun aber als Trugschluss herausstellte. Verdrossen kauten sie stumm auf ihren Honigbroten, nur Riemenschneiders Geschmatze hob sich etwas von der monotonen Geräuschkulisse ab.

Franz Haderlein sagte zwar ebenfalls nichts zu dem eben Gehörten, nahm aber dafür zwei Blatt Papier und schrieb auf das eine »Carolin Metz«, auf das andere »David Eichhorn?«. Anschließend heftete er die beiden Namensblätter an die große weiße Pinnwand mit den Hinweisen zu ihrem Fall.

»Und es stehen sonst keine weiteren Namen in Ihren Akten, die für uns irgendwie von Belang wären? Ich meine, so ein Vorgang hat doch sicher noch andere Aspekte, die auf den ersten Blick vielleicht nicht relevant sein mögen, für uns aber durchaus von Nutzen sein könnten.« Lagerfeld wollte nicht einsehen, dass diese vielversprechende Spur einfach so im Nichts enden sollte. Es war einfach nur deprimierend. Seit er mit Riemenschneider die Perücke im Mülleimer der Bayreuther Tankstelle gefunden hatte, ging irgendwie überhaupt nichts vorwärts. Drei bestialisch hingerichtete Opfer, und sie hatten keine handfeste Spur.

Andrea Onello schaute kurz zu ihm hinüber, dann griff sie nach ihrer Mappe, um alles noch einmal durchzugehen. Von diesem absonderlichen Komiker von Kommissar wollte sie sich nicht nachsagen lassen, schludrig zu arbeiten. So ging sie Blatt für Blatt durch, ohne etwas Nennenswertes zu finden, bis sie auf dem rückwärtigen Karton der Mappe tatsächlich eine kleine handgeschriebene Notiz ihrer Vorgängerin entdeckte, die sie zuvor übersehen hatte.

»In den Unterlagen steht nichts weiter drin. Aber meine Vorgängerin, die Regina, hat eine handschriftliche Notiz gemacht. Anscheinend gibt es eine Kontaktperson für den Fall, dass jemand Akteneinsicht verlangt. Und zwar ist das ein gewisser Markus Wild, Telefonnummer und Adresse stehen auch dabei.«

Für einige wenige Sekunden war es im ganzen Raum mucksmäuschenstill, keiner traute sich, etwas zu sagen. Dann beugte sich Haderlein mit versteinertem Gesicht nach vorn und legte seine Unterarme auf den Tisch, die Hände zu Fäusten geballt.

»Wer?«, fragte er mit Grabesstimme, und Andrea Onello schaute irritiert von ihm zu den anderen.

Hatte sie etwas Falsches gesagt? Langsam wurde ihr die Situation unheimlich. Laut und deutlich wiederholte sie, was auf der Innenseite des Aktenordners stand.

»Markus Wild, Erfurt. Die Telefonnummer und Adresse stehen auch dabei.«

Die Kommissare tauschten bedeutungsvolle Blicke.

»Franz, wir müssen uns aufteilen«, gab Lagerfeld seine Einschätzung der Lage zum Besten. »Was meinst du?«

Haderlein nickte stumm, dann sprang er auf. »César, du kommst mit mir, wir fahren nach Erfurt. Wir werden dort die Wohnung unseres Opfers persönlich auf den Kopf stellen, bis wir etwas finden, das uns weiterbringt. Die Kollegen in Erfurt können den Ernst der Lage ja gar nicht kennen.« Er sah Lagerfeld an, der sogleich wusste, welche Aufgabe Haderlein für ihn vorgesehen hatte.

»Ich fahre nach Schederndorf und stelle diese Familie diesmal so richtig auf den Kopf. Irgendwas habt ihr dort übersehen. Es wird Zeit, einen Gang höher zu schalten.« Er erhob sich ebenfalls und wollte schon seine Jacke holen, da fiel sein Blick auf seine zuletzt so erfolgreiche Hilfskraft. »Kann ich Riemenschneider mitnehmen?«, erkundigte er sich beiläufig, aber Haderlein war geneigt, Riemenschneiders Unterstützung für sich selbst zu beanspruchen.

»Ich denke, wir brauchen unseren rosa Helden in Erfurt …«, sagte er gedehnt.

Bevor noch ein Streit über die Zuständigkeit ihres Ermittlerschweinchens entbrannte, schaltete sich dessen Ziehmutter mit einer geradezu salomonischen Idee in die Diskussion ein.

»Soll doch Riemenschneider selbst entscheiden, mit wem sie gehen will. Sie ist alt genug, oder nicht?«, meinte Honeypenny gönnerhaft und streichelte dem Schwein aufmunternd über den Rücken.

Die Riemenschneiderin hob kurz den Kopf, um ihrer Dienststellenmama ein letztes Lächeln zu schenken. Dann lief sie los und setzte sich selbstbewusst und ohne Zögern direkt neben Andrea Onello auf den Boden. Die beugte sich lächelnd vor, um das süße Tier zu streicheln.

Honeypenny für ihren Teil wurde blasser als blass und sah aus, als stünde sie kurz vor einer Spontanexplosion. Haderlein schaute sich das einen kurzen Moment lang an, dann handelte er erstens spontan, was ansonsten gar nicht seine Art war, und zweitens entschlossen, was man schon eher von ihm kannte.

»Andrea, wollen Sie uns heute vielleicht helfen und mit dem Kollegen Schmitt nach Schederndorf fahren? Wir könnten Hilfe gebrauchen, und Bernd hat weiblichen Beistand gerade dringend nötig.«

Lagerfeld hob zwar zu einer Widerrede an, als er aber den Blick bemerkte, den Haderlein ihm zuwarf, ließ er es lieber bleiben.

»Ja, tolle Idee. Willkommen im Team Schmitt, Onello und Co.«, rief er in gespielt überschwänglicher Begeisterung. Dann griff er sich Riemenschneiders Leine und schaute Andrea Onello an, deren Zustimmung noch ausstand. Aber die musste man nicht lange bitten. Bei der Kripo zu arbeiten war ihr Traum, und diese Chance würde sie selbstverständlich nutzen.

»Aber gern«, meinte sie strahlend, und zum ersten Mal stellte Bernd Schmitt fest, dass er nicht nur das gewünschte Ermittlerschwein, sondern auch noch eine verdammt gut aussehende Frau an die Seite gestellt bekommen hatte.

»Also gut. Dann bleibt für dich die ehrenvolle Aufgabe, nach der verschollenen Fotografin zu suchen, Marina«, sagte Haderlein und erhob sich. »Ich weiß, das ist nicht so einfach, aber für Unmögliches haben wir ja dich.« Er lächelte seiner langjährigen Sekretärin zu.

Honeypenny fühlte sich ob des Lobes zwar durchaus geschmeichelt, ließ sich das aber nicht anmerken. Andere Probleme trieben sie um. Probleme, die von Liebesentzug, Eifersucht und nicht erwiderter Zuneigung herrührten. So machte sie sich denn an die ihr zugedachte Arbeit, richtig konzentrieren konnte sie sich jedoch nicht.

Er hatte sich über das Treppenhaus Zugang verschafft und stand nun an der Wohnungstür. Verplombt. »Landeskriminalamt Thüringen«, stand auf dem breiten roten Siegel, das über die Tür geklebt worden war. Er musste lächeln. Wie naiv diese Ordnungshüter doch waren. Als ob dieser lächerliche Klebestreifen irgendjemanden davon abhalten könnte, diese Wohnung zu betreten. Wenn einer wie er die rote Linie einmal überschritten hatte, ließ ihn eine bloße Androhung von Staatsgewalt aber so was von kalt. Mit einem Tapetenmesser schnitt er das Siegel von oben nach unten durch. Dann steckte er das Messer weg und schaute sich noch einmal im Treppenhaus um. Niemand war zu sehen, niemand zu hören. Er griff in die Tasche seines Mantels und holte den Schlüssel heraus. Lächelnd betrachtete er ihn. Sein Sesam-öffne-dich für diese Wohnung.

Er war erst einmal hier gewesen, vor über einem Jahr. Hier in dieser Wohnung hatte er sie entdeckt, auf einem Foto an der Wand. Die eiskalte Königin mit den jadegrünen Augen. Es war dieses Bild gewesen, das ihn von nun an jeden Tag in seinen Träumen verfolgt hatte. Als Markus dann mit ihr in Schederndorf aufgetaucht war, hatte es ihn endgültig erwischt. Zwar hatte er sich da noch nicht getraut, sich ihr vorzustellen, denn eigentlich war er immer schüchtern und gehemmt Frauen gegenüber. Aber später, auf dem Rosenmarkt, da hatte er ihr seine Gefühle offenbart. Doch sie hatte nur mit ihm gespielt und geglaubt, er würde sie nicht erkennen. Als wäre er ein Höriger, der nicht in ihr Innerstes eintauchen, nicht zu ihrem wahren Ich durchdringen würde. Lange Zeit war es ihr auch gelungen, ihn fehlzuleiten, ihn glauben zu machen, sie wäre rein und würde ihn bloß hinhalten, aber ebenfalls lieben. Doch das Schicksal hatte ihm Gott sei Dank die Augen geöffnet, schlussendlich hatte er alles verstanden. Die Königin und ihr ganzes verfluchtes Nest mussten vernichtet und die unglaubliche Wahrheit der gesamten Menschheit präsentiert werden.

Es war nun fast geschafft, er hatte sie alle erwischt. Allein die Frau mit den Jadeaugen war noch am Leben. Sie hatte sich irgendwohin zurückgezogen, versteckt, an einem geheimen Ort, von dem sie glaubte, er werde ihn nicht finden. Aber das konnte sie vergessen. Er würde sie aufspüren, ganz gleich, wohin sie sich verkrochen hatte. Und dann würde sie sich wünschen, sie und ihre Brut hätten damals ihren Job zu Ende gebracht, hätten ihn nicht am Leben gelassen.

Er steckte den Schlüssel in das Schloss und öffnete die Tür. Leise schloss er sie wieder von innen und knipste das Licht an. Die Wohnung sah aus, als wäre sie eben erst verlassen worden, so als ob ihr Bewohner nur kurz Brötchen holen gegangen war. Offensichtlich hatten die Erfurter Bullen keine großen Aktionen in der Wohnung veranstaltet, wahrscheinlich aus dem nachvollziehbaren Grund, dass sie noch gar nicht wussten, wonach sie suchen sollten. Er aber schon.

Mit schnellen Schritten durchquerte er den Flur und öffnete die erste Tür zu seiner Linken. In dem kleinen Zimmer lagen allerlei Zauberutensilien in den Regalen und auf dem Boden herum, die ihn aber überhaupt nicht interessierten. Er steuerte zielsicher auf den Computer zu, der an der rückwärtigen Wand auf einem behelfsmäßigen Schreibtisch aus zusammengezimmerten Holzplatten ruhte. Er zog den Stuhl zu sich heran und setzte sich. Mit wenigen geübten Handbewegungen schaltete er den Computer ein und wartete, bis er vollständig hochgefahren war. Ein Fenster erschien in der Mitte des Bildschirms, welches die Eingabe eines Passwortes erforderte. Er lächelte. Natürlich kannte er dieses Passwort, er hatte es ja selbst eingerichtet. Markus war viel zu blöde gewesen, sich mit technischen Geräten auseinanderzusetzen. Dafür war er ihm gerade gut genug gewesen.

Er tippte »Carolin« in das leere Feld und öffnete so Tür und Tor zum Innenleben des Computers. Ohne zu zögern, machte er sich an die Arbeit. Irgendwo musste Markus die neue Adresse der Königin abgespeichert haben. Wenn sie überhaupt irgendwo zu finden war, dann hier auf diesem Computer. Ihre Telefonnummer hatte er schon, die war dankenswerterweise auf Markus'

Handy nachzulesen gewesen. Aber er brauchte die Adresse, denn er musste in ihren Bau gelangen, um sie auszuräuchern, sie herauszutreiben.

Es dauerte nicht lange, und er hatte gefunden, was er suchte. Markus war wirklich alles andere als ein Verschlüsselungsweltmeister gewesen. Zumindest hatte er das immer vorgegeben. Schwul, naiv, völlig weltfremd, so hatte er sich gern präsentiert und damit kokettiert. Aber jetzt war Markus enttarnt und tot, seine Augen ruhten säuberlich seziert in einem Glas neben zwei anderen Augenpaaren auf einem Regal in seinem Versteck.

Hier war sie, die Datei, welche die neue Adresse von Carolin Metz enthielt. Ungläubig starrte er auf den Eintrag. Das war frech, ziemlich frech sogar. Arrogant. Aber im Grunde hatte er von der Mutter einer solchen Brut nichts anderes erwartet. Er konnte die Datei nicht öffnen, sie war verschlüsselt. Er sollte erneut ein Passwort eingeben, doch als er es wieder mit »Carolin« versuchte, schlug der Versuch fehl. Dies war ganz eindeutig die Tat der Königin. Markus wäre zu einer Verschlüsselung niemals fähig gewesen. Nach zwei weiteren erfolglosen Versuchen wurde ihm sogar der Zugang komplett verwehrt. Erst morgen, nach vierundzwanzig Stunden, dürfe er es aus Sicherheitsgründen wieder versuchen, lautete die unerquickliche Meldung auf dem Bildschirm.

Genervt gab er auf. Nun gut. Er würde diese Datei auf einen USB-Stick ziehen und nach England mailen, dort hatte man ganz andere Möglichkeiten.

Nachdem er die Datei kopiert hatte, zog er den Stick ab und steckte ihn in seine Hosentasche, dann schaltete er den Computer aus. Er hatte Geduld im Überfluss. Jetzt galt es, sich zurückzuziehen, bis die Datei geknackt war, in aller Ruhe die Gegebenheiten zu studieren und abzuwarten. Und warten war genau das, was er jetzt brauchen konnte. Seine Nerven waren zum Zerreißen gespannt, die Haut dünn. Er wollte eben zur Tür hinauseilen, als sein Blick auf das Bild fiel, mit dem alles seinen Anfang genommen hatte.

Markus hatte die dämliche Angewohnheit gehabt, überall in

der Wohnung Fotos an Wände, Schränke und Türen zu heften. Wahrscheinlich mochte er die Illusion, von Menschen umgeben zu sein. Aber dieses Bild war größer als alle anderen und sogar gerahmt. Es zeigte ihn mit seiner besten Freundin, der Königin. Er trat näher an das Bild heran und musterte sie von Angesicht zu Angesicht. Er hatte dieses Wesen geliebt. Diese Schönheit mit den intensiven grünen Augen. Jetzt erkannte er in dem, was er einst für Sanftmut und Liebreiz gehalten hatte, den Ausdruck boshafter Kälte, die in Wahrheit von ihr ausging.

»Oel ngati kameie, ich sehe dich«, flüsterte er leise. Ein Spruch, der eigentlich von Liebe und Zuneigung zeugte. Er hatte ihm mit seinem Unterfangen zu einer neuen, passenderen Bedeutung verholfen. Dann regte sich ein Impuls in ihm, kurz und heftig. Mit einem Wutschrei drosch er auf das Glas des Bilderrahmens ein. Es zerbarst mit einem lauten, wilden Klirren, die gläsernen Splitter verteilten sich überall im Zimmer und fielen lautlos auf den Teppichboden. Seine Faust sank, von Schnittwunden übersät, blutend nach unten. Er riss die Fotografie aus dem Rahmen und wollte sie schon in tausend Fetzen zerreißen, als er die Schrift auf der Rückseite bemerkte. Dort stand es, groß und breit: »Neue Adresse Carolin«. Erst konnte er es nicht glauben, dann schallte sein lautes Lachen durch die leere Wohnung. Ein hartes, triumphierendes Lachen, das genauso schnell erstarb, wie es aus ihm herausgebrochen war. Er faltete die Fotografie zusammen und stopfte sie in die Innentasche seiner Jacke. Nun hatte er doch bekommen, was er wollte. Dann ging er zur Tür, schloss sie hinter sich und ging davon, ohne sich noch einmal umzusehen.

Die Fahrt nach Schederndorf gestaltete sich für die drei Insassen Lagerfeld, Riemenschneider und Andrea Onello anders als erwartet. Für jeden allerdings aus völlig verschiedenen Gründen. Die ersten Kilometer in Lagerfelds geschlossenem Cabrio wurden schweigend zurückgelegt. Lagerfeld wollte nichts sagen, Andrea Onello hielt sich aus Höflichkeit zurück, und Riemenschneider lag verträumt auf der Rückbank, weil die neue blonde Frau da vorn so gut roch. Irgendwo auf der Autobahn zwischen Bamberg und Scheßlitz hielt der gequälte Familienvater es dann aber nicht mehr aus. Lagerfeld nahm die rechte Hand vom Lenkrad und streckte sie zu seiner Beifahrerin hinüber.

»Bernd«, meinte er kurz und gönnerhaft, ein Waffenstillstandsangebot, das die Angesprochene mit einem intensiven Händedruck entgegennahm.

»Andrea«, erwiderte sie und hinterließ bei ihrem fahrenden Kollegen den diesen erstaunenden Eindruck, dass auch zarten Frauenhänden eine gewisse Kraft innewohnen konnte.

Während er sich noch über den Händedruck wunderte, übernahm Andrea Onello die Führung des kommunikativen Geschehens. So ging es hier nicht weiter.

»Warum benimmst du dich eigentlich die ganze Zeit so bescheuert?«, fragte sie so unverblümt, dass Bernd Schmitt vor Schreck fast nach links in die Mittelleitplanke gefahren wäre.

»Äh, was, wie? Ich benehme mich bescheuert? Wie kommst du denn darauf?«, stammelte er, während er sich verzweifelt bemühte, weiter die ihm zugedachte Straßenseite zu befahren. Aber Andrea Onello verschränkte entschlossen die Arme vor der Brust und redete einfach weiter. Sie hatte nicht die Absicht, ihn ohne eine Antwort auf ihre Frage davonkommen zu lassen.

»Ja natürlich, total bescheuert sogar. Seit dem Moment, in dem ich euer Büro betreten habe, ignorierst du mich oder behandelst mich von oben herab. Hältst du mich vielleicht für blind? Oder für blöd? Ich kann dir versichern, nichts davon trifft zu. Vermutlich hast du irgendein komisches Problem mit Frauen. Keine Ahnung, warum, aber eins sage ich dir, ich habe keine Lust, das auszubaden, kapiert? Männer haben bei mir keine guten Karten, vor allem wenn sie sich benehmen wie gewisse Ex-Italiener, verstanden?«

Zack, das hatte gesessen. Lagerfeld saß mit hochrotem Kopf hinter dem Steuer und starrte perplex in die angedachte Fahrtrichtung. Riemenschneider beobachtete das Geschehen mit wachsendem Interesse. Sie war zwar ein Schwein, aber sie war nicht dämlich. Derartige Streitereien zwischen den menschlichen Geschlechtern endeten des Öfteren im Chaos. So ganz blickte sie nicht durch, was sich auf den vorderen Sitzen gerade abspielte, aber es war wohl besser, ein Auge auf die beiden Kontrahenten zu haben. Also hob sie sicherheitshalber eines ihrer rosa Ohren vom Auge und verfolgte das Gespräch aufmerksam aus der zweiten Reihe. Egal wie das ausging, lernen konnte man immer was.

»Ich hab Stress daheim. Massiven Stress. Karrierefrau, das erste Mal Mutter, die Hormone drehen durch und so weiter. Ich tu ja alles, was ich kann, aber irgendwie habe ich mir das Elternsein ein bisschen harmonischer vorgestellt.« Das mit der Harmonie betonte Lagerfeld ausdrücklich, was seine Mitfahrerin aber nur zu einem sparsamen »Aha« verleitete. Er hatte null Ahnung, was das bedeuten sollte, wusste aber aus Erfahrung, dass ein »Aha« von einer Frau in der Regel der Beginn einer evidenten Kriegserklärung war. Besser vielleicht die Flucht nach vorn antreten, dachte er. »Du hast ja keine Kinder«, behauptete er einfach mal, um wieder das Heft des Handelns in die Hand nehmen zu können. Eine Frau mit dieser Figur konnte unmöglich Kinder zur Welt gebracht haben, höchstens ganz kleine. Der Schuss ging aber nach hinten los.

»Wie kommst du denn darauf? Keine Kinder? Ich habe drei, und zwar von zwei verschiedenen Männern. Mein Ältester wird demnächst fünfundzwanzig Jahre alt«, gab sie völlig relaxt zum Besten. Das hatte zweierlei zur Folge. Zum einen hätte Lagerfeld nun zur Abwechslung beinahe die Autobahn auf der anderen Straßenseite verlassen, und zum anderen wurde Riemenschneider von dem Geschaukel allmählich schlecht.

Nach diesem Geplänkel, das wohl wie ein emotionaler Dosenöffner gewirkt hatte, entspann sich dann aber eine Unterhaltung, die immer mehr in geordneten, fast harmonischen Bahnen verlief und kurz vor dem netten Örtchen Schederndorf in einer fast ausgelassenen Diskussion über das Thema Männer und Frauen endete.

So bog denn auch der letzte der drei diensthabenden Kommissare der Bamberger Dienststelle auf den Parkplatz der Brauerei Wild ein. Als er ausgestiegen war, öffnete Lagerfeld die Tür zur Rückbank, um Riemenschneider aus dem Wagen zu nehmen, nur war dort leider kein Schwein mehr anwesend, das man hätte herausnehmen können. Verblüfft starrte er auf die ferkelfreie Zone, als das vermisste Exemplar bereits mit Andrea Onello ums Auto herumgelaufen kam.

Das ist kein Zufall mehr, dachte Lagerfeld, die beiden sind ziemlich beste Freunde. Auch gut, bitte schön, dann konnte er ja ruhigen Gewissens die Oberaufsicht über Riemenschneider an diese dreifache Mutter abgeben. War vielleicht sowieso besser, von wegen Erfahrung mit Heranwachsenden und so.

Lagerfeld reichte Andrea Onello Riemenschneiders Leine und ging zielstrebig auf die Eingangstür der Gastwirtschaft zu, die beiden anderen Expeditionsteilnehmer im Schlepptau. Die Angestellten mussten sich erst eine Weile durch die Küche und wieder zurück fragen, bis jemand erschien, der sich für sie zuständig fühlte.

Der Mann mit dem lichten Haar stellte sich als Thaddäus Wild vor, jüngster der vier Wild-Brüder. Lagerfeld bat darum, alle Familienmitglieder irgendwo zu versammeln, damit er sie noch einmal konzentriert befragen könne.

»Ja, aber warum denn eigentlich, wir haben doch Herrn Haderlein schon alles erzählt«, entgegnete Thaddäus Wild etwas ratlos, holte aber nichtsdestotrotz sein Haustelefon hervor, um ein paar kurze Gespräche zu führen.

Lagerfeld musterte derweil den Gastraum, den er schon einige Male privat besucht hatte. Dann fiel sein Blick auf Andrea Onello, die mit Riemenschneider schäkerte, welche mit einem Dauergrinsen auf dem Fliesenboden saß und zu der Blondine nach oben strahlte. Wahnsinn, dachte er fasziniert, die Welt ist wirklich voller Wunder. Die beiden kannten sich jetzt bestenfalls zwei Stunden und waren schon ein Herz und eine Seele. Sachen gab's.

Um sich selbst auch wieder ins Gespräch zu bringen, beugte er sich zu Andrea Onellos rechtem Ohr hinüber und flüsterte bedeutungsschwanger: »Hier gibt es übrigens das beste Bier weit und breit. Wenn nicht sogar das beste überhaupt.« Er nickte mit wichtigem Blick und stellte sich mit einem erwartungsvollen Lächeln in Positur.

Andrea Onello sah ihn an, lächelte freundlich zurück und meinte wieder: »Aha«, dann beschäftigte sie sich weiter mit dem fröhlichen Schweinchen zu ihren Füßen.

Lagerfeld wusste nun gar nicht mehr, wie er reagieren, geschweige denn was er sagen sollte. Aber er musste nicht weiter über die Seltsamkeiten dieser Welt nachgrübeln, denn in diesem Moment erschien ein weiterer der Wild-Brüder im Küchendurchgang und gesellte sich zu ihnen.

»Lukas Wild«, stellte er sich vor. Er war etwas kleiner als sein Bruder Thaddäus, mit ebenso schwarzen Haaren. Erwartungsvoll schauten nun beide in die Runde aus Menschen und Schwein, sagten aber nichts. Ein besonders redseliger Menschenschlag scheint das Schederndorfer Gewächs nicht zu sein, dachte Lagerfeld genervt.

»Wo steckt eigentlich Simon?«, fragte Lukas Wild seinen Bruder Thaddäus halblaut, aber der zuckte nur mit den Schultern.

»Keine Ahnung, ich hab ihn schon eine Weile nicht mehr gesehen. Vielleicht ist er ja bei seiner Freundin, von der er dauernd redet.«

»Oder im Schlachtraum«, fügte Lukas Wild grinsend hinzu. »Bei Simon wüsst ich nicht, was ihn mehr anzieht, wenn er sich entscheiden müsste. Gehen wir doch einfach mal rüber, vielleicht finden wir ihn.«

Er drehte sich um und ging voraus. Lagerfeld sagte mal lieber nichts dazu, sondern folgte den beiden Brüdern und bedeutete Andrea Onello mit einer kleinen Handbewegung, ebenfalls mitzukommen.

Aber die hielt ihn am Ärmel zurück und beschied ihn entsetzt: »Du wirst doch jetzt nicht wirklich diesen herzlosen Figuren hinterherlaufen und Riemenschneider mit in einen Schlachtraum nehmen. Die Arme kriegt den Schock ihres Lebens!«

Sie zischte das so ärgerlich in Lagerfelds linkes Ohr, dass der glaubte, sich einen massiven Tinnitus eingefangen zu haben. Trotzdem blieb er standhaft und klärte die Neumitarbeiterin über den Ausbildungsstand des Ermittlerferkels auf.

»Hör zu, Andrea, deine Tierliebe in allen Ehren, aber das

da ist kein süßes, kleines Schweinchen aus dem Streichelzoo, sondern ein ausgebildetes Polizeischwein der Spitzenklasse. Riemenschneider war dienstlich schon an weit schrecklicheren Orten als einem ordinären Schlachthof. Was immer uns dort erwartet, es wird sie definitiv kaltlassen. Sie hat jetzt den Geruch unseres Serientäters in der Nase, und den wird sie nicht mehr verlieren, bis wir diesen Irren gefunden haben. Merke: Das rosa Teil da unter dir ist eine abgebrühte Suchmaschine, eine Spezialwaffe der Polizeiarbeit. Halte dich also nicht mit romantisierten Tierschützergedanken auf, sondern vertraue dem Rüsseltier. Du wirst sehen, Riemenschneider wird ganz cool im Schlachtraum stehen und auf die Wünsche ihres Herrchens warten, und das bin heute ich.« Sprach's, nahm ihr die Leine aus der Hand und folgte mit Riemenschneider zusammen eiligst den beiden Brüdern.

Andrea Onello war zwar der Mund offen stehen geblieben, aber gleich darauf hatte sie sich wieder gefasst und folgte den beiden mangels anderer Alternativen.

Thaddäus und Lukas Wild überquerten die Straße und gingen zu dem Brauereigebäude, wo sie nach einigen Metern eine Tür öffneten, die in den neuen Anbau führte. Von hier aus ging es durch schmale Gänge, bis sie eine schwere Metalltür öffneten, das Licht im dahinterliegenden Raum anknipsten und eintraten.

»Was ist denn hier los?«, rief Lukas Wild verblüfft aus. Seine Verwunderung war verständlich, denn der Schlachtraum war als solcher nicht wiederzuerkennen. Alle Flächen, die gefliesten Wände, der Fußboden und die Ablageflächen aus Edelstahl, waren picobello sauber, wie geleckt. Der Raum sah völlig unbenutzt aus, wie neu. Hier gab es nichts, was an einen blutigen Handwerksbetrieb erinnerte, von einem Simon Wild gar nicht zu reden.

»Das gibt's doch nicht«, gab Thaddäus Wild ebenso erstaunt von sich, als unter ihnen ein Knurren zu hören war. Erschrocken traten alle auseinander und bildeten einen Kreis um Riemenschneider, die in Habachtstellung laut und deutlich Hundegeräusche von sich gab. Ihre vier kurzen, stämmigen Beine sahen aus wie in den Boden gerammt, der Kopf war lang und waagerecht nach vorn geschoben, die Ohren so weit aufgestellt, wie es nur ging. Dazu sonderte sie in einem fort dieses unheimliche Knurren ab, das Lagerfeld durchaus vertraut war. Was aber hingegen selbst ihm ein leichtes Frösteln über den Rücken jagte, waren die fast senkrecht nach oben stehenden Körperhaare des kleinen Schweins. In all den Jahren bei der Bamberger Polizei hatte Lagerfeld diese Reaktion noch niemals bei ihr gesehen.

Aber egal, wie neu dieses Verhalten auch war, es konnte nur eines bedeuten: Riemenschneider hatte in diesem penibel gesäuberten Raum eine Spur ihres Serienkillers erschnüffelt. Sie hatte seinen Geruch nicht nur wahrgenommen, sie spürte ihn so intensiv, dass ihr kleiner Körper das abgrundtief Böse darin widerspiegelte.

Die Erste, die reagieren konnte, war Andrea Onello.

»Wo ist Ihr Bruder Simon?«, fragte sie energisch und schaute von einem Wild-Bruder zum anderen. Aber sowohl Thaddäus als auch Lukas Wild schienen keine Ahnung zu haben, wo Simon sich aufhielt. Ihren Gesichtern nach zu urteilen, hatten sie fest damit gerechnet, ihn hier in seinem Schlachtraum anzutreffen. Doch der war definitiv leer, beschallt von einem Ermittlerferkel, das regelrecht außer sich war.

Andrea Onello bückte sich, um Riemenschneider hochzuheben und auf den Arm zu nehmen, während Lukas Wild sein Handy herausholte, um seinen Bruder anzurufen. Eine Weile lauschte er in sein Mobiltelefon, dann setzte er es mit einem ratlosen Blick wieder ab.

»›Dieser Teilnehmer ist momentan nicht erreichbar‹«, vermeldete er leise, unschlüssig, wie er sich nun verhalten sollte. Er begriff das alles überhaupt nicht. Erst wurde ihr Bruder Markus umgebracht, und nun war Simon auf einmal verschwunden. Was hatte das zu bedeuten?

»Vielleicht ist er ja bei seiner Freundin Carolin«, mutmaßte Thaddäus Wild. Es klang allerdings mehr wie eine Frage denn wie eine Feststellung.

Andrea Onello und Lagerfeld erstarrten. Wieder war es die

neue Kollegin, die die Lage auf Anhieb richtig einzuschätzen wusste.

»Wer? Welche Carolin? War die etwa schon mal mit ihm hier?«, fragte sie alarmiert.

Aber die beiden Wild-Brüder schüttelten synchron ihre Köpfe.

»Nein, Simon hat von Anfang an ein Riesengeheimnis um sie gemacht. Aber es muss was wirklich Ernstes sein, denn er hat schon vor längerer Zeit irgendwas von Verlobung, sogar vom Heiraten erzählt.«

Lagerfeld war in den letzten zwei Minuten schlicht und einfach der Mund offen stehen geblieben, und Andrea Onello war nun so aufgeregt, dass sie Riemenschneider wieder auf den Boden zurückstellen musste. Die nutzte diesen Umstand, um sich erneut in ihre höchst ungewöhnliche Haltung zu begeben, und knurrte wieder so intensiv sie nur konnte.

Lagerfeld war noch einen Moment in diesem Bild gefangen, dann griff er in die Innentasche seiner Jeansjacke, packte sein Mobiltelefon und wischte und tippte hektisch auf dem Display herum. Als sich Marina Hoffmann am anderen Ende der Leitung meldete, zögerte er nicht mehr, die eindeutige Faktenlage in eine ebenso eindeutige Entscheidung umzuwandeln.

»Honeypenny, eine Fahndung nach Simon Wild rausgeben, sofort!«, sagte er energisch. »Und dann schickst du Ruckdeschl mit der kompletten Mannschaft nach Schederndorf, Brauerei Wild, verstanden?«

Andrea Onello schaute Lagerfeld anerkennend an, dann hob sie die zitternde Riemenschneiderin erneut vom Boden hoch, diesmal aber, um sie dauerhaft in ihren Armen zu halten.

»Ist ja gut, Kleines«, sagte sie immer wieder, »ist ja gut.«

Als Haderlein und Huppendorfer mit einem Kollegen der Erfurter Polizei vor der Tür von Markus Wilds Altbauwohnung in Erfurt standen, erkannten sie sofort, dass jemand hier gewesen war. Das Polizeisiegel war aufgeschnitten worden. Die Tür war zwar geschlossen, aber sie machten sich keinerlei Illusionen, dass die Wohnung noch unberührt sein könnte.

Als der Thüringer Kollege den Schlüssel der Hausverwaltung im Schloss umdrehte und sie das Innere der Wohnung betraten, fiel ihnen gleich im ersten Raum zur Linken das ganze zersplitterte Glas auf dem Teppichboden auf. Woher es stammte, war unschwer zu erkennen. Inmitten der Splitter lag der kärgliche Rest eines Bilderrahmens. Das Glas war zerbrochen, vor allem aber fehlte das, was er einst eingerahmt hatte. Nur noch ein kleiner Rest von Papier in der Halterung kündete vom Bildnis, dem er Geltung verliehen hatte.

Haderlein beschloss, erst einmal den Rest der Wohnung zu erkunden. Er betrat einen Raum nach dem anderen, in der Küche schaute er aus dem Fenster. Eine wirklich kleine, aber toll gelegene Wohnung mit direktem Blick auf die berühmte Krämerbrücke, konstatierte er. Was nicht so toll war an dieser Wohnung, war das Chaos. Markus Wild als ordnungsliebenden Menschen zu bezeichnen wäre ein extremer Euphemismus gewesen. Etwas noch Unordentlicheres als diese Wohnung findet man höchstens auf einem Schrottplatz, dachte Haderlein. Ihm sprang ein Foto ins Auge, das am Türrahmen der Küchentür klebte. Überhaupt war die Wohnung zugepflastert mit Fotos, Bildern und Zeitungsausschnitten, die mit Reißzwecken wahllos an Möbel und Wände geheftet worden waren. Eine ziemlich desolate Art, sein Heim wohnlicher gestalten zu wollen. Er nahm das Foto samt Reißzwecke vom hölzernen Türrahmen, weil ihm eine Person darauf seltsam bekannt vorgekommen war, als aus dem Raum nebenan auf einmal Huppendorfers Stimme zu vernehmen war.

»Da ist ein Computer, Franz!«, rief er laut, woraufhin Haderlein die Fotografie bis auf Weiteres in seine Jackentasche steckte und zu Huppendorfer eilte. César saß an einem etwas altertümlichen Windows-Rechner, auf dessen Bildschirmmitte ein Eingabefeld auf ein Passwort wartete. Huppendorfer gab etwas ein, wurde aber abgewiesen. »Scheiße«, sonderte er in schönster Schimpfmanier ab und lehnte sich verärgert in seinem Holzstuhl zurück. Wäre auch zu schön gewesen.

»Ich weiß ja nicht, wie ihr das in Bayern macht, aber wir haben für solche Fälle eine technische Abteilung«, warf der Kollege aus Thüringen ein, doch Huppendorfer bedachte ihn mit einem betont mitleidigen Blick.

»Ich *bin* die technische Abteilung«, lautete der rotzige Kommentar, den er dem landesfremden Kollegen vor die Füße warf. »Aber Sie haben insofern recht, dass es keinen Sinn macht, hier wild irgendwelche Wörter einzugeben. Wir werden den Computer wohl mitnehmen müssen. In Bamberg kann ich andere Geschütze auffahren. Aber eben leider erst dort. Und das jetzt, wo doch jede Minute zählt.« Wütend starrte er den wartenden Computerbildschirm an. Der starrte regungslos zurück, ein eindeutiges Patt, so viel musste sich César Huppendorfer eingestehen.

Haderlein hatte sich den kleinen Disput angehört, aber nicht eingegriffen. Was technische Angelegenheiten anbelangte, war er wirklich nicht der richtige Ansprechpartner, César hingegen schon. Aus diesem Grund hatte er ihn ja auch dabei. Wenn er hier nicht weiterkam, konnte es keiner.

Mit einem durchdringenden Brummen meldete sich der Vibrationsalarm seines Handys. Franz Haderlein wurde aus seinen Überlegungen gerissen und griff in seine Jacke, um das unruhige Teil ans Licht zu holen. Als er auf das Display schaute, traute er seinen Augen nicht. Er hatte mit Honeypenny gerechnet, Lagerfeld vielleicht oder mit seinem Chef. Nicht jedoch mit seinem Lieblingsdurchgeknallten aus der Erlanger Rechtsmedizin. Der hatte ihm gerade noch gefehlt. Aber es half ja alles nichts, er musste da ran. Irgendeinen Grund würde es schon geben, dass der Professor anrief. Der Mann war zwar ein sozialempathischer Krüppel, aber ein ebenso hoch qualifizierter Pathologe.

»Kriminalhauptkommissar Haderlein bei der Arbeit, was gibt's?«, schleuderte er seinem Kontrahenten mit bissigem Ton entgegen, ein Fehdehandschuh, den dieser nur zu gern aufnahm.

»Oh, ein Kriminalhauptkommissar ist in der Leitung?«, flötete Siebenstädter pseudojovial. »Ist das etwa eine Art Auszeichnung, ein akademischer Titel, eine Vorstufe zur Bundespräsidentenkandidatur? Ich bin von Ihrem voluminösen Geschwafel wirklich aufs Äußerste beeindruckt, Herr von und zu Kriminalrat. Dann werden die neuesten Erkenntnisse und Tatsachen aus den Niederungen der Rechtsmedizin Sie vielleicht gar nicht tangieren, da Sie diese in Ihrer unermesslichen Weisheit und Geisteskraft ja bereits vorhergesehen haben. Nun, wenn meine Ergebnisse nur peripher für Sie von Interesse sind, entschuldigen Sie bitte den vermessenen Kommunikationsversuch, ausgehend von meiner Wenigkeit. Obwohl ich mit dieser für Sie unangenehmen Störung nur pflichtschuldigst zur Ergreifung eines ziemlich üblen Serientäters beitragen wollte.«

Erst jetzt schwieg der Professor, was zu einem angriffslustigen Schnaufen auf beiden Seiten des Schützengrabens führte.

»Siebenstädter?«, presste Haderlein mühsam beherrscht zwischen zusammengebissenen Zähnen hervor.

»Ja?«, erwiderte dieser in auffallend unschuldigem Tonfall.

»Was gibt's?« Franz Haderlein zwang sich zu so viel Selbstbeherrschung, wie er aufbieten konnte.

Siebenstädter schien diese unerquickliche Unterhaltung nun aber selbst leid zu sein, denn er begann tatsächlich ohne weitere Umschweife damit, sein Wissen über diesen Fall mitzuteilen. Wenn auch nicht unbedingt einsichtiger im Tonfall.

»Nun gut, dann eben nüchtern und sachlich, damit auch schlichte Geister wie Sie einem Fachvortrag wie diesem folgen können, Herr Kriminalrat. Die Bamberger Spurensicherung hatte mir und meinem vorbildlich geleiteten Institut in ihrer Hilflosigkeit ein paar Proben von den jeweiligen Tatorten geschickt. Und zwar Proben von der Schrift, die mit dem Blut der Ermordeten an den Tatorten aufgebracht worden war. Ziel der Untersuchung sollte sein, herauszufinden, auf welche Art und Weise beziehungsweise womit, also mit welchem Behelfsmittel, diese merkwürdige Schrift aufgetragen wurde.«

Professor Siebenstädter machte eine bedeutungsvolle Pause, um die Außerordentlichkeit seiner Untersuchung ins Bewusstsein seines intellektuell minderbemittelten Gesprächspartners einsickern zu lassen. Aber Haderlein riss sich zusammen und machte somit nicht den Fehler, ins verbale Messer zu laufen.

Als Siebenstädter merkte, dass von Haderlein nichts kam, was er bearbeiten könnte, machte er einfach mit dem Fachlichen weiter.

»Der gemeine Einfaltspinsel, welcher, obwohl studiert, ab und an in den Sälen rechtsmedizinischer Institute anzutreffen ist, hätte wohl nach Spuren von Pinselhaaren oder Farbrollen gefahndet. Eine geradezu groteske Vorstellung angesichts des Schriftbildes, noch dazu mit der Erkenntnis im Rücken, es mit einem ganz und gar außergewöhnlichen Täter zu tun zu haben.«

Wieder machte Siebenstädter eine kleine Pause, diesmal aber wirklich nur, um für sein Finale Luft zu holen.

»Nicht so die Vorgehensweise des erfahrenen Rechtsmediziners, der wie ich im entscheidenden Moment auch einmal querdenken kann und muss. Ergo ließen die diversen Untersuchungsreihen ein wahrlich verblüffendes Ergebnis erkennen. Und dieses Ergebnis heißt Pulmo, auf gut Deutsch: Lunge. Der Täter hat die Lunge seines jeweiligen Opfers entnommen, um sie in rechteckige Stücke zu schneiden und diese dann als eine Art Pinsel zu gebrauchen. Eine durchaus clevere Methode, eignet sich das Lungengewebe mit seinen feinen Bläschen doch durchaus für einen solchen Zweck. Damit stellt sich natürlich im Fortgang die interessante Frage, wie kommt jemand auf so eine Idee? Hat der Täter Erfahrungen in diesem Bereich, ist es eventuell ein Chirurg oder gar ein Pathologe? Aber das überlasse ich nun selbstverständlich Ihrem spärlich ausgeprägten Sachverstand, Haderlein, möge die Macht mit Ihnen sein.«

Mit diesen Worten legte Siebenstädter auf, und der konsternierte Kriminalhauptkommissar starrte auf sein nun wieder stummes Handy. Die Lungen? Jemand hatte zurechtgeschnittene Teile der Lungen seiner Mordopfer zum Aufbringen des Blutes verwendet? Wie pervers war das denn? Er hatte wahrlich viel erlebt in seiner Polizeilaufbahn, aber das schoss nun wirklich den Vogel ab.

César Huppendorfer hatte Haderlein die ganze Zeit beobachtet und machte nun ein sorgenvolles Gesicht. Sein älterer Kollege war ihm zu allen Zeiten ein Vorbild an Ruhe und Gelassenheit. Lediglich im Falle gebotener Eile neigte er bisweilen zu einer gewissen Ruppigkeit seinem Umfeld gegenüber. Aber jetzt gerade, in diesem besonderen Moment, sah er einen Franz Haderlein vor sich, der eine deutliche Verunsicherung über das soeben Gehörte an den Tag legte. Er wollte gerade nachfragen, was denn passiert sei, als das Handy von Franz Haderlein erneut zu vibrieren begann.

Mit diesem zweiten Anruf konnte César Huppendorfer eine nochmalige Steigerung der Fassungslosigkeit seines Kollegen beobachten, was ihn, gelinde gesagt, etwas erschreckte. Haderlein hörte aufmerksam zu, dann verschwand der noch nie zuvor gesehene Gesichtsausdruck, und ein gefährliches Funkeln trat an seine Stelle. Von einem Moment auf den anderen war aus Franz Haderlein wieder der Alte geworden.

»Pack deinen Computer ein, César, wir müssen zurück. Der Mörder ist enttarnt«, beschied ihn Haderlein grimmig und machte sich auf den Weg zum Ausgang.

»Ja, halt, Moment«, rief Huppendorfer hektisch, während er die Kabel löste und den Computer vom Tisch nahm. »Wer ist es denn?«

Haderlein drehte sich noch einmal kurz um, die Hand bereits auf der Klinke der Wohnungstür. Der Erfurter Kollege stand mit großen Augen und skeptischem Blick neben ihm.

»Bernd hat soeben eine Fahndung rausgegeben. Und zwar nach Simon Wild. Und jetzt steh nicht herum wie ein Ölgötze, sondern komm!«, rief Haderlein, riss die Wohnungstür auf und stürmte nach draußen.

Der Jogger begab sich auf die gleiche Runde, die er seit ewigen Zeiten jeden Morgen zu drehen pflegte. Bereits seit Jahren startete Hans Deschner um fünf Uhr dreißig morgens am Bootshaus in den Bamberger Hain, um an der Regnitz entlang bis zur Buger Spitze zu laufen und auf der anderen Seite des Parks wieder zurück zum Ausgangspunkt. Zum Warmwerden vor der Arbeit ein durchaus anspruchsvolles Unterfangen.

Es war ein typischer Herbstmorgen mit dichtem Nebel am Ufer der Regnitz. Er konnte nur wenige Meter weit sehen, doch was störte ihn Dunkelheit oder Nebel, wenn es Stirnlampen gab. Im Gegenteil, er liebte die Einsamkeit der frühen Morgenstunde, hatte er um diese Zeit doch den gesamten Hain mit seinen alten Bäumen und der ruhig dahinfließenden Regnitz ganz für sich allein. Nur ganz selten traf er ähnlich gepolte Bewegungssüchtige, die sich wie er Frischluft, Nebel und Dunkelheit aussetzten. Aber das war eher die Ausnahme. Später würde Hans Deschner fit und erfrischt wie jeden Tag in seinem Steuerbüro eintreffen, um seine Klienten von lästigen Zahlungen an Gevatter Staat zu befreien.

Den ersten Teil der Strecke legte er mit der Stirnlampe auf dem Kopf in seinem gewohnten, nicht zu schnellen Tempo zurück, unterquerte die Hainbrücke, auf der um diese Zeit Gott sei Dank noch nicht sonderlich viel Verkehr herrschte, und erreichte das zweite Viertel seiner zu absolvierenden Joggingrunde.

Die Hainbrücke lag erst seit Kurzem hinter ihm, als die gewohnte Stille von einem unbekannten Geräusch durchbrochen wurde. Vorn links, aus einer der Parkwiesen heraus, konnte er eine Art gequältes Stöhnen vernehmen. Sofort blieb er stehen und lauschte in den diffusen Nebelschleier hinein. Zuerst dachte er, er habe sich vielleicht getäuscht, aber dann hörte er es wieder. Ein gequältes, gedämpftes Stöhnen, als ob jemand durch ein Kissen hindurch zu sprechen versuchte.

Hans Deschner schaute sich um und vergewisserte sich, dass er nicht in eine Falle lief. Man hörte ja die tollsten Geschichten über ausländische Banden, die deutsche Rentner beim Spaziergang niederschlugen, als Köder liegen ließen und die zu Hilfe Eilenden ausraubten. Erst sie, dann ihre Wohnungen. Andererseits, was sollte das bringen um diese Uhrzeit und noch dazu im Hain? Für eine solche Unternehmung gab es in Bamberg weit bessere Orte und Gelegenheiten.

Wieder drang es an sein Ohr. Ein verzweifeltes, gedämpftes Stöhnen, als ob jemand gerade sein letztes Gebet sprechen wollte. Scheiß drauf, dachte sich der Steuerberater, schob mit den Händen die dünnen Zweige eines jungen Strauches auseinander und lief nach links, dorthin, wo er den Ursprung des seltsamen

Stöhnens vermutete. Er war noch nicht weit über die Hainwiese gelaufen, als sich vor ihm eine Kontur aus dem Nebel schälte. Da schien ein Mann an einem Baum zu hängen. Was, um Himmels willen, war dem Kerl passiert?

»Hallo?«, rief er der gebeugten Gestalt zu, doch als Antwort hörte er nur wieder dieses erschöpfte Stöhnen. Also trat er näher an die seltsame Szenerie heran, die sich ihm im nächsten Moment im Lichte seiner Stirnlampe offenbarte.

Als er erkannte, was zu erkennen war, blieb er vor Schreck erst einmal stocksteif stehen und starrte auf dieses armselige Häuflein Elend, das sich ihm da präsentierte.

Dort, direkt vor ihm, hatte man einen großen Mann mit den Händen nach hinten an einen noch jungen Baum gefesselt. Der Stamm des Ahorns war so dünn, dass man die Arme des Gefesselten leicht nach hinten hatte führen können, um die Hände dann mit massenhaft grauem Klebeband zusammenzubinden. Sowohl Augen als auch der Mund des Mannes waren ebenfalls zugeklebt, aus seiner Nase lief der Schleim nach unten. Er stand barfüßig im nassen Gras, nur mit einer beigefarbenen Anzughose bekleidet. Sein kraftlos nach vorn hängender massiger Oberkörper war nackt, er musste völlig ausgekühlt sein. Der Fremde zitterte vor Kälte am ganzen Körper, er konnte sich gerade noch so aufrecht halten. Das allein war schon ein grausames Bild. Der Gipfel der Merkwürdigkeit war aber das Schild, das man dem Mann um den Hals gehängt hatte. Für den Steuerberater sah es so aus, als hätte man einfach ein weißes, etwa fünfzig Zentimeter langes Regalbrett genommen, beide Enden mit Klebeband umwickelt und es dem armen Schwein um den Hals gehängt. Das Brett war beschriftet, offensichtlich wollte derjenige, der ihm das angetan hatte, der Welt etwas über diesen Mann erzählen. Auf der weißen Fläche stand mit schwarzem Edding geschrieben: »Ich bin ein Stalker«.

Geschockt starrte Hans Deschner auf die grauenvolle Szene, die sich ihm hier darbot, und auf die Botschaft des improvisierten Schildes, bis aus der Kehle des Mannes wieder dieses tiefe, gequälte Stöhnen drang. Hektisch überlegte er, was zu tun war.

Einfach gehen? Losbinden? Den Notarzt oder doch die Polizei rufen? So richtig befriedigte ihn keiner dieser Gedankengänge. Am Ende entschied er sich dafür, den armen Kerl zu befreien. Er hatte keine Ahnung, ob dessen Taten eine solche Behandlung womöglich rechtfertigten. Vielleicht hätte er ja dasselbe getan, wäre er an der Stelle derjenigen gewesen, die ihn an diesen Baum gebunden hatten, aber er konnte unmöglich erlauben, dass dieser Mensch direkt vor seinen Augen abkratzte, egal, was er verbrochen hatte.

Ein Messer, um das Klebeband durchzuschneiden, hatte er natürlich nicht dabei, aber dafür seinen Autoschlüssel. Die feine Zahnung könnte für diesen Zweck genügen. Also holte er den Autoschlüssel aus der kleinen Tasche, die er sich zum Laufen um die Hüfte geschnallt hatte, und fing an, das Klebeband damit zu bearbeiten. Es war viel Klebeband und mühsam, doch irgendwann war sein Werk vollendet. Der letzte Fitzel Klebeband wurde durchtrennt, die Arme lösten sich vom Baum, und der Mann kippte mit dem Gesicht voraus in den feuchten Wiesenboden.

Eigentlich hatte Deschner gedacht, dass die Gliedmaßen des malträtierten Körpers von der ganzen Hängerei völlig steif sein müssten, aber weit gefehlt. Die Konstitution des soeben Befreiten erwies sich als unerwartet robust. Schon nach wenigen Sekunden hob der Mann die Hände in Richtung seines Gesichtes und zerrte sich das Klebeband von Augen und Mund. Dann drehte er sich etwas unbeholfen auf den Rücken, und den besorgten Hans Deschner traf ein dermaßen unheimlicher Blick, dass dem Steuerberater ein angstvoller Schauer über den Rücken jagte.

Was ihn als Nächstes traf, war allerdings weit weniger harmlos, nämlich ein massiver Faustschlag direkt auf das Kinn.

Simon Wild sah die diffusen Umrisse der männlichen Gestalt über sich und schlug sofort zu. Sein Verstand hatte sich schon vor vielen Stunden von ihm verabschiedet, er handelte nur noch instinktiv. Zu lange war er halb nackt an diesen Baum gefesselt gewesen, er befand sich in einem Überlebenskampf, der ausschließlich mit den archaischen Trieben des Menschen geführt wurde.

Mühsam rappelte er sich hoch, und allmählich drängten die Geschehnisse der vergangenen Nacht zurück in sein Bewusstsein. Warum hatten sie das getan? Noch schlimmer, warum hatte *sie* das zugelassen? Es musste einen Grund dafür geben.

Carolin und er waren füreinander bestimmt, und das wusste sie auch. Er hatte es in ihren wundervollen grünen Augen gesehen, als Markus sie damals mit nach Schederndorf in die Gastwirtschaft gebracht hatte und er sie zum ersten Mal leibhaftig erleben konnte. Sie hatte ihn zwar nicht bemerkt, aber er sie. Nur ein einziges Mal hatte sie ihm in die Augen gesehen, als er hinter der Theke gestanden hatte, um Bier auszuschenken. Dort hatten sich ihre Blicke für einen kurzen, aber intensiven Moment gekreuzt. Das würde seine Frau werden, das hatte er gleich von Anfang an gewusst. Nur wegen Carolin hatte er sich bei seinem schwulen Bruder eingeschleimt. Nur wegen ihr hatte er dessen Computer eingerichtet, sich um seine desolaten Finanzen gekümmert und noch vieles mehr.

Und nun war sein Bruder Markus dabei gewesen bei dieser Bande, die ihn von Carolin fernhalten wollte. Er und diese anderen beiden Typen. Sie hatten darüber diskutiert, was sie mit ihm anstellen sollten, auch Markus hatte dabei mitgemacht, dieses schwule Schwein. Aber das würde er büßen, sie alle würden büßen müssen. Er würde herausfinden, wer sie waren, und dann gnade ihnen Gott.

Er konnte nur nicht verstehen, warum Carolin sich so abweisend verhielt. Sie hatte ihn ausgesprochen seltsam angesehen, so voller Hass. Einfach unerklärlich. Das war nicht sie, so viel war sicher. Sie hatte direkt vor ihm gestanden, und er hatte ihr in die Augen gesehen. Wunderschöne, intensiv grüne Augen. Aber ihr Blick war verändert gewesen, und sie hatte, aus welchen Gründen auch immer, die Seite gewechselt, war inmitten seiner Peiniger gewesen, hatte diese sogar angestachelt. Er musste es irgendwie verstehen, irgendwann. Wenn er herausfand, was der Grund für ihr Verhalten gewesen war, renkte sich das mit Carolin schon wieder irgendwie ein. Aber jetzt musste er erst einmal von hier verschwinden, alles andere würde sich ergeben.

Er streckte sich und stand nun schwankend, aber aufrecht auf seinen nackten Füßen. Noch einmal schaute er zu dem Mann hinunter, den er soeben k. o. geschlagen hatte. Er wusste nicht, wer er war oder was er wollte. Jedenfalls war er keiner von ihnen gewesen, also würde er sich mit ihm nicht weiter beschäftigen. Er bückte sich und kramte im Hüftgurt des Bewusstlosen. Dann überkam ihn wieder diese Wut, die er nicht steuern konnte.

Ein Schrei hallte durch den Bamberger Hain, ehe Simon Wild im dichten Nebel des Parks verschwand. Hans Deschner hatte nicht nur das Bewusstsein verloren, sondern, wie sich später am Tag bei der Polizei herausstellte, auch seinen Fahrzeugschlüssel und den dazugehörigen Wagen. Beides blieb verschwunden, genau wie der unbekannte Mann, den er in eigentlich bester Absicht befreit hatte.

Das Versteck

Lagerfeld, Andrea Onello und Riemenschneider trafen als Erste in der Dienststelle ein, obwohl sie noch eine längere Zeit mit Lukas und Thaddäus Wild geredet und sie über ihren Verdacht aufgeklärt hatten. Die Reaktionen der beiden hatten von Entsetzen bis hin zu Verleugnung gereicht. Dass ihr ältester Bruder ein Serientäter sein sollte, konnten und wollten sie nicht glauben. Andererseits sprachen alle Indizien dafür, das mussten sogar sie einsehen.

Leider hatten sie zu den beiden dringendsten Fragen, die sich gerade stellten, keinerlei Angaben machen können. Das war zum Ersten, wo sich ihr Bruder gerade aufhalten könnte, und zum Zweiten: Wo war Carolin Metz? Beide hatten schon von dieser ominösen Freundin gehört, allerdings hatte Simon sie niemals mitgebracht. Was niemanden wirklich verwundert hatte, war Simon doch ein seltsamer Kauz, der sich seit jeher ein wenig absonderte. Fakt blieb, die Freundin ihres Bruders hatten sie niemals zu Gesicht bekommen.

Auf der Rückfahrt hatten sie dann ausführlich darüber diskutiert. Bernd Schmitt hatte feststellen müssen, dass die Blondine neben ihm auf dem Beifahrersitz, obwohl gar nicht speziell ausgebildet, einen ausgeprägten Menschen- und Sachverstand besaß. Ihre Schlussfolgerungen waren simpel, logisch und von großem Einfühlungsvermögen gekennzeichnet. Andrea Onello hätte eine richtig gute Profilerin abgegeben. Dazu sah sie auch noch verdammt gut aus, was ihn, wenn er ehrlich war, fast noch mehr beschäftigte.

Als sie das Dienststellenbüro betraten, ertappte sich Lagerfeld bei dem Gedanken, die Frau für den Kriminaldienst in ihrer Abteilung anwerben zu wollen. Honeypenny hätte womöglich etwas dagegen, so wie sie Andrea heute Morgen gemustert hatte, Franz wohl eher nicht. Das war ein gutes Zeichen. Schließlich hatte Lagerfeld selbst vor vielen Jahren fachfremd von der Sitte zur Kriminalpolizei gewechselt, weil Franz Haderlein ihn unbedingt haben wollte. Wie auch immer, aus ihnen war trotz anfänglicher Animositäten ein richtig gutes Gespann geworden, und das in kürzester Zeit.

Kaum dass Lagerfeld die Leine vom Halsband gelöst hatte, galoppierte Riemenschneider zu Marina Hoffmann, die ihr Ferkelchen bereits sehnsüchtig erwartete.

»Na, mein Liebling, haben die fremden Frauen dich auch gut behandelt?«, fragte Honeypenny laut und warf Andrea Onello einen giftigen Blick zu. Dabei hob sie Riemenschneider auf ihren Arm und schob ihr ein Apfelstück als Liebesbeweis hinter den Rüssel, was das kleine Schwein mit Wohlwollen zur Kenntnis nahm. Liebe war eben doch bis zu einem gewissen Grad käuflich, das wusste Honeypenny.

Andrea Onello zog eine Augenbraue hoch, sagte aber nichts. Sie war solche Gifteleien gewohnt. Derartige Kommentare waren die besten Komplimente, zumindest wenn man souverän blieb und sie als solche aufzufassen wusste.

»Was ist mit Franz und César? Wie lange brauchen die noch, bis sie zurück sind?«, erkundigte sich Lagerfeld. Honeypenny stellte Riemenschneider wieder auf ihre eigenen Füße, ehe sie antwortete.

»Na ja, die beiden müssen ja von Erfurt zurückfahren, und das zieht sich. Eine gute Stunde wird es wohl noch dauern«, sagte sie. »Soll ich ein paar Brote machen?«, schob sie hinterher, als sie Lagerfelds enttäuschtes Gesicht bemerkte. Der nickte begeistert.

»Mach ruhig ein paar mehr, César und Franz werden auch einen gescheiten Hunger haben, wenn sie aus Erfurt zurückkommen. Andrea und ich werden jetzt erst mal Fidibus über den Stand der Dinge informieren. Also brauchst du nicht hetzen. Aber dank schön scho amal«, entgegnete er lächelnd. »Wir müssen endlich rausfinden, wo diese Carolin Metz abgeblieben ist, unser Stalkingopfer, ja? Wenn die von Bamberg weggezogen ist, muss sie ja an ihrem neuen Wohnsitz gemeldet sein. Also, Marina, es eilt.« Er bedeutete Andrea Onello, ihm zu folgen, drehte sich um und machte sich mit seiner Neukollegin in Richtung des Chefbüros davon.

Honeypenny beobachtete den Abgang der beiden mit ziemlichem Unwillen, ohne sich erklären zu können, woher diese Verstimmung denn eigentlich rührte. Natürlich versuchte sie schon seit einer Weile, Carolin Metz zu finden. Leider war der Wohnortwechsel in den Melderegistern Deutschlands nicht dokumentiert, so viel hatte sie schon herausgefunden. Für die Behörden wohnte Carolin Metz immer noch in ihrer alten Bamberger Wohnung. Nur, da war sie inzwischen nicht mehr. Aber das war nicht ihr wirkliches Problem. Sondern diese neue, blonde Frau. Aber wieso? Wenn sie ehrlich war, hatte ihr Andrea Onello doch überhaupt nichts getan und Riemenschneider schon gleich gar nicht. Im Gegenteil. Ihr Ferkel hatte schon immer ein untrügliches Gespür dafür besessen, gute von bösen Menschen zu unterscheiden. Riemenschneider irrte sich nie. Wenn sie meinte, eine gute Seele vor sich zu haben, dann war das so. Auch wenn die im Fall von Andrea Onello lästigerweise unverschämt gut aussah. Trotzdem, Marina Hoffmann konnte nicht aus ihrer Haut. Sie war nun mal, wie sie war.

»Bäh, bäh, bäh. ›Andrea und ich gehen mal kurz zum Chef‹, bäh, bäh, bäh«, giftete sie leise in ihren nicht vorhandenen Bart. »Sind wir schon beim Du angelangt, Herr Schmitt? Ist die jetzt so eine Art Neukommissarin, oder was? Einfach hier reinschneien und alles durcheinanderbringen, so weit kommt's noch.«

Vor sich hin grummelnd stand sie auf und ging zum Brotschrank, in dem auch ihr privater Honigvorrat lagerte. Die Fotografin musste noch kurz warten, das Leibeswohl der Belegschaft hatte Vorrang. Das hatte es schon immer und wird es immer haben, dachte sie bockig, dann öffnete sie mit einem kräftigen Dreh das Honigglas.

Bernd Schmitt und Andrea Onello betraten Robert Suckfülls Büro, nachdem Lagerfeld geklopft, aber merkwürdigerweise keine Antwort bekommen hatte. Als sie an Fidibus' Schreibtisch standen, erkannte er auch, wieso. Seinem Chef ging es anscheinend nicht so gut. Er saß mit apathischem Gesichtsausdruck hinter seinem Schreibtisch, sein irgendwie pickliges Gesicht glänzte von kaltem Schweiß, und seine Hände suchten noch fahriger als sonst auf der Tischplatte herum. Hätte er es nicht besser gewusst, er hätte gedacht, Robert Suckfüll sei ein Junkie, den man von jetzt auf gleich auf Entzug gesetzt hatte.

Lagerfeld ahnte natürlich, woher der unbefriedigende Allgemeinzustand seines Chefs rührte. Aber die Pralinenfrage galt es später zu klären. Schließlich war der Gierschlund selbst schuld, wenn er sich an Dingen vergriff, die ihn gar nichts angingen. Wie auch immer, es war Handeln angesagt, egal wie destabilisiert die Verfassung seines Chefs gerade war.

Als Lagerfeld sich räusperte und Robert Suckfüll gerade ansprechen wollte, geriet Andrea Onello in das Blickfeld des Dienststellenleiters. Seine Augen weiteten sich, und er drückte sich erschrocken in die gepolsterte Lehne seines Sessels.

»Was ist das?«, stieß er hervor, während sein Blick panisch zwischen Lagerfeld und der unbekannten blonden Erscheinung hin- und hersprang.

»Soll ich vielleicht besser gehen?«, fragte Andrea Onello verunsichert. Sie hatte zwar schon allerhand Geschichten über den zerstreuten Chef dieses Kommissariats gehört, aber der Mann da vor ihr war definitiv nicht auf der Höhe. Weder körperlich noch geistig.

Doch Lagerfeld legte ihr beruhigend die Hand auf die Schulter und schüttelte leicht den Kopf. So beschloss sie, vorerst stehen zu bleiben. Wenn der pickelige Typ in dem Anzug vor ihr auf den Tisch kotzte, war's das aber endgültig, das stand für sie fest.

»Chef, das ist Andrea Onello, unsere neue Beauftragte für Kriminalitätsopfer. Sie wissen schon, einen Stock tiefer, direkt unter uns. Franz hat sie gebeten, bei uns mitzuarbeiten, da sie mit ihrer Abteilung direkt in unseren Fall involviert ist.«

Andrea Onello machte gute Miene zum bösen Spiel und lächelte Fidibus so gewinnend an, wie es ihr nur möglich war. Hauptsache, der Mann brach nicht irgendwie auseinander. Ihre Sorge war jedoch unbegründet, Robert Suckfüll hatte seine schwache Phase bereits überwunden und war zurück im Hier und Jetzt.

»Ach was? Na, das ist ja mal eine angenehme Überraschung«, flötete er in einem Anfall von Charme. Nebenbei holte er ein großes weißes Stofftaschentuch aus seiner Anzugjacke und wischte sich damit den glänzenden Schweißfilm aus dem Gesicht. Danach sah er sogar richtig manierlich aus, fand Andrea Onello. Wären da nicht die pubertären Pickel gewesen, eine durchaus akzeptable Erscheinung.

»Chef, was ist denn jetzt eigentlich aus der Befragung der Hinterbliebenen unserer Haßfurter Leiche geworden? Haben Sie sich darum gekümmert?«, fragte Lagerfeld, um irgendwie auf eine sachliche Gesprächsebene zu gelangen. Aber da erwischte er seinen Chef auf einem ganz falschen Fuß.

»Mein lieber Schmitt«, japste Fidibus in einem Anfall von Entrüstung. »Wenn Ihr Chef sagt, er kümmert sich darum, dann kümmert er sich auch darum. Da muss man ihn nicht alle paar Stunden dran erinnern, nicht wahr?« Wieder betupfte er sich mit dem Taschentuch die Stirn und sah dabei wirklich gotteserbärmlich aus. Lagerfeld verkniff sich eine Bemerkung, wären Aussagen der nächsten Angehörigen eines Ermordeten bei der Aufklärung eines Mordfalls doch vielleicht ganz hilfreich gewesen. Aber bitte, er war hier nicht der Chef und der nicht im Vollbesitz seiner Kräfte.

Fidibus stopfte das Stofftaschentuch zurück in seinen Anzug und lehnte sich mit einem einigermaßen entspannten Gesichtsausdruck zurück.

»Na, aber jetzt Schwamm über das Tuch und zum eigentlichen Grund ihres Hierseins. Legen Sie doch einfach mal los, mein lieber Schmitt«, eröffnete er das Gespräch. »Wird schon nicht so schlimm werden. Was heiß gegessen wird, ist selten gekocht, nicht wahr?«, gab er zum Besten.

Bevor Andrea Onello auch nur ansatzweise auf dieses Gefasel reagieren konnte, begann Lagerfeld hastig mit seinen Erklärungen. Sie hatten jetzt genug Zeit verloren. Und wenn sie gerade etwas nicht hatten, dann war es Zeit.

Schnelles Autofahren war César Huppendorfers Spezialität. Der eine oder andere Verkehrsteilnehmer hätte seinen Fahrstil wahrscheinlich als lebensmüde Raserei bezeichnet, aber Franz Haderlein wusste, bei César war er sicher wie in Abrahams Schoß. Also beobachtete er eine Zeit lang, wie die Bäume des Thüringer Waldes draußen am Seitenfenster vorbeirauschten, und ließ seine Gedanken schweifen.

Von einem Moment auf den anderen hatte sich die Lage in ihrem Fall dramatisch verschärft. Wenn Lagerfeld recht hatte und sie Riemenschneiders feiner Nase vertrauen konnten – und das konnten sie bisher immer –, dann war Simon Wild der, den sie zu suchen hatten. Warum und weshalb, hatte Bernd in der Eile nicht sagen wollen, aber er hatte am Telefon so sicher geklungen, wie er nur klingen konnte.

Simon Wild also. Haderlein war immer noch ziemlich fassungslos über sich selbst, dass er diesem Mann vor noch gar nicht allzu langer Zeit gegenübergestanden und doch nichts gemerkt hatte. Sein sonst so untrüglicher Spürsinn hatte ihn in diesem Fall tatsächlich im Stich gelassen, unglaublich. Ihm fiel die Fotografie ein, die er in der Wohnung von Markus Wild von der Wand genommen und eingesteckt hatte. Er musste sich auf dem Beifahrersitz ziemlich verrenken, um an das Foto in seiner Jackentasche zu kommen. Aber dann hatte er es herausgefummelt und betrachtete das Bild genauer. Die Fotografie zeigte die Teilnehmer irgendeiner Feierlichkeit, die sich in einem Zimmer vor einer großen Anrichte versammelt hatten, um sich gemeinschaftlich ablichten zu lassen. Ihm war vorhin in Erfurt irgendeines der Gesichter bekannt vorgekommen, was aber, Markus Wild einmal ausgenommen, eigentlich nicht sein konnte. Dennoch studierte er der Reihe nach die Personen auf dem Foto.

Er brauchte nicht lange zu suchen. Die Kinnlade fiel ihm vor Überraschung nach unten. Der ältere Herr mit dem breiten Grinsen dort war niemand anderes als Günther Fuchs, das zweite Opfer aus dem Land-Rover-Autohaus in Bayreuth. Wie zum Kuckuck kam der auf eine Fotografie zusammen mit Markus Wild, dem ersten Ermordeten? Haderlein betrachtete die Gesichter auf dem Foto mit wachsender Erregung, da ihn ein fürchterlicher Verdacht beschlich. Und wurde in seiner Vermutung bestätigt.

In der feierlichen Gesellschaft locker verstreut, standen alle drei Mordopfer, Markus Wild, Günther Fuchs und Dietmar Hümmer, und lächelten in die Kamera.

Franz Haderlein saß nun kerzengerade in seinem Sitz. Da war sie, die Verbindung zwischen den Opfern, die sie so lange gesucht hatten. Hatten die Männer sich womöglich näher gekannt? Alle drei Ermordeten gehörten einem Kreis an, der sich auf dieser Feier, aus welchen Gründen auch immer, zusammengefunden hatte. Suchte sich der Mörder seine Opfer etwa aus dieser Gruppe aus?

Aber wo sollte das hinführen? Es waren noch mindestens sieben weitere Personen auf dem Bild zu sehen, die man jetzt womöglich als hochgradig gefährdet einzustufen hatte. Im Grunde wussten sie gerade alles und nichts. Sie mussten möglichst schnell herausfinden, wer diese Menschen waren, und eruieren, wo diese Feier stattgefunden hatte, wer der Gastgeber und wer der Fotograf gewesen war. Haderlein drehte das Foto um, und tatsächlich stand etwas auf der Rückseite. Die Schrift von Markus Wild war eine Katastrophe, aber schließlich schaffte er es, die krakelige Zeile zu entziffern: »Geburtstag Carolin, 40«.

Alles klar. Es war der vierzigste Geburtstag einer Carolin gewesen.

Haderlein stutzte und schaute so ruckartig zu seinem Fahrer hinüber, dass César Huppendorfer fast einen gefährlichen Schlenker auf der Autobahn vollzogen hätte.

»Mensch, Franz, könntest du das vielleicht lassen?«, rief er mit gerötetem Gesicht, aber Haderlein dachte gar nicht daran.

»Na gut, dann mal eine Trainingseinheit für dein Kriminalistenhirn. Die Frau, die als Einzige in allen Mobiltelefonen der Opfer gespeichert war, die hieß doch Carolin, oder nicht?«

Eine eigentlich unaufgeregte Frage, aber Franz Haderlein bellte sie derart unverblümt und laut zu César hinüber, dass dieser erschrocken auf die Bremse stieg, um ihre Fahrgeschwindigkeit sicherheitshalber zu reduzieren. Wenn Franz so in Rage war, sollte man ihn besser nicht reizen, und vor allem musste man dringend davon ausgehen, dass etwas ganz Entscheidendes im Gange war. Ansonsten würde er nicht so die Fassung verlieren.

Auf jeden Fall war es angesagt, derartige Diskussionen nicht bei zweihundert Kilometern pro Stunde zu führen.

César Huppendorfer lenkte den Land Rover auf den Standstreifen, stellte die Warnblinkanlage an und schaute dann mit betont vorwurfsvollem Blick zu seinem älteren Kollegen hinüber. »So, Franz, jetzt noch mal in verständlich, bitte. Was soll die Frage? Natürlich hieß die Carolin. Carolin Metz! Hältst du mich plötzlich für dement, oder was?«

Sein Unterton gemahnte Haderlein, eine gewisse Grenze des Umgangstones nicht zu überschreiten. Auch wenn womöglich dramatische Erkenntnisse Eingang in des Herrn Kriminalhauptkommissars Bewusstsein gefunden hatten. Der Angesprochene verstand die Botschaft wohl, allerdings konnte er sich im Lichte der plötzlichen Erkenntnis nur mühsam bremsen.

Das war es. Die Frau hieß Carolin Metz, und sie und ziemlich wahrscheinlich ihre Geburtstagsfeier, zumindest aber die dort anwesenden Personen waren der Schlüssel zu allem. Sie mussten jetzt unbedingt diese Frau finden, und das so schnell wie möglich, sonst würde es unter Umständen noch weitere verstümmelte Leichen geben.

Ohne sich mit langen Erklärungen aufzuhalten, wählte er die Nummer der Dienststelle. Ab sofort gab es neben Simon Wild eine zweite Person, die sich einen Platz auf der Fahndungsliste erarbeitet hatte: Carolin Metz.

Als Bernd Schmitt und Andrea Onello die gläserne Tür von Suckfülls Büro hinter sich schlossen, ging am anderen Ende des Büros die Dienststellentür auf, und die Kollegen Haderlein und Huppendorfer stürmten herein. Haderlein winkte Lagerfeld zu sich, während Andrea Onello von César Huppendorfer in Beschlag genommen wurde, damit sie ihm bei den Recherchen über Simon Wild und Carolin Metz half.

»Wirklich viel Glück hatte ich mit meiner Arbeit in diesem Fall ja bisher nicht«, schickte Huppendorfer voraus, während er mit einem leichten Ächzen den mitgebrachten Computer auf den Boden stellte. Den zu knacken, nahm er sich für später vor, dafür brauchte er Ruhe und Abgeschiedenheit. Und weder das eine noch das andere waren gerade in der Dienststelle gegeben. Aber vielleicht konnte diese blonde Schönheit ja einmal einen Blick auf seine bisherigen Aktionen werfen, womöglich hatte sie als Quereinsteiger eine ganz andere Wahrnehmung der Dinge. »Hier, nehmen Sie Platz«, sagte er freundlich und stellte ihr umgehend einen Stuhl an seinen Schreibtisch, sodass Andrea Onello direkt neben ihm sitzen konnte.

»Das mit dem Sie vergessen wir gleich mal, ich bin die Andrea«, entgegnete sie lachend und streckte ihm ihre Hand entgegen.

Amüsiert betrachtete César Huppendorfer ihre kräftigen Finger, dann schlug er bereitwillig ein.

»Aber gern. Hallo, Andrea, ich bin der César, willkommen im Team«, sagte er mit einem breiten Lächeln und präsentierte seine makellosen weißen Zähne. »Dann los, ich zeige dir erst einmal, was wir vom Tatort haben, also das, was uns die Spurensicherung so alles an Ergebnissen durchgegeben hat. Besonders interessant war aus meiner Sicht diese seltsame Botschaft, von der wir seit heute wissen, dass sie mit zurechtgeschnittenen Teilen der Lunge unserer Opfer an die Wände gepinselt wurde.«

Huppendorfer rief die Fotos von den verschiedenen Tatorten auf, was bei Andrea Onello erst einmal ein nicht unbeträchtliches Schaudern auslöste. Die Vorstellung, dass diese Schrift mit zurechtgeschnittenen Körperteilen der Ermordeten fabriziert worden war, musste sie erst einmal verdauen. Aber sie riss sich zusammen und versuchte, sich auf die pure Faktenlage zu konzentrieren. Schließlich wollte sie nicht als Weichei erscheinen, sondern als gleichberechtigte Mitarbeiterin. Hier war Polizeiarbeit zu leisten, da waren Empfindungen wie Ekel und Abscheu absolut unangebracht.

»Eiemak itagn leo«, las sie halblaut vor. Ratlos schaute sie zu César hinüber, der ihren Blick mit einem schiefen Grinsen quittierte.

»Ja, so habe ich am Anfang auch geschaut. Eigentlich sinnloses Geschreibsel, das wir noch nicht entschlüsseln konnten. Na ja, beziehungsweise … ich meinte, eine Lösung gefunden zu haben, aber die war meinen Kollegen zu durchgeknallt. Ist ja auch was dran, wenn ich ehrlich bin«, erklärte er kleinlaut.

Andrea Onello kapierte überhaupt nichts. Wovon faselte dieser verunsicherte Kommissar da?

»Durchgeknallte Lösung? Was meinst du denn damit?«

Statt einer Antwort klickte Huppendorfer eine Worddatei an, die einen heruntergeladenen Wikipedia-Artikel aus dem Internet beinhaltete.

»Hier. Wenn man die Buchstaben rückwärts aufschreibt, kommt das dabei raus. Bitte schön.« Mit der rechten Hand drehte er den Bildschirm etwas mehr in Andrea Onellos Richtung, damit sie den kopierten Auszug besser lesen konnte, was sie auch bereitwillig und interessiert tat.

Oel ngati kameie

Die Na'vi-Sprache ist eine konstruierte, fiktionale Sprache. Sie wird von den Einwohnern des Mondes Pandora im Film »Avatar – Aufbruch nach Pandora« gesprochen. Sie wurde von dem Linguisten Paul Frommer für diesen Film entwickelt. Na'vi sollte von den Darstellern aussprechbar sein, aber keiner menschlichen Sprache ähneln.

Beispiel:

nari (Auge), menari (zwei Augen), pxenari (drei Augen), aynari (viele Augen)

taronyu (Jäger), mesaronyu (zwei Jäger), pxesaronyu (drei Jäger), aysaronyu (viele Jäger)

Bei Verwendung der Vorsilben ay-, me- und pxe- ist zu beachten, dass sich der folgende Anfangskonsonant verändern kann. Also folgt:

Oe-l nga-ti kameie – ich sehe dich.

Andrea Onello las sich den Artikel konzentriert durch. »Das ist ein Zitat aus dem Kinofilm ›Avatar‹. Den habe ich damals sogar gesehen, in 3D«, meinte sie. Dann drehte sie sich zu César um und musterte ihn mehr oder weniger verständnislos. »Ja, und was gibt es da jetzt nicht zu kapieren?«, fragte sie ihn ungeduldig.

Huppendorfer, dessen schiefes Grinsen noch eine Spur schiefer wurde, kratzte sich noch einmal eine Gedenkminute lang am Kopf, bevor er endlich mit missmutiger Stimme antwortete: »Na ja, Franz hat mich mehr oder weniger abgekanzelt, weil er mit so einem Science-Fiction-Quark nichts anfangen konnte. So oder so ähnlich hat er sich ausgedrückt. Wenn ich mich mit Außerirdischen beschäftigen will, solle ich den Beruf wechseln, hat er zu mir gemeint. Und ehrlich gesagt, wahrscheinlich hat er ja auch recht damit. Also müssen wir wohl oder übel weitersuchen, damit –«

Weiter kam er nicht, denn seine blonde Neukollegin war aufgesprungen und deutete mit ihren langen, reichhaltig beringten Fingern aufgeregt auf den Computerbildschirm.

»Nein, nein, nein, Blödsinn, das ist es, du hast vollkommen recht. Das ist eine Botschaft, keine Fiktion. Der Täter hat uns eine verschlüsselte Botschaft geschickt, das passt doch genau ins Bild, das ist es!« Ihre türkisblauen Augen leuchteten vor Aufregung.

César Huppendorfer schaute sie nur sprachlos an, während Haderlein und Lagerfeld ihre Unterhaltung beendeten und mit fragendem Blick zu ihnen an den Tisch traten. Andrea Onello hielt sich auch nicht mit langen Erklärungen auf, sondern schilderte nachdrücklich ihre Sicht der Dinge.

»Also bitte! Das, was César da herausgefunden hat, ist ganz bestimmt kein außerirdischer Quatsch, sondern die Lösung für das Wandgeschmiere unseres Täters. Wenn wir davon ausgehen, dass wir es mit dem Stalker von Carolin Metz zu tun haben, und ich denke, das dürfen wir, passt es genau ins Bild. Das ist die Aussage einer zerfaserten, narzisstischen Persönlichkeitsstruktur: ›Ich sehe dich.‹ Meiner Meinung nach hat sich Simon Wild aus seinen wahnhaften Gefühlen heraus irgendeine schräge Theorie gebastelt, mit der er sein inneres Chaos befrieden will. Eigentlich ein typisches Verhalten für Stalker. Nur dass der Typ hier anscheinend noch einen perversen Schritt weitergegangen ist. Keine Ahnung, warum er sich das Zitat aus diesem Film geborgt hat, aber ich bin fest davon überzeugt, das hier ist seine Botschaft an seine Opfer und an die Allgemeinheit. César hatte hundertprozentig recht, von Anfang an!«

Entschlossen verschränkte sie die Arme vor der Brust und funkelte Haderlein und Lagerfeld angriffslustig an, während César Huppendorfer mit einem sehr zufriedenen Gesicht vor sich hin lächelte. Dies hatte zum einen zur Folge, dass Haderlein allmählich begriff, dass er in seiner Überheblichkeit und Ungeduld womöglich einen verhängnisvollen Fehler gemacht hatte. Andrea Onellos Schlüsse kamen ihm nun recht einleuchtend vor, und das machte ihm erst einmal zu schaffen. Zum anderen musste sich Lagerfeld eingestehen, dass die blonde Erscheinung, die ihnen gerade ihren Fall erklärte, weitreichendere Emotionen bei ihm auslöste als bloße Sympathie. Das machte ihm wiederum ziemlich zu schaffen, löste es doch ein erkleckliches inneres Chaos bei ihm aus. Und genau das konnte er gerade überhaupt nicht gebrauchen. Sowohl aus privater wie auch aus dienstlicher Sicht. Also schüttelte er das Gefühlschaos mit eiserner Disziplin von sich ab und versuchte sich stattdessen wieder auf den Fall zu konzentrieren. So richtig wollte ihm das jetzt allerdings nicht mehr gelingen. Also war es Haderlein, der als Erster von beiden wieder in der Lage war, eigene Schlussfolgerungen aus dem eben Gehörten zu ziehen.

»Schön, das Geschmiere soll also ›Ich sehe dich‹ bedeuten. Nehmen wir einfach mal an, Sie haben recht, Frau Onello. Wen oder was sieht Simon Wild denn da? Wen meint er mit ›dich‹? Und was sind die Konsequenzen? Was will er uns damit sagen?« Sein prüfender Blick legte sich bedeutungsschwer auf die Kollegin aus der Abteilung für Kriminalitätsopfer.

Andrea Onello schaute Haderlein einen Moment lang verunsichert an. Sie wusste nicht so recht, ob sie als Neueinsteigerin in diesem Geschäft gleich alle Karten auf den Tisch legen sollte.

Und da nunmehr nicht nur Franz Haderlein, sondern alle in diesem Büro sie anstarrten, bekam sie etwas Schiss vor der eigenen Courage. Aber was soll's, dachte sie, ich hab den Mund aufgemacht, dann muss ich auch liefern. Sie holte tief Luft, warf gestikulierend ihre Arme in die Luft und gab ebenso engagiert wie gerade eben ihre Theorie zum Besten.

»Na ja, da ist einer, der Leute aufschneidet, ihre Augen und die Lunge herausnimmt und dann diese Botschaft an die Wände schreibt. Was ihn dazu bewegt, kann ich natürlich auch nicht sagen. Aber er bildet sich ein, irgendetwas sehen zu können, und schneidet die Körper auf, um es zu erfassen oder zu untersuchen, so fühlt sich das für mich an. ›Ich sehe dich‹ bedeutet, dass er das Wesen der getöteten Personen erkennt, ihr *wahres* Wesen. Dass er sie tötet, weil er sie als etwas anderes wahrnimmt, als sie nach außen hin darstellen. Und möglicherweise hat er sich deshalb für die pandorische Version des Satzes entschieden, weil er sie für nicht menschlich hält, weil *er* tatsächlich an Außerirdische denkt und glaubt. Vielleicht fehlen deshalb die Augen, weil sie das Fenster zur Seele sind, der Beweis für ihre Andersartigkeit. So oder so ähnlich stelle ich mir die kranken Gedankengänge von dem Irren vor.«

Das war's. Sie beendete ihren Vortrag genauso plötzlich, wie sie ihn begonnen hatte, strich sich mit beiden Händen durch die langen blondierten Haare und räusperte sich laut und vernehmlich. Dann schaute sie fast trotzig von einem zum anderen.

César Huppendorfer saß nur noch mit offenem Mund da. Das alles wollte dieses Frauchen aus seiner Internetrecherche herausgelesen haben? Donnerwetter. Er sah zu Haderlein, der sich Andrea Onellos Erklärungen wortlos und unbewegt angehört hatte. Jetzt begann er vorsichtig zu nicken, und ein anerkennendes Lächeln erschien auf seinem bisher so stoisch dreinschauenden Gesicht.

»Clever, sehr clever«, sagte er zur Überraschung aller, woraufhin Bernd Schmitt innerlich unbeabsichtigt die ersten Hochzeitsvorbereitungen traf.

Was für ein Weib! Er brauchte jetzt schleunigst einen emotionalen Notausgang, schließlich hatte er Frau und Kind zu Hause, konnte, wollte sich nicht in derart fatale Gedankenspielchen hineinziehen lassen.

»Okay, dann wollen wir uns mal zusammensetzen und alles, was wir an neuen Fakten haben, zusammentragen«, beschloss Haderlein geschäftig. »Sie, Frau Onello, bleiben bis auf Weiteres in diesem Team, wenn Sie einverstanden sind. Das Organisatorische regle ich mit Ihrer Abteilung, das ist sicher kein Problem.« Prüfend schaute er Andrea Onello an, die sofort begeistert nickte. Natürlich wollte sie hier dabeibleiben, der Job war schließlich genau das, was sie immer machen wollte. Eine freudige Nachricht ganz sicher auch für Lagerfeld, der sie anstrahlte, als hätte ihm die Mama gerade seinen Lieblingspudding gemacht.

Der einzige Mensch im Raum, dem diese Entwicklung der Dinge absolut missfiel, war Marina Hoffmann. Sie hatte sich hinter ihrem Schreibtisch vergraben und verstand die Welt nicht mehr. Noch vor wenigen Tagen war alles in Ordnung gewesen. Dann war dieser Wahnsinnige aufgetaucht, und schon wirbelte der Fall alles, aber auch wirklich alles durcheinander, was sie über die Jahre als eherne Gesetze angesehen hatte. Und als höchste aller Strafen setzte man ihr auch noch diese aufgetakelte Schnecke vor die Nase, die hier plötzlich Fälle »nach ihrem Gefühl« lösen wollte. Wenn sie sich überlegte, wie oft sie selbst schon mit emotionalen Argumenten hantiert hatte, und niemanden hatte es wirklich interessiert. Aber kaum kam diese Andrea, dachten alle, dass es nichts Klügeres gab. Dabei hatte die im Grunde nichts anderes im Sinn, als die Kommissare dieser Abteilung mit ihrer äußeren Erscheinung zu bezirzen. Und diese ganzen männlichen Versager fielen auch noch darauf herein.

Aber so sind sie halt, einfältige Schwanzträger, dachte Marina Hoffmann frustriert. Jahrzehntelang Honigbrote für alle geschmiert und nun das. Kaum tauchte so ein blondes Biest am Horizont auf, ging den Männern der innere Kompass flöten, war das Testosteron der maßgebliche Ratgeber. Aber sie sagte mal lieber nichts, außer ihr schien das ja niemand so zu sehen. Da war es wirklich besser, sich in die Arbeit zu vertiefen. Und das hieß, die verzogene Carolin Metz zu finden, bevor es Simon Wild gelingen würde.

Aber entweder war Carolin Metz ausgewandert, oder sie hatte sich eine neue Identität zugelegt und hielt sich jetzt im meldetechnischen Nirgendwo auf. Wenn das der Fall war, dann prost Mahlzeit. Denn wie sollte man eine Frau finden, die nicht gefunden werden wollte?

Marina Hoffmann schwante Übles sowohl für den Betriebsfrieden in ihrer geliebten Dienststelle als auch für den aktuellen Fall, während Riemenschneider zu ihren Füßen gerade das letzte Apfelstückchen verspeiste. Haderlein hatte inzwischen an seinem Schreibtisch ein grundsätzliches Brainstorming, einen barrierefreien Gedankenaustausch angeordnet.

»Also, hat irgendwer noch Ideen, egal was, die wir verwenden können? Jeder Gedanke ist willkommen. Zu meiner Schande muss ich gestehen, dass ich César unrecht getan habe, indem ich seine Filmidee als Humbug abtat, und ich entschuldige mich hiermit dafür. César, es war voreilig und vor allem auch engstirnig von mir. Das war richtig gute Arbeit, und ich habe es nicht gesehen«, gab Haderlein laut und ehrlich bekannt.

Huppendorfer nickte nur knapp, aber innerlich ging ihm das Herz auf. Endlich einmal Lob und Anerkennung in diesem Fall, das ging runter wie Öl, darin konnte er sich sonnen. Allerdings nicht sehr lange, denn Haderlein hatte noch einen Nachschlag für ihn.

»Und wenn wir schon dabei sind, César, du warst ja nun der Letzte, der mit Simon Wild Kontakt hatte. Was kannst du uns von dieser Begegnung erzählen, ist dir da irgendetwas aufgefallen?«

Die Frage kam überraschend, aber César nahm sie gern an. Stand seine Person doch ganz plötzlich nicht mehr am Rande, sondern genau im Mittelpunkt des Interesses. Er überlegte einen Moment, dann gab er seine Einschätzung zum Besten.

»Also, irgendwie kam Simon Wild am Anfang unseres Gesprächs absolut unangenehm rüber. Ich stand mit ihm in seinem Schlachtraum und dachte, der Typ ist voll anti. Mir gegenüber, der Welt gegenüber, einfach allem. Ein großer, kräftiger Kerl, kurze braune Haare, strenger Seitenscheitel. Machte fast einen rechtsradikalen Eindruck, so vom Äußeren her, aber während unserer Unterhaltung habe ich davon eigentlich nichts gemerkt.«

Alle hingen wie gebannt an seinen Lippen, was Huppendorfer sichtlich genoss.

»Als ich nämlich nach ein paar Minuten versucht habe, das Gespräch auf so private Dinge wie die Metzgerei zu lenken, wurde er regelrecht freundschaftlich, er hat mich sogar drüben in die Wirtschaft zum Essen eingeladen. Schederndorfer Gulasch, keine Ahnung, ob ihr das kennt. Geschmackstechnisch ein Traum, kann ich bloß sagen. Und dabei war dieser Simon Wild richtig gut drauf, richtig gelöst, fast so, als wäre ich ein alter Kumpel. Seine ganze Widerwärtigkeit war wie weggeblasen. Er hat mir sogar von seinem Hobby erzählt, vom Wandern. Na ja, und dann hat er sich verabschiedet und ist verschwunden. Ich hatte zu keinem Zeitpunkt den Eindruck, einen Psychopathen vor mir zu haben, das muss ich ganz ehrlich sagen. Ich hab fertig gegessen und bin dann wieder los. Der eine Bruder hat mir noch zwei Flaschen von ihrem Bier mitgegeben, und das war's, mehr gibt's von meiner Seite nicht zu erzählen.« Huppendorfer verstummte und wartete, während die anderen das Gehörte überdachten.

»Ich muss dir recht geben, César, mir ging es genauso«, sagte Haderlein. »Ich hatte bei meinem Gespräch mit ihm den gleichen Eindruck. Knurriger Franke, aber ansonsten ganz in Ordnung. Er hat mich ebenso getäuscht wie dich, César.«

»Wenn ich da mal widersprechen darf«, meldete sich nun Andrea Onello wieder zu Wort. »Ich glaube nicht, dass Simon Wild irgendjemanden getäuscht hat.«

Alle schauten sie fragend an.

»Nicht?«, fragte Lagerfeld perplex. »Was denn dann? Wenn das keine Täuschung war, bei dem, was er hier veranstaltet hat, ja was denn dann?«

Andrea Onello lächelte nachsichtig, wusste sie doch, dass ihre Behauptung für den Laien zumindest ungewöhnlich klingen musste. »Ich denke, dass wir uns ganz genau in die Psyche eines solchen Menschen hineinversetzen müssen, um das zu verstehen.

Stalker denken anders. Ihr moralisches Gefüge, ihre Grenzen haben sich im Vergleich zu einem gefestigten Menschen drastisch verschoben. Dort, wo es für einen normalen Menschen nicht weitergeht, steht bei jedem von uns ein großes inneres Stoppschild. Wenn wir von einem anderen Menschen eines gezeigt bekommen, wird es von uns akzeptiert, wir handeln danach. Bei Stalkern gibt es diese Schilder nicht beziehungsweise sie werden von ihnen umgedeutet. Sie basteln sich ihre eigene krude Wahrheit zurecht, warum die üblichen Gesetzmäßigkeiten für sie nicht gelten, und leben ab einem gewissen Zeitpunkt in ihrer eigenen Welt. Ist der Rubikon erst überschritten, fällt bei ihnen jegliche soziale Schranke, und sie halten sich nicht mehr an die erlernten menschlichen Normen. Womit ich sagen will, dass Simon Wild niemanden täuscht, sondern in seiner Welt und nach seinen Regeln und Gesetzen etwas Gutes, etwas aus seiner Sicht Notwendiges tut. Also braucht er sich nicht zu verstellen. Das, was er tut, ist aus seiner Sicht normal, ergo kommt so ein Mensch auch völlig normal rüber.«

Alle hatten aufmerksam zugehört, keiner sprach mehr ein Wort. Haderleins Respekt vor dem Sachverstand dieser Frau wuchs erneut, während Lagerfelds innere Verteidigungslinien endgültig die weiße Fahne schwenkten. Die Diskussion über Simon Wild hätte wohl noch länger angedauert, wenn nicht in diesem Moment jemand an der Tür der Dienststelle geklopft hätte. Honeypenny, die sich während der ganzen spannenden Sitzung auffällig unauffällig gezeigt hatte, sprang auf, um den unbekannten Besucher hereinzulassen. In der Tür erschien zur Überraschung aller ein etwa vierzig Jahre alter Mann mit schwarzen Haaren und ebenso schwarzer Lederjacke. Er hatte ein kleines Päckchen in der Hand und stellte sich als Ronny Aschenbach vor. Was Ziel und Zweck seines Hierseins war, konnte oder wollte er nicht sagen. Lediglich die Information, dass er einem gewissen Robert Suckfüll persönlich etwas übergeben müsse, kam dem wortkargen Mann über die Lippen.

Honeypenny machte daraufhin erneut ein angefressenes Gesicht. Langsam hatte sie es satt, dauernd von neuen Menschen in ihrem Büro genervt zu werden. Mit dem Mann im Schlepptau stürmte sie zum Büro ihres Chefs, riss ohne weitere Höflichkeitsfloskeln die Tür auf und rief: »Da is aaner, Chef. Der sacht net, wer er is, der sacht net, was er will, der recht mich bloß auf. Etzerd seh zu, wie du mit dem zurechtkommst!«

Sie schob den völlig verdutzten Ronny Aschenbach durch die gläserne Türöffnung und stürmte ebenso vehement zu ihrem Platz zurück, wo sie sich mit bockigem Gesichtsausdruck wieder in Position setzte.

Haderlein betrachtete sie kopfschüttelnd. Was war denn nur in Honeypenny gefahren? Seit sie mit Riemenschneider im Tambacher Schlosspark gewesen waren, hatte sich bei der Dienststellensekretärin eine regelrechte Wesensveränderung eingestellt. Für eine längere Grübelei über Honeypennys inneren Gemütszustand blieb allerdings keine Zeit, denn Ronny Aschenbach erschien wieder im Türrahmen, diesmal, um sie zu Fidibus ins Büro zu winken.

»Herr Suckfüll möchte Sie alle in sein Büro bitten«, gab er kurz und knapp von sich.

Lagerfeld schaute zu Haderlein, der ihn seinerseits verblüfft betrachtete. Was hatte das denn nun wieder zu bedeuten? Die Überraschungen in diesem Fall schienen kein Ende nehmen zu wollen.

So machte sich die gesamte Belegschaft der Dienststelle auf den Weg in das Büro des Chefs, wo sie um seinen Schreibtisch herum Platz nehmen durften. Lediglich Marina Hoffmann musste draußen bleiben, was dieser aber auch ganz recht war, blieb sie doch so wenigstens für eine gewisse Zeit von dem ganzen Lumpenpack separiert.

Fidibus sah nicht gut aus, gar nicht gut, wie alle feststellen konnten. Heerscharen von Pickeln bevölkerten sein Gesicht, seine Stirn war schweißnass. Der Blick ihres Chefs schwankte zwischen hektisch und abwesend hin und her, man konnte sich bei seinem Anblick wirklich Sorgen machen. Aber zur vorläufigen Beruhigung seiner Mitarbeiter ergriff Fidibus umgehend das Wort, was eine gewisse Ordnung und Zielstrebigkeit in sein Wesen zurückbrachte.

»Meine Damen und Herren. Das hier ist Herr Ronny Aschenbach vom Staatsschutz. Er ist Mitglied einer Koordinierungsgruppe zum Thema Rechtsradikalismus in Bayern und Thüringen. Da ich für meinen Teil in Sachen Serientäter nicht untätig war und einige Nachforschungen habe anstellen lassen, hat uns der Staatsschutz dankenswerterweise Herrn Aschenbach geschickt, der uns einen kleinen Filmbeitrag zeigen möchte.«

Ohne weiteren Kommentar drückte Ronny Aschenbach eine Taste auf dem DVD-Spieler des Büros, und ein kurzes Intro leuchtete ihnen vom Bildschirm des Fernsehers entgegen. Dann begann die Filmsequenz, und alle Anwesenden folgten der mehr als seltsamen Szenerie, die sich nun vor ihren Augen abzuspielen begann.

Seit ihrem Geburtstag waren nur wenige Monate vergangen, doch sie hatte nicht lange überlegt, was sie nun tun sollte. Die Feier war nach dem Auftauchen von David Eichhorn alias Simon Wild, Markus' Bruder, natürlich nicht mehr in Gang gekommen. Die Erkenntnis, dass dieser Mann, der sie so lange verfolgt und mit seiner Aufdringlichkeit gequält hatte, ausgerechnet der Bruder ihres besten Freundes war, hatte sie geschockt. Andererseits hatte sich dadurch auch einiges aufgeklärt, vor allem war ihr bewusst geworden, dass sie von wirklichen Freunden umgeben war. Günther, Dietmar und Markus hatten sich bereit erklärt, Simon eine Lektion zu erteilen. Eine Lektion, die er nie mehr vergessen würde.

Als er in ihrem Flur aufgewacht war, hatte sie ihm vor versammelter Mannschaft noch einmal gründlich die Meinung gegeigt. Dann hatten die drei ihn mitgenommen. Sie solle sich keine Gedanken machen, sie würden das schon regeln, hatten sie zu ihr gesagt. Vor allem Markus, der über das idiotische Verhalten seines Bruders am meisten geschockt war, hatte ihn mit grimmigem Gesichtsausdruck nach draußen begleitet. Durch einige vage Sprachfetzen hatte sie mitbekommen, dass sie wohl irgendwas mit Simon im Bamberger Hain vorhatten. Aber wenn sie ehrlich war, hatte sie es gar nicht wissen wollen. Die Jungs würden schon wissen, was sie taten. Hauptsache, Simon ließ sich nie wieder bei ihr blicken. Und sie hatte größtes Vertrauen gehabt, dass die drei es ihm so verklickern konnten, dass er es auch kapierte.

Dann, als die anderen Gäste gegangen waren, hatte sie einen Entschluss gefasst. Es wäre wohl am besten, wenn sie wenigstens übergangsweise von der Bildfläche verschwand und untertauchte. Nur für den Fall der Fälle, auch wenn sie sich sicher gewesen war, dass nach seinem Auffliegen und der Lektion im Hain keine Gefahr mehr von ihrem Stalker ausginge. Aber Vorsicht war die Mutter der Porzellankiste, wie ihre Mutter immer zu sagen pflegte.

Sie hatte ihr Outfit radikal geändert, die Haare gefärbt, das Auto ebenso gewechselt wie ihre Wohnung. Neues Handy und neue Nummer, dazu noch ein Pseudonym, einen Künstlernamen, unter dem sie weiter als Fotografin arbeiten und auch die Wohnung mieten konnte. Ihre Homepage wurde von einer Freundin betreut, die ihr auch die Aufträge als Fotografin weitervermittelte. Aufträge in weiter entfernten Städten, in denen sie niemand kannte.

Das Unerwartete tun. Etwas, womit niemand rechnete, das war ihre Devise. So hatte sie es in einem Buch über das Verhalten von Stalkingopfern gelesen. Niemand konnte Carolin Metz nun mehr finden. Diese Person war fürs Erste verschwunden. Auch den Kontakt zu ihrem Freundeskreis hatte sie konsequent abgebrochen, damit es wirklich keine Verbindung mehr zu ihr gab. Sie hatte beschlossen, erst einmal eine Art Einsiedlerleben zu führen, sich ganz in sich selbst zurückzuziehen und ihr Leben zu überdenken. Das Geschehene verarbeiten, ihren Glauben an die Menschheit wiederfinden.

Lediglich Markus, ihrem besten Freund, hatte sie ihre Adresse hinterlassen, für absolute Notfälle. Was ein Notfall war oder auch nicht, musste Markus selbst entscheiden. Da machte sie sich keine Sorgen, er war absolut zuverlässig und verschwiegen. Wenn sie sich auf jemanden verlassen konnte, dann auf ihn. Außerdem wohnte er in Erfurt, damit war er derjenige von all ihren Freunden und Verwandten, der am weitesten entfernt war. Noch ein Sicherheitsaspekt.

Sie war jetzt völlig auf sich allein gestellt, und zum ersten Mal seit Monaten verspürte sie wieder ein Gefühl der Freiheit. Es war einfach unbeschreiblich und richtig schön. Es gab nur noch sie allein und ihr Leben, mit dem sie völlig unbeschwert anstellen konnte, was sie wollte. Wie lange sie das durchhalten konnte oder mochte, konnte sie nicht sagen. Aber falls sie irgendwann in der Zukunft den Wunsch verspüren sollte, etwas zu ändern, würde sie das schon merken. Im Moment war alles genau so gut und richtig, wie es war.

Sie steckte den Schlüssel ins Schloss ihrer Wohnungstür und drehte ihn um. Mit einem metallischen Klicken löste sich die Tür aus ihrer Verankerung und schwang in das Wohnungsinnere. Jedes Mal, wenn sie dieses Geräusch hörte, überkam sie ein wohliges Gefühl der Sicherheit. Sie war wieder in ihrem geschützten Bereich, ihrer Höhle. Dies war der Ort, der ihr absoluten Schutz gewährte, auch wenn sie dafür den Preis der Einsamkeit bezahlen musste. Allerdings kam ihr diese Einsamkeit, dieses Abgeschottetsein vom Rest der Welt zurzeit ganz gelegen. Sie wollte niemanden sehen, sie brauchte auch niemanden.

Sie warf den Schlüsselbund auf das kleine Schränkchen gleich neben der Tür, stellte ihren Fotorucksack davor und entledigte sich anschließend ihres modischen schwarzen Wintermantels. Bereits seit Wochen arbeitete sie freiberuflich in einem Fotostudio in Würzburg. Das bedeutete für sie eine Menge Kilometer auf der Autobahn, aber jetzt im Winter gab es schlicht kaum Möglichkeiten, im Freien zu fotografieren. Da war eben Studioarbeit angesagt, und die hatte ja auch ihren ganz speziellen Reiz.

Sie schaute auf die Festina an ihrem Handgelenk. Kurz vor sieben. Schön, dann konnte sie noch schnell duschen und anschließend einen gemütlichen Abend auf ihrem Sofa verbringen. Im Laufen kickte sie ihre halbhohen Stiefeletten den Gang entlang und machte sich auf den Weg ins Badezimmer. Im Vergleich zu ihrer vorherigen Wohnung war diese hier fast riesig. Eigentlich war sie gar nicht so viel größer, hatte aber einen wirklich cleveren Schnitt. Alles viel offener, ohne die Zwischenwände, die man sonst in Bambergs Altbauten fand. Dazu der große Balkon, der hier oben, direkt unter dem Dachgeschoss, in einen großen Innenhof ragte. Manchmal hatte man einfach Glück im Leben, und dieses Glück hatte sie sich nun wahrlich verdient.

Die heiße Dusche war eine absolute Wohltat. Es war ein anstrengender, jedoch auch sehr erfolgreicher Tag gewesen. Modeshooting eines Würzburger Brautmodengeschäftes. Gut gelaunte Models, einfache Motive, zufriedene Kunden. So stellte man sich als Fotografin seinen Arbeitstag vor. Dazu wurde der Tag auch noch überdurchschnittlich gut bezahlt, was wollte sie also mehr. Sie warf sich die handtuchfeuchten wasserstoffblonden Haare über die Schulter, sodass sie wie ein weißgoldener Vorhang den Stoff des weißen Bademantels auf ihrem Rücken berührten. Das war's, jetzt ab ins Wohnzimmer und den Rest des Abends auf dem Sofa und vor dem Fernseher verbringen.

Barfuß schlenderte sie über den Teppich des Flurs, als sie den Lichtschein aus dem Wohnzimmer bemerkte. Ihre Wohnzimmertür war nämlich keine Tür im eigentlichen Sinne, sondern eine Art künstlerischer Vorhang aus einer Vielzahl von bunten Schnüren und Seilen, durch die jetzt Licht drang. Sie wusste sofort, dass es das Licht einer ihrer Fotoleuchten war, die im Wohnzimmer standen. Es war vom Spektrum her dem Tageslicht nachempfunden und hatte somit eine ganz andere, härtere Farbtemperatur als eine gemeine Glühbirne. Na super. Wenn sie vergessen hatte, eine ihrer Fotoleuchten auszuschalten, dann konnte sie sich schon mal auf eine gesalzene Stromrechnung einstellen. Sie war drei Tage unterwegs gewesen, da konnte eine Fotoleuchte einiges an Strom verbraten.

Mit einem leichten Seufzer schob sie den Seilvorhang zur Seite und betrat eilig das Wohnzimmer. Zwei Schritte vor ihrem kniehohen Wohnzimmertisch blieb sie wie angewurzelt stehen. Sie konnte zwar alles deutlich sehen, aber ihr Verstand weigerte sich, den optischen Bildabdruck auch angemessen zu verarbeiten. Ihre Couch war bis an die Wand gerückt worden, dafür befand sich ihr großer Sofatisch nun genau in der Mitte des Wohnzimmers. An den Seiten des Tisches standen ihre beiden Fotoleuchten mit den großen weißen Schirmen, und zwar genau so ausgerichtet, dass sie die Oberfläche der Tischplatte exakt ausleuchteten. Auf dem Boden daneben ein geöffneter kleiner silberner Metallkoffer mit allerlei Messern und sonstigen Gerätschaften aus Edelstahl sowie ein Plastikbehälter mit einem Griff, dessen Aufschrift wohl irgendetwas Medizinisches bedeuten sollte.

Ihr Herz pumpte mit lautem Dröhnen Blut in ihren Kopf, und sie merkte, wie ihr schwindelig wurde. Als sie die Hand ausstreckte, um sich am Ständer der Fotoleuchte festzuhalten, hörte sie das zarte Rascheln des Seilvorhanges hinter sich. Schlagartig war der Schwindel verflogen, und sie fuhr herum.

Da stand er. Das, was niemals hätte passieren dürfen, war eingetreten. Er stand da, mit einem dünnen Lächeln im Gesicht, und betrachtete sie. Eigentlich war es kein Betrachten, es war mehr eine Art Scannen, als ob er sie mit seinem Röntgenblick durchleuchten wollte. Er war in einen weißen Ganzkörper-Overall gehüllt, nur der Kopf von Simon Wild war noch frei.

Seine Augen bohrten sich in die ihren, als wollte er sie hypnotisieren. Sein Blick war so intensiv, dass sie absolut unfähig war, sich zu rühren. So standen sie sich sekundenlang gegenüber, ohne dass ein Wort gefallen wäre. Dann griff er langsam, ohne Eile, mit der rechten Hand in eine der Taschen seiner weißen Ganzkörperkleidung. Als er sie wieder herauszog, hielt er darin eine Spritze mit einer gelblichen Flüssigkeit.

»Hallo, Königin«, flüsterte er leise, fast bedauernd. »Ich werde deine wunderbaren grünen Augen vermissen. Von diesen Augen wie Jade habe ich einmal geträumt.«

Das waren die letzten Worte, die sie von ihm vernahm, ehe urplötzlich seine linke Faust nach oben schoss.

Der Film dauerte über drei Stunden und verschaffte dem kleinen Kreis in Suckfülls Büro einen Einblick in fremdartige Gedankenwelten. Auf der Bühne eines Wirtshaussaales stand ein Mann, ein Engländer namens David Oak, der seinen Zuhörern eine derart abgedrehte Theorie vortrug, dass den Zuschauern in Fidibus' Büro vor ungläubigem Staunen jegliche Zwischenfrage im Hals stecken blieb.

Nach der Theorie jenes David Oak wurde die Menschheit nämlich von sogenannten Reptiloiden beherrscht, außerirdischen Wesen, die sich entweder im Körper von real existierenden Menschen befanden oder menschliche Gestalt angenommen hatten. Verwandt seien sie mit der Gruppe der Sauropsiden, die bereits seit der Urzeit die Erde bevölkerten. Ihre Körpergröße betrage im Schnitt eins Komma fünf bis drei Komma sieben Meter; wo diese drei Komma sieben Meter großen Wesen sich aufhielten, erklärte er allerdings nicht.

Reptiloiden seien sehr daran interessiert, wie Vampire Blut zu trinken und auf der Erde für »negative Energien« und Kriege zu sorgen, hieß es weiter. Sie seien für Völkermorde, Massenschlachtungen von Tieren, schwarze Magie und sexuelle Perversion verantwortlich, feierten heimliche satanische Riten, Drogenpartys und betrieben Kindesmissbrauch. Sie seien die Verursacher alles Bösen und Schlechten auf dieser Welt, offenbarte David Oaks seinem interessierten Publikum in der Gaststätte, permanent gezwungen, dies zu tun, um ihre menschliche Gestalt zu erhalten. Zwar gebe es Verschwörungstheorien um angeblich überdurchschnittlich häufigen Kindesmissbrauch unter Politikern und Industriellen, diese Fälle seien aber allesamt den Reptiloiden zuzuordnen.

Nur eine kleine Gruppe von Menschen war David Oak zufolge in der Lage, die Reptiloiden zu durchschauen. Ihre ahnungslosen Mitbürger bezeichneten sie zumeist als verrückt. Die Reptiloiden würden dennoch unentwegt durch Kreuzungen zu erreichen versuchen, dass diese Gruppe zahlenmäßig geschwächt wurde. Zusammenfassend konnte man sagen, dass nach der Theorie dieses seltsamen Wanderpredigers viele »Mächtige« und einflussreiche Personen in Wirklichkeit reptiloide Wesen und Teil einer pyramidenartigen Organisationsstruktur waren.

Oak zufolge gehörten Mitglieder der englischen Königsfamilie, insbesondere Queen Elizabeth, genau wie William Jefferson, Bill Clinton, Angela Merkel, Donald Trump, Barack Obama und George W. Bush dazu. Des Weiteren seien verschiedene sumerische Könige und ägyptische Pharaonen Reptiloiden gewesen, genau wie dreiundvierzig frühere US-Präsidenten. Die genannten Reptiloiden seien zudem Begründer und Mitglieder von Geheimorganisationen wie den Illuminati und verständigten sich heimlich durch bestimmte Gesten und Geheimzeichen, behauptete er.

Erkennen könne man die Reptiloiden nur aufgrund bestimmter körperlicher Merkmale. So hätten sie eine vertikal angeordnete, spaltförmige Pupille, ähnlich Reptilienaugen, oder es fehle ihnen der Bauchnabel, da viele von ihnen ja nicht menschlicher Herkunft seien und daher im Entwicklungsstadium nicht über eine Nabelschnur ernährt wurden.

Die Augen jedoch seien der auffälligste Unterschied zum menschlichen Wesen und für die Reptiloiden am schwierigsten zu verbergen. Sie seien nichtsdestotrotz so dermaßen geschickt in ihrer Tarnung, dass es nur in ganz seltenen Fällen der Unaufmerksamkeit und bei gleichzeitiger Ablichtung mittels Fotoapparaten oder Kameras möglich sei, eines dieser Reptilienwesen zu überführen. Auf der ganzen Welt existierten angeblich solche Beweisfotos, vornehmlich von reptiloiden Prominenten, die dem Blitzlichtgewitter nicht immer ausweichen konnten. Ein wirklicher physischer Beweis sei bisher jedoch nicht gelungen, dazu müssten sehr viel genauere Untersuchungen an einem dieser Wesen direkt vorgenommen werden, was bisher leider noch niemandem möglich gewesen sei. Dazu wäre eine umfangreiche Sektion am Körper vonnöten, was die Reptiloiden aber niemals zulassen würden.

Die eigentliche Überraschung offenbarte sich den Kommissaren allerdings erst ganz am Ende der Filmvorführung. Nachdem David Oak nämlich seinen Vortrag unter großem Applaus beendet hatte, wurde er vorn an der Bühne von einem großen Mann mit kurzen braunen Haaren angesprochen. Als Ronny Aschenbach den Film anhielt und das Bild vergrößerte, konnten alle deutlich sehen, um wen es sich dabei handelte. Es war Simon Wild, der sich ziemlich angeregt mit dem Engländer austauschte.

»Was hat denn der jetzt auf dieser Veranstaltung verloren?«, platzte Lagerfeld heraus, der sich den ganzen Quark mit gesteigertem Unwillen und noch größerer Ungeduld angehört hatte. »Was sind das überhaupt für Irre, die einen solchen Mist veranstalten? Reptiloiden, ja, geht's noch?«, fragte er Ronny Aschenbach, der ihm das auch sofort bereitwillig erklärte.

»Das ist schnell beantwortet«, sagte er. »Die Veranstaltung wurde vor über einem Jahr im Gasthaus ›Schwarzer Bär‹ in Beiersdorf bei Coburg aufgezeichnet. Der Organisator der Veranstaltung war der Thüringerwald-Verein und davon im Speziellen der Zweigverein Coburg. Ansonsten setzte sich die Zuhörerschaft an diesem Abend aus einer wilden Mischung rechter, rechtskonservativer oder sogar rechtsradikaler Bürger zusammen. Von weitestgehend harmlosen politisch Engagierten bis hin zu gefährlichen Spinnern wie Reichsbürgern und Anhängern durchgedrehter Verschwörungstheorien war so ziemlich alles vertreten. Glücklicherweise werden einige dieser Gruppen von uns überwacht, sodass die Veranstaltung unbemerkt aufgezeichnet werden konnte.«

»Wandern!«, warf César Huppendorfer auf einmal von der Seite her ein. »Das hatte mir Simon Wild erzählt, bevor er sich in Schederndorf verabschiedete. Dass Wandern sein großes Hobby sei.« Vor Aufregung war er aufgesprungen, was eigentlich ganz gegen seine Art war, gab er doch sonst immer den modisch Distinguierten. Aber in seinem Kopf begannen sich die einzelnen Teile des Falles zu einem Bild zusammenzufügen. Nur das »Wie« war ihm noch nicht klar. Trotzdem verspürte er jetzt fast so etwas wie Begeisterung, was ihn außerordentlich erfreute, war ihm dieses Gefühl am Anfang der Ermittlung doch äußerst fremd gewesen.

»Das ist der Grund, warum ich überhaupt hier bin«, schaltete sich nun wieder Ronny Aschenbach ein. »Herr Suckfüll hatte uns gebeten, doch einmal den Namen Simon Wild zu überprüfen, und der ist nach unseren Erkenntnissen seit mehreren Jahren ein aktives Mitglied des Thüringerwald-Vereins der Sektion Coburg. Außerdem ist er seit Jahren in diversen rechten Kreisen unterwegs und war mitverantwortlich, wenn nicht gar federführende Kraft, dass David Oak an jenem Abend eingeladen wurde. Die beiden stehen seit fast zwei Jahren in einem intensiven persönlichen Kontakt. Simon Wild war 2016 sogar in England, um Oak persönlich einen Besuch abzustatten. Was dort besprochen wurde, entzieht sich allerdings unserer Kenntnis. Das war's dann im Großen und Ganzen, mehr kann ich Ihnen zu diesem Fall erst einmal nicht erzählen«, schloss Aschenbach seine Ausführungen, schaltete den Fernseher aus und nahm seine DVD heraus. Die konnte er selbstverständlich nicht hierlassen, das war Material des Verfassungsschutzes und als geheim eingestuft. Nur für polizeiliche Zwecke durfte es begutachtet, allerdings nicht komplett herausgegeben werden.

Ronny Aschenbach gab jedem kurz die Hand, dann verabschiedete er sich förmlich und verließ den gläsernen Palast von Robert Suckfüll. Draußen wurde er noch von Marina Hoffmann zur Tür gebracht und hinausbegleitet.

Franz Haderlein hatte seit Beginn des Films kaum ein Wort gesagt. Zwar entwickelte er langsam einen Verdacht, aber der war so dermaßen verrückt, dass er erst noch einmal darüber nachdenken wollte, bevor er sich endgültig dazu äußerte. Im Grunde ging es allen Anwesenden im Raum so, selbst Fidibus war derartig in Gedanken versunken, dass es schien, als hätte er sich nun komplett in seine Innenwelt zurückgezogen, allerdings konnte das auch Gründe im hormonellen Bereich haben, zumindest mutmaßte Lagerfeld in diese Richtung.

Sehr viel entschlussfreudiger war dagegen Andrea Onello, die sich die ganze Zeit über Notizen gemacht hatte und nun einfach einmal die Hand hob. Die anderen schauten sie erstaunt an, sagte in dieser Abteilung doch in der Regel jeder das, was er dachte und wann er es wollte.

Lagerfeld betrachtete sich seine Neukollegin reichlich amüsiert. Mit der Hand aufzeigen, das machte man doch nur in der ersten Klasse – und anscheinend bei der Bamberger Polizei einen Stock tiefer. Vielleicht wollte Andrea ja austreten oder so ähnlich? Auf jeden Fall wirkte es irgendwie putzig. Was Andrea Onello dann zum Besten gab, war allerdings keineswegs putzig, sondern von klarer Logik getragen.

»Also, so langsam wird für mich ein Bild draus«, sinnierte sie laut vor sich hin, nachdem Haderlein durch ein kräftiges Nicken signalisiert hatte, dass sie ruhig etwas sagen konnte, wenn sie das wollte. Sie überflog noch einmal kurz ihre Notizen. »Nach dem, was wir gerade gesehen haben und was uns Herr Aschenbach erzählt hat, und wenn wir zudem alles dazugeben, was wir sonst über den Fall wissen, also Tatorte, Wilds mutmaßliche Vergangenheit als Stalker und sein Faible für diese Reptiloidentheorie, stellt sich meiner bescheidenen Meinung nach der Sachverhalt wie folgt dar.«

Alle Augen waren gespannt auf sie gerichtet. Die von Lagerfeld aus gänzlich anderen Motiven als die von Franz Haderlein, aber dennoch durchweg fasziniert.

»Simon Wild ist eine dieser verlorenen Seelen, die verzweifelt versuchen, im Leben einen Sinn, vor allem aber Zuneigung und Liebe zu finden. Ein Wesenszug, der sich bei den allermeisten Stalkern findet. Leider fehlen ihm die inneren Werkzeuge, um sich in seiner eigenen Gefühlswelt zurechtzufinden, beziehungsweise kann er sie nicht wirklich gebrauchen. So ist er, vermutlich durch seinen Bruder, bei Carolin Metz zum Stalker geworden, weil er diese Frau liebte oder besser gesagt glaubte, sie zu lieben. Da er ein Nein nicht als Nein akzeptieren kann, spielten seine Emotionen irgendwann mit ihm Ringelreihen, sodass es ihm nicht möglich war, angemessen mit ihnen umzugehen. An irgendeinem Punkt hat sich seine Psyche dann dazu entschlossen, den Ausweg in dieser durchgeknallten Reptiloidentheorie zu suchen, mit der er sich anscheinend schon länger intensiv beschäftigte. Nach dem Motto, wenn du nicht meine Liebe, ja nicht einmal mein Freund sein willst, dann bist du mein Feind. Und dann ist er da voll eingestiegen, hat diese Reptiloidenscheiße komplett verinnerlicht und ist irgendwann losgezogen und hat angefangen, Leute aufzuschneiden. Er will der Erste sein, der die idiotische Theorie dieses Engländers beweisen kann. Carolin Metz steht im Zentrum dieses Wahns, sie wurde gestalkt, und die Mordopfer sind alle drei Menschen, mit denen sie bekannt war. Ich würde sagen, sie, Wild, Fuchs und Hümmer hatten einfach

Pech, dass sie zur falschen Zeit den falschen Typen kennengelernt hatte.«

Mit großen Augen wurde Andrea Onello von allen Seiten angestarrt. Franz Haderlein hatte, noch während sie redete, angefangen, ihr anerkennend zuzunicken.

»Wisst ihr was, Herrschaften?«, meinte er nun mit einem feinen Lächeln im Gesicht. »Diese Frau hier hat meiner Meinung nach den Nagel auf den Kopf getroffen. Den kompletten Zusammenhang kapier ich zwar immer noch nicht, aber im Großen und Ganzen hört sich das für mich ziemlich plausibel an. Oder hat irgendwer hier im Raum eine bessere Erklärung?«

Niemand sagte ein Wort, aber allen war anzusehen, dass Andreas Theorie allmählich durchsickerte und sich im Bewusstsein der Ermittler als ziemlich wahrscheinlich manifestierte. Diesmal war es Kriminalkommissar Bernd Schmitt, der den nächsten Schluck vom Wein der Erkenntnis nahm.

»Oak, Oak … Heißt das nicht ›Eiche‹ auf Deutsch?«, überlegte er laut. »David Oak … David Eichhorn. Simon Wild hat sein Stalker-Pseudonym an den Namen dieses Engländers angelehnt. Das Horn hat er vermutlich drangehängt, damit es a weng fränkischer klingt. Aus, fertig, so ist David Eichhorn entstanden. Und mit diesem komischen Filmzitat hat er es genauso gemacht. Oel ngati kameie, ich sehe dich. Nur halt eben rückwärts. Aber auch da hat er sich eines Versatzstückes bedient, das ihn vermutlich irgendwie beeindruckt hat, um seine Botschaft loszuwerden. Der erfindet nix neu, der klaut sich was zusammen, was er für bedeutungsvoll hält, und verdreht es für seine Zwecke, um es dann der Welt mitzuteilen.«

Jetzt schauten alle auf Lagerfeld, der, in seine Überlegungen versunken, die Spitzen seiner Krokodillederstiefel betrachtete. Andrea Onello verspürte ein Aufblühen von Anerkennung in ihrem Inneren. Der Typ war ja doch nicht nur durchgeknallt, der hatte durchaus die Gabe, sich in einen anderen Menschen hineinzuversetzen, das hätte sie so gar nicht vermutet. Aber Lagerfeld war noch nicht fertig mit seinem Gedankengang, sein Verstand galoppierte weiter in die logische Richtung.

»Das heißt, es ist bei allen Botschaften, die er uns gesendet hat, davon auszugehen, dass sie irgendeinen realen Hintergrund … Moment!«, rief er triumphierend, sprang auf und rannte zur offen stehenden Tür des Glashauses hinaus. Kurz darauf kam er im gleichen Tempo wieder zurück, ein Blatt Papier in der Hand, welches er von der großen Pinnwand an Haderleins Schreibtisch genommen hatte. Er hielt es in die Höhe und deutete mit einer energischen Handbewegung auf das, was dort geschrieben stand.

eiemak itagn leo
AH

»Was der komische Satz bedeutet, wissen wir ja inzwischen«, erklärte er aufgeregt »Aber was das ›AH‹ uns sagen soll, eben nicht. Wenn er es jedoch genauso ersonnen hat wie alles andere auch, ist es aus seinem realen Umfeld entliehen. Ich sage euch, diese Initialen haben etwas zu bedeuten, sonst würde er sie uns nicht so explizit präsentieren«, proklamierte Lagerfeld feierlich und fuchtelte aufgeregt mit seinem Zettel in der Luft herum.

»Das stimmt, Bernd hat recht«, pflichtete ihm Andrea Onello bei. »Auch diese zwei Buchstaben sind eine Botschaft. Sie passen weder zu den Initialen von Simon Wild noch zu David Eichhorn. Auch nicht zu Carolin Metz. Trotzdem schickt er uns dieses ›AH‹ als Initialen seiner Identität. Wenn wir herausfinden, wofür diese beiden Buchstaben stehen, kriegen wir womöglich auch ihn. In seiner grenzenlosen Selbstsicherheit, seiner Arroganz, hält er sich für überlegen. Er ist ja im Glauben, der Menschheit einen großen Dienst zu erweisen. Wahrscheinlich glaubt er sogar, dass die Staatsorgane, also wir, ebensolche Reptiloiden sind wie die, die er bereits getötet und seziert hat. Deshalb hat er uns dieses ›AH‹ geschickt. Weil er glaubt, dass wir sowieso nicht herausfinden, was das zu bedeuten hat. Denn aus seiner Sicht sind wir ihm hoffnungslos unterlegen.«

Andrea Onello und Lagerfeld schauten sich lächelnd an. Beide wussten, dass der jeweils andere genau das Puzzleteil gefunden hatte, das sie gesucht hatten. Haderlein war der gleichen Meinung und schaltete nun blitzschnell in den Angriffsmodus. Der Worte waren genug gewechselt, aus seiner Sicht war die Sache klar. Draußen war es inzwischen dunkel geworden, ihre eigentliche Arbeitszeit hatten sie schon seit Langem überschritten. Ein deutliches Indiz für diesen Umstand war Fidibus. Dessen von Hormonen und Fakten überforderter Metabolismus hatte sich den Umständen ergeben und seinen Wirt mit eins Komma null Jura-Notenabschluss in den Schlaf des Gerechten geschickt. Haderlein focht das aber in keiner Weise an, denn für das, was jetzt anstand, war Fidibus sowieso eher hinderlich.

»Damit wissen wir jetzt, mit wem wir es zu tun haben, und auch, was wir zu tun haben«, meinte er entschlossen. »Andrea und Bernd, ihr setzt euch auf euren Hosenboden und versucht herauszufinden, was es mit diesem ›AH‹ auf sich haben könnte. César, du wirst mit mir –«

Weiter kam er nicht mit seiner Ansage, denn nun kam zur Abwechslung einmal Honeypenny zur Glastür hereinspaziert. Auch sie hatte einen Zettel in der Hand und einen triumphierenden Ausdruck im Gesicht, den sie der langhaarigen Blondine schenkte, die neben Lagerfeld stand.

»Ja, Marina, was gibt's?«, fragte Haderlein mühsam beherrscht. Erstens hasste er es, wenn man ihn in so wichtigen Momenten wie gerade eben unterbrach, und zweitens hatte er überhaupt keine Lust, womöglich eine von Honeypennys seltsamen Gemütsschwankungen ertragen zu müssen.

Aber die Dienststellensekretärin hatte zur Abwechslung keine Animositäten im Gepäck, sondern eine nicht unerhebliche Sachdienlichkeit, die sie ihrem staunenden Auditorium jetzt genüsslich präsentieren wollte. Sie räusperte sich, rückte noch einmal betont umständlich ihre beträchtliche Oberweite zurecht und kam dann, sich der Bedeutung ihrer Bekanntmachung bewusst, zur Sache.

»Ich habe Carolin Metz gefunden«, sagte sie lapidar und übergab Franz Haderlein lässig das Blatt Papier, auf dem eine Adresse geschrieben stand. Haderlein sprang auf und glotzte zuerst sprachlos auf den Zettel, dann sah er Honeypenny an, als wolle er sie gleich und auf der Stelle heiraten, und fand schließlich seine Sprache wieder.

»Wie zum Geier hast du die so schnell gefunden, Marina? Das ist ja unglaublich!«, fragte er, völlig aus dem Häuschen.

Honeypenny setzte ein spitzbübisches Lächeln auf. »Weibliche Intuition?«, entgegnete sie kokett, wurde aber sofort wieder ernst, als sie Haderleins genervten Blick bemerkte. Den anderen, den er ihr davor zugeworfen hatte, fand sie wesentlich hübscher. »Nun ja. Ich hatte mir überlegt, was ich wohl an ihrer Stelle gemacht hätte, wenn ich so einen Irren loswerden wollte, und was ich täte, um meine Spuren zu verwischen. Dann habe ich einfach losgelegt und die Möglichkeiten genutzt, die eine fähige Mitarbeiterin in einer Polizeidienststelle zur Verfügung hat«, tönte sie und warf wieder einen spitzen Blick in Richtung Andrea Onello. »Ihre alte Wohnung hat Carolin Metz kurz vor Weihnachten gekündigt, am 2. Januar ist sie dann ausgezogen. Also habe ich alle Umzugsfirmen in und um Bamberg angerufen und mich erkundigt, wer denn zu diesem Zeitpunkt an der angegebenen Adresse in der Bamberger Hornthalstraße einen Auftrag durchgeführt hat. Und siehe da, die Firma DB Schenker aus Schweinfurt hatte einen Auftrag mit entsprechender Adresse und passendem Datum vorzuweisen. Allerdings gab es da eine ziemliche Merkwürdigkeit, die mich sofort stutzig gemacht hat.«

»Und die wäre?«, fragte Huppendorfer, der sich die ganze Zeit über vornehm zurückgehalten hatte, neugierig.

»Na ja, der Chef der Firma erzählte mir, dass sie den Auftrag von einer gewissen Lisa Finzel erhalten hatten, die verlangte, dass sie ihre gesamten Möbel und Habseligkeiten aus Bamberg weg und nach Schweinfurt fahren. Dort sollten sie die Sachen in andere Fahrzeuge umladen, die bitte auch noch anders auszusehen hatten, um dann aber alles noch am selben Tag wieder in dieselbe Straße zurückzubringen, zu einer Adresse etwa zwei Häuser weiter, in der Nähe des Canisiusheims, diesem Salesianer-Internat. So, und jetzt kommt's. Diese Lisa Finzel ist bis zum heutigen Tag in Bamberg unter dieser Adresse gar nicht gemeldet. Stattdessen residiert offiziell mit Zweitwohnsitz in dieser Wohnung eine gewisse Diana Schafstädter, die ihren Erstwohnsitz in Berlin hat. Von Beruf ist sie Vermittlerin in einer Agentur oder so ähnlich. Jedenfalls habe ich nach intensiver Recherche im Internet die Agentin in Berlin und eine Fotografin namens Lisa Finzel in Deutschland gefunden. Allerdings ohne Adresse, ohne Telefonnummer, nur mit E-Mail-Account. Der langen Rede kurzer Sinn – ich fress einen Besen, wenn diese Lisa Finzel nicht in der Hornthalstraße 33 wohnt und unsere gesuchte Fotografin ist. Die ist einfach unter falschem Namen drei Häuser weiter eingezogen.«

Haderlein antwortete nicht. Honeypenny konnte förmlich sehen, wie es in seinem Gehirn ratterte. Dann, ganz plötzlich, nahm er ihren Kopf in beide Hände und drückte seiner langjährigen Dienststellensekretärin einen zarten Kuss auf die Stirn.

»Danke, Marina, du bist die Größte«, meinte er strahlend, dann ließ er ihren Kopf wieder los, rief Huppendorfer ein energisches »Los, César, worauf wartest du noch?« zu, und im nächsten Moment waren die beiden Kommissare zur Tür hinaus und unterwegs.

»Na, so was aber auch«, murmelte Honeypenny gerührt, warf Lagerfeld und Andrea Onello einen verwirrten Blick zu und ging etwas unsicher zurück zu ihrem Arbeitsplatz.

»Also gut, dann wollen wir mal«, sagte Lagerfeld lächelnd zu seiner blonden Kollegin auf Zeit. »Am besten, wir nehmen meinen Computer.« Er wollte zu seinem Schreibtisch wechseln, aber Andrea Onello hatte anderes im Sinn.

»Sei mir nicht böse, Bernd, ich arbeite lieber allein, da kann ich besser denken, wenn's dir nichts ausmacht.«

Lagerfeld machte es ganz sicher was aus, sogar eine ganze Menge, aber das ließ er sich natürlich nicht anmerken.

»Gut, oh holdes Wesen, dann kriegst du meinen Computer, und ich nehm den von Franz«, entgegnete er betont lässig. »Die Kiste freut sich, wenn endlich mal einer vor dem Schirm sitzt, der sich auskennt.«

Bernd Schmitt ließ sich etwas verdrossen auf Franz' Bürostuhl nieder. Zuallererst musste er das Teil eine ganze Ecke nach oben verstellen, Franz war nun mal acht Zentimeter größer als er selbst. Danach musste er den Computer einschalten und warten, bis er hochgefahren war, da sein älterer Kollege das Ding eigentlich nur benutzte, wenn es unbedingt nötig war. Franz war noch so richtig Oldschool ausgebildet worden, technisches Gerät war nicht wirklich seine Welt. Dass er den Gebrauch eines Handys akzeptiert hatte, grenzte schon fast an ein Wunder. Der Computer war noch dabei, einen gebrauchsfertigen Zustand herzustellen, als Lagerfeld ein klares, helles »Ping« vernahm, welches aus der Schublade von Franz' Schreibtisch an sein Ohr drang. Als er sie öffnete, lag darin, immer noch eingepackt in sein blutverschmiertes Kunststoffbehältnis, das Mobiltelefon, welches sie vom Haßfurter Tatort mitgebracht hatten. Lagerfelds Nackenhaare begannen sich aufzustellen. Denn sein Instinkt signalisierte ihm, dass er gleich keine gewöhnliche Nachricht zu Gesicht bekommen würde. Durch die durchsichtige Folie hindurch drückte er den Home Button, der die Nachricht auf das kleine Display des Bildschirms beförderte.

eiemak itagn leo
AH

stand dort zu lesen. Lagerfeld starrte die Nachricht an und wusste intuitiv, dass Simon Wild wieder zugeschlagen hatte und den Bamberger Ermittlern per WhatsApp eine weitere Vollzugsmeldung hatte zukommen lassen. Er merkte, wie sich seiner langsam, aber gewaltig eine Wut bemächtigte, wie er sie bisher nicht bei sich kannte. Eine Wut, aus Hilflosigkeit geboren, die sich ständig steigerte. Er war so hilflos und wütend, weil ihr Mörder irgendwo in seinem unbekannten Versteck allen hier eine lange Nase drehte.

Lagerfeld schrieb ihrem Widersacher kurz entschlossen eine Botschaft. Er wusste weder, ob sie ankommen würde, noch, ob sie irgendetwas bei Simon Wild ausrichten konnte. Vermutlich würde es gar nichts bringen. Aber für sein eigenes Seelenheil musste er das jetzt loswerden.

»Ich werde dich kriegen, du perverses Arschloch, egal, wo du dich verkrochen hast!«, tippte er und drückte auf Senden. Dann schaltete er das Handy aus, stand auf und ging zu Andrea hinüber. Erstens musste sie die neueste Entwicklung erfahren, und zweitens hielt er es jetzt allein vor dem Computer nicht mehr aus. Er konnte so nicht vor sich hin arbeiten. Er musste sich austauschen, brauchte Gesellschaft. Sie mussten unbedingt den Aufenthaltsort von Simon Wild finden, und das möglichst schnell. Sonst gab es entweder noch weitere Tote, oder er setzte sich ab, jetzt, da ihm die Polizei immer näher kam. Sie mussten herausfinden, was dieses AH bedeuten sollte, koste es, was es wolle.

Haderlein und Huppendorfer merkten, dass sie zu spät gekommen waren, als sie die kaum erkennbaren Blutspuren am Griff der Wohnungstür von Lisa Finzel entdeckten. Schon als sie unten an der Tür zum Treppenhaus angekommen waren, hatte Haderlein ein extrem ungutes Gefühl beschlichen, das sich zur endgültigen Gewissheit manifestierte, als sie Lisa Finzel alias Carolin Metz schließlich in deren Wohnzimmer fanden. Ihr nackter verstümmelter Körper lag auf dem Rücken auf einem kniehohen Couchtisch aufgebahrt. Es war das gleiche Bild, das sich ihnen auch an den anderen Tatorten dargeboten hatte. Der toten Fotografin waren die Augen entfernt worden, und auch ihr Brustkorb war geöffnet, wie sie es von den bisherigen Opfern kannten.

Als Haderlein den Körper der Frau näher begutachtete, wurde ihm die Tragik des Momentes so richtig bewusst. Die Wunden waren noch frisch, der Körper warm. Diese Frau hatte bis vor Kurzem noch gelebt. Sie mussten Simon Wild um Haaresbreite verpasst haben, was die Stimmung bei den beiden Kommissaren weiter verdüsterte.

»Fuck!«, entfuhr es Huppendorfer, und er trat außer sich vor Wut gegen das Sofa. Da hatten sie in kürzester Zeit so viel herausgefunden, und trotzdem hatte es nicht gereicht, um diese Frau zu retten.

Haderlein schaute sich um, während César bereits mit Ruckdeschl telefonierte, um die Spurensicherung in Marsch zu setzen. Als sein Blick auf die Wand hinter dem großen Sofa fiel, glaubte er dort zunächst nur wieder die gleiche Schrift zu sehen, die ihm von den anderen Tatorten her bekannt war. Aber bei genauerem Hinsehen stellte er fest, dass da noch ein wenig mehr geschrieben stand. Simon Wild hatte seiner sonst üblichen Botschaft noch etwas hinzugefügt. Kleiner, undeutlich, aber es war da. »Königin«, konnte Haderlein mit ein wenig Mühe entziffern.

Königin? Haderleins Verstand raste. Königinnen gab es in Königshäusern oder in der Tierwelt. Zumindest in der Tierwelt konnte der Tod der Königin das Ende des ganzen Volkes bedeuten. Und mit einem Mal wusste Franz Haderlein, was ihnen Simon Wild mit diesem Wort sagen wollte. In seiner ihm eigenen Logik hatte er mit Carolin Metz den Kopf des ganzen Nestes der Reptiloiden ausgelöscht. Es bedeutete für ihn das Ende von allem. Wild hatte sich aus seiner eingebildeten Liebe und der qualvollen Zurückweisung durch seine Angebetete ein persönliches Feindbild gebastelt und die Person, mit der alles begonnen hatte, seine große Liebe, für den Schluss aufgespart. Als Höhepunkt seiner perversen Phantasien war Carolin Metz zur Königin einer ganzen Reptiloidenbrut mutiert. Zur Anführerin von Außerirdischen, die es zu vernichten galt. Das war krank, das war sogar richtig krank. Es war so pervers, dass man darüber hätte lachen mögen, wären es nur die schriftgewordenen Phantasien eines minderbegabten Science-Fiction-Autors gewesen. Aber Simon Wild hatte aus seinen Phantasien eine wilde Theorie gestrickt, die blutiger Ernst geworden war. Und mehr noch, er hatte seinen Plan zu hundert Prozent durchgezogen. Niemand hatte ihn daran hindern können.

Das war für Haderlein die schlimmste Erkenntnis: Von jetzt an konnte sich Wild in sein Versteck zurückziehen und in Seelenruhe abwarten, während sie nach ihm suchten. Er hatte seinen Auftrag beendet. Wahrscheinlich saß er jetzt, sehr zufrieden damit, seinen Wahnsinn in die Tat umgesetzt zu haben, in einem von langer Hand vorbereiteten Versteck und gab sich seinen durchgeknallten Gedanken hin. Haderlein musste zugeben, dass sie jetzt ein mittleres Wunder brauchten, um einen so penibel planenden Menschen noch zu fassen.

César Huppendorfer hatte gerade sein Telefonat mit der Spurensicherung beendet, als Haderleins Mobiltelefon klingelte. Als dieser das Gespräch annahm, war die Stimme von Lagerfeld am anderen Ende zu hören, der ihm zwei neue Fakten mitteilte. Das erste Faktum war der Umstand, dass Simon Wild der Bamberger Polizei seine Erfolgsmeldung auf das sichergestellte Handy aus Haßfurt geschickt hatte. Was für Haderlein wenig überraschend war, musste er doch zurückvermelden, dass sie dieses mutmaßlich letzte Opfer bereits, aber leider zu spät gefunden hatten. Der zweite Teil der Nachricht löste bei Haderlein allerdings einen grimmigen Schauer aus, der ihm den ganzen Körper herauf- und dann wieder hinablief.

»Seid ihr ganz sicher? Okay, Bernd, du musst das jetzt in die Hand nehmen. SEK anfordern, Gebiet absperren, Hubschrauber, Hundeführer – die volle Kapelle. Und nimm Riemenschneider mit, ihr müsst absolut sicher sein. Ich fahre gleich von hier los, wir treffen uns dort!«, rief er ins Telefon, dann stopfte er das Handy hektisch zurück in seine Jackentasche.

Huppendorfer schaute ihn fragend an, erkannte er doch am entschlossenen Blitzen in Haderleins Augen, dass etwas ganz Entscheidendes passiert sein musste.

»César, es gibt tatsächlich noch Wunder in dieser Welt oder aber verdammt fähige Kollegen bei der Bamberger Polizei!«, rief Haderlein dem verblüfften Huppendorfer zu. »Das ist jetzt dein Tatort, verstanden? Ich muss los! Vielleicht haben wir doch noch eine Chance!«

Ehe César Huppendorfer auf diese überraschende Meldung reagieren konnte, war Haderlein schon durch die hängenden Seile der »Wohnzimmertür« verschwunden, und man konnte Sekunden später seine eiligen Schritte draußen im Treppenhaus vernehmen.

Andrea Onello hatte die Nachricht vom vermutlichen Tod eines weiteren Menschen sichtlich mitgenommen, und sie hatte auch überhaupt nichts dagegen gehabt, dass sich Lagerfeld nun doch neben sie setzte, damit sie gemeinsam versuchten, den rätselhaften Initialen auf den Grund zu gehen. AH.

Zuerst diskutierten sie alles noch einmal im Eiltempo durch. Reptilien. In ihrem ganzen Leben hätte sie nicht geglaubt, es einmal mit solch verrückten Theorien zu tun zu bekommen. Die geistigen Welten von Stalkern und ähnlich strukturierten Mitmenschen waren schon seltsam genug. Aber das hier, das überstieg ihren Erfahrungshorizont bei Weitem. Sie war froh, Lagerfeld an ihrer Seite zu haben. Bernd nahm die ganze Problematik mit einer außerordentlich bemerkenswerten, nüchternen Professionalität, die sie sofort beruhigte und auf den Sinn und Zweck ihres Hierseins im Büro zurückführte. Also bildeten sie sich zusammen einen ungefähren Eindruck von den seelischen Innereien eines Simon Wild, dann versuchten sie, sich dieses Seelengebäude zu eigen zu machen und zu eruieren, was AH aus dessen abgedrehter Weltsicht wohl bedeuten konnte.

Es gab nur diese eine Chance, die so vielen Psychopathen eigen war. Die ihnen eigene Arroganz, das Gefühl der intellektuellen, ganz sicher sogar der moralischen Überlegenheit. Es ließ Simon Wild den Ermittlern einen kleinen Brotkrumen der tieferen Erkenntnis hinwerfen, was diese aus seiner Sicht aber nur zur Verzweiflung bringen, ganz sicher jedoch nicht zu seinem Versteck führen würde. Es war eine kleine Chance, aber sie war da. Sie ackerten der Reihe nach alles systematisch durch, was sich ihnen im Laufe des Falles so angeboten hatte, auch wenn es die sprichwörtliche Suche nach der Nadel in einem sehr großen Heuhaufen war. Sie wurde vor allem dadurch erschwert, dass niemand so genau wusste, wie diese Nadel denn eigentlich aussehen sollte. Sie wussten nur, was draufstand: AH.

Schederndorf mit seiner Brauerei und der Gastwirtschaft. Carolin Metz und ihr gesamtes Umfeld, David Oak und seine Reptiloidentheorie, die Fundorte der Opfer. Alles, was sie bisher eruiert hatten, drehten sie von oben nach unten, spielten alle Möglichkeiten durch. Überall versuchten sie dieses AH hineinzudeuten oder herauszufiltern, jedoch vergeblich. Nichts, was sie fanden oder konstruierten, ergab wirklich einen Sinn. Dann, als sich bei beiden schon ziemliche Ratlosigkeit breitmachte, begann Andrea Onello damit, die bisherigen Strategien zu verlassen und sich dem weiteren Umfeld Simon Wilds zuzuwenden. Sie befassten sich zuerst mit dem Beruf des Metzgers. Ein mühseliges und vor allem unerquickliches Unterfangen für jemanden wie Andrea Onello, die kein Fleisch mehr aß. Also übernahm Bernd diesen Rechercheteil. Andrea Onello ging unterdessen ein paar Minuten lang in sich und dachte nach. Dann gab Lagerfeld es irgendwann auf mit der Fleischerei, und sie fingen an, sich mit dem Thüringerwald-Verein auseinanderzusetzen, genauer gesagt mit dessen Coburger Sektion, schließlich war Simon Wild dort ja langjähriges Mitglied. Nach so viel Fleisch im Netz brauchte nun wiederum Bernd eine Gedankenpause, also blätterte sich Andrea ziellos durch den Internetauftritt, bis sie plötzlich wie elektrisiert auf ihrem Stuhl erstarrte. Ihre Augen waren wie versteinert auf den Bildschirm gerichtet. Stocksteif saß sie da, und ihre Gedanken rasten. Sie drehte alles von vorn nach hinten und dann wieder zurück. Aber sie kam immer wieder zum gleichen Schluss. Das war es. Ihr Verstand signalisierte ihr das Gleiche wie ihr Bauchgefühl. Wenn sie Simon Wild wäre, hätte sie genau diesen Ort gewählt. Aber was war, wenn sie sich irrte? Ihr Gesicht wurde vor Schreck und Unsicherheit leichenblass.

»Was ist los, Andrea, was hast du?«, wollte Lagerfeld erschrocken wissen.

»Ich glaube, ich hab's, das ist es, Bernd. Ich werd verrückt, das ist es, das muss es sein!«, rief sie, und Lagerfeld merkte, dass Andrea Onello am ganzen Körper bebte. Er rückte seinen Stuhl sofort näher an den Tisch heran und betrachtete den Bildschirm ihres Computers genauer. Noch konnte er nicht erkennen, was Andrea meinte.

»Hier, schau, das da habe ich unter der Auflistung von Vereinshäusern des Thüringerwald-Vereins gefunden«, sagte sie leise, fast ehrfürchtig und drehte mit zitternden Fingern den Bildschirm in Lagerfelds Richtung. Der las langsam und intensiv, was da auf der Seite des Thüringerwald-Vereins Coburg auf grünem Hintergrund in weißer Schrift geschrieben stand.

Alexandrinenhütte auf der Sennigshöhe bei Coburg

Die Alexandrinenhütte ist eine kleine Wanderraststätte, die von den Mitgliedern des Thüringerwald-Vereins Coburg e.V. betrieben wird.
Sie ist nach Herzogin Alexandrine, der Gemahlin von Herzog Ernst II., benannt, die großes Ansehen bei den einstigen Bürgern der Stadt Coburg genoss. 1907 wurde ursprünglich ein Aussichtsturm an der Stelle errichtet, welcher aber bald aufgrund von Baufälligkeit wieder entfernt werden musste. 1936 entstand dann die kleine Ausflugsgaststätte.

Der liebevoll angelegte Gartenbereich um die Hütte lädt zu einer kleinen Verschnaufpause ein. Für das leibliche Wohl sorgen die Mitglieder des Thüringerwald-Vereins in ehrenamtlicher Tätigkeit. Typische Gerichte und die passenden Getränke aus der Region gehören zum Angebot.

Öffnungszeiten:
An Wochenenden sowie Feiertagen zwischen Ostern und Ende Oktober

Nun ging auch Lagerfeld das entscheidende Licht auf. »AH, Alexandrinenhütte. Bis Ostern geschlossen. Das heißt, da ist grad keiner, und da will auch keiner hin. Die Hütte liegt einsam genug, um sich dort unbemerkt aufzuhalten, wenn man das denn möchte. Andrea, du könntest tatsächlich recht haben. Den Schlüssel für die Hütte kann er sich als langjähriges Mitglied mit Leichtigkeit besorgt haben. Noch dazu liegt sie relativ einsam auf dem höchsten Punkt im Coburger Land. Einfach ideal. Also, wenn ich Simon Wild wäre, dann wäre das meine erste Option für ein Versteck.«

Lagerfeld sah Andrea Onello an, und beiden lief ein kleiner

Schauer der Erkenntnis über die Haut. Natürlich konnten sie sich irren, dann war es eben ein Schlag ins Wasser. Aber diese Alexandrinenhütte war das Beste, was sie hatten. Und Lagerfeld fühlte fast körperlich, dass sie mit ihrer Vermutung richtiglagen.

»Da bist du also«, presste er mühsam beherrscht hervor. Dann setzte er umgehend die im Polizeidienst erforderlichen automatisierten Abläufe in Gang. Zuallererst rief er Franz an, um sich rückzuversichern. Als er dessen Okay eingeholt hatte, verständigte er das Sondereinsatzkommando und gab ihnen das Ziel vor. Alles aufgrund eines Verdachts, aber Lagerfeld war sich selten so sicher gewesen wie gerade jetzt. Sein Bauchgefühl sagte eindeutig Ja. Auch Andrea war sich so sicher, wie man nur sein konnte. Wenn er alles in Betracht zog und sich zudem noch einmal in Simon Wild hineinversetzte, dann war die Alexandrinenhütte bei Mirsdorf heute Nacht ihr Ziel.

»Andrea, nimm du bitte Riemenschneider, ich werde fahren«, sagte er, als alles vorbereitet war, dann machten sie sich auf den Weg zu Lagerfelds Honda.

Simon Wild war ruhig, aber auch irgendwie erregt. Er hatte seinen Plan komplett in die Tat umgesetzt, und zwar in allen Einzelheiten, genau so, wie er es sich ausgemalt hatte. Selbst David Oak hatte damals bei seinem Besuch in England bezweifelt, dass er sein Vorhaben so würde umsetzen können. Trotzdem hatte er ihm sämtliche Utensilien beschafft, die er für seine Unternehmung benötigte. Die medizinischen Gerätschaften, vor allem aber das Pancuronium für die Spritzen, an das er sonst niemals herangekommen wäre. Aber jetzt, da er gerade die sezierten grünen Augen der Königin zu den anderen auf das Regal hinaufstellte, bemächtigte sich seiner ein fast erhabenes Gefühl. Er hatte es geschafft. Zwar hatte er mit seinen bescheidenen Möglichkeiten den letztendlichen Beweis nicht direkt antreten können. Aber das würden nun andere für ihn erledigen. Wenn er erst einmal alles nach England geschafft hatte, würde sich David schon darum kümmern. Er hatte weitreichende Verbindungen, die nicht von *ihnen* überwacht werden konnten. David war der Einzige, der sich den Reptiloiden erfolgreich öffentlich widersetzte. Er war inzwischen zu bekannt, zu mächtig geworden, ihn konnten sie nicht so einfach abservieren.

Ein letztes Mal betrachtete er die Glasbehälter auf dem Regal. Jeder einzelne hatte eine Geschichte zu erzählen. Eine Geschichte von seinem einstigen Wirt, die er, Simon Wild, aufgedeckt hatte. Seine Arbeit war nun getan, und er durfte wirklich stolz auf das sein, was er erreicht hatte. Mit einem Gefühl der absoluten inneren Ruhe und Zufriedenheit ging er zu dem Fenster, durch das er die letzten Wochen und Tage immer wieder hinausgeblickt hatte. Der Blick vom höchsten Punkt des Coburger Landes hinaus in die dunkle Nacht, hinunter zu den fernen Lichtern der Häuser hatte ihm immer wieder Kraft gegeben, wenn sich Zweifel oder Schwächephasen in seinen Geist schleichen wollten. Doch von derartigen Gemütslagen war er jetzt so weit entfernt wie niemals zuvor. Er war zufrieden, ja glücklich. Der vielleicht schönste Moment in seinem bisherigen Leben.

Er befand sich in einem Zustand der absoluten Ausgeglichenheit, als mit einem gewaltigen Knall die zerfetzte Tür der Alexandrinenhütte nach innen flog und ein heller Blitz die Augen und sonstigen Sinne von Simon Wild außer Gefecht setzte. Er stürzte augenblicklich zu Boden, bekam nicht mehr mit, wie schwer bewaffnete SEK-Beamte das Innere seines Domizils stürmten. Gerade noch war er mit sich und seiner Welt absolut im Reinen gewesen, jetzt musste er geschockt feststellen, dass sie ihn gefunden hatten. Allmählich erlangte er sein Augenlicht wieder und konnte menschliche Gestalten erkennen, die sich aus den hellen Nebeln schälten, die sein Sehen immer noch durchwaberten. Ihm wurden von bewaffneten Männern die Hände auf den Rücken gedreht, Handschellen klickten. Dann tauchte ein Gesicht mit Sonnenbrille über ihm auf. Die Person lächelte grimmig, und eine Stimme flüsterte ihm leise eine Botschaft ins Ohr.

»Hab dich, Arschloch«, raunte der Mann mit dem Pferdeschwanz. Dass er mitten in der Nacht eine Sonnenbrille trug, wunderte Simon Wild nicht wirklich. Ihm konnten sie nichts mehr vormachen, er wusste natürlich, dass der Reptiloid dahinter nur die schmalen Schlitze seiner Pupillen versteckte. Dann packten ihn kräftige Hände und hoben ihn auf die Beine. Sie führten ihn aus dem Innenraum der Hütte hinaus. Von allen Seiten kamen nun Einsatzwagen der Polizei aus der Dunkelheit herangefahren. Sie setzten ihn in eines der Fahrzeuge. Etliche schwarz gekleidete, schwer bewaffnete Menschen standen um sein ehemaliges Versteck versammelt, und hoch oben in der Luft konnte er die Rotoren eines Hubschraubers vernehmen. Ein leises rotes Blinken signalisierte dessen Position, und darunter tanzte ein langer weißer Lichtstrahl durch die Nacht. Sein letzter Blick in die freie Welt fiel zu seiner immensen Verwunderung auf ein kleines rosa Schweinchen, welches neben dem zerfransten Loch stand, das einmal der Eingang der Alexandrinenhütte gewesen war. Es musterte ihn mit einem merkwürdigen Blick tiefer Zufriedenheit. Auch der große hagere Mann in der Wildlederjacke, der das Tier locker an einer Leine hielt, schaute ihn mit zufriedener Gelassenheit an. Dann schlossen sich die Türen des Polizeitransporters endgültig vor seinen Augen.

Epilog 1

Am nächsten Tag berief Franz Haderlein gleich in der Frühe eine Generalversammlung in der Dienststelle ein. Seine erste Amtshandlung war die, seinen Chef Robert Suckfüll zwecks einer näheren Untersuchung ins Krankenhaus zu schicken. Fidibus sah das zwar zu Anfang überhaupt nicht ein, aber er musste zugeben, dass es ihm nicht wirklich gut ging. Auf massive Nachfrage von Honeypenny gestand er ihr schließlich seine zahlreichen Beschwerden und Merkwürdigkeiten, die ihm immer mehr zu schaffen machten. Sein Gesicht sah durch die explosionsartige Vermehrung der Pickel inzwischen aus wie ein Streuselkuchen. Er war abwechselnd müde, und ihm war schlecht. Parallel dazu hatte er auch noch extreme Stimmungsschwankungen. Was ihm aber wirklich zu schaffen machte, war eine allmählich sichtbar werdende Brustvergrößerung und, fast noch irritierender, ziehende Beschwerden im Schritt, von Honeypenny, obwohl eigentlich gar nicht möglich, aus eigener Erfahrung als Vaginalschmerzen diagnostiziert.

Fidibus dachte verwundert über ihre Worte nach, dann wandte sich sein gehetzter Blick Lagerfeld zu, der automatisch einen Schritt zurückwich. Diese Abwehrreaktion nützte ihm allerdings nicht viel, dann der verschwitzte Arm seines Chefs schoss nach vorn und packte ihn an der Schulter. Suckfülls Griff war so intensiv, dass Lagerfelds Gesicht massive Schmerzen signalisierte, was Fidibus aber nicht zu bemerken schien.

»Sehen Sie das dort drüben, mein lieber Schmitt, sehen Sie das?«, faselte er mit fiebrigem Blick und deutete mit seinem anderen Arm hektisch in Richtung seines gläsernen Büros.

Lagerfeld und die anderen Umstehenden versuchten verzweifelt, etwas in der angegebenen Richtung zu erkennen. Aber da war nichts, absolut nichts.

»Dort drüben, dieses leichte Klopfen. Und direkt daneben dieses helle Gezwitscher, ja sieht das denn keiner?«, stammelte

Fidibus weiter und fuchtelte wirr mit seinem freien Arm in der Luft herum. Dann ließ er Lagerfeld los, packte stattdessen Haderlein an beiden Schultern und schaute ihm tief in die Augen. »Irgendetwas stimmt nicht mit mir, mein lieber Franz, ich kann plötzlich Geräusche sehen. Das ist doch nicht normal, oder?«

Nach diesem dramatischen Befund und einer entsprechenden Ansage seines ersten Kommissars begab sich Fidibus resigniert zu seinem Wagen, um in die Ambulanz des Bamberger Klinikums zu fahren. Alle Angebote, sich doch chauffieren zu lassen, schlug er energisch in den Wind, sodass Haderlein eine Streife herbeizitierte, die den Chef der Bamberger Polizeidienststelle zu seinem Glück und in einen Streifenwagen zwang, der ihn dann sicher in die medizinische Anstalt beförderte.

Als Fidibus verschwunden war, würdigte Haderlein in aller erdenklichen Form die Leistungen seiner Mitarbeiter, vor allem die von César Huppendorfer und der beigestellten Mitarbeiterin Andrea Onello, der er bei dieser Gelegenheit auch das Du anbot. Zur großen Überraschung aller verkündete er außerdem, dass sie, wenn sie denn wolle, gern als Neumitglied in die Abteilung wechseln könne, in der sie gerade so erfolgreich ausgeholfen hatte. Das sei bereits mit Fidibus und ihrem Chef einen Stock tiefer besprochen.

Andrea Onello musste nicht lange überlegen und sagte, sehr zum Missfallen Honeypennys, sofort zu. Lagerfeld dagegen nahm ihre Entscheidung mit großer Befriedigung zur Kenntnis.

Da kommen ja spannende Zeiten auf unsere Bamberger Dienststelle zu, und zwar in jeglicher Hinsicht, dachte er mit einem leichten Kribbeln im Bauch.

Epilog 2

Auf der Fahrt nach Tambach gingen Lagerfeld allerlei Gedanken durch den Kopf. Der Fall war zwar formal abgeschlossen, aber da war einiges, das ihn immer noch umtrieb. Als sie die Alexandrinenhütte in aller Ausführlichkeit von innen besichtigten, war das ein Anblick gewesen, bei dem jeden irgendwann das nackte Grauen ergreifen musste, so auch ihn. Allein die Gläser mit den darin befindlichen säuberlich sezierten Augen, die Simon Wild auf seinem Regal aufgereiht hatte, hatten Lagerfeld einen Moment lang seinen Glauben an die Menschheit verlieren lassen. Ihm war schon viel widerfahren, aber so etwas hatte er tatsächlich noch nicht erlebt.

Immerhin war Simon Wild geständig, der ganze Fall konnte lückenlos aufgeklärt werden, und auch der berüchtigte David Oak saß in England bis auf Weiteres hinter Gittern. Ob er angeklagt werden konnte, würde sich noch herausstellen müssen. Seine Ideen waren absolut hirnverbrannt, aber die Anstiftung und Beihilfe zur Durchführung einer Straftat musste ihm jetzt erst einmal nachgewiesen werden. Es war einfach unfassbar, wozu sich der menschliche Geist hinreißen ließ, wenn er fehlgeleitet wurde.

Apropos fehlgeleitet, genau das ging Bernd Schmitt durch den Sinn, wenn er an Ute und seine kleine Familie in Loffeld dachte. Mehrfach hatte er jetzt schon versucht, mit seiner Lebensgefährtin über ihre gerade so unerquickliche Situation zu reden. Und jedes Mal war sie nach wenigen Sätzen aufgesprungen, hatte weinend den Tisch verlassen und sich in ihrem Schlafzimmer vergraben. Seit Tagen war kein vernünftiges Gespräch mehr zwischen ihnen möglich, was ihn langsam, aber sicher verzweifeln ließ. Was war bloß los mit der Frau? War das so eine Art Depression, oder was? Aber was sollte er denn machen, wenn sie einfach nicht reden wollte oder konnte? Und jetzt, gerade vor wenigen Stunden, war sie einfach losgefahren. Hatte Lena eingepackt mit der spontanen Ankündigung, zu ihrer Mutter nach Hamburg fahren zu wollen.

Zack, weg war sie, wieder weinend und offensichtlich absolut unglücklich. Verzweifelt hatte er überlegt, was das nun wieder war. Doch er konnte es nicht begreifen.

Also hatte er beschlossen, heute noch etwas Gutes zu vollbringen. Er hatte keinen Bock mehr auf Trübsinn, außerdem hatte er ja etwas versprochen. So war er nun in der tiefsten Nacht mit Riemenschneider auf dem Rücksitz unterwegs in Richtung Wildpark Tambacher Schloss. Gerade bogen sie auf den Parkplatz vor dem Haupteingang ein. Lagerfeld stellte Riemenschneider draußen auf ihre vier Füße und beobachtete belustigt, wie das hormongeschwängerte rosa Pubertier sogleich aufgeregt die ihm bekannten Gerüche einsog und erwartungsvoll mit seinem kleinen Schwänzchen wedelte. Er nahm die Riemenschneiderin auf den Arm und kletterte mit ihr so leise es ging über eine etwas niedrigere Stelle des Zaunes etwas abseits vom Haupteingang. Dann machte er sich mit dem Ferkel umgehend auf den Weg zum etwas entfernt gelegenen Wildschweingehege.

Er hatte keine Ahnung, ob seine Pralinentherapie inzwischen die gewünschte Wirkung zeigte, aber das war ihm gerade so was von egal. Dann wurde Honeypenny im schlimmsten Fall eben Oma, nichts wirklich Dramatisches.

Am Gehege der Wildschweinrotte angekommen, hob Lagerfeld Riemenschneider zu sich nach oben und schaute ihr lächelnd in die Augen.

»Na, dann viel Spaß beim ersten Mal, du Supernase«, flüsterte er ihr leise ins Ohr. Er stellte sie wieder ab, und in null Komma Josef war Riemenschneider in der Dunkelheit des Geheges verschwunden.

Zu sehen bekam Lagerfeld nun eine ganze Weile nichts mehr von ihr, dafür aber zu hören. Die Geräusche, die er aus dem Wildschweingehege vernahm, trieben ihm ein Dauergrinsen ins Gesicht, während er selbst erst einmal genüsslich eine Zigarette rauchte. Irgendwann, nach mehreren genüsslich verglühten Glimmstängeln, tauchte Riemenschneider wieder auf. Müde, völlig verdreckt, aber mit dem megamäßigen Ausdruck der absoluten Zufriedenheit im Gesicht.

»Na, wie war's?«, fragte Lagerfeld lachend, was Riemenschneider zum Anlass nahm, sich erst einmal so richtig auf dem Rücken in einem kleinen Schlammloch zu wälzen. Danach machten sich die beiden »Kommissare« langsam und entspannt auf den Heimweg. Die eine dachte über das gerade Erlebte nach, der andere fasste den Entschluss, bei der nächsten passenden Gelegenheit doch einmal die neue blonde Kollegin nach einem Date zu fragen.

Epilog 3

Es war fast ein Vierteljahr vergangen, bis César Huppendorfer es nicht mehr aushielt. Natürlich waren Schederndorf und die Brauerei Wild für ihn nunmehr auf ewig mit dieser grausamen Mordserie verbunden. Doch die Erinnerung daran verblasste allmählich, dafür wurde in ihm der Wunsch immer stärker, wenigstens noch ein Mal den Geschmack des Schederndorfer Gulaschs am Gaumen spüren zu dürfen. Im Zusammenspiel mit dem feinen Bier der Wilds hatte dieses Gericht für ihn ein dermaßen unglaubliches Geschmackserlebnis bereitgehalten, dass er es einfach noch einmal kosten wollte. Wenn er es nämlich nicht tat, würde er sich diesen kulinarischen Lapsus nicht vergeben. Wenn nicht gleich, dann spätestens auf seinem Sterbebett.

So saß er also wieder in der Gaststube der Brauerei Wild in Schederndorf, diesmal allerdings inkognito, und wartete auf sein Essen. Als ihm der dampfende Teller gebracht wurde, hatte er schon mit beginnendem Speichelfluss zu kämpfen. Sein Bier hatte er bereits zur Hälfte geleert, ein wirklich geiler Stoff, wie er sich unumwunden eingestand. Dann schob er sich endlich den ersten Löffel des Gulaschs in seinen Mund, ließ ihn mit geschlossenen Augen genüsslich auf seiner Zunge zergehen. Kurz darauf öffnete er seine Augen allerdings wieder, und zwar enttäuscht. Das war nicht der Gulasch, den er das letzte Mal von Simon Wild serviert bekommen hatte. Der hier schmeckte zwar ähnlich, aber bei Weitem nicht so gut. Irgendetwas fehlte, etwas ganz Essenzielles. Das Weiche, Sämige, das den letzten Gulasch so ausgezeichnet, ihm eine einmalige Note verliehen hatte, war aus diesem hier verschwunden. Verunsichert winkte er eine der Bedienungen zu sich.

»Entschuldigung, ist die Rezeptur von eurem Gulasch irgendwie geändert worden, der schmeckt heute so anders?«

Die weibliche Bedienung mit den kurzen dunklen Haaren

schaute ihn verständnislos an, beantwortete aber trotzdem die aus ihrer Sicht unsinnige Frage.

»Naa, der Gulasch is so wie immer. Ich hab selber scho aan kabt heut. Da is nix anerscht wie sonst.«

Aber Huppendorfer gab sich noch nicht geschlagen. Er wusste genau, dass etwas anders war. Auf seinen gourmesken Geschmackssinn hatte er sich bisher noch immer verlassen können, und er erinnerte sich auch an das letzte Gespräch mit Simon Wild, der ihm damals in einem Anfall von Vertrautheit die essenziellen Bestandteile dieses Gulaschs offenbart hatte.

»Sind Sie auch wirklich sicher, dass da alles drin ist? Also Bauch, Nacken, Nieren und Lunge?«, hakte er bei der Bedienung nach. Aber die war jetzt sehr kurz angebunden, schließlich war die Wirtschaft voll und ihre Zeit pro Gast beschränkt. So bekam César Huppendorfer nur eine knappe, dafür jedoch präzise Antwort.

»Ja, fast, bis auf die Lunge. Lunge is da net drin. Is aach noch nie drin gewesen. Weil, die kört da net nei.«

Sprach's und ging von dannen.

César Huppendorfer brauchte einen Moment, um die kulinarische Tragweite ihrer Aussage zu verdauen. Dann kam ihm das Bild von Simon Wild in den Sinn, wie er seinerzeit in seinem Schlachtraum das wabbelige Fleisch in kleine Würfel geschnitten hatte. Und daneben die Edelstahlbehälter mit den bereits zerkleinerten Innereien …

Gut, bewiesen war nichts, es war alles nur Spekulation. Trotzdem nahm César Huppendorfer schleunigst einen großen Schluck von seinem Bier. Dann stand er mit bleichem Gesicht von seinem Platz auf, warf dem Gulasch einen letzten verzweifelten Blick zu und ging schnurstracks nach draußen. Er brauchte jetzt erst einmal Luft. Ganz viel frische Luft.

Mein herzlicher Dank geht an:

Kriminalpolizeiinspektion Bamberg, Regine Slowaceck, Dieter Schubert, Thüringerwald-Verein 1880 e.V., Roland Börschel, Günther Bär, MGS Autohaus Bayreuth, Dr. Uwe Greese, Mysteryblog, equappio.com, Babavanga.de, Human Rights Watch, Spiegel.de, Zeit.de sowie ganz besonders an das »La Stazione« in Kaltenbrunn für Raum, Licht, Kulinarisches und koffeinhaltige Getränke. Ein spezieller Dank an »Don« Josef, den sizilianischen Chef dieser kulinarischen Anstalt, auch wenn er den Buchtitel bis zum heutigen Tag nicht richtig aussprechen kann.

Mein besonderer Dank geht an meine tapferen Probeleser: Martina, Beate, Monika, Martin, Christine, Denise, Andrea und Uwe. Ohne euch wäre ich wirklich aufgeschmissen – danke.

Eine Bemerkung noch zur Brauerei Will in Schederndorf sowie zum Thüringerwald-Verein in Coburg. Sollten kriminelle Personen in diesem Buch vorgenannte Institutionen in ein schlechtes Licht gerückt haben, so weise ich ausdrücklich darauf hin, dass dies nur ein Roman ist und genannte Örtlichkeiten zur definitiven Creme de la Creme ihres (fränkischen) Gewerbes gehören und als absolut empfehlenswert zu gelten haben.

Ritterkapelle

Alexandrinenhütte

Helmut Vorndran
BLUTFEUER
Broschur, 400 Seiten
ISBN 978-3-89705-728-9

»Wer sich ins ›Blutfeuer‹ begibt, sollte mit einem ausgeprägten Sinn für skurrilen, tiefschwarzen Humor ausgestattet sein. Denn der Öko-Thriller eskaliert zum satirisch-sarkastischen Action-Krimi, der von der Provinz-Posse bis zur Splatter-Orgie so ziemlich alle Register zieht.« Neue Presse

»Bizarre Todesfälle, viel Lokalkolorit und schwarzer Humor sind die Zutaten. Ein Krimi, den man wegen seiner jenseitig abstrakten Handlung im vertrauten Diesseits lieben muss.« Fränkischer Sonntag

Helmut Vorndran
TOT DURCH FRANKEN
Broschur, 256 Seiten
ISBN 978-3-89705-895-8

»Vorndrans Ideen sind manchmal sehr skurril, aber immer sehr unterhaltsam. Wie in seinen beiden Romanen tauchen fränkische Typen auf, die es in ihrer Reinrassigkeit in echt überhaupt nicht geben kann. Alle mit Zügen, die man als echter Franke an sich selber oder an anderen sehr gut beobachten kann.« Mainpost

»Vorndrans kriminelle Fantasie ist überwältigend.«
Neue Presse Coburg

www.emons-verlag.de

Helmut Vorndran
DER COLIBRI-EFFEKT
Broschur, 320 Seiten
ISBN 978-3-89705-953-5

»Vorndran ist in seinem neuen Buch ein witzig-spannender Bogen zwischen der Fortschreibung der Agenten-Thriller älteren Datums und dem ironisch lächelnden Lokalkrimi gelungen. Trotz der deutlich regionalen Anklänge, auch in der Sprachfärbung, verdient das Buch Aufmerksamkeit über die Region hinaus.« Bayern im Buch

»Ein geschickt gebauter Polit-Thriller, der erschreckend nah dran ist an den realen Ereignissen rund um die rechte Szene.« BR Franken

Helmut Vorndran
DREI EICHEN
Broschur, 336 Seiten
ISBN 978-3-95451-123-5

»Vorndran entwickelt die Story mit Rückblenden und Parallelhandlungen und würzt sie mit trockenem Humor. Ein lesenswerter Krimi, skurril und hintersinnig.« Fränkische Nachrichten

»Helmut Vorndran ist mit ›Drei Eichen‹ ein mitreißender Krimi gelungen, der sich liest wie ein Kabarettstück.« Fränkischer Tag

www.emons-verlag.de

Helmut Vorndran
DAS FÜNFTE GLAS
Broschur, 304 Seiten
ISBN 978-3-95451-311-6

»Ein hochkomplexer Politthriller, Wirtschaftskrimi und Psychogramm eines Rachefeldzuges, der seinesgleichen sucht. Das Ganze mit fränkischem Kolorit und einer großen Portion Humor versehen. Diese Mischung macht Lust auf mehr.« Die Zwiebel

Helmut Vorndran
HABAKUK
Broschur, 320 Seiten
ISBN 978-3-95451-693-3

»Helmut Vorndran legt nach: Er liefert mit ›Habakuk‹ erneut einen spannenden und humorvollen Krimi. Das Buch ist an Skurrilität und Zynismus kaum zu überbieten. Mitreißend bis zum Schluss.«
Lichtenfelser Wochenblatt

www.emons-verlag.de